David Gordon hat einen Abschluss in englischer und vergleichender Literaturwissenschaft und kreativem Schreiben von der Columbia University. Damit war er unter anderem in den Bereichen Film, Mode, Verlagswesen und Pornografie tätig. Sein erster Roman, *The Serialist*, gewann den VCU / Cabell First Novel Award und war sogar unter den Finalisten für einen Edgar Award.

DAVID GORDON

EWIGER VERRAT

THE BOUNCER

Überarbeitete Neuausgabe Februar 2024

Ewiger Verrat

ISBN 978-3-98998-062-4
E-Book-ISBN 978-3-98778-891-8

Titel des englischen Originals: The Hard Stuff

Dies ist eine überarbeitete Neuausgabe des bereits 2020 bei dp Verlag, ein Imprint der dp DIGITAL PUBLISHERS GmbH erschienenen Titels Tödlicher Coup (ISBN: 978-3-96087-253-5).

Übersetzt von: Tobias Eckerlein
Covergestaltung: Anne Gebhardt
Umschlaggestaltung: ARTC.ore Design
Unter Verwendung von Abbildungen von
shutterstock.com: © Anton Jankovoy, © leolintang, © VideoFlow
neo-stock.com: © Tom Parsons
Korrektorat: KoLibri Lektorat
Satz: dp DIGITAL PUBLISHERS GmbH
Druck und Bindung: Books on Demand GmbH, Norderstedt

Vorwort des Verlags

Liebe:r Leser:in,
Dies ist eine überarbeitete Neuauflage des bereits erschienenen Titels *Tödlicher Coup* von David Gordon. Da wir uns stets bemühen, unseren Leser:innen ansprechende Produkte zu liefern, werden Cover sowie Inhalt stets optimiert und zeitgemäß angepasst. Es freut uns, dass du dieses Buch gekauft hast. Es gibt nichts Schöneres für die Autor:innen und uns, zu sehen, dass ein beständiges Interesse an ästhetisch wertvollen Produkten besteht.
Wir hoffen du hast genau so viel Spaß an dieser Neuauflage wie wir.
Dein dp-Team

Part 1

1

Joe fühlte sich schrecklich. Das Letzte, woran er sich erinnerte, war, wie er auf dem Rücksitz eines aufgemotzten BMW saß, der tief über dem Boden hing. Die Felgen drehten sich und die Musik wummerte, als die drei Kids der chinesischen Gang

aus Flushing mit ihm im Dunkel der Nacht über die leere Verrazzano-Brücke fuhren. Weit über ihm, wie die Kuppel einer Kathedrale, stützten die Bögen der Brücke den dunklen Himmel. Die Kabel waren mit Sternen besetzt. Er wachte auf dem Parkplatz eines Diners irgendwo im Nirgendwo auf. Der Sommerhimmel strahlte nun bläulich, die Sterne waren blass, die pinke Morgendämmerung gerade noch am Horizont zu erkennen.

„Guten Morgen, Sonnenschein." Der Fahrer, Cash, grinste ihn im Rückspiegel an. Die anderen beiden Kids – die sich als Blackie, vorne, und Feather, auf der Rückbank neben Joe, vorstellten – fingen an zu lachen. Sie alle trugen schwarze oder rote Tanktops, Baggy Jeans, Nikes, goldene Ketten und einen Haufen Tattoos. Außerdem hatten sie alle den gleichen Haarschnitt: oben etwas länger, die Seiten kurz geschoren. Außer Cash, der komplett kurz rasierte Haare hatte. Joe war blass und unrasiert, seine Haare ungekämmt. Er trug ein schlichtes, schwarzes T-Shirt, alte Jeans und schwarze Converse High-Tops. Er war ein Dutzend oder mehr

Jahre älter als sie. Doch heute fühlte es sich eher an wie eintausend. Er hatte ein blaues Auge, das noch immer schmerzte und frisch getrocknetes Blut an seinen Handknöcheln, einiges davon sein eigenes.

„Boxenstopp, Boss“, sagte Feather. „Willst du aufstehen und den Typen treffen? Oder weiterschnarchen?“

„Du bist lauter als die Anlage“, sagte Blackie. „Wenn wir nicht deine Hilfe bräuchten, hätten wir dich schon längst erstickt.“

Joe ignorierte sie und konzentrierte sich stattdessen auf das Knacken in seinem Nacken, wenn er gähnte.

„Wir holen uns was zu essen, wenn wir schon hier sind“, sagte Cash und schaltete den Motor ab. „Möchtest du etwas frühstücken?“

Joe nickte. „Vier Aspirin.“

Feather lachte. „Immerhin hast du Appetit. Willst du etwas zu trinken dazu?“

„Ja“, sagte Joe. „Eine Flasche Vomex.“

Die Jungs lachten, während Joe aus dem Auto stieg und sich langsam auffaltete, als hätte man ihn vor dem Versand schlecht verpackt. Er streckte sich und sah sich um.

„Wo sind wir überhaupt?“, fragte er und trottete ihnen hinterher. Cash sprach über seine Schulter.

„Irgendwo in Süd-Jersey“, sagte er. „Weit weg von Zuhause.“ Zuhause war Queens, New York. Sie waren auf dem Weg nach Cumberland County, New Jersey, um einen Mann umzubringen.

Die drei jüngeren Männer – Cash, Feather und Blackie – arbeiteten für einen chinesischen Verbrecherboss namens Onkel Chen. Joe arbeitete als Türsteher in einem

Club, der seinem Freund aus Kindheitstagen gehörte: Gio Caprisi, welcher das Geschäft seines Vaters übernommen hatte – ein Mafiaboss. Bevor er Türsteher wurde, war Joe Elitesoldat, ein Black Ops „Specialist“ – seine Spezialität war es, Leute zu töten – und er war sehr gut darin, bis ein kleines Opiumproblem, welches er in Afghanistan entwickelte, zu einer nicht allzu ehrenhaften Entlassung aus dem Militär und dementsprechend zur Anstellung bei Gio führte. Es war Gios Idee, Joe zum Sheriff zu machen.

Er war natürlich kein richtiger Sheriff. Als jedoch herauskam, dass Terroristen planten, ein Virus zu verbreiten, das tödlich genug war, ein Yankee-Stadion-großes Stück der Bevölkerung auszulöschen, entschlossen sich Gio, Onkel Chen und all die anderen Bosse von New York – die CEOs der Unterwelt – teils unter Druck von der Regierung, teils als Patrioten und New Yorker, sich zusammenzuschließen und jeden einzelnen Terroristen unter ihnen auszurotten. Sie hatten Joe nicht nur für seine einzigartigen Fähigkeiten rekrutiert, sondern ihn auch autorisiert, sich im Zuge seiner Arbeit frei in ihren Territorien zu bewegen und ihm Hilfe und Unterstützung zugesichert. In der normalen Welt rief man bei Problemen die Polizei. In dieser Welt rief man Joe.

Joe hatte den Job erledigt, den sie ihm gaben. Das Ergebnis waren vier tote Terroristen und zwei tote Verbrecher. Doch Onkel Chens Neffe Derek, ein talentierter junger Autodieb, wurde ebenfalls in der Hitze des Gefechts getötet, als er und Joe auf einer illegalen Waffenmesse ein paar Hinterwäldlern aus dem Süden – „Rednecks“, wie man sie hier in New York nannte – über den Weg liefen. Zuerst gab Onkel Chen Joe die

Schuld. Dann stellte sich heraus, dass die Kugel, die Derek umgebracht hatte, aus der Waffe von einem der Rednecks stammte, ein Rechtsextremer namens Jonesy Grables. Doch aufgrund mangelnder Augenzeugen und dem generellen Chaos, das sich am Tatort abspielte, konnte sein Anwalt das Urteil auf fahrlässige Tötung begrenzen und ihn auf Kaution rausholen. Jonesy verschwand daraufhin. Jetzt hatte ihn jedoch eine von Onkel Chens Quellen lokalisiert und er hat seine Männer losgeschickt, um die offene Rechnung zu begleichen. Joe hat sich zögerlich angeschlossen.

Für Gio, die anderen Bosse, die Behörden und die ganze herrlich ignorante zivile Bevölkerung der Stadt war das Leben in New York wieder beim Alten, jetzt, wo die Terroristen ausgeschaltet waren. Nicht aber für Joe.

Nicht, dass er es nicht versucht hätte. Er ging nach Hause zu dem Apartment seiner Großmutter, wo sie ihn großgezogen hatte, nachdem seine Eltern, beide kriminell, jung gestorben waren, und nahm seine Arbeit als Türsteher im Club *Rendezvous* wieder auf. Doch als Joe erneut eine Waffe in die Hand nahm, kamen auch seine Albträume, Flashbacks und Panikattacken zusammen mit dem Verlangen nach Alkohol und Dope, um sie zu kontrollieren, zurück. Und sobald dieser böse Geist erst einmal aus der Flasche war, wurde er ihn nicht ohne Weiteres wieder los.

2

Die Probleme fingen an, als er zurück im Club war. Ein Türsteher zu sein, erfordert Stärke, Geschick und schnelle Reflexe, doch vor allem erfordert es Geduld. Betrunkene zu beruhigen, Grapscher zu beseitigen und Kämpfe zu schlichten – all das, ohne die zahlende Kundschaft zu verängstigen –, hat genau so viel, wenn nicht sogar mehr, mit einer ruhigen Stimme und lockerem Auftreten zu tun wie mit Fäusten. Doch jetzt war Joe empfindlich. Verkatert bei der Arbeit, weil er die Nacht zuvor zu lange gefeiert hatte oder schon angetrunken, bevor der Club öffnete, weil er zu früh angefangen hatte. Er verlor schnell die Fassung bei Arschlöchern oder, noch schlimmer, verhielt sich selbst ab und zu wie ein Arschloch. Er hatte ein großes Maul und verschärfte Situationen, anstatt sie zu schlichten. Genau so entstand auch der Streit mit dem Gangster Rap-Mogul, ungefähr eine Woche, nachdem Joe zurück bei der Arbeit war und der Goldesel Nummer eins des Moguls, ein kleiner weißer Rapper, in den Club kam.

Yelena Noylaskya war eine erfahrene Tresorknackerin, Einbrecherin, Arschtreterin und, den tätowierten kriminellen Symbolen, die ihren Körper zierten und die sie sich in Russland verdient hatte, nach anzunehmen, eiskalter Killer. Sie und Joe lernten sich bei ihrem letzten Job kennen; arbeiteten und kämpften und zu guter Letzt schliefen Seite an Seite. Als Joe Yelena das letzte Mal sah, war sie verwundet. Eine Kugel der Terroristen hatte ihren Arm gestreift, als sie ihn tötete, um Joe Deckung zu geben, während der geradewegs auf ein heranrasendes Auto zurannte und durch die Windschutzscheibe schoss. Er verfolgte sein Ziel – der Terrorist Adrian Kaan – durch das Gebäude bis aufs Dach, wo er ihn mit einer einzigen Kugel zwischen den Augen zurückließ. Kaans Frau und Partnerin Heather war geflohen. Yelena war ebenfalls verschwunden, irgendwo in den russischen Gegenden von Brooklyn, und mit ihr die Tasche voller Geld.

Joe kannte Yelenas Adresse nicht. Er war sich nicht einmal sicher, wie man ihren Nachnamen buchstabierte. Doch da es kaum ein Gesetz gab, das sie noch nicht gebrochen hatte, lebte sie nach einem spezifischen Code und zehn Tage nach der Schießerei, Joe und seine Großmutter Gladys saßen gerade zusammen, um *Jeopardy!* zu schauen, wie sie es fünf Abende die Woche tat, klingelte es an der Tür.

„Wer ist das?“, fragte Gladys und schaute auf ihre Armbanduhr. Zehn vor *Jeopardy!*.

„Woher soll ich das wissen?“ Joe stand in der langen, schmalen Küche und wusch Geschirr ab. „Bestimmt eins von deinen Mädels.“

Mit einem Seufzen erhob sie sich aus ihrem Fernsehsessel und ging in das kleine Foyer, um durch den Spion zu gucken. „Sieht eher nach einem von deinen aus“, rief sie zu ihm und als Joe aus der Küche kam, stand Yelena neben ihr. Sie war chic und sah gesund aus in ihren dunkelblauen Jeans und der Bluse, die die Umrisse ihrer Tattoos durchschimmern ließ. Sie hatte ihren Pony etwas gekürzt und sah generell gut aus, als ob sie genug Schlaf und Wasser bekommen hatte. Sogar der Verband um ihren Oberarm, wo die Kugel durch ihr Fleisch geschnitten hatte, war frisch und weiß und irgendwie chic wie ein Armband.

„Hallo, Yelena." Joe lächelte. „Kennst du schon meine Großmutter Gladys?"

„Freut mich", sagte Yelena in ihrem leichten russischen Akzent und küsste Gladys auf die Wange, „die wichtigste Frau in Joes Leben kennenzulernen." Sie holte eine Flasche Wodka und eine Dose Kaviar aus ihrer Handtasche und gab sie Gladys. „Das ist für Sie."

„Ha! Danke, Kleines", sagte sie. „Ich hole uns etwas Eis."

„Und das ist für dich, Joe." Yelena übergab ihm einen dicken Briefumschlag.

„Danke", erwiderte Joe. „Aber eigentlich ist das auch für dich", sagte er zu Gladys, gab ihr den Umschlag und nahm ihr gleichzeitig die Flasche aus der Hand. „Ich gehe und hole das Eis." Er ging in die Küche und Yelena folgte ihm.

„Bring gleich eine Limonade mit, Joey, wenn du schon in die Küche gehst", rief Gladys und setzte sich, um das Geld in dem Umschlag zu zählen.

Yelena sprach leise, während Joe Gläser und Eis herausholte. „Der Großteil des Geldes war nichts wert. Koreanisches Falschgeld. Nach Ausgaben blieben noch fünfzehntausend für jeden; dich, Juno und mich."

Joe goss den Wodka über das Eis in den Gläsern. „Za zdorovie", sagte er und sie stießen an und tranken.

„Du trinkst also noch, Joe?", fragte sie.

Joe füllte nach. „Ich dachte, du wolltest, dass ich mit dir trinke wie die russischen Männer, die du hattest."

Sie zuckte mit den Schultern. „Klar, aber die sind fast alle tot." Sie streichelte seinen Unterarm, folgte einer dicken Vene. „Und das?", fragte sie.

„Es geht los", rief Gladys aus dem anderen Zimmer. „Wo ist meine Limonade?"

Joe lächelte und tätschelte ihre Hand. „Siehst du? Ich habe schon eine Großmutter." Er nahm die Limonade und ein weiteres Glas mit Eis und ging zurück ins Wohnzimmer, während Yelena ihm mit dem Wodka folgte.

„Nur bis über das Eis, Kleines", wies Gladys Yelena an, als sie den Wodka eingoss, „ich fülle den Rest mit Limonade auf." Der Umschlag war mittlerweile verschwunden. Gladys' Augen klebten am Bildschirm und das vertraute Lied aus dem Intro spielte.

„Komm, lass uns in mein Zimmer gehen", sagte Joe und nahm Yelena an der Hand. „Während *Jeopardy!* darf nicht geredet werden."

Eine Stunde später, als sie nackt nebeneinanderlagen, die Klimaanlage auf höchster Stufe, um ihren Schweiß zu trocknen, schaute Joe auf seine Uhr und setzte sich auf.

„Ich muss zur Arbeit", sagte er.

„Du hast einen Job?", fragte Yelena. „Ich komme mit."

Joe lächelte. „Nicht diese Art von Job. Aber klar, komm mit, wenn du willst."

Sie duschten zügig und zogen sich an. Dann nahm er sie mit in den Club *Rendezvous*.

3

Es war Yelena, die im Club in eine Schlägerei geraten war – es ging um Crystal, eine schwarze, halb kolumbianische Stripperin aus Philly, die tagsüber Rechnungswesen studierte –, aber es war der kleine weiße Rapper-Typ, der angefangen hatte. Joe war mehr oder weniger im Dienst, doch er tauschte gelegentlich den schwarzen Kaffee gegen Shots, die Yelena ihm bringen ließ. Yelena saß vorne in der Mitte an einem der VIP-Tische direkt vor der Bühne, schmiss mit Geldscheinen um sich und bestellte Lapdances und Getränke für die Kellnerin und den Barkeeper.

Wenn eine hübsche Frau in einen Stripclub marschiert, sind die Reaktionen der Angestellten gemischt. Einerseits sind die Tänzerinnen neugierig und wenn die Frau vom anderen Ufer ist, glücklich. Es macht Spaß, ausnahmsweise mal für jemanden zu tanzen, den man heiß findet, sich an weicher, süßlich duftender Haut zu reiben anstatt einem weiteren stinkenden Typen. Am Anfang neigen die Mädchen dazu, sich der Frau hinzugeben. Es ist lustig für alle Beteiligten. Andererseits sind die Stripperinnen nicht hier, um Spaß zu haben, sondern um Geld zu verdienen. Für sie ist eine heiße Kundin wie eine Geburtstagstorte im Büro: Alle versammeln sich im Konferenzraum für ein Stück vom Kuchen, freuen sich auf etwas Abwechslung zwischen all der Routine, aber letztendlich bezahlt niemand im

Büro damit seine Miete. Dafür müssen sie sich nämlich zurück an ihren Schreibtisch setzen und ackern. Kuchen ist Kuchen, das täglich Brot einer Stripperin ist jedoch der aufgegeilte aber letztendlich gefügige Durchschnittstyp, der Nerd oder Arbeiter, der die ganze Nacht vor ihnen sitzt und einen Zwanziger nach dem anderen ausspuckt und im Anschluss nach Hause geht. Pleite und allein, aber mit einem Lächeln. Keine attraktive Frau würde so etwas tun.

Ein anderer auf den ersten Blick vielversprechender Typ von Kunde, der problematischer ist, als er Geld wert ist, ist ein Kerl, der sich für einen Player hält: der Prominente oder Athlet. Er mag vielleicht mit einem fetten Batzen Geld herumwedeln, aber da er erwartet, dass sich Frauen ihm an den Hals werfen und er öfters von den verschiedensten Stars eingeladen wird, neigt er dazu, geizig zu sein, denn er denkt, dass er dem Mädchen einen Gefallen tut, wenn sie ihm ihre Titten ins Gesicht drücken darf. Oder er geht zu weit, weil er glaubt, dass die Glückliche es kaum abwarten kann, es mit einem Star wie ihm zu treiben. Bei Typen wie ihm ist es auch wahrscheinlicher, dass sie ausrasten oder respektlos werden, wenn sie von einer Frau zurückgewiesen werden.

Genau das ist auch mit Lil' Whitey passiert. Ein schmächtiger, kleiner weißer Rapper aus Long Island, der vor Kurzem mit seinem Song *Cookies and Cream* einen Hit gelandet hatte. Er tauchte mit seiner Entourage im Club auf, bestehend aus einem Grasdealer, einem weniger bekannten Rapper, einem aufstrebenden MMA-Kämpfer, der sich selbst Flex nannte, und seinen

Bodyguards, zwei Stiere in Trainingsanzügen. Nach ihrem Auftritt rief Lil' Whitey Crystal zu sich herüber und bestellte einen Lapdance. Das Stripclub-Protokoll hat klare Regeln: Sie fasst dich an, aber du sie nicht, es sei denn, sie erlaubt es dir oder platziert deine Hände auf einer Stelle ihrer Wahl. Whitey vergaß – oder nahm an, dass diese Regeln nicht für ihn galten – und platzierte seine Hand an der Stelle, die Crystal am wenigsten mochte. Sie sprang auf und als er sie packte und an sich riss, klatschte sie ihm eine. Yelena, die in der Nähe saß, beobachtete, wie sich die Situation entwickelte und als Whitey ausholte, um Crystal ebenfalls eine zu verpassen, schritt sie ein. Blitzschnell verdrehte sie seine Hand hinter seinem Rücken, das Handgelenk verrenkt und die Schulter kurz vorm Auskugeln.

Die Bodyguards packten Yelena, die sich befreite und einen von ihnen auf den Tisch beförderte. Crystal kreischte und schlug dem anderen eine Flasche über den Kopf. Der Grasdealer machte sich aus dem Staub, weil er Stoff dabeihatte und der zweite Rapper versuchte einzugreifen, doch bekam den Ellenbogen des Türstehers auf die Nase, als dieser sich umdrehte, um Crystal wegzustoßen. Dann machte Joe sich an die Arbeit.

Als Türsteher war es Joes Aufgabe

(1) die Angestellten zu beschützen,
(2) Ärger rasch zu schlichten, ohne die Kunden zu stören und, wenn nötig,
(3) die Unruhestifter zu entfernen.

All das mit minimaler Gewaltanwendung. In Rage von dem Anblick, wie Yelena und Crystal von den Bodyguards angegangen wurden, und selbst einen oder zwei Drinks zu viel intus vergaß Joe für einen Moment die letzte Klausel bezüglich minimaler Gewaltanwendung. Er sprang mitten ins Geschehen und schleuderte Bodyguard Nummer eins mit dem Gesicht zuerst in den Eimer mit Eis und versetzte Bodyguard Nummer zwei einen Schlag in die Niere. Anschließend rammte er seine Faust in Whiteys Solarplexus, woraufhin dieser nach Luft rang. Mittlerweile waren die beiden Barkeeper, ein großer, attraktiver, dunkelhäutiger Typ, der Schauspiel studierte, aber auf dem College Football gespielt hatte, und ein stämmiger, junger Mexikaner, herübergekommen. Während sie zusammen mit einem Bodyguard rauften und Yelena den anderen auseinandernahm, zerrte Joe Whitey in Richtung Ausgang, wo eine Kellnerin die Tür aufhielt. Die Keilerei verlagerte sich daraufhin nach draußen. In diesem Moment mischte sich Flex ein.

Mit mehreren Siegen in Folge und seinem bevorstehenden ersten Kampf im Fernsehen sah sich Flex als professionellen Athleten und nicht als Schläger. Er hatte kein Interesse daran, verletzt zu werden oder andere zu verletzen, ohne dafür bezahlt zu werden. Doch an Whiteys Seite Zugang zu Clubs und Events zu bekommen und den berühmten Rapper bei seinen Kämpfen am Ring stehen zu haben, war eine berufliche Angelegenheit und als er sah, wie sein Glücksbringer im hohen Bogen auf den Bürgersteig vorm Club befördert wurde, wie ein Müllsack bereit zur Abholung, schritt er ein. Als Profi war ihm sofort klar, dass niemand außer ihm dort mit Joe fertig werden würde.

Als Erstes erledigte er einen der Barkeeper, der zwar kräftig und flink, aber kein trainierter Kämpfer war, und ließ ihn stöhnend am Boden zurück. Der zweite Barkeeper ließ sich davon nicht einschüchtern und teilte einen kräftigen Schlag aus, doch auch er war unterlegen: Flex wich seinem Schlag mit Leichtigkeit aus und schlug ihm mit dem Unterarm auf die Nase, wodurch er das Gleichgewicht verlor. Dann ging er auf Joe los. Er packte ihn an den Beinen und warf ihn über seinen Rücken. Joe flog kopfüber auf den Boden zu, doch rollte sich im richtigen Moment ab und griff Flex dabei an den Knöcheln und brachte ihn ebenfalls zu Boden. Beide sprangen auf und standen sich gegenüber. Flex musterte Joe mit demselben irren Blick, den er auch im Ring hatte und zeigte auf die Tattoos auf seiner Brust: *YOLO* auf der rechten, *FLEX* auf der linken. „Du weißt, was das heißt, oder?", fragte er und spannte sie an.

Joe dachte einen Moment nach. „Du magst wirklich gerne Joghurt?"

Flex wurde wütend. „Du meinst Froyo, du Wichser. Das hier heißt, ich bin völlig irre und gebe einen Fick. Du hast gerade den schlimmsten Fehler deines Lebens begangen."

Joe grinste. „Ich befürchte, dass das noch nicht einmal der schlimmste des Tages ist."

In Rage ging Flex auf ihn los und Joe versuchte, seine Tritte und Schläge zu parieren. Yelena war mit den beiden Bodyguards beschäftigt. Sie trat dem einen so hart in die Eier, dass er sich vor Schmerzen auf dem Boden krümmte, doch dann verpasste ihr der andere eine Faust direkt gegen das Kinn. Sie taumelte zurück, grinste und leckte das Blut von ihren Lippen, bevor sie wieder auf ihn zustürmte. Dann, kurz bevor es ernsthaft zu eskalieren drohte, trafen die Obrigkeiten ein. Die Obrigkeiten waren in diesem Falle ein großer Range Rover voll beladen mit großen, schwarzen Typen und ein großer, breiter Denali, voll beladen mit großen, breiten weißen Typen.

In einer Welt, in der niemand jemals die Bullen ruft, neigen die Menschen in Krisensituationen dazu, jemanden etwas höher in der Befehlskette zu rufen. Whiteys Grasdealer und Handlanger hatte, sobald er in Sicherheit war, Ernest „Cold Daddy" Collins gerufen, dem nicht nur Lil' Whiteys Plattenlabel, sondern auch das Fitnessstudio, in dem Flex trainierte, und ein Unternehmen im Showbusiness gehörte. Der Manager des Club *Rendezvous* rief Gio, der wiederum Nero und ein paar andere Jungs losschickte, bevor er sich selbst in sein Auto setzte und hinterherfuhr.

Als Cold eintraf und sah, wie Joe Schläge mit Flex austauschte, welcher stark aus der Nase blutete und Whitey stöhnend am Boden lag, sah er rot und stürmte an seinen Männern vorbei, um Joe am Hals zu packen. Joe drehte sich instinktiv um und schlug Cold in den Magen, woraufhin dieser vornüber klappte. Beide von Colds Männern zogen daraufhin ihre Waffen und richteten sie auf Joe. Nero und seine Jungs stiegen gerade aus dem Auto, als sie dies sahen und zogen ebenfalls ihre Waffen und richteten sie auf Colds Leute. Yelena, die gerade einen der Bodyguards verprügelte, blickte auf und zog sofort ihren kleinen Revolver, den sie um ihren Knöchel geschnallt hatte und hielt ihn Whitey an den Kopf. Er fing an zu wimmern – kein Geräusch, das auf einem seiner Tracks zu hören war.

„Was zur Hölle ist hier los?“, schrie Nero. „Wer seid ihr?“

„Wer ich bin?“, rief Cold zurück. „Für wen hältst du dich, mich das zu fragen, du Wichser?“

„Legt die Waffen weg und dann reden wir“, sagte Nero.

„Ihr legt die Scheißwaffen weg und dann reden wir.“

Es war eine Sackgasse. Jeder guckte sich an, doch niemand bewegte sich. Dann traf Gio ein. Er stieg aus seinem Audi und ging unbewaffnet direkt in die Mitte der Party.

„Nero. Joe.“ Er nickte den anderen zu. „Leute, was soll das hier werden? Ich weiß, dass keiner von euch dumm genug ist, irgendjemanden in meinem Club zu töten.“

Nachdem Cold Daddy Collins und seine Leute zusammen mit Whitey und Flex abgezogen waren, ist auch Nero wieder verschwunden, nachdem er einen seiner Leute an der Tür des Clubs als Vertretung positioniert hatte. Die beiden Barkeeper erholten sich schnell mit etwas Eis für ihre Wunden und etwas Geld für ihre Hilfe und gingen zurück an die Arbeit. Gio setzte sich gegenüber von Joe und Yelena in eine Sitzecke, die dauerhaft reserviert war. Joe drückte ein Glas mit Eis auf sein geschwollenes Auge. Yelena hielt zwischen den Schlucken ein kaltes Bier an ihre zerschrammte Wange und geplatzte Lippe.

„Sorry, Gio“, sagte Joe. „Das ist alles meine Schuld. Ich hatte einen schlechten Abend.“

Gio zuckte mit den Schultern. „Du hast Glück, dass ich sowieso schon auf dem Weg hierher war, um dich zu sehen. Aber du weißt hoffentlich, dass Collins noch nicht mit dir fertig ist. Du hast ihn vor den Augen seiner Leute umgehauen und seinen großmäuligen Rapper zum Heulen gebracht."

„Ehrlich gesagt, war das Yelena und er hat es verdient."

„Tut mir leid, Gio", sagte sie. „Nächstes Mal bringe ich ihn vorher aus dem Club."

„Ist schon in Ordnung, Kleines. Ich würde sagen, du hattest genug Spaß für heute? Ich muss etwas mit deinem kleinen Freund hier besprechen."

Joe drehte sich zu ihr. „Wenn du willst, kann dir Eddie vorne an der Tür ein Taxi bestellen."

„Schon okay." Sie küsste ihn auf die Wange. „Crystal hat mir schon angeboten, mich nach Hause zu bringen."

Joe lächelte. „Richte ihr von mir aus, dass sie sich gut um dich kümmern soll." Sie winkte Gio zu und ging zu Crystal herüber, die bereits in ihren Freizeitklamotten an der Tür wartete. Die beiden Männer schauten ihnen nach, wie sie Arm in Arm den Club verließen.

„Vergiss den Rest dieser Arschlöcher", observierte Gio. „Das Mädchen ist diejenige, die dir noch richtig Ärger bereiten wird."

„Sie hat mich auch schon vor einigem Ärger bewahrt."

Gio seufzte. „Wenn du das sagst. Jetzt solltest du dich aber erst mal auf Klo frisch machen. Onkel Chen hat angerufen. Einer seiner Waffenlieferanten hat diesen gottverdammten Redneck aufgespürt, der seinen Neffen erschossen hat und wegen dem er uns dauernd auf den Sack geht. Er hält sich gerade in irgend so einem White Power Ferienlager auf, irgendwo weit draußen in Jersey. Er schickt seine Leute vorbei, um dich abzuholen."

„Ich weiß nicht, Gio. Ich mochte Derek. Aber Rache ist nicht so mein Ding."

„Ich weiß. Ich habe gesagt, dass du nur mitkommst, um den Typen zu identifizieren. Nur in beratender Funktion quasi. Er war ihr Freund, also drücken sie auch den Abzug. Danach bist du im Reinen mit Chen. Dann können wir uns überlegen, was wir wegen deiner neuen Feinde machen."

4

So fand Joe sich einige Stunden später verkatert und grün und blau geschlagen mit drei Kids aus Flushing auf einem Parkplatz eines Diners in South Jersey wieder und sah mit zusammengekniffenen Augen die Sonne aufgehen. Blackie und Feather zündeten sich eine Zigarette an, Cash packte ein frisches Kaugummi aus und bot Joe ebenfalls eines an, der daraufhin den Kopf schüttelte.

„Weißt du", sagte Cash und schaute Joe nachdenklich durch seine gespiegelten Sonnenbrillengläser an, „Derek war mein ältester Freund. Wir sind zusammen aufgewachsen, haben zusammen angefangen zu klauen. Er hat mir gezeigt, wie man ein Auto kurzschließt. Er war kurz davor zu heiraten."

„Ich weiß", sagte Joe. „Mein Beileid. Ich mochte Derek."

„Er mochte dich auch. Hat gesagt, du wärst ein echter Profi. Oldschool."

Joe nickte. „Er war ein guter Junge."

„Wie kommt es dann, dass du nicht mitkommen wolltest, um es seinem Mörder heimzuzahlen?", fragte Cash. Seine Stimme wurde lauter und er nahm seine Sonnenbrille ab. „Wenn er dein Freund war?"

Blackie und Feather standen still und warteten auf Joes Antwort. Joes Ton änderte sich nicht.

„Ich habe nicht gesagt, dass er mein Freund war. Ich habe gesagt, dass er ein guter Junge war. Wir haben zusammen ein Ding gedreht. Er wurde erschossen. So läuft das eben. Das wusste er genau so gut wie jeder andere." Er schaute Cash ruhig in die Augen. „Ich begehe nicht jedes Mal einen Mord, wenn ein guter Junge erschossen wird."

Blackie schnaubte. Feather schüttelte den Kopf.

„Wann begehst du denn einen Mord, Mr. Oldschool?", fragte Cash.

Joe zuckte mit den Schultern. „Wenn es zu meinem Vorteil ist."

Die Lippen spöttisch verzogen, setzte Cash seine Sonnenbrille wieder auf. Er machte eine Kaugummiblase und wandte Joe den Rücken zu, als ein großer Truck auf den Parkplatz fuhr. Ein übergroßer Ford Exposition hielt neben ihnen, der umgebaute V8 schnurrte. Ein sonnenverbrannter, weißer Typ im Baseball Cap lehnte sich aus dem Fenster und guckte sie prüfend an.

„Seid ihr Chens Jungs?", fragte er mit einem starken südlichen Akzent.

Cash nickte. „Wäre ein ziemlicher Zufall, wenn wir das nicht wären, stimmt's?"

„Da ist was dran", sagte er mit ernster Miene und kletterte aus dem Truck. „Ich bin Clevon. Dermott schickt mich."

Dermott war einer von Chens Waffenlieferanten. Das Hauptquartier lag in Florida. Seine Leute besorgten überall im Süden Waffen, wo die Gesetze locker und der Zugang leicht war, und schickten sie dann in den Norden zu Chen für seine eigenen Leute oder zum Weiterverkauf. Als Gefallen für Dermotts besten Kunden hatte er Jonesy Grables ausfindig gemacht, der in einem Camp für Überlebenstraining untergetaucht war, und hatte Clevon geschickt, einen seiner Kuriere, um ihnen die Richtung vorzugeben. Das Camp war eine Durchlaufstation für illegale Waffen sowie Meth und Oxycodon. Jetzt, wo sich die anderen mit Clevon austauschten, lehnte Joe sich zurück gegen die Seite des Autos und wartete. Er fand eine kaputte Sonnenbrille in seiner Tasche, bog sie gerade und setzte sie auf. Clevon hatte eine Karte dabei, die er aus dem Internet ausgedruckt hatte.

„Ich habe die GPS-Koordinaten hier notiert“, sagte er, „aber ich wollte noch ein paar Dinge anmerken. Hier, das Camp liegt einige Meilen außerhalb der Stadt, oben in diesen Nadelwäldern. Der einzige Weg rein ist über diesen Fluss hier. Da ist eine Holzbrücke, gerade so breit wie ein Fahrzeug. Dann nehmt ihr die Straße über den Bergkamm hier, welche euch direkt ins Camp führt.“

„Also, wenn wir die Brücke überquert haben“, sagte Cash zu den anderen, „setze ich euch beide ab, damit ihr durch den Wald gehen könnt, dann fahre ich weiter über die Straße und lenke sie ab.“

„So habe ich mir das auch vorgestellt“, stimmte Clevon zu. „Irgendwelche Fragen?“

„Klingt gut“, sagte Blackie.

„Kein Problem“, sagte Feather.

Cash schüttelte den Kopf und blies eine weitere Kaugummiblase.

Joe seufzte. „Ich habe eine“, sagte er.

Sie alle drehten sich zu ihm.

„Wie komme ich nach Hause, wenn ihr alle tot seid?“

Die drei Kids starrten ihn an. Cash ließ seine Blase platzen. Clevon runzelte die Stirn. „Sorry“, sagte er. „Wer bist du? So eine Art Söldner?“

„Nein“, sagte Joe. „Ich bin ein Türsteher.“

„Türsteher?“

„In einem Stripclub.“

„Ich will dir nicht zu nahe treten, aber deinem Gesicht nach zu urteilen, bist du schon mit ein paar Titten überfordert. Überlass das hier lieber uns.“ Er breitete die Karte wieder aus und fing an, der Straße mit dem Fingernagel zu folgen, als Joe ihn erneut unterbrach.

„Schaut mal, diese Typen sind Überlebenskünstler, richtig? Waffennarren, die Krieg spielen und auf einem Haufen Waffen und Drogen sitzen?“

Clevon zuckte mit den Schultern. „Scheint so.“

„Dann sind die Wälder definitiv mit Sprengfallen gesichert. Ihr jagt euch auf dem Weg da durch in die Luft. Wenn die Brücke nicht verkabelt ist, dann haben sie jemanden, der aufpasst oder irgendeine Art Alarm. Ihr bewegt euch geradewegs in eine Falle.“

Sie alle runzelten nun die Stirn. Cash blies eine weitere Blase. „Guter Punkt“, sagte er.

„Willst du nur dasitzen und kritisieren?“, fragte Clevon, „oder hast du einen konstruktiven Vorschlag?“

„Vielleicht“, sagte Joe, „aber dafür werden wir uns deinen Truck ausleihen müssen.“

„Einen Scheiß werdet ihr tun“, sagte er, „der hier ist speziell umgebaut.“

„Ist mir schon aufgefallen“, sagte Joe, „und wir werden was auch immer du für Spielzeuge da drin versteckt hast benötigen.“

„Du erwartest also, dass ich den einfach so gegen euer Auto tausche?“

„Nein“, sagte Joe, „das Auto nehmen wir auch.“

„Wie soll ich dann nach Hause kommen?“

Joe zuckte mit den Schultern. „Bus?“

„Ich weiß nicht, was du für ein Problem hast, Türsteher, aber ich schlage vor, du schaltest einen Gang zurück, es sei denn, du willst, dass dein blaues Auge Teil eines passenden Sets ist.“

Joe lächelte. „Warum rufst du nicht einfach deinen Boss an?“

„Und was soll ich ihm sagen, wer du bist?“

„Joe.“

„Joe?“ Er lachte. „Joe wer? Der Türsteher? Das soll wohl ein Scherz sein.“

Joe seufzte. Er zog sein Shirt hoch und zeigte ihm eine sternförmige Brandnarbe auf seiner Brust, links über seinen Rippen, unter seinem Herzen. Die anderen musterten sie ebenfalls unauffällig. „Sag ihm, dieser Joe.“

Clevon schüttelte den Kopf. „Wenn du das sagst. Ihr seid mir alle zu merkwürdig. Aber ich rufe ihn an.“

„Großartig. Danke“, sagte Joe, „du findest uns drinnen.“ Er drehte sich zu den anderen. „Ich glaube, jetzt brauche ich doch ein paar Eier und einen Kaffee“, sagte er zu ihnen auf dem Weg ins Diner. „Und danach unterhalten wir uns mit den örtlichen Behörden.“

„Behörden?“, fragte Blackie, „wovon zum Teufel redet der?“

Feather schüttelte den Kopf.

„Warum machst du dir auf einmal solche Sorgen um uns?“, fragte Cash, „ich dachte, du wärst hier nur der kritische Beobachter?“

„Genau", stimmte Feather zu, „was kümmert's dich, wenn ein paar gute Jungs abgeknallt werden?"

„Die Dinge haben sich geändert. Jetzt ist es zu meinem Vorteil, euch am Leben zu halten." Er lächelte Feather zu. „Und ich habe nie behauptet, dass ihr gute Jungs seid."

5

Agent Donna Zamora überquerte die Brücke nach New Jersey. Als sie den Tipp bezüglich des Aufenthaltsortes eines gewissen Jonesy Grables bekam, ein Waffenhändler und allgemeiner Drecksack, der auf Bewährung freigekommen ist, nachdem er für den Mord an Derek Chen verhaftet worden war, kontaktierte sie das Büro der US-Marshals in Trenton und arrangierte dieses Treffen. Diese Angelegenheit war für sie von persönlichem Interesse. Die Schießerei ereignete sich während einer FBI/ATF-Operation, in die sie involviert gewesen war. Sie hatte Grables jedoch nicht festgenommen. Stattdessen lag sie am Boden, zu Fall gebracht durch einen Schuss mit einem Bean Bag aus der Schrotflinte eines maskierten Mannes, bei dem sie mittlerweile überzeugt war, dass es sich um einen gewissen Joseph Brody aka Joe der Türsteher handelte. Es war ihr erstes Date gewesen, es sei denn, man zählt das eine Mal mit, als sie ihn im Zuge einer Razzia in einem Stripclub verhaftet hatte. Wenn man bedenkt, dass sein Komplize ihm befohlen hatte, sie umzubringen, war der Schuss mit nichttödlicher Munition im Großen und Ganzen eine nette Geste – er hatte sich vorm Abdrücken sogar entschuldigt – und auch wenn sie es nicht gerne zugab, war sie von Joe fasziniert.

Der Marshals Service hatte sie mit Field Agent Deputy Marshal Blaze Logan vermittelt und sie haben ein Treffen auf der New-Jersey-Seite der George Washington Bridge vereinbart. Donna hatte in Washington Heights gewohnt, ist im Schatten der Brücke aufgewachsen, und plante, heute einen der Zwei-Dollar-Shuttles zu nehmen, in denen die Spanisch sprechenden Fahrer den ganzen Tag Pendler hin und her fuhren. Doch als sie aufwachte, war es so ein herrlicher, sonniger Tag, dass sie sich stattdessen dazu entschied zu laufen. Es war früh morgens, noch etwas kühl und die Sonne ging hinter ihr auf und verzierte die Ränder der Skyline, als sie in Richtung der grün bedeckten Felswand der Palisaden spazierte. Der Hudson schimmerte unter ihr. Nicht ganz so berühmt oder schön wie die Brooklyn Bridge, überraschte sie die George Washington Bridge doch auf eine Art: das nackte Stahlskelett, die schwingenden Kabel, einen Kilometer quer über den Fluss und hundertachtzig Meter hoch über der glitzernden, rauschenden Tiefe. Sie war eine Schönheit und sie berührte Donna jedes Mal aufs Neue.

Deputy Logan hatte ihren Chevrolet Impala, ein Behördenfahrzeug, in der Taxischlange geparkt. Die einzige Frau, strahlend blond, in einer Menge aus dunkelhäutigen Männern. Sie sah Donna und nickte. Sie lehnte an der Motorhaube, die Jacke ihres Hosenanzugs leicht gewölbt an der Hüfte, wo sie ihre Waffe trug. Donna trug Jeans und ein Sweatshirt, ihre Haare hatte sie unter ihrem Cap zu einem Zopf zusammengebunden. Sie fühlte sich ein wenig underdressed, doch dann musste sie über sich selbst lachen, weil sie sich so benahm, als wäre dies ein Date. Dann fühlte sie sich merkwürdig und fragte sich, ob sie so dachte, weil Logan lesbisch war.

Zumindest laut Andrew und der musste es wissen. Als offen schwuler, verheirateter FBI-Agent sah er sich selbst als Experte, was alle LBGTQIAPK betreffenden Angelegenheiten der Strafverfolgung anging (das schloss auch mit ein, sie regelmäßig bezüglich der Bedeutung des neuesten Akronyms auf dem Laufenden zu halten). Als sie erwähnte, mit wem sie zusammen an dem Fall arbeiten würde, musste er lachen.

„Deputy Logan ist der männlichste Marshal seit Wyatt Earps Schnurrbart grau wurde."

„Andy!" Sie guckte sich im Büro um, um sicherzugehen, dass ihn niemand gehört hatte. „Wie kommt es, dass der einzige schwarze, schwule Agent in diesem Raum, der auch noch mit einem Juden verheiratet ist, die beleidigendste Scheiße von sich gibt?"

Er zuckte mit den Schultern. „Wir sind lustiger."

„Wer wir? Schwarze? Juden? Schwule?"

„Alle drei. Deswegen dominieren wir das Showbiz."

„Aber nicht das FBI, also pass auf. Diese Weißen verstehen keinen Spaß. Noch nicht einmal die Liberalen."

„Na gut", sagte er und lehnte sich herüber, um ihr ins Ohr zu flüstern: „Lass mich wissen, wie das Date lief."

„Agent Zamora?", rief Logan und stellte sich aufrecht hin, während Donna sich näherte. Sie streckte ihre Hand aus.

„Guten Morgen", sagte Donna, „danke, dass Sie sich die Zeit genommen haben." Sie gaben sich die Hand.

„Kein Problem", sagte Logan, „brauchen Sie irgendetwas? Kaffee? Toilettenpause?"

„Nein, schon okay."

„Alles klar." Sie ging zur Fahrerseite. „Steigen Sie ein. Es ist ein guter Tag für eine Verbrecherjagd."

6

Joe fuhr den Truck vor das kleine Rathaus der Gemeinde, in welchem sich ebenfalls die Polizeistation befand. Die Feuerwehr war direkt nebenan. Er parkte, warf einen Blick auf die zwei leeren Sitzbänke hinter ihm und schloss ab, bevor er zu der Tür mit der Aufschrift *POLIZEI* ging. Hinter der Tür befand sich ein mit Leuchtstoffröhren beleuchtetes Wartezimmer mit einer Reihe aus Plastikstühlen, an dessen Ende ein großer, blonder Mann hinter einem Tresen stand. Sowohl Hemd als auch Hose seiner Uniform spannten über seinem Bauch und sein Haar war abgeflacht durch seinen Schweiß und die Mütze, die auf dem Stuhl neben ihm lag.

„Guten Morgen“, sagte er, „kann ich Ihnen helfen?“

„Das hoffe ich“, sagte Joe, „ist der Chief in der Nähe?“

„Der ist beschäftigt. Ich bin Deputy Cook. Warum erzählen Sie mir nicht, worum es geht?“

„Gerne“, sagte Joe, „soll ich es von hier herüberschreien?“

Der Deputy zeigte auf die Schwingtür am Ende des Tresens und nahm zögerlich seine Mütze von dem Stuhl. Joe setzte sich und warf einen Blick auf das Jumble-Rätsel, das vor dem Deputy lag. „Glücklich“, sagte er.

„Was?“, fragte Cook.

Joe zeigte mit dem Finger. „Das Wort ist ‚glücklich'. Nicht Glück."

Cook runzelte die Stirn, dann nahm er seinen Stift und füllte die fehlenden Felder aus. „Also, was kann ich für Sie tun?", fragte er genervt.

Joe streckte seine Hand aus und der Deputy schüttelte sie zögerlich. „Mein Name ist John Mayoff. Aber die Leute nennen mich Jack."

„Okay, Jack."

„Ich jage einen flüchtigen Verbrecher. Ein Mann namens Jonesy Grables. Er hat seine Kaution verfallen lassen. Mir wurde von einer Quelle meines Vertrauens mitgeteilt, dass er sich in den Bergen in der Nähe verstecken soll."

„Ist das so?", fragte Cook, „sind Sie ein Kopfgeldjäger?"

„Ja, Sir."

„Können Sie sich ausweisen?"

„Nun ja, Deputy, das ist das Problem." Joe lehnte sich zu ihm herüber und lächelte. „Ich mache das hier quasi inoffiziell. Ich hatte jedoch gehofft, dass Sie mir inoffiziell assistieren könnten und ich Ihnen dafür, sagen wir, fünfundzwanzig Prozent meines Finderlohns überlasse. Das sind tausend Dollar für Sie."

„Sie kriegen viertausend?"

„Richtig, Sir. Wenn ich ihn lebendig vor seinem Gerichtstermin zurückbringe."

„Nun ja, ich denke, wenn wir in der Sache zusammenarbeiten, inoffiziell, sollten es ja wohl fünfzig-fünfzig sein, habe ich recht?"

„Sie sind ein harter Verhandlungspartner", sagte Joe, dann lächelte er, „aber ein fairer. Deal." Er hielt seine Hand erneut ausgestreckt und dieses Mal schüttelte der Deputy sie enthusiastisch. Er setzte seine Mütze auf.

„Mein Auto steht hinten."

„Ich glaube", sagte Joe, „wir sollten lieber meinen Truck nehmen. Der ist für dieses Terrain gemacht. Und sobald ich den Flüchtigen darin gefesselt habe, geht es geradewegs zurück, keine Stopps. Ist sicherer."

„Ist mir recht", sagte Cook, „wir treffen uns vorn. Ich geh nur schnell aufs Klo."

Joe und Deputy Cook fuhren raus zum Camp. Sie verließen die Hauptstraße ein paar Meilen außerhalb der Stadt und folgten einer kurvigen einspurigen Straße bergauf durch Bäume und Gestrüpp, welches das Dach des Trucks streifte. Sie beide waren still, der Classic Rock Radiosender spielte leise. Sie erreichten einen tiefen Fluss wie eine scharfe Fissur in der Straße, über den eine unebene Brücke aus Holzbrettern führte. Joe hielt an.

„Ganz ruhig", sagte Cook, „sie ist breit genug, doch es gibt keine Spurrillen oder Schienen."

„Richtig." Joe streckte seinen Kopf aus dem Fenster, sodass er die Reifen im Auge behalten konnte, während sie langsam über die Brücke rollten. Cook passte auf der anderen Seite auf und rief: „Okay. Okay. Sie schaffen das." Joe sah das Wasser unter ihnen, wie es gegen scharfkantige Felsen schlug. Auf der anderen Seite waren die Bäume dichter und die Straße wurde zu Sand. Staub stieg auf, als sie den Truck den steilen Berg hinaufzwangen, der zum Camp führte, welches auf einer Lichtung lag, verdeckt mit Tarnplanen. Es gab eine Quonsetbaracke, einen Trailer, der auf Betonklötzen stand, und ein paar Hütten aus Sperrholz, ebenfalls in Tarnfarben und mit Propangasflaschen und gasbetriebenen Stromgeneratoren. Pick-ups und Pkws parkten auf der einen Seite und auf der anderen befand sich ein selbst gebauter Schießstand und ein menschenförmiges Ziel aus Holz, in dem Wurfmesser steckten.

„Folgen Sie meinen Anweisungen. Die können launisch sein", sagte Cook, während sie einparkten. Bärtige Männer in Militärhosen und Tarnwesten traten mit Maschinengewehren aus den Hütten. Zwei gingen vor, die anderen blieben weiter hinten.

„Alles klar", sagte Joe und schaltete den Motor ab, ließ jedoch die Schlüssel in der Zündung. Er öffnete seine Tür und kletterte hinunter, während der Deputy vorging.

„Guten Morgen", rief Cook, als er sich den Männern näherte, Joe einen Schritt dahinter.

„Morgen ...", erwiderten die Männer und nickten.

Cook fuhr fort: „Das ist Mayoff. Ein Kopfgeldjäger, der uns aus New York City besuchen kommt." Cook zeigte auf einen Typen mit rotem Ziegenbart und einer Baseball Cap zusammen mit seiner Militärausrüstung. „Das ist Jonesy", sagte Cook, während er seine Pistole zog und sie auf Joe richtete. „Und das", fügte er hinzu und nickte in Richtung eines anderen stämmigen, blonden Typen mit buschigem Bart, „ist mein Cousin Randy."

Joe nahm seine Hände hoch. „Ich bin nicht hier, um euch in die Quere zu kommen. Wissen Sie, dass Mr. Grables gesucht wird, um sich vor Gericht zu verantworten?"

Grables lächelte und seine braunen stummeligen Zähne kamen zum Vorschein. „Dann haben wir ja Glück, dass wir nicht in Jew York sind, stimmt's?"

Cousin Randy nickte und musterte Joe, während er seinen Zeigefinger um den Abzug seiner Waffe legte. „Das hier ist Herrschaftsgebiet der Vereinigten Staaten von Amerika."

„Tut mir leid, Jack", sagte Deputy Cook, „sieht so aus, als hättest du dir den falschen Deputy ausgesucht."

„Das muss dir nicht leidtun", sagte Joe, „ich habe mir genau den richtigen ausgesucht." Dann duckte er sich, schloss seine Augen und hielt seine Ohren zu, als er die erste Rakete an ihm vorbeikreischen hörte. Die Quonsetbaracke explodierte. Als sich alle anderen duckten und zerstreuten, hagelten Schüsse in den Propangastank neben dem Trailer und auch dieser explodierte in einer orangefarbenen Wolke aus Flammen und Rauch.

Während Cook verdutzt um sich blickte, rannte Joe auf ihn zu und griff den Arm, der die Pistole hielt, mit seiner rechten Hand, während seine Linke die Waffe am Lauf entriss und sie beiseite schmiss. Cook feuerte eine Kugel in den Sand, bevor Joe ihm die Waffe entnahm und ihm dabei den Zeigefinger brach, der sich am Abzug befand. Cook stöhnte vor Schmerz, bevor Joe ihm die Pistole gegen die Stirn schleuderte. Als Grables auf ihn zustürmte, drehte er sich und hielt ihm die Waffe gegen die Stirn.

„Keine Bewegung", sagte Joe und Gables erstarrte. „Bleib, wo du bist", sagte er zu Randy, dem Cousin, der noch immer auf dem Boden kauerte, um seinen Kopf vor den Explosionen zu schützen. Joe stellte sich hinter Grables und legte einen Arm um seinen Hals, um ihn als Schutzschild zu benutzen, und drückte ihm die Pistole an die Schläfe. Doch Randy griff trotzdem nach dem Maschinengewehr auf seinem Rücken und richtete es auf Joe, also schoss Joe ihm durchs Herz.

Joe hatte den Jungs seinen Plan im Diner erklärt. Er benutzte Clevons Karte des Camps und probte die Schritte kurz mit ihnen auf dem Parkplatz, inklusive einer kurzen Einführung in den Gebrauch des Raketenwerfers, den Clevon zusammen mit ein paar AR-15 in den Schließfächern verstaut hatte, die er unter den beiden hinteren Sitzbänken angebracht hatte. Dann stiegen Feather und Blackie ein, jeder nahm eines der beiden Schließfächer. Joe klappte sie zu und senkte die Sitze, er schloss sie jedoch nicht ab, damit sie sich mit den Waffen verstecken konnten, während er mit dem Deputy redete. Auf dem Weg zum Camp versuchte Joe, möglichst keine Schlaglöcher zu erwischen, während Cash, der beste Fahrer der Gruppe, unauffällig mit seinem eigenen Auto folgte, ebenfalls bewaffnet mit einem Maschinengewehr. Joe hatte ihnen gesagt, dass sie, sobald er den Motor abgeschaltet hat, bis zehn zählen und dann herauskommen sollten, um Zeug in die Luft zu jagen. Blackie hatte die Baracke mit dem Raketenwerfer gesprengt, während Feather auf die Gasflaschen feuerte. Jetzt feuerten sie beide auf die sich zurückziehenden Rednecks, während Joe Grables in den Truck zerrte.

„Rein mit dir", befahl er und nahm ihm die Waffen ab, bevor er ihn in das Schließfach stieß.

„Warte", schrie Grables, „das ist nicht erlaubt. Ich habe Rechte."

„Ich lese sie dir später vor", sagte Joe und schlug ihm die Pistole gegen den Unterkiefer. Er schloss das Schließfach, dieses Mal schob er den Riegel vor, und senkte den Sitz. „Lasst uns verschwinden!", rief er.

Blackie setzte sich hinters Lenkrad, Feather feuerte vom Beifahrersitz aus weiter auf die Rednecks, während Joe auf dem Rücksitz, unter dem Grables lag, den Raketenwerfer nachlud. „Anschnallen", rief Joe, als sie sich in Bewegung setzten. Zur gleichen Zeit gruppierten sich die Rednecks neu, um das Feuer zu eröffnen. Joe duckte sich und hielt den Raketenwerfer aus dem Fenster. Er schoss und jagte einen Pick-up in die Luft, der in der Nähe des Eingangs parkte, um die Rednecks zu verängstigen, während sie davonrasten.

Ohne sich dieses Mal Sorgen um das Wohl des Passagiers in dem Schließfach zu machen, den Joe unter sich herumrollen und stöhnen hören konnte, holperten sie die steile Sandstraße hinunter. Sie wirbelten eine Menge Sand auf, doch Joe konnte sehen, wie sich die Rednecks in der Ferne in ihren Trucks näherten. Joe lud den Raketenwerfer mit einer der letzten beiden Raketen nach, dann machte er sich bereit und wartete.

Sie erreichten die Holzbrücke und Blackie fuhr langsamer. Sie konnten Cash auf der anderen Seite sehen, der auf der asphaltierten Straße wartete. Er hatte das Auto gewendet, um schnell fliehen zu können und stand nun mit gerichteter Waffe dahinter, um ihnen Deckung zu geben.

„Okay, Blackie", sagte Joe, „lass dir Zeit. Immer mit der Ruhe."

Blackie fing an, den Truck langsam über die Brücke zu manövrieren, fokussiert darauf, zentriert zu bleiben.

Cash eröffnete das Feuer, um sie zurückzuhalten, als er sah, dass die Rednecks den Hügel hinter ihnen überquert hatten. Während der Truck die Brücke überquerte, versuchte Joe, den Raketenwerfer genau auszurichten, um die Brücke hinter ihnen zu sprengen, sobald sie auf der anderen Seite waren. Plötzlich kam ein Redneck von der Ladefläche eines Pick-ups hervor und zerschoss ihren hinteren linken Reifen mit einer Schrotflinte. Der Truck schaukelte schwindelerregend und für einen Moment dachte Joe, dass sie im Fluss landen würden. Doch Blackie drückte das Gaspedal durch und riss das Lenkrad herum. Der Motor heulte auf und das Heck rutschte seitwärts, doch die Vorderräder waren auf festem Boden. Der Pick-up hinter ihnen begann, die Brücke zu überqueren. Joe feuerte.

Bei einem Schuss aus so kurzer Entfernung war die Wucht der Explosion gewaltig. Die Brücke zersplitterte, die Front des Pick-ups war zerstört und der Truck stürzte hinunter und landete am Flussufer. Das Heck hing über der zerstörten Brücke und begann zu brennen. Joe war nach dem Schuss auf dem Boden des Trucks in Deckung gegangen, doch er war benommen und hatte keinen Schimmer, wo der Raketenwerfer oder die verbleibende Rakete war. Das Heck des Trucks war durch den Aufprall eingedrückt und die Achse gebrochen. Feather und Blackie, die auf Joes Beharren beide angeschnallt auf ihren Sitzen saßen, waren etwas durch den Wind aber in Ordnung. Sie krochen aus den vorderen Fenstern des Trucks und riefen nach Joe.

Joe hörte Grables panisch gegen den Sitz treten. Er entfernte die Abdeckung und versuchte, das Schloss zu öffnen. Es war blockiert. Er rüttelte dran, doch der Riegel war durch den Unfall verbogen und steckte fest. Grables hörte ihn und trat fester. „Hey!“, hörte Joe eine Stimme rufen, gedämpft wie durch ein Kissen. „Hey!“

„Joe!“ Es war Feather. „Komm schon. Die Scheiße fliegt gleich in die Luft.“

Er hatte recht. Joe konnte sehen, wie die Flammen größer wurden. Kugeln hagelten durch die Rückseite des Trucks. Solange er am Boden blieb, konnten sie ihn durch all den Stahl nichts anhaben, doch früher oder später würden die Kugeln oder die Flammen den Tank oder die letzte Rakete erreichen. Joe lehnte sich zurück und trat fest mit dem flachen Fuß auf das Schloss. Nichts. Noch mal. Es rührte sich kein bisschen.

Blackie und Feather schrien. „Joe! Was zur Hölle?! Komm schon!“

Der Truck schaukelte erneut, als eine brennende Planke unter ihm nachgab. Joe sah die Flammen näherkommen. Maschinengewehrmunition prasselte und ein Heulen ertönte aus dem Schließfach, als Grables angeschossen wurde. Die Kugel durchbohrte das Schließfach.

„Sorry“, sagte Joe, auch wenn er wusste, dass man ihn nicht hören konnte. Dann ging er.

Joe kletterte durch das Fenster auf der Fahrerseite. Blackie zog ihn heraus, während Feather und Cash auf dem Boden lagen und Deckungsfeuer gaben. Sie liefen den Hang hinauf zum BMW und Cash gab Vollgas, wodurch das Heck leicht ausbrach, bevor sie sich aus dem Staub machten. Dann hörten sie die Explosion.

Die Flammen hatten die Rakete erreicht und sie ist explodiert, wodurch umgehend die Gase in dem Tank entzündet wurden, die erst einen orangefarbenen Feuerball und dann schwarzen Rauch in die Luft beförderten, während die Einzelteile von zwei Trucks und höchstwahrscheinlich Grables in der Gegend verteilt wurden. Die Struktur der Brücke, die bisher standgehalten hat, brach nun ebenfalls unter der Wucht der Explosion zusammen und fiel brennend in den Fluss, wo die Flammen mit einem Zischen erloschen.

Während sie die schmale Straße hinunterrasten und die Bäume links und rechts verschwommen an ihnen vorbeizogen, entfernte Joe rasch das Magazin aus der Glock des Deputy und warf es aus dem Fenster. Dann zog er den Schlitten zurück, um die Kugel, die im Lauf steckte, ebenfalls aus dem Fenster zu schmeißen. Im Anschluss montierte er den Schlitten ab und machte die Pistole untauglich, indem er seinen Haustürschlüssel in eine kleine Öffnung steckte, den Verschlussfang entsicherte und den Schlagbolzen entnahm. Er warf die Teile während der Fahrt nacheinander aus dem Auto.

„Waffen weg. Wischt sie ab und dann gebt sie mir."

„Bist du sicher?", fragte Feather neben ihm auf dem Rücksitz, „was ist, wenn die uns einholen?"

„Selbst, wenn sie es über den Fluss schaffen, sind sie zu Fuß. Aber wenn wir angehalten werden, sind wir am Arsch."

Feather nickte. Er holte ein Bandana heraus und fing an, sein Gewehr abzuwischen und auseinanderzubauen, während Blackie auf dem Beifahrersitz dasselbe mit seiner tat und Cashs Waffe nach hinten zu Joe gab. Sie schmissen die Teile in den Wald.

7

Als Donna und Logan das Polizeirevier erreichten, starrte Donna schweigend aus dem Fenster. Anfangs hatte sie noch versucht, Konversation zu machen und Logan ein Update bezüglich des Kerls zu geben, den sie jagten, doch Logan unterbrach sie mit einem: „Schon klar, ich habe die Akte gelesen." Also ließ Donna es bleiben und als ihr Handy wegen einer Nachricht aus dem Büro klingelte, nutzte sie die Gelegenheit als Ausrede, um erst ihre E-Mails und dann, unauffällig, Instagram zu checken. Sie hielten vor einem kleinen Rathaus, in dem sich sowohl ein Gerichtssaal als auch eine Polizeistation befanden.

„Da wären wir", sagte Logan. Ihre ersten Worte seit einer Stunde. „Das örtliche Polizeirevier."

„Alles klar." Donna stieg aus und ließ sie vorgehen. Sie folgten den Schildern in ein leeres Wartezimmer und warteten an einem hüfthohen Tresen. Donna hörte eine Stimme hinter der Tür am anderen Ende murmeln.

„Hallo?", rief sie, „irgendjemand da?" Sie schaute Logan an und zuckte mit den Schultern, bevor sie die Schwingtür am Ende des Tresens öffnete und durch die Tür ging. Von ihr ging ein Flur mit weiteren Türen ab. Die Stimme kam von einer offenen mit der Aufschrift *CHIEF*. Sie streckte den Kopf durch die Tür. Ein großer, weißer Mann mit weißen Haaren und einer mit Pusteln bedeckten Nase sprach in ein Funkgerät.

„Entschuldigen Sie, Chief?“ Er hob seinen Blick. Sie hielt ihren Ausweis hoch. „Special Agent Donna Zamora. Tut mir leid, dass ich so hereinplatze, aber vorne war leider niemand.“

„Da sollte eigentlich ein Deputy sein. Ich kann ihn auch nicht über das Funkgerät erreichen. Das Merkwürdige ist, dass sein Auto draußen steht.“ Er seufzte. „Wie dem auch sei. Das ist nicht Ihr Problem. Was kann ich für Sie tun?“

„Nur einen kleinen Gefallen. Ich bin in Begleitung eines US-Marshal und wir sind auf der Suche nach einem geflohenen Straftäter. Sie erzählte ihm das Nötigste über Grables und von dem Tipp, dass er sich in dem Camp aufhielt.

„Wenn das so ist“, sagte der Chief, „ich wollte da sowieso mal vorbeigucken. Vielleicht komme ich mit und schaue ihnen zu.“ Er ging zu einem Waffenschrank und holte seine Schlüssel heraus. „Und nehme meine Schrotflinte mit, falls wir ein paar Wachteln sehen sollten.“

Er folgte ihnen nach draußen, schloss die Türen hinter sich ab und hing ein Schild mit der Aufschrift *BALD ZURÜCK* an die Eingangstür, dann stieg er in seinen Streifenwagen. Die beiden Frauen stiegen in ihren Impala und hielten hinter seinem Wagen, während er den Motor anließ und weiterhin versuchte, seinen verdammten Deputy zu erreichen. Dann hörten sie den Knall.

Als Joe Donna sah, fühlte er sich einen Moment lang wie in einem Traum. Nach der Explosion war Cash den Berg des Camps hinuntergerast und manövrierte das Fahrzeug dabei meisterhaft um die Kurven. Als sie auf die Hauptstraße abbogen, bremste er sachte auf die erlaubte Geschwindigkeit ab und fuhr durch die kleine Stadt in Richtung Highway. Jetzt, wo er allmählich das Gefühl hatte, dass sie in Sicherheit waren, fing Joe gerade an, sich etwas zu entspannen. Er nahm die kaputte Sonnenbrille aus seiner Tasche und klappte sie aus; ein Bügel war abgebrochen. Sie war hinüber. Ein Kriegsopfer. Er konnte das gedämpfte Klopfen noch immer hören, das aus dem Schließfach kam. Grables, der verzweifelt um sein zugegeben ziemlich wertloses, abartiges und dummes Leben kämpfte. Doch es war immer noch ein Leben und das Leben kämpfte gegen den Tod, ob Ratte, Käfer oder Keim. Nicht wirklich immer, erinnerte sich Joe. Einige gaben auf oder waren bereits besiegt, bevor ihre Herzen zu schlagen aufhörten. Nicht jedoch Grables. Sein kleines, beschissenes Herz raste bis zum bitteren Ende.

Dann hörten sie Sirenen. Nicht hinter ihnen, sondern sich vom Stadtzentrum aus nähernd. Eine Minute später sahen sie das Polizeifahrzeug. Es kam mit eingeschaltetem Blaulicht auf der Gegenfahrbahn auf sie zu.

„Fuck“, nuschelte Blackie auf dem Beifahrersitz.

„Ganz ruhig“, sagte Joe, „wir sind sicher.“

Als die Ampel an der Kreuzung auf Rot sprang, raste das Polizeiauto an ihnen vorbei. „Keine Sorge“, sagte Cash in ruhigem Ton und blickte Kaugummi kauend in den Rückspiegel. „Ich hab’s im Griff.“ Er blieb zusammen mit dem restlichen Verkehr stehen, um das Polizeiauto durchzulassen. Hinterm Steuer saß ein älterer weißer Mann mit einer großen, knubbeligen Nase. Er trug dieselbe Uniform wie der Deputy sowie einen Hut und eine Pilotenbrille. Direkt hinter ihm fuhr ein schwarzer Impala mit Behördenkennzeichen. Und da, auf dem Beifahrersitz, saß Donna und schaute nichtsahnend aus ihrem Fenster und direkt in Joes. Ihre Augen weiteten sich, als hätte sie einen Geist gesehen. Sie sah ein zweites Mal hin, um sich zu vergewissern. Ihre Blicke trafen sich und obwohl er wie festgefroren war, merkte er, dass er lächelte, ohne es zu wollen. Ein paar Sekunden später war sie wieder verschwunden. Einige weitere Sekunden später brach das Feuerwehrfahrzeug mit heulenden Sirenen den Zauber. Männer in Schutzanzügen und Helmen hielten sich an der Seite fest. Direkt dahinter ein roter Krankenwagen. Die vier Männer im Auto saßen in angespannter Stille, während der Konvoi an ihnen vorbeiraste.

„Verdammt. Das war knapp“, sagte Feather und guckte durch die Heckscheibe. Er klopfte Joe auf den Arm. „Gut, dass wir die Knarren losgeworden sind, Alter.“

„Ja“, sagte Joe. „Gut.“

Als Donna Joe sah, dachte sie einen Moment lang, sie würde träumen. Der plötzliche Knall einer Explosion hatte sie in Bewegung gesetzt. Der Chief hatte die Sirene eingeschaltet und war losgeeilt. Logan fuhr dicht hinter ihm her und ein paar Minuten später folgte ihnen auch die Feuerwehr. Der Knall kam aus der Richtung des Camps, doch welche mögliche Verbindung könnte es zwischen der Routineuntersuchung im Falle eines gesuchten Verbrechers und einer plötzlichen Explosion in der gleichen ungefähren Gegend geben? Dennoch, Donna glaubte nicht an Zufälle und sie hatte das Gefühl, dass eine weitere scheinbar standardmäßige Operation kurz davor war, ins absolute Chaos zu stürzen. In diesem Moment, als sie gerade durch ihr Fenster die Autos beobachtete, die rechts ranfuhren, um sie durchzulassen, sah sie ihn auf dem Rücksitz eines BMW, wie er beiläufig in ihr Auto starrte. Joe Brody. Es waren lediglich einige Sekunden, doch ihre Blicke haben sich definitiv getroffen und er hat sie garantiert erkannt. Er sah aus, als hätte er einen Geist gesehen. Und dann, gerade als er aus ihrem Sichtfeld verschwand, glaubte sie, ihn lächeln gesehen zu haben.

„Glauben Sie wirklich, dass dies etwas mit Grables zu tun haben könnte?", fragte Logan zur einen Hälfte Donna, zur anderen sich selbst.

„Irgendetwas sagt mir, dass es das tut", sagte Donna.

Der Chief fuhr von der Hauptstraße ab und führte sie einen steilen Hügel hinauf. Die Motoren heulten auf dem Weg nach oben auf. Logan erschrak und trat auf die Bremse, als der Chief vor ihr plötzlich eine Vollbremsung hinlegte, sich nach links querstellte und mit dem Heck die Straße blockierte. Sie schlidderte nach rechts und wühlte eine Wolke aus Staub auf, bevor sie zum Stehen kam. Die Wracks zweier Fahrzeuge lagen zusammen mit schwelenden Überresten einer Brücke in dem Fluss. Am anderen Ufer standen ihnen außerdem mehrere schwer bewaffnete, größtenteils bärtige Männer in Tarnausrüstung gegenüber, die sowohl gefährlich als auch verwirrt aussahen.

Donna zog ihre Waffe, während sie ihren Gurt löste und stieg in einer fließenden Bewegung aus dem Auto, Logan tat dasselbe auf ihrer Seite.

„Keine Bewegung", riefen sie beinahe im Chor, bevor sie beidhändige Schusspositionen einnahmen. Der Chief sprang aus seinem Fahrzeug und entsicherte sein Gewehr.

Wie verängstigte Kreaturen, die zwischen Flucht oder Kampf entscheiden, zögerten die bewaffneten Männer eine Sekunde lang und guckten nervös hin und her. Dann hob der letzte in der Reihe, welcher am dichtesten zu Donna stand, sein Gewehr und sie feuerte einen tödlichen Schuss ab, der seine Brust zerriss. Keine Sekunde später, als ob jemand ein Streichholz in eine Kiste mit Feuerwerkskörpern geschmissen hatte, brach eine Schießerei aus. Mit zwei Kugeln in den Bauch schaltete Donna den nächsten in der Reihe aus, während Logan zwei weitere auf ihrer Seite außer Gefecht setzte. Den ersten tötete sie, während er selbst feuerte, den anderen traf sie in die Seite, als er sich gerade wegdrehen wollte. Der Chief erschoss einen großen, stämmigen Typen in Jagdbekleidung, den die Kraft der Schrotflinte direkt hintenüber zu Boden warf.

„Stopp! Hört auf!", schrie jemand hinter den Felsen. „Chief, ich bin es!"

„Feuer einstellen", rief der Chief und Donna ging hinter dem Auto in Deckung, um die Situation zu beobachten, während sich der Staub legte. Fünf Männer lagen auf der Straße, einer zuckte und stöhnte noch. Ein Arm wedelte mit einem Hut.

Der Chief rief: „Sind Sie das, Cook?"

„Ja, ich bin es!"

„Wie viele von Ihnen sind noch am Leben?"

„Drei", rief der Deputy. „Vier, wenn Sie Ronny hier mitzählen."

„Okay. Lasst die Waffen fallen und kommt mit erhobenen Händen heraus, und zwar alle!" Die Männer traten langsam aus ihren Deckungen hervor. Donna und Logan richteten ihre Waffen auf sie. „Legen Sie sich auf den Boden", fuhr der Chief fort. Er richtete seine Schrotflinte auf den Deputy. „Sie auch, Cook. Ich will nicht bereuen müssen, dass ich Sie nicht erschossen habe."

Er legte sich auf den Boden und die drei machten sich daran, jeden von ihnen in Handschellen zu legen und die Gegend abzusichern, bevor sie die Feuerwehr und den Krankenwagen durchließen. Die State Trooper trafen ein und um sie zu unterstützen, durchsuchten sie den Rest des Camps, wo sie ein paar Ausreißer einsammelten und einen Drogenvorrat in einem trockengelegten Brunnen sicherstellten. Nachdem Donna angerufen hatte, tauchte das FBI auf, um sich um die Forensik zu kümmern, sowie das ATF, um sich den enormen Vorrat an Waffen in dem Camp anzuschauen. Logan blieb vor Ort, um die Verdächtigen zu vernehmen und rauszufinden, ob ihre Zielperson unter den Toten war oder nicht. Donna fand sie in ihrem Auto, wo sie in der kühlen Luft der Klimaanlage Papierkram erledigte, und setzte sich zu ihr.

„Also, die Forensiker haben die Überreste einer männlichen Person gefunden, deren einziger nicht verkohlter Fingerabdruck mit dem von Grables übereinstimmt", sagte Donna, „besonders interessant ist die Todesursache. Scheint, als wäre er, basierend auf Ballistik und Schussbahn, von einem seiner eigenen Leute erschossen worden, was ihn jedoch vorm verbrennen gerettet hat, was ihn wiederum vorm Ertrinken gerettet hätte."

„Scheint nicht sein Tag gewesen zu sein", sagte Logan.

„Kommt drauf an, wie man es sieht. Er ist tot, aber es hätte schlimmer kommen können."

Logan blätterte durch ihre Unterlagen. „Ich habe hier einen Haufen widersprüchlicher Aussagen. Die meisten behaupten, das Camp sei von einem gut ausgerüsteten Team von zehn bis zwanzig, in Anführungsstrichen, Asiaten überfallen worden. Denk dir dabei, was du willst. Die Krönung ist ‚Deputy Anhängsel' hier. Er behauptet, er wäre von einem ‚Jack Me Off' reingelegt worden." Sie grinste. „Ich werde ihn nur spaßeshalber mal einem Backgroundcheck unterziehen, aber irgendetwas sagt mir, dass das kein echter Name ist."

„Da stimme ich zu", sagte Donna, während sie an Joe dachte, der im Auto an ihr vorbeizog. Sie wollte lachen und gleichzeitig wollte sie schreien.

„War mir eine Freude, mit Ihnen zusammenzuarbeiten, Agent Zamora", sagte Logan und streckte ihre Hand aus. Donna schüttelte sie.

„Danke, Marshal. Die Freude ist ganz meinerseits."

„Ich muss zugeben, dass ich mich vorher ein wenig über Sie informiert habe und als ich hörte, dass Sie am Hinweistelefon sitzen, habe ich befürchtet, dass Sie außer Reden nicht viel draufhaben."

Donna zuckte mit den Schultern und dachte daran, was Andrew ihr erzählt hatte. „Kein Problem."

Zum ersten Mal lächelte Logan sie an. „Sie haben wahrscheinlich gehört, dass ich eine gemeine, alte Kampflesbe bin."

Donna wurde rot. „Das würde ich nicht sagen."

„Sie haben richtig gehört. Das bin ich! Aber ich lag falsch, was Sie anging. Sie wissen, wie man mit einer Waffe umgeht und Sie wissen, wann man zu reden und wann zu schweigen hat. Zwei meiner Lieblingseigenschaften bei einer Frau. Wir sollten ein Bier trinken gehen."

Donna lachte. „Das klingt gut, aber ich habe noch eine Sache, um die ich mich in der Stadt kümmern muss. Ein anderes Mal."

8

Joe wachte erneut in demselben Auto auf, aber er fühlte sich noch schlechter als beim letzten Mal. Cash rüttelte ihn.

„Hey, Joe. Wach auf. Wir sind zu Hause."

„Zu Hause?", murmelte er. Er war sich nicht ganz sicher, was das bedeutete.

Als er sich aufrecht hinsetzte, sah er, dass Feather und Blackie verschwunden waren.

„Zurück in Queens, Mann. In Sicherheit", sagte Cash. „Ich habe die Jungs abgesetzt, aber ich habe keine Ahnung, wohin ich dich bringen soll."

Joe guckte aus dem Fenster. Flushing. Auf der Hauptstraße wimmelte es vor Menschen, hauptsächlich asiatisch. Nur ein Afroamerikaner in einem Dashiki verteilte Flyer und ein mexikanischer Gemüsehändler diskutierte mit einer alten, chinesischen Dame oder, genauer gesagt, er zuckte mit den Schultern und lächelte, während sie schimpfte. Es war eine komplett andere Welt, als die, aus der sie gerade kamen und Joe fragte sich, was diese White-Power-Camper wohl denken würden, wenn sie hier, in ihrer Version der Hölle, aufwachen würden.

„Joe?", sagte Cash und schaute ihn durch den Rückspiegel an. „Kann ich dich mal etwas fragen?"

„Klar."

„Bist du auf Drogen? Oder machst du Entzug?"

„Vielleicht ein bisschen von beidem."

„Ich habe mich nur gewundert, weil du da hinten um dich geschlagen und gestöhnt hast."

„Oh." Joe erinnerte sich nicht an seinen Traum, Gott sei Dank, doch er wusste, was er beinhaltete. Das war der Grund, warum er auf Drogen war. „Ach ja, das. Tut mir leid."

„Der Grund, warum ich frage", sagte Cash, „es geht mich nichts an, aber ... ich kenne da diesen Arzt in der Nähe. Ein Freund von mir ist auf Heroin abgestürzt und sie hat ihn mit Akupunktur und Kräutern und so entgiftet. Ich meine ..." Cash wandte sich wieder dem Verkehr zu. „Wenn du willst."

Joe dachte darüber nach. Entweder das oder zurück zu seiner Großmutter und dann was? Wieder eine Schlägerei im Club? Mehr Stress mit diesen Rap-Typen? Er war erschöpft, zu schwach, um seine Faust zu ballen. Seine Knochen fühlten sich hohl an und in ihnen spürte er das vertraute Jucken, das Opiatentzug mit sich brachte. Seine Gelenke schmerzten. Seine Nerven zuckten und kribbelten und ließen seine Extremitäten zittern und ausschlagen.

„Hat es funktioniert?", fragte er. „Wie geht es deinem Freund jetzt?"

„Er ist tot." Cash runzelte die Stirn im Rückspiegel. „Aber die Entgiftung hat großartig funktioniert. Ein paar Monate später ist er dann rückfällig geworden und hatte eine Überdosis. Seine Toleranz war zu gering."

Joe nickte. „Okay. Darüber machen wir uns Gedanken, wenn es so weit ist. Bring mich zu dem Arzt."

Donna fand einen Parkplatz auf der Roosevelt Avenue unter den Bahnschienen der Zuglinie 7, die täglich nicht nur die weiße, reiche Gesellschaft Manhattans hin und her fuhr, sondern auch die multiethnischen Gruppen aus dem Schmelztiegel Queens, dem vielfältigsten Ort des Planeten, wo Millionen Menschen lebten, liebten, aßen, schlafen, spielten, stritten und starben. All das, so hatte sie es gehört, auf bis zu achthundert verschiedenen Sprachen und Dialekten. Jackson Heights, das Viertel, durch das sie jetzt ging, hatte sich in den letzten Jahren von einer irisch-italienisch-jüdisch-dominikanisch-puerto-ricanischen Gegend zu einer kolumbianischen und dann zu einer indischen Gegend gewandelt. Jetzt gab es dort Little Pakistan und Little Bangladesh und tibetische und nepalesische Restaurants eröffneten. Auch ein mexikanischer Zufluss war zu beobachten. Allein der Gedanke daran machte sie hungrig und sie überlegte, wo sie später Essen für ihre Mutter und ihre Tochter zu Hause holen sollte. Ecuadorianisch vielleicht? Plötzlich hatte sie das Verlangen nach Encebollado – ein Fischeintopf mit Zwiebeln, Tomaten und Koriander. Außerdem ein paar Empanadas für Larissa, aber erst musste sie dem Club *Rendezvous* einen Besuch abstatten, in dem Joe als Türsteher arbeitete. Die erste Nummer, die sie wählte, nachdem sie in die Stadt zurückkehrte, war die des Clubs. Man sagte ihr, Joe sei aus „persönlichen Gründen beurlaubt“ und daher nicht erreichbar. Sie entschloss, es als Nächstes bei seiner Großmutter zu versuchen. Abgesehen von dem Club, war das der einzige ihr bekannte Ort, an dem Joe sich regelmäßig aufhielt.

Sie ging die Stufen hinauf und überquerte den Hof, auf dem sie an spielenden Kindern und tratschenden älteren Damen auf Klappstühlen vorbeilief, von denen sie wusste, dass sie über sie reden würden, sobald sie sie sahen. Gladys war nicht dabei, also ging sie in das Treppenhaus, das durch die kaputte Glühbirne nur schwach beleuchtet war, und klingelte. Eine verzerrte, aber vertraute Stimme antwortete.

„Hallo? Wer ist da?"

„Hallo, Mrs. Brody. Hier ist Donna Zamora."

„Wer?"

„Special Agent Donna Zamora? Wir haben uns schon einmal unterhalten?"

„Wer?"

Donna seufzte. „Die FBI-Agentin."

Es wurde kurz still und dann öffnete sich die Tür. Der Aufzug funktionierte nicht oder zumindest schien er nicht zu kommen, also nahm sie die Treppen ins vierte Stockwerk, wo Gladys durch die leicht geöffnete Tür spähte, die sie mit der Türkette gesichert hatte.

„Ach, Sie sind es", sagte sie. „Tut mir leid, Liebes." Sie gab Donna einen Kuss auf die Wange und ließ sie herein. „Sie wissen ja, wie das ist. Man kann nie vorsichtig genug sein."

„Da haben Sie recht, Mrs. Brody", sagte Donna und fragte sich, ob die Eindringlinge, die sie fürchtete, Einbrecher oder Polizisten waren.

„Nennen Sie mich Gladys", sagte sie zu ihr, während sie sich wieder in ihren Sessel neben dem Telefon und gegenüber des stumm geschalteten Fernsehers setzte. Sie winkte in Richtung der Couch. „Wir sind doch schon alte Freunde."

„Danke, Gladys“, sagte Donna und setzte sich. „Schön, das zu hören. Ich sehe uns gerne als Freunde.“ Sie guckte sich um. „Ich hatte gehofft, dass Joe auch hier sein würde. Erwarten Sie ihn noch?“

„Joe? Nein. Der war in letzter Zeit nicht hier.“

„Gar nicht?“, fragte Donna. Sie sah die halb volle Flasche Wodka und einige leere Gläser auf dem Tisch sowie Reste von etwas, das wie Kaviar anmutete. Neben ihren Füßen standen Hausschuhe, die aussahen, als wären sie für Männer.

„Ne“, sagte Gladys und schaute ihr lächelnd in die Augen. „Ich habe natürlich noch andere Freunde außer Ihnen, die mich besuchen kommen.“ Sie war eine gute Lügnerin. Kein Zögern, keine Scham, kein Rechtfertigen. Ihr Leben unter Gaunern machte sich bemerkbar. Diese Menschen wickelten einen mit ihrem Selbstbewusstsein um den Finger. Und bei einem Profi wie ihr wurde die Überzeugung der Lüge so absolut, dass sie sie in gewisser Weise selbst glaubte, sie zu ihrer Wahrheit machte. Es infrage zu stellen und zum Beispiel zu sagen: „Sind das da nicht seine T-Shirts in dem Wäschekorb?“ würde nur zu noch größerem Widerstand führen, vielleicht sogar etwas Wut auslösen, weil man es wagte, an der Wahrheit ihrer Lüge zu zweifeln.

„Ich habe den Club angerufen“, sagte Donna und wechselte die Taktik. „Man hat mir gesagt, dass er aus persönlichen Gründen beurlaubt wurde. Ich hoffe, er ist in Ordnung. Darum bin ich vorbeigekommen.“

„Ihm geht es gut, da bin ich mir sicher.“

„Er hat nicht gesagt, wohin er geht?“

„Liebes, er ist schon mal zum Militär gegangen, ohne es mir zu sagen.“

„Er hat noch nicht einmal angerufen? Was, wenn er in Schwierigkeiten steckt?"

„Er meldet sich nicht einmal, wenn er verhaftet wurde. Er kommt danach einfach vorbei und sagt, dass er wieder draußen sei. Hören Sie", sie tätschelte Donnas Bein, „Sie brauchen sich keine Sorgen zu machen. Joe ist wie eine Katze. Er kommt und geht und wenn man versucht, ihm ein Halsband umzulegen, wird man gekratzt. Aber wenn man ihn in Ruhe lässt, dann kommt er früher oder später zurück, schnurrend und so süß, wie es nur geht."

„Oder mit einem toten Vogel im Mund."

„Ha!" Gladys lachte und griff nach dem Wodka. „So langsam begreifen Sie es. Tun Sie mir doch bitte einen Gefallen, Liebes. Holen Sie mir etwas Eis und eine Limonade aus dem Kühlschrank und auch ein Glas für Sie." Sie nahm die Fernbedienung in die Hand. „Meine Sendung fängt gleich an."

Die kleine, süße Beamtin lehnte den Drink wie erwartet ab. Gladys wäre überrascht und sogar ein wenig beeindruckt gewesen, hätte sie sich tatsächlich einen Wodka mit Limo gemacht und sich zurückgelehnt, um die Sendung mit ihr zu gucken. Aber sie ging und drückte Gladys wieder eine ihrer Karten in die Hand und betonte noch einmal, wie wichtig es sei, dass sie mit Joe spricht. Wichtig für wen? Für Joe auf jeden Fall nicht, so viel war sicher. Gesetzeshüter jeglicher Art kamen bei ihr vorbei, um nach ihrem Enkelsohn zu fragen, seit er zehn war und davor war es sein Vater und ihr damaliger Ehemann und sie selbst auch. Aber niemand, den sie kannte, rief selbst die Polizei.

Eine professionelle Kriminelle zu sein, bedeutete laut Definition offensichtlich, dass viele ihrer Aktivitäten illegal waren. Doch abgesehen davon, lebte sie in einer Klasse der Gesellschaft, die ganz einfach außerhalb des Gesetzes existierte, auch wenn die meisten nie ein Verbrechen begangen hatten. Nicht einmal ein Opfer eines Verbrechens rief in ihrer Welt die Polizei: Man rief seine Freunde oder, wenn man konnte, die kriminelle Gruppierung, die in der entsprechenden Gegend das Sagen hatte. Dass das Gesetz jemals helfen würde, kam hier niemandem in den Sinn. Viele männliche Schwarze hatten zum Beispiel das Gefühl, dass sie höchstwahrscheinlich selbst in Handschellen landen würden – oder schlimmer, mit Kugeln durchlöchert auf dem Asphalt –, sollten sie jemals die Polizei rufen, egal, in welcher Situation. In ihren Augen war ein vorbeifahrender Streifenwagen dasselbe wie ein bekannter Schläger oder ein aggressiver Kampfhund – etwas Gefährliches und Unberechenbares, das man meiden sollte. Einwanderer, legal oder nicht, fürchteten, dass jede noch so harmlose Begegnung mit der Regierung sie in die Fänge der Einwanderungsbehörde befördern und ihre Visa oder Green Cards gefährden könnte. Einige Frauen, die Opfer von sexueller Belästigung auf der Arbeit oder der Straße geworden sind oder vielleicht sogar zu Hause misshandelt wurden, erwarteten mittlerweile nichts mehr – oder gar weniger als nichts – von den Behörden. Und so weiter. Wenn man keine Versicherung hatte, kein Grundstück oder Portfolio besaß, wenn man keine Stimme in der Politik hatte und wenn man im Fernsehen oder den Medien nicht seine eigene Realität reflektiert sah, dann verstand man, sei es irgendwann ganz plötzlich oder von Geburt an, dass das soziale Auffangnetz von Schutz und Unterstützung, das die Gesellschaft bot, nicht für einen selbst gespannt wurde. Oder es hatte so viele Löcher, dass es nutzlos war, sodass man sich selbst nicht dazu verpflichtet sah, seinen eigenen Teil der Abmachung einzuhalten. Wenn man das Gefühl hatte, das Gesetz war nicht für einen da, gab es auch keinen Grund, sich ihm zu unterwerfen. Die Regeln des Spiels werden wertlos, wenn man realisiert, dass das Spiel manipuliert ist.

Solche Leute waren in gewisser Weise natürliche Anarchisten, was auch immer ihre politische Einstellung war oder welchen Lifestyle auch immer sie pflegten. Sie gingen ihren eigenen Weg, trafen ihre eigenen Entscheidungen und lebten mit ihren Konsequenzen. Sie waren frei. Doch wenn sie fielen, dann fielen sie und niemand fing sie auf. Wenn sie sich verletzten, krank oder alt oder verhaftet wurden, sie verhungerten oder erfroren, waren sie auf sich allein gestellt – es sei denn, sie hatten Freunde oder Familie, an die sie sich wenden konnten. Wenn Joe also aus der Tür hinausging, wusste Gladys: Vielleicht würde er mit einer Tasche voller Geld nach Hause kommen, vielleicht würde er kriechend und blutverschmiert nach Hause kommen, vielleicht würde er sie anrufen und ihr sagen, dass sie etwas Geld aus der Tasche nehmen und ihm irgendwo hinschicken sollte, vielleicht würde sie ihn aber auch nie wieder sehen.

Und daher würde diese Agentin, Donna wie auch immer ihr Nachname lautete, nie etwas anderes als ein Außenseiter in Gladys' Welt sein. Sie waren Gesetzlose und sie war das Gesetz. Katz und Maus. Das Problem an der Sache: Gladys mochte Donna. Und Donna mochte Joe, das konnte Gladys sehen, vielleicht sogar besser als sie selbst. Gladys' Instinkt sagte ihr, dass sie genau die Frau war, die Joe in seinem Leben brauchte. Jemand Anständiges, mit dem er anständig werden konnte. Jemand, der ihn glücklich machen konnte. Sie war jedenfalls besser als diese Russin Yelena. Die roch nach Ärger, als wäre es Parfum. Auch wenn sie Wodka und Kaviar mitbrachte und mit Gladys mithalten konnte und Safes wie ein Meister knackte und sich wie eine Katze bewegen konnte, geboren und aufgezogen, um den Hunden zu entkommen.

Das war das Komische an der Sache: Donna schien perfekt zu Joe zu passen, doch nur der Gedanke daran war lächerlich, als würde man einen Fisch mit einem Vogel paaren. Yelena schien im Gegensatz das Letzte zu sein, das ihr Enkel gebrauchen konnte, doch sie war eine von ihnen, ein natürliches Mitglied des Stammes. Sie gehörten zusammen, wie immer, gegen das Gesetz.

9

„Verdammt, Joe“, dachte Gio auf dem Weg zu dem Treffen mit Alonzo und dem Rap-Mogul Cold Daddy Collins. Er meinte es nicht so oder zumindest meinte er es so, wie man so etwas über seinen ältesten und zugegeben engsten Freund dachte. Sie waren Freunde, seit Joe ihn in der Grundschule vor ein paar älteren Schlägern gerettet und Gio ihn daraufhin gewissermaßen als Bruder adoptiert hatte. Seine Familie arrangierte für Joe ein Stipendium an einer exklusiven katholischen Schule, auf die er selbst ging. Er war bestürzt zu sehen, in welcher Verfassung Joe sich nach seiner Zeit in der Spezialeinheit befand: ausgelaugt von den Drogen und extrem traumatisiert. Also gab er ihm den Job als Türsteher als eine Art Vorruhestandsprogramm. Ein einfacher Job, der ihm ein geregeltes Einkommen für ihn und seine Großmutter Gladys sicherte, die sich ebenfalls nach einem Leben als Gaunerin mehr oder weniger im Ruhestand befand. Dass ihm das alles jetzt so um die Ohren flog, ging ihm gehörig auf die Nerven. Gio Caprisi war ein viel beschäftigter Mann. Er führte ein weitreichendes Familienimperium, sowohl die legitime obere Hälfte mit Immobilien, Aktien, Restaurants, Trucks, Straßenbau, Umzug und Bauunternehmen als auch die untere, nicht so legitime Hälfte: hochorganisiertes Verbrechen. Ein Mann, den Hunderte fürchteten, doch von dem sie gleichzeitig abhängig waren wie eine Kombination aus General und CEO. Im Auto mit Nero und ein paar anderen seiner Soldaten zu sitzen und nach Brooklyn zu einem Treffen mit Alonzo zu fahren, der die schwarzen Gangs im Zentrum von Brooklyn kontrollierte, nur um einen unbedeutenden Streit um nichts mit ein paar unwichtigen Idioten beizulegen, verschwendete nicht nur kostbare Zeit, sondern es war auch beleidigend. Darum verfluchte er Joe still und leise, während Nero hinterm Steuer saß und schweigend auf die Straße vor ihm starrte.

Dann wiederum hatte er in seinem Leben niemanden wie Joe. Er vertraute ihm seine Geheimnisse, sein Geld und seine Sicherheit an. Er war zweifellos die Person, die Gio anrufen würde, wenn er selbst in Schwierigkeiten stecken würde. Und auch wenn Gio ihm den Job als Türsteher aus Mitgefühl gegeben hatte, hatte er dabei auch Joes besondere Talente im Hinterkopf gehabt: Zehn Jahre im Krieg haben seinen Freund zwar etwas verkorkst, doch sie haben ihn auch zu einer stahlharten, tödlichen Waffe geschmiedet und als Terroristen Gios Welt infiltriert hatten und seine Heimatstadt bedrohten, setzte er diese Waffe ein. Jetzt sind die Terroristen tot und ihr Virus zerstört. Darum, egal wie sehr es ihn nervte und wie viel er fluchte, fuhr er quer durch die Stadt, um sich um Joes Problem zu kümmern. Er passte auf ihn auf, jetzt und für immer. Nero, der nichts sagte, um zu vermeiden, dass er seinen gereizten Boss noch mehr verärgerte, konnte nicht anders, als zu grinsen, als sie den Treffpunkt erreichten – ein Chicken-and-Waffles-Restaurant, eröffnet, um an der gentrifizierten Szene in Crown Heights mitzuverdienen. Es war Alonzos Laden, lief jedoch auf einen anderen Namen. Das Gebäude, eine umgebaute Lagerhalle, gehörte einem alten Freund – natürlich ebenfalls unter einem Decknamen – Menachem „Rabbi" Stone, der den chassidischen Untergrund kontrollierte. Alonzo und Gio waren sozusagen Gleichrangige in ihren jeweiligen Organisationen, deren Wege sich in der Vergangenheit wiederholt kreuzten, was gelegentlich zu Zusammenstößen führte, doch letztendlich gründeten sie eine Allianz auf ihrem Weg an die Spitze. Genau so war es mit Rabbi und seinem Vater: Rabbi war bereits an der Spitze, als Gio seinen Führerschein gemacht hatte. Dort war er auch seitdem geblieben und führte seine orthodoxe Armee an, die mit ihren Bärten, Anzügen und langen Mänteln viel mehr wie eine Gruppe Outlaws aussahen als der Rest von ihnen. Gio erinnerten sie immer an eine Gang aus dem Wilden Westen und er nannte sie die Black Hats.

Doch im Moment war die einzige Kopfbedeckung in Sicht ein Haarnetz auf dem Kopf des Küchenarbeiters, der genervt von vorne anfangen musste, die eintreffende Ware mit seiner Liste abzugleichen, als Gio und seine Entourage in der Ladezone auftauchten. Dann erkannte er die Gesichter in dem Auto und trat respektvoll beiseite und wandte sich wieder seiner Arbeit zu. Barry, einer von Alonzos Männern, ein riesiger Typ im Trainingsanzug und Kangol Mütze, nickte ihnen zu und öffnete die Küchentür. Pete, einer von Gios Jungs, blieb zurück, setzte sich auf die Motorhaube des Autos und zündete sich eine Zigarette an, während die anderen hineingingen. Es sah aus, als würde es ein weiterer warmer Sommertag werden.

Drinnen glänzten Arbeitsflächen und Messer, während das Personal durch die Gegend hetzte, Lieferungen entlud und haufenweise Gemüse klein hackte. Riesige Töpfe köchelten über den Industrieöfen. In einer Ecke zwischen dem begehbaren Kühlschrank und der Abstellkammer stand ein einzelner Tisch, bedeckt mit einer makellos weißen Tischdecke. An ihm saß Alonzo und aß einen großen Teller Chicken and Waffles, nippte an seinem Kaffee und laß das *Wall Street Journal*. Er hob seinen Blick und lächelte.

„Gio!" Er stand auf und nahm die weiße Serviette aus seinem Kragen, wodurch sein dreiteiliger marineblauer Nadelstreifenanzug, sein hellblaues Shirt und die elektroblaue Krawatte zum Vorschein kamen. Diamanten funkelten an seinen Ringen, Ziffernblatt und Ohrläppchen. Auch Gio hatte sich ebenfalls gut gekleidet – sie unterhielten sich öfters über Stoffe und tauschten Schneider aus -, aber etwas mehr leger. Er trug einen sommerlichen Leinenanzug, ein weißes Shirt und seine Rolex, ein Geburtstagsgeschenk seiner Frau und seinen Kindern. Sie umarmten sich.

„Habt ihr Hunger?", fragte Alonzo, als Gio und Nero sich setzten. Der andere von Gios Männern, Big Eddie, blieb zusammen mit Barry an der Tür. Nachdem sie sich ausreichend gemustert hatten, verbrachten sie die Zeit damit, munter über Rezepte für Proteinshakes und Trainingsübungen zu diskutieren. „Ich will ja nicht angeben", sagte Alonzo zu ihnen, „aber das Essen hier wird nach dem Rezept meiner Großmutter zubereitet mit dem Unterschied, dass wir unsere eigenen organischen Hühner züchten und eine Connection für puren Ahornsirup aus Vermont haben."

„Es riecht fantastisch“, sagte Gio, was die Wahrheit war, „aber ich nehme nur einen Kaffee. Ich komme ein anderes Mal zum Abendessen vorbei.“ Es war schließlich zehn Uhr morgens und er war noch mit ein paar Bankern in der Innenstadt verabredet.

„Also gut.“ Alonzo warf die Serviette auf den Tisch. „Lasst uns diese Scheiße regeln.“ Er rief Barry zu: „Bring Cold rein.“

Der Bodyguard ging zur Tür, die zum Essbereich führte und streckte seinen Kopf hindurch, während eine junge Frau in weißer Küchenkleidung und einem Schal über ihren Flechtzöpfen den Kaffee servierte, bevor sie wieder hinter die Arbeitsfläche ging und gekonnt Grünzeug mit einem riesigen, glänzenden Messer hackte. Cold Daddy betrat den Raum in einem Anzug, der deutlich protziger war als die von Gio und Alonzo: hellgrünes, breites Revers und ein passender Hut. Im Schlepptau hatte er einen seiner Leute im engen T-Shirt und einer Wrap-Around-Brille. In der Hand hielt er einen Koffer. Die ganze letzte Woche hatten er und seine Freunde Lärm gemacht und jetzt hatte er Alonzo endlich um ein Treffen gebeten.

„Gio, das ist mein Geschäftspartner Cold Daddy Collins. Cold, das hier ist mein alter Freund Gio Caprisi.“

„Freut mich, Sie kennenzulernen“, sagte Gio halb im Stehen und streckte seine Hand aus.

„Ist mir eine Ehre, Mr. Caprisi“, erwiderte Cold und ließ seinen Blick von Gio zu Alonzo schweifen. Alonzo nickte und sie setzten sich. Cold räusperte sich.

„Zuallererst möchte ich sagen, dass ich, wenn ich gewusst hätte, dass das Ihr Laden ist, niemals so hereingeplatzt wäre. Und mein Bro Lil' Whitey, er hätte ihrem Club mehr Respekt entgegenbringen sollen."

Gio lächelte. „Er sollte wissen, dass man nirgendwo eine Frau so behandelt. Sie ist diejenige, der er mehr Respekt entgegengebracht haben sollte."

„Da ist was dran. Er hätte die Finger von dieser Pussy lassen sollen. Hören Sie, um ehrlich zu sein, ist sein Spitzname im Büro Lil' Tighty, weil er so ein ekelhaftes Arschloch ist, aber dieses Arschloch hat letzten Monat eine Million Downloads ausgeschissen, also ..."

Gio lächelte Alonzo zu, der mit den Schultern zuckte. Colds Plattenlabel machte ein Vermögen mit Lil' Whitey und Alonzo verdiente im Hintergrund daran mit.

„Ich verstehe", sagte Gio verständnisvoll. „Geschäft ist Geschäft. Ich sehe keinen Grund, ein kleines Missverständnis dazwischenkommen zu lassen. Ich schlage vor, wir vergessen das Ganze. Nichts für ungut."

Alonzo lächelte. „Danke, dass du so verständnisvoll bist, Gio." Er drehte sich zu Cold. „Siehst du? Ich habe es dir doch gesagt. Wir sind alle immer noch Geschäftsmänner. Keine Zeit für Gangster-Schwachsinn. Lasst uns einfach weitermachen, als wäre das nie passiert."

„Exzellent", sagte Cold. „Bleibt nur noch eine letzte Sache." Er hielt seine Hand auf und sein Bodyguard holte einen Ordner aus dem Koffer und gab ihn Cold. Er öffnete ihn auf dem Tisch und ein Stapel rechtlicher Dokumente kam zum Vorschein. „Ich habe meinen Anwalt diese einfachen Geheimhaltungsverträge ausstellen lassen. Wenn Sie die nur unterschreiben und Ihre Leute dasselbe machen lassen könnten."

Gio blickte für einen langen Moment auf die Unterlagen, während Alonzo und Nero ihn anstarrten und sich auf seine Reaktion gefasst machten. Dann brach er in Gelächter aus. Alonzo und Nero begannen daraufhin, ebenfalls erleichtert zu lachen. Wütend sprang Cold auf und hämmerte so doll auf den Tisch, dass der Kaffee über die Dokumente kleckerte, was sein Handlanger versuchte aufzutupfen.

„Ihr lacht über mich? Wisst Ihr, was es für Auswirkungen auf die Verkaufszahlen hat, wenn sich herumspricht, dass Lil' Whitey von einer Bitch fertiggemacht wurde? Das ist mein Geld, von dem wir hier reden. Und dein Türsteher hat meinem Kämpfer den Arm gebrochen! Er musste seinen nächsten Kampf absagen." Er zeigte mit einem dicken, juwelenbesetzten Zeigefinger auf Gio. „So, wie ich das sehe, haben mich deine Leute ein Vermögen gekostet, aber ich bin bereit, es wie ein Gentleman zu lösen, aus Gefälligkeit gegenüber meinem Mann Alonzo hier. Also schlage ich vor, du hörst auf zu lachen."

Gios Lachen verstummte. Seine dunklen braunen Augen schienen ganz schwarz zu werden, während er den dicken Finger fokussierte. „Entschuldigen Sie bitte, Miss", sagte er zu der Köchin, die das Grünzeug klein hackte. „Könnten Sie kurz herüberkommen?"

Das Mädchen hörte auf zu arbeiten, der Staccato-Rhythmus ihrer Klinge verstummte und sie kam neugierig herüber.

„Alonzo", sagte Gio, „magst du japanische Gangsterfilme genau so sehr wie ich?"

Alonzo, der seinen Atem anhielt, antwortete überrascht: „Filme? Ja, klar, Gio. Die sind ziemlich cool."

„Nicht wahr? Und es gibt da immer einen, der seine Vorgesetzten missachtet. Erinnerst du dich, was der dann machen muss?“

Jetzt nickte Alonzo mit einem finsteren Grinsen. „Ja, klar. Er muss sich einen Finger abschneiden.“

„Richtig“, sagte Gio. Er nickte der jungen Köchin zu. „Liebes, lassen Sie Mr. Cold hier doch bitte Ihr Messer für eine Sekunde ausleihen.“

Mit weit geöffneten Augen hielt sie ihm das Messer entgegen. Colds nervöser Blick schweifte von dem Messer in die versteinerten Gesichter um den Tisch herum und wieder zurück auf das Messer. Niemand lächelte oder lachte mehr. Gio starrte ihm ins Gesicht und sagte mit monotoner Stimme: „Leg deine Hand auf den Tisch.“

„Was zur Hölle?“, sagte Cold, „ich dachte, du hättest gesagt, das hier wäre nur Business, Mann. Kohle.“

„Keine Sorge. Du darfst den Ring behalten. Ich will nur meinen Finger.“

„Bei allem Respekt, Gio, ich glaube, in den Filmen ist es der kleine Finger, den sie abschneiden.“

Gios Augen waren leer und kalt wie die einer Echse. „Dann hätte er mit seinem kleinen Finger auf mich zeigen sollen, nicht wahr?“

Alonzo lehnte sich zu Gio herüber. „Hör zu, ich bitte dich, die Sache hier zu vergessen, als Gefallen, und ich verspreche dir persönlich, dass es von seiner Seite aus keine Schwierigkeiten mehr geben wird. Ansonsten schneide ich ihm etwas ab und es werden keine Finger sein. Dieser Junge hat keine Ahnung. Hätte er eine, wüsste er, dass niemand hier irgendetwas unterschreiben muss. Dein Handschlag ist genug.“ Alonzo streckte seine Hand aus. Gio zögerte einen Moment, dann schüttelte er seine Hand und stand auf.

„Danke für den Kaffee“, sagte er zu Alonzo. Der Köchin rief er zu: „Und, Miss, was auch immer Sie da kochen, riecht wundervoll.“

„Danke“, sagte sie mit weicher Stimme. Dann ging er, gefolgt von Nero und Big Eddie. Die Tür schloss sich hinter ihnen.

Cold ließ sich seufzend in den Stuhl fallen. Das Mädchen nahm leise ihre Arbeit wieder auf. Alonzo schüttelte den Kopf. „Du zurückgebliebener Motherfucker. Du hast Glück, dass er dir nicht den Kopf abgeschnitten und in meine Grütze geworfen hat. Ich hätte es ihm nicht übelgenommen. Dokumente? Was für ein Schwachmaten-Pussy-Scheiß ist das denn bitte?“ Cold zuckte mit den Schultern und schob die Unterlagen zusammen, um sie zurück in den Koffer zu stecken.

„Mein Anwalt hat mir dazu geraten“, schnaufte er, „und wie du schon sagtest, wir sind Geschäftsmänner.“

„Jetzt hör mal zu.“ Alonzo lehnte sich zu ihm herüber. „Lass mich eines klarstellen. Was wir vorhin über Geschäftsmänner gesagt haben?“

Cold nickte.

„Das war alles Bullshit. Du bist ein Geschäftsmann in Gangsterverkleidung. Dieser Mann da, in dem Businessanzug? Das war ein verdammter Gangster.“

Gio, Nero und Big Eddie warteten, bis sie draußen waren und sich die Tür hinter ihnen schloss, bevor sie in Gelächter ausbrachen.

„Heilige Scheiße, G“, sagte Nero und zündete sich eine Zigarette an, „eine Sekunde lang habe ich selbst geglaubt, dass du ihn seinen eigenen Finger abschneiden lässt.“

„Gut, dass wir nicht die Yakuza sind“, sagte Big Eddie und betrachtete seinen eigenen diamantenbesetzten kleinen Finger. Er konnte sich an einige Fehltritte in seiner eigenen Karriere erinnern, genug, um an mindestens einer Hand keinen einzigen Finger mehr zu haben. Ob es japanische Gangster gab, die mit nur einem oder zwei Fingern durch die Gegend liefen? Brauchten die erst eine und dann die andere Hand auf oder erst beide kleinen Finger, dann beide Ringfinger und so weiter?

Gio grinste. „Ich wette, der hat sich in seinen Seidenanzug geschissen. Im Auto wird nicht geraucht.“

„Nein, hatte ich auch gar nicht vor“, sagte Nero und nahm schnell einen großen Zug, bevor er sie auf dem Boden austrat, obwohl es eigentlich sein eigenes Auto war. Big Eddie öffnete die Beifahrertür und Gio setzte sich ins Auto. Eddie und Pete stiegen hinten ein. Nero fuhr. Als sie auf die Straße abbogen, klingelte ein Telefon und Pete antwortete.

„Ja? Wer ist da? Moment.“ Er lehnte sich zu Gio nach vorne und verdeckte dabei das Telefon mit seiner Hand. „Das ist Little Maria, Boss. Für dich.“

Gio sprach über seine Schulter. „So solltest du nicht ans Telefon gehen, Pete. Sag: ‚Dürfte ich fragen, mit wem ich spreche?‘ und dann sag, dass sie doch bitte kurz dranbleiben möchten. Okay?

„Sorry, Boss“, sagte Pete und sprach ins Telefon: „Bitte bleiben Sie kurz dran.“

Gio seufzte. „Danke, Pete." Er nahm das Telefon. „Guten Morgen, Maria. Wie kann ich dir heute helfen?"

„Gio, mi papi chulo, wir sollten reden." Sie sprach in überschwänglichem dominikanischem Akzent, der ihn irgendwie an seine eigene Großmutter erinnerte. Wie seine Großmutter auch, war Little Maria sehr klein, aber knallhart. Ihr Ehemann hatte einen Großteil des Heroinhandels in Washington Heights und der Bronx kontrolliert. Als er starb, hielt sie nicht nur an dem Geschäft fest, sondern sie expandierte es.

„Klar, Maria. Worum geht es?"

„Es geht um deinen Freund Joe."

„Fuck!" Gio schlug auf das Armaturenbrett. Nero warf einen kurzen Blick in den Rückspiegel und sah Eddie und Pete wie versteinert auf der Rückbank sitzen. „Was zur Hölle hat er jetzt schon wieder gemacht?"

„Gemacht? Ich verstehe nicht, was du meinst. Er hat gar nichts gemacht. Noch nicht. Aber, Baby, was er machen muss, das willst du nicht über das Telefon hören."

10

Joe fühlte sich besser. Seit einer Woche befand er sich in Dr. Zhangs Obhut.

Das Ganze hätte nicht weiter von dem Bild entfernt sein können, das ihm Film und Fernsehen vermittelt hatten: keine Buddha-Statuen, keine kahl rasierten Mönche, die sangen oder den Boden fegten, keine Räucherstäbchen. Nur ein Wartezimmer voll mit alten Chinesen, die telefonierten, Kindern, die umherrannten oder auf dem Boden spielten, ein paar junge gestresste Arzthelferinnen in engen Jeans und Stöckelschuhen. Joes war das einzige weiße Gesicht. Nachdem er und Cash sich setzten, kam eines der Mädchen mit einem Klemmbrett zu ihnen herüber und fragte ihn nach seiner Krankenversicherung, woraufhin Cash mit ihr im rauen Ton auf Chinesisch redete, bis sie ihn in Ruhe ließ. Er wurde nur mit Joe angesprochen. Dann rief er seine Großmutter Gladys an und Cash fuhr zu ihrer Wohnung, wo sie ihm einen dicken Umschlag mit Hundertern aus der Tasche gab, die er ihr zur Aufbewahrung gegeben hatte, zusammen mit einem Einkaufsbeutel mit einer Zahnbürste, sauberen T-Shirts und Unterwäsche, und dem Buch auf seinem Nachttisch, ein Taschenbuch von Becketts Trilogie. Er las *Molloy* zum zweiten Mal. Cash übergab den Beutel Dr. Zhang.

Am ersten Tag der Behandlung untersuchte sie ihn, wie ihn noch nie ein Arzt zuvor untersucht hatte: Unter anderem inspizierte sie seine Zunge ganz genau, dann maß sie seinen Puls an zwei verschiedenen Stellen gleichzeitig und meckerte, wie sehr er aus dem Gleichgewicht sei. Sie fragte ihn im Detail über sein Stuhl-, Ess- und Schlafverhalten aus und schien so interessiert, wie es seit seiner Kindheit niemand mehr gewesen war. Er fühlte sich entspannt in ihrer Gegenwart und erzählte ihr offen von seinem Drogenkonsum, seinen Entzugserscheinungen und seinen Albträumen. Sie war eine kleine, stämmige Frau mit rundem Gesicht und einem stumpf geschnittenen, schwarzen Bob. Sie trug einen weißen Laborkittel. Hinter ihren runden Brillengläsern prüfte sie ihn mit einem durchdringenden Blick. Sie sprach perfektes Englisch mit leichtem Akzent und bezeichnete sich selbst als Shanghainesin – etwas, das Joe als New Yorker gut verstehen konnte. Sie trug einen Ehering und auf ihrem Schreibtisch standen Bilder, die sie mit ihren Kindern beim Skifahren zeigten, Joe hätte aber ohnehin gewusst, dass sie Kinder hatte. Wenn sie zuhörte, runzelte sie leicht die Stirn, sie schimpfte ihn für sein schlechtes Verhalten aus, kümmerte sich sorgsam um ihn und versicherte ihm, dass sie ihm helfen konnte, sein Problem, zumindest auf physischer Ebene, zu lösen. Dann führte sie ihn zurück durch das Wartezimmer und einen langen Flur mit Türen auf beiden Seiten entlang in ein kleines Behandlungszimmer, wo er sich bis auf die Unterwäsche auszog und auf den Massagetisch legte. Sie holte ihre Akupunkturnadeln heraus und als Joe vor Schreck zusammenzuckte, sagte sie in ihrem mütterlichen Ton: „Ich weiß, dass du keine Angst vor Nadeln hast.“ Er lachte und blieb still liegen, während sie ihm die Nadeln in die

Ohren, Hände und zwischen die Zehen stach und ihn unter Strom setzte. Ein ihm bisher unbekanntes Gefühl überkam ihn. Wie wenn man sich den Musikantenknochen gestoßen hatte, nur im ganzen Körper. „Entspann dich“, sagte sie zu ihm und warf eine Decke über seinen Rücken, bevor sie das Licht dimmte und eine Wärmelampe einschaltete. „Wie zur Hölle soll ich mich entspannen, wenn mein Körper mit elektrisierten Nadeln übersäht ist?“, hätte er ihr am liebsten gesagt, doch dafür hatte sie ihn zu sehr eingeschüchtert. Einen Moment später, ohne es zu merken, war er eingeschlafen.

Er schlief, wie er es seit seiner Kindheit nicht mehr getan hatte, tief und traumlos, und wachte regeneriert und hellwach auf. Ein riesiger Unterschied zu dem Gefühl der Starre, das er jedes Mal hatte, nachdem er aus einem drogeninduzierten Schlaf erwachte. Eine ältere Dame in Pyjamahosen, Hausschuhen und einem unpassenden Hollister T-Shirt, die er noch nie gesehen hatte, gab ihm einen Bademantel und eskortierte ihn mit Zeichensprache in ein einfaches Schlafzimmer etwas weiter den Flur entlang, das eher wie ein billiges Hotelzimmer als ein Krankenhaus aussah. Sie kam mit einer Schale Reis und einer Tasse leicht süßlichem Tee zurück. Er aß auf, trank den Tee und legte sich wieder schlafen.

Der zweite Tag startete erneut mit Akupunktur und Dr. Z begann mit den Kräutern, Kapseln, die wie Vitamine aussahen, und selbst gemachten Teebeuteln, die die Entgiftung beschleunigen und weniger qualvoll machen sollten. Sie hatte recht. Es half, doch die Symptome blieben dennoch: Durchfall, Schüttelfrost, Fieber, die laufende Nase und tränenden Augen. Doch wie immer war das Schlimmste das schreckliche Gefühl der Leere in seinen Knochen und das puppenartige Zucken seiner Gelenke, während er zwanghaft versuchte, eine Position zu finden, in der er es länger als ein paar Sekunden aushalten konnte. Er würde es als eine Art Seelenkrankheit beschreiben, sollte die Seele tatsächlich ein materielles Wesen sein, ein Geist, eine warme, lebendige Substanz, die zu kaltem Schleim oder klammem Dampf in unserem Mark werden konnte.

Doch die Tage in ihrer Obhut vergingen und es ging ihm immer besser. Er schlief ohne Albträume durch, aß ganze Mahlzeiten und trank nur Wasser, Saft und Kräutertee. Nach einer Woche ging es ihm richtig gut. So gut wie schon lange nicht mehr. Und das machte ihm Angst. Jeder Junkie weiß, dass man am schwächsten ist, wenn es einem am besten geht. Man ist empfänglicher für diese kleine Stimme, der Dämon im Ohr, der einem sagt, dass ein einziges Mal schon nicht so schlimm ist.

Mit diesem Gedanken in seinem Kopf betrat Joe das Veteranenkrankenhaus. Cash hatte ihn morgens mit seinem Auto zu dem riesigen Gelände auf der 23rd Street in Manhattan gebracht. Als Joe nach sechs Stunden das Krankenhaus wieder verließ, hätte selbst ein mormonischer Olympia-Athlet an seiner Stelle einen Shot Jack Daniels gebraucht, da war er sich sicher. Zuerst wartete er am Empfang, dann folgte er einigen ungenauen Wegbeschreibungen zu anderen Abteilungen, die ihn dann wieder zur ersten Abteilung schickten. Zwischendurch musste er gelegentlich mehrere Minuten lang auf den einzigen funktionierenden Fahrstuhl warten. Schlussendlich landete er in einem Wartezimmer im Erdgeschoss, das aussah wie eine Mischung aus Pflegeheim, Notaufnahme und Psychiatrie mit einem Hauch Obdachlosenheim. Ein Obdachloser schlief quer auf drei Sitzen, sein strenger Geruch deutete auf eine lange Karriere auf der Straße hin. Ein paar Typen redeten mit sich selbst, während sie auf und ab liefen oder wild zuckten.

Die meisten jedoch saßen einfach nur da und lasen, spielten mit ihren Handys oder starrten mit demselben hoffnungslosen Blick der in der Bürokratie Gefangenen in die Leere, den man auch am Flughafen oder beim Verkehrsamt beobachten konnte. Der Unterscheid war jedoch, dass der Großteil der hier Wartenden hustete oder nieste oder sich kratzte oder stöhnte, was nicht unbedingt zu Joes Wohlbefinden beitrug. In Anbetracht seiner posttraumatischen Belastungsstörung und seinem aufblühenden Drogenproblem war es vielleicht schlauer, einfach nach Hause zu gehen, anstatt es hier gegen etwas noch Schlimmeres zu tauschen. Doch er blieb auf seinem Platz sitzen, gegenüber von der Latina mit nur einem Bein, die ihre Prothese unter ihrem Arm hielt wie einen Regenschirm an einem sonnigen Tag. Stunden vergingen. Joe versuchte zu lesen, doch der Gedanke an Molloys zerfallenen Körper, der durch eine zerstörte, trostlose Landschaft kriecht, verstärkte seine Anspannung nur noch mehr. Dann wurde die Frau aufgerufen und ein übergewichtiger, weißer Mann mit Sauerstofftank und offenem Hosenstall nahm ihren Platz ein. Er hustete stark, ohne sich den Mund zu verdecken. Endlich, gerade als Joe entschied, dass diese Umgebung in der Tat eine panische Episode auslösen würde, wurde er aufgerufen.

Zehn Minuten später war er durch: durch seine versiegelten Akten und unkenntlich gemachten Daten, zusammen mit der Tatsache, dass es ihm nicht erlaubt war, von den streng geheimen Ereignissen, die ihn traumatisiert haben, zu erzählen oder sie auch nur zu beschreiben, befand er sich in einer bürokratischen Grauzone. Er war nicht für eine Behandlung geeignet, da er nicht beweisen konnte, dass seine Krankheit existierte, obwohl er all ihre Symptome hatte. Die Sozialarbeiterin, die ihn behandelte, war verständnisvoll. Sie war sichtlich gestresst und hatte Krümel auf der Bluse vom Mittagessen an ihrem Schreibtisch, die Akten stapelten sich bis zur Decke und sie hatte zwei Brillen, eine auf ihrer Nase und die andere steckte in ihrem chaotischen, grauen Haar. Sie hatte ihr Leben denen gewidmet, die ihres riskierten und Joe dankte ihr für den Versuch, ihm zu helfen und ging. Doch sobald er die Tür hinter sich schloss, hatte er eine kleine Panikattacke. Er führte sie auf aufgestaute Klaustrophobie, Frustration und eine beinahe toxische Überdosis Langeweile zurück. Er ging an der kleinen Grüninsel vor dem Haupteingang vorbei, setzte sich auf die erste Bank, die er sah, schloss seine Augen und versuchte, tief durchzuatmen.

„Ich kann nicht weitermachen. Man muss weitermachen. Ich werde also weitermachen."

Es war nicht seine Stimme und er war sich relativ sicher, dass sie auch nicht in seinem Kopf war. Er öffnete seine Augen. Ein alter, schwarzer Mann saß neben ihm. Er trug ein Arbeitshemd aus Baumwolle, eine beige Arbeitshose, eine karierte Mütze und mit Farbflecken übersäte Sicherheitsschuhe. Um seinen Hals hing eine Brille und er hielt einen Gehstock.

„Entschuldigung?", fragte Joe.

„Hieraus." Er tippte mit dem Zeigefinger auf das Buch in Joes Hand. „Auch wenn es Godot ist, woran ich jedes Mal denke, wenn ich durch diese Türen gehe." Er streckte ihm seine Hand entgegen. „Frank Jones, United States Marine Corps."

Joe schüttelte sie. „Joe Brody. Army. Freut mich." Er war ein großer Kerl und seine Kleidung sah aus, als hätte er sie häufig getragen, doch seine Hand war weich und grazil.

„Wo hast du gedient, Joe?"

Joe zuckte mit den Schultern. „Ich bin ziemlich viel herumgekommen."

„Spezialeinheit?"

„Anscheinend ist es mir nicht erlaubt, das zu beantworten."

Frank nickte. „Schon verstanden. Ich war sechzehn, als ich nach Vietnam ging. Es kam mir nie in den Sinn, dass es einen schlimmeren Ort als Harlem geben könnte. Als ich zurückkam, ließ ich meine Haare wachsen und war die nächsten zehn Jahre lang durchgehend high. Meine erste Ehefrau wusste nicht einmal, dass ich gedient habe. Sie war ein Hippie. Ein jüdisches Mädchen aus Long Island. Wäre nicht so gut bei ihr angekommen, ich, der Babymörder. Also vergaß ich einfach, dass das alles passiert ist und schloss mich der Peace-and-Love-Generation an."

„Ich verstehe", sagte Joe, „klug."

„Nur, dass ich es nicht wirklich vergaß. Ich habe es unterdrückt und die Zeit verging. Doch hin und wieder saß ich in einer Bar oder auf einem Rockkonzert und hatte einen zu viel. Oder zehn zu viel. Ich guckte mich um und sah all diese scheißnormalen Leute lachen und reden und tanzen und diese Stimme in meinem Kopf sagte: *Du hast mehr Menschen umgebracht als alle anderen in diesem Raum. Du bist der tödlichste Motherfucker hier.*"

„Was hast du dann gemacht?"

„Mehr getrunken, bis es nicht mehr funktionierte. Dann habe ich diese negative Energie in meine Arbeit übertragen."

„Was machst du?"

„Ich male hauptsächlich. Und du?"

„Ich bin aus persönlichen Gründen von meiner Arbeit als Türsteher in einem Stripclub beurlaubt."

Frank schmunzelte. „Klingt nach dem perfekten Job. Nichts baut den Stress so gut ab, wie ein paar betrunkene Idioten zu verprügeln. Ich würde mich direkt bewerben, wenn das kaputte Knie nicht wäre. Vielleicht, nachdem ich ein neues von Uncle Sam bekommen habe." Er stützte sich auf seinen Gehstock und richtete sich langsam auf. Joe stand ebenfalls auf.

„Es geht mich nichts an", fragte Joe, „aber stört das Knie nicht beim Malen? Kletterst du nicht den ganzen Tag Leitern auf und ab?"

Frank lachte. „Ne, ich meinte nicht diese Art von Malen." Er griff in seine Brusttasche und holte eine Karte heraus. „Hier. Komm bei meinem Atelier vorbei und mach dir selbst ein Bild." Er zeigte mit seinem Stock auf einen schwarzen Lexus, der gerade neben dem Bürgersteig hielt, während sie sich unterhielten. „Ich glaube, du wirst abgeholt."

„Ich?" Joe erwartete Cash in seinem weißen BMW. Dann stieg Nero aus und nickte ihm zu. Er öffnete die hintere Tür und wartete. „Du scheinst recht zu haben", sagte Joe, „wir sehen uns, Frank."

Frank nickte. „Mach's gut, Joe." Er beobachtete Joe, als er zu dem schwarzen Auto ging. Die Silhouette eines anderen Mannes war schwach in dem dunklen Innenraum zu erkennen. Er wandte sich nach Süden und begann, mithilfe seines Gehstocks zu laufen.

„Hey, Joe", sagte Nero, während er sich näherte. „Cash hat gesagt, dass wir dich hier finden würden." Er holte ein Päckchen aus seiner Tasche. „Er hat gesagt, ich soll dir das hier geben und dir mitteilen, dass Dr. Z eine Tasse zusammen mit deinen Mahlzeiten und vor dem Schlafengehen vorschreibt."

„Danke, Nero." Er nahm das Päckchen und setzte sich auf die Rückbank, wo Gio wartete. Nero schloss die Tür.

„Du siehst gut aus", sagte Gio. „Erholt und wohlgenährt."

„Ja", sagte er, „ich fühle mich deutlich besser. Sorry noch mal für das alles."

Gio winkte ab. „Schon okay. Nicht der Rede wert", er grinste, „oder sollte ich sagen, nicht den Finger wert? Stimmt's, Nero?" Nero lachte und nickte, während er sich auf den Fahrersitz begab, die Tür schloss und sich anschnallte. „Die Frage ist jedoch, wie viel besser du dich fühlst", fragte Gio und musterte ihn. „Gut genug, um dich wieder an die Arbeit zu machen?"

„Heute Nacht?" Joe zuckte mit den Schultern. „Ja, ich denke schon. Ich muss diesen Tee hier trinken, aber ich kann den Wasserkoche im Club benutzen."

„Das ist nicht die Art von Arbeit, die ich meinte“, sagte Gio, während Nero das Auto in den fließenden Verkehr steuerte.

Part II

11

Sie fuhren nach Long Island City, ein ehemals industrielles Brachland, das erst in eine Künstlerkolonie umgewandelt und anschließend durch die neuen kommerziellen Hochhäuser rekolonisiert worden war, die am Ufer dieses kleinen Stückchen Queens erbaut wurden. Sie fuhren eine mit Schlaglöchern übersäte Straße entlang, die zweifelsohne neu gepflastert werden würde, sobald der Wolkenkratzer, zu dem sie führte, vollständig erbaut wurde. Seine untere Hälfte war durch Glas umhüllt, die obere war lediglich ein Stahlskelett. Ganz oben auf diesem Skelett thronte ein Kran wie ein gigantischer Schnabel oder ein Roboterarm. Inmitten der kargen Baufläche dominierte er die Landschaft wie eine Festung, die hier aus dem Weltall herabgelassen wurde. Die westlichen Sonnenstrahlen ließen das Glas in roter, goldener und orangefarbener Pracht scheinen. Es schimmerte wie ein zur Hälfte geschlüpfter Drache, der aus seiner Schale emporstieg. Ein Mann in Bauhelm und Warnweste öffnete das Tor für sie und kettete es hinter ihnen wieder zu. Gios Familie besaß die Transportunternehmen und die Zementhersteller, die auf der Baustelle arbeiteten. Außerdem kontrollierten sie die Gewerkschafter der Elektriker und Stahlarbeiter. Zusätzlich gehörte ihnen durch eine Briefkastenfirma ein beträchtlicher Anteil des Grundstücks, auf dem der Wolkenkratzer stand, den sie als angeblich verunreinigtes Ödland aufkauften. Doch für heute wurde die Arbeit niedergelegt und sie fuhren über die stille Baufläche, vorbei an gestapeltem Baumaterial, vollgestopften Müllcontainern, Zementmischern und einem Trailer, in dem ein Mitarbeiter des Sicherheitsdienstes saß und Zeitung las.

Nero fuhr durch die Öffnung im Erdgeschoss, die später die Eingangstür werden würde. Durch den Betonboden und die Kabel entlang der Holzbalken, die an Ranken erinnerten, wirkte das Innere des Gebäudes rau und höhlenartig. Trockenbauwände lagen auf Paletten und gelbe Gabelstapler standen herum wie zurückgelassenes Spielzeug. Big Eddie, der in seinem makellosen blauen Anzug und braunen Abendschuhen wie ein Mieter wirkte, der zu früh eingezogen war, stand neben dem Lastenaufzug, ein großer Käfig in der Mitte der Struktur, ein Turm aus Stahl, der eines Tages die Fahrstühle, Badezimmer, Müllschächte und Elektronikräume tragen würde. Nero manövrierte das Auto in den Aufzug und hielt. Eddie schloss das Tor und betätigte den Fahrstuhl, der ratterte und summte, bevor er sich in Bewegung setzte.

Im Auto starrte Nero mit den Händen am Lenkrad geradeaus, als wenn er fahren würde. Gio und Joe guckten durch ihre Fenster in die vorbeiziehenden Stockwerke. Ohne die Wände war jedes einzelne von ihnen eine eigene Landschaft oder ein Diorama, ein staubiger Wald aus Säulen oder eine Höhle mit Stalaktiten aus Beton, unter denen die Glaswände eine atemberaubende Aussicht auf den Fluss und die Skyline von Manhattan umrahmten. Keiner sagte ein Wort. Sie passierten die letzte verglaste Etage und jetzt, mit all dem Licht und der Luft um sie herum, schien es, als würden sie die Startrampe eines Spaceshuttles hinaufgetragen. Gios Telefon klingelte.

„Carol“, sagte er zu Joe. Joe nickte und blickte dann wieder aus dem Fenster, während Gio telefonierte. „Hi, Schatz. Hast du meine Nachricht bekommen?“ Er nahm das Telefon von seinem Ohr, als eine verzerrte Stimme hindurchplärrte. „Ich weiß“, sagte er, „ich weiß. Es tut mir leid. Es ist leider etwas dazwischengekommen. Auf der Arbeit. Ein Notfall. Dann sag ihnen, dass ich einen Notfall auf der Arbeit hatte. Okay. Ich melde mich, sobald ich auf dem Weg bin. Ja, bestell es einfach, dann hole ich es ab.“

Er schaltete das Telefon aus. „Elternabend“, sagte er zu Joe. „Nora fällt in Trigonometrie durch und soll das mit dem Lehrer besprechen. Ich weiß noch nicht einmal, was zur Hölle Trigonometrie sein soll.“

„Ich auch nicht“, sagte Joe.

„Anscheinend unterrichten sie das nicht in Harvard.“

„Ich habe meinen Major in Literatur und Philosophie gemacht. Dann haben sie mich rausgeworfen, erinnerst du dich?“

Nero mischte sich ein. „Das ist die Lehre von Dreiecken, Boss. Ein Zweig der Mathematik, der sich mit den Seiten von Dreiecken und den Funktionen der Winkel beschäftigt. Ich hatte eine Zwei in dem Fach.“

„Dreiecke? Mehr nicht? Ein ganzer Kurs? Warum gibt es denn dann keinen Kurs für Viereckonometrie? Oder Kreisonometrie?“

„Ich glaube, das ist dann reguläre Geometrie, Boss.“

„Wie auch immer. Ich unterhalte mich mit Joe.“

„Sorry, Boss.“

„Jedenfalls“, fuhr Gio fort, „es wird ein Drama geben und Carol wird angepisst sein, weil ich nicht da sein werde. Aber ich hole uns Chinesisch für danach. Das muntert immer alle auf.“

„Schön“, sagte Joe, als der Fahrstuhl anhielt. Eddie öffnete das Tor und Nero fuhr langsam hinaus und hielt neben den anderen geparkten Autos – Benzer, Caddies, Lexi –, alle teuer und neu. Die Fahrer standen zusammen, rauchten und redeten. Der Rest des Stockwerks war leer. Eine riesige Plattform, durch die der vom Fluss kommende Wind konstant hindurchblies.

„Die Treppe rauf“, sagte Eddie und zeigte auf ein paar Metallstufen. Joe und Gio gingen hinauf, während Nero sich eine Zigarette anzündete und sich zu den anderen stellte, die ihn bereits beim Namen grüßten. Es gab kein Dach über dem letzten Geschoss und es war zu allen Seiten hin offen. Stahlträger ragten aus dem Boden und der riesige Kran thronte über ihnen, sein Arm hing über dem Abgrund. Obwohl die Plattform weitläufig und solide war, rief das plötzliche viele Licht und der Wind, der grenzenlose Himmel über einem und die beinahe grenzenlose Stadt, die sich unter einem erstreckte, das Verlangen hervor, in die Hocke zu gehen und den Boden zu berühren. Gio führte Joe stattdessen zu einer Hütte, die der Bauaufsicht als Büro diente, ein fensterloser Raum mit Plastikwänden auf Betonklötzen. Daneben standen ein paar Toilettenhäuschen wie altmodische Außentoiletten. Gio öffnete die Tür und sie gingen hinein.

Fünf Leute saßen um ein paar Klapptische, die zusammengeschoben worden waren und auf denen nichts außer ein paar unbenutzten Aschenbechern und einer

Kiste ungeöffneter Wasserflaschen standen. Auf den Regalen und Schreibtischen auf der anderen Seite des Raumes stapelten sich Papiere, Akten und Skizzen, was den Eindruck erweckte, dass der Bereich hastig freigeräumt worden war. Am Ende des Tisches saß Little Maria. Sie trug Stretch Jeans, rote High Heels, eine rote Bluse sowie roten Lippenstift und Nagellack und goldene Ohrringe. Ihre Augen und ihr Haar schimmerten schwarz. Onkel Chen, der Boss der chinesischen Gangs aus Flushing, saß neben Menachem „Rabbi“ Stone, dem chassidischen Verbrecherboss. Beide waren sehr alt und in Schwarz gekleidet. Menachem trug außerdem eine Kippa. Alonzo war in demselben Anzug wie heute Morgen gekommen und sah immer noch genau so frisch aus. Pat White, der letzte der irischen Westies, die einst Hell's Kitchen kontrollierten, jedoch noch immer tief in Politik, Glücksspiel und Schutzgelderpressung sowie Auftragsmorde involviert waren, war gekleidet wie ein Pensionär: Knicks Cap, kurzärmeliges Karohemd und Goldhose. Anton, der Russe aus Brighton Beach, trug ein halb offenes, schwarzes Hemd, wodurch seine Goldketten und Tattoos zum Vorschein kamen. Er war der Einzige in dem Raum, der rauchte – russische Zigaretten mit Pappfiltern, dessen säuerlicher Rauch ihn umgab.

„Hallo und danke, dass ihr alle gekommen seid“, sagte Gio, „bitte entschuldigt den Aufstieg.“ Die Gruppe schmunzelte. „Ich musste kurzfristig einen sicheren Ort finden und solange niemand einen Hubschrauber bemerkt hat, denke ich, dass wir uns keine Sorgen machen müssen, hier zusammen gesehen oder gehört zu werden.“ Gio und Joe setzten sich nebeneinander ans andere Ende des Tisches. „Maria hat um dieses Meeting gebeten, also lasse ich sie alles Weitere erklären."

„Danke, Gio. Danke euch allen und danke dir, Joe, fürs Kommen. Ich weiß, dass du gerade erst aus dem Urlaub zurück bist. Ich hoffe, du hattest eine schöne Zeit." Joe nickte und lächelte. „Ich komme gleich auf den Punkt. Vor ein paar Wochen habe ich ein Angebot erhalten. Fünfzig Kilo Persian White direkt aus Afghanistan. Doch ich habe noch nie von dem Verkäufer gehört, also mache ich ein paar Anrufe. Stellt sich heraus, dass meine übliche Quelle erwischt wurde und die Typen jetzt versuchen, das Dope zu verkaufen. Ich lehne also ab, sage, dass ich das Zeug nicht anfassen werde. Aber anda el diablo, diese kleine Bitch, die für mich arbeitet, sein Name ist Carlo, hintergeht mich und nimmt das Angebot an. Will jetzt sein eigener Boss sein, dieser Möchtegern."

Onkel Chen zuckte mit den Schultern. „Wir alle haben Verräter, mit denen wir uns hin und wieder herumschlagen müssen, Maria. Das hier klingt nach einem privaten Problem."

Maria lächelte. „Versteh mich nicht falsch. Ich würde diesen Schwanzlutscher liebend gerne mit meiner Machete in Stücke schneiden und ihn an meinen Hund verfüttern. Aber als ich gestern Nacht ein persönliches Gespräch mit Carlo geführt habe, wie du schon meintest, hat er mir gesagt, dass der Perser bereits in New York sei. Jemand wird es also kaufen. Ich kann nicht jeden in Stücke hacken."

Jeder am Tisch schmunzelte. Gio sagte: „Aber was hat das mit Joe zu tun? Als wir ihm die Autorität gaben, sich frei durch unsere Territorien zu bewegen, haben wir es deutlich gemacht. Er führt keine Auftragsmorde durch. Oder Revierkriege. Oder schaltet rivalisierende Drogengangs aus. Das ist einfach nicht sein Ding."

„Das hier ist was ganz anderes, Gio", meldete sich Pat zu Wort, „ich habe Marias Info an meine Leute beim Militär gegeben. Es besteht kein Zweifel. Die gehören zu einer Splitterzelle von Al-Qaida, deren Vorgehensweise immer dieselbe ist: Sie überfallen die Opium-Pipelines und nutzen dann das Geld, um Terrorismus zu fördern. Letztes Jahr haben sie einen US-Stützpunkt in Afrika in die Luft gejagt. Vor sechs Wochen haben sie einen UN-Konvoi plattgemacht. Vor drei Monaten haben sie einen Marktplatz in Syrien hochgejagt und Dutzende Zivilisten getötet. Jetzt scheinen sie hier zu sein."

„Lasst uns die Nachricht unter all unseren Leuten verbreiten, um herauszufinden, wer die Ladung transportiert", sagte Alonzo, „und dann nehmen wir uns einfach ihren Scheiß. Junkies läuft bei diesem persischen Dope das Wasser im Munde zusammen. Und ich garantiere: kein einziger Penny an Scheiß-Al-Qaida.

Anton räusperte sich und hustete laut, wobei er Rauch durch den Raum blies. Gio rümpfte die Nase. Wer würde in einem Raum ohne Fenster rauchen? „Wir richten den Deal ein", sagte er. „Lass diesen Carlo anrufen. Dann, wie Alonzo sagte, nehmen wir ihr Zeug und begraben sie auf Staten Island."

„Klingt nach einem Plan", gab Gio zu. „Aber erzähl mir nicht, dass niemand außer Joe hier einen Drogendealer umlegen kann. Es ist außerdem immer noch nicht sein Ding."

Jetzt hob Menachem die Hand und das Plaudern und Lachen verstummte. „Das war noch nicht alles. Sie bestehen außerdem auf eine besondere Art der Bezahlung. Sie wollen Diamanten."

„Diamanten?", fragte Alonzo, „das sind ein paar prollige Terroristen. Ich dachte, die stehen eher auf schlichte Kleidung."

Maria schüttelte ihren Kopf. „Die können Geschäfte nicht so wie jeder andere abwickeln. Wer würde ihnen trauen? Wem konnten sie trauen? Niemandem." Marias Geschäft, so wie die meisten Handelsunternehmen, basierte generell auf Beziehungen. Ihre Beziehungen waren Männer, die sie schon seit Jahrzehnten kannte. Eine Lieferung wurde arrangiert und wenn Maria informiert wurde, dass sie sicher gelandet ist, überwies sie das Geld von einem ihrer Konten aus Übersee. Sie fasste das Geld oder die Drogen niemals an. Alles lief über Vertrauen und Freundschaft und der besonderen Bindung zwischen denen, die, wie jeder wusste, jeden umbringen würden, der dieses Vertrauen brach. Im Gegensatz zu vielen regulären Geschäftsleuten hielten zumindest die lebenden, großen Drogendealer ihr Wort untereinander. Doch diese Leute waren Außenseiter. Niemand würde sich auf ihr Wort verlassen. Sie waren geächtet, selbst in der Welt der Verbrecher.

„Sie brauchen etwas, das nicht zurückverfolgt werden kann", sagte Menachem, „und sie brauchen es flüssig, aber so viel Bargeld ist unpraktisch. Wie sollen sie es aus dem Land bekommen? In ihrem Handgepäck einchecken? Vier Millionen in Diamanten steckst du einfach in deine Tasche und verkaufst sie wo auch immer: Antwerpen, Tokyo, Tel Aviv. Oder New York. Du willst eine sichere, beständige, tragbare Anlage? Diamanten sind das härteste Material der Welt.“

„Was ist mit Fälschungen?“, fragte Gio. „Wir nehmen etwas Glas.“

„Das sind keine Vollidioten“, sagte Maria. „Carlo sagte, dass sie einen Experten dabeihaben werden, um die Diamanten zu prüfen.“

Alonzo pfiff beeindruckt. „Vier Millionen? Sorry, Leute. Noch nicht einmal die reichsten Gangster haben so viele Diamanten.“

„Wer hat das schon?“, sagte Menachem schulterzuckend, „nur die Verkäufer und ich bezweifle, dass die bereit sind, für unseren Zweck zu spenden.“

Jetzt mischte sich auch Joe ein, der bisher etwas abseits auf seinem Stuhl saß und still zuhörte: „Also, was ihr braucht, ist jemand, der diese Diamanten stehlen, gegen das Dope eintauschen und dann wieder zurückstehlen kann, bevor sie das Land verlassen.“

„Du hast es verstanden, Amigo.“ Maria nickte Joe zu.

„Drei separate Vorgänge“, sagte Alonzo.

Anton trat seine Zigarette auf dem Boden aus, obwohl der Aschenbecher direkt vor ihm auf dem Tisch stand. „Und wenn auch nur ein einziger schiefgeht, gewinnen diese Bastarde.“

Menachem nickte. „Es ist tückisch, aber es ist auch unsere einzige Möglichkeit.“

„Und wir haben nur einen Freund, der dafür tückisch genug ist“, sagte Onkel Chen und zwinkerte Joe zu.

Gio zuckte mit den Schultern und wandte sich Joe zu. „Tut mir leid, aber ich muss zugeben, dass das Ganze schlussendlich doch dein Ding zu sein scheint."

12

Als das Meeting zu Ende war, hatte Joe bereits im Kopf damit begonnen, seine Crew zusammenzustellen und Pläne zu schmieden. Maria würde all die Informationen besorgen, die Joe brauchte, um sich online als Carlo auszugeben und den Kontakt per E-Mail aufzunehmen. „Das ist unsere einzige Chance", erinnerte er sie, „also hoffe ich, dass er noch in der Lage ist zu reden."

„Mach dir da mal keine Sorgen", sagte sie und lächelte, wobei ihre Zähne hinter ihren roten Lippen zum Vorschein kamen – der Wolf in der Großmutter. „Die Zunge schneide ich immer als Letztes ab."

Rabbi und Pat versorgten ihn ebenfalls mit Informationen und Muskelkraft – jeder stellte Joes Team jeweils einen Mann zur Verfügung. Joe hatte Alonzo mitgeteilt, dass er Juno wollte, da er in seinem Bezirk wohnte und Alonzo die Familie kannte. „Tut mir übrigens leid, dass du dich mit der Sache im Club herumschlagen musstest", fügte er hinzu.

Alonzo klopfte ihm auf den Rücken. „Kein Stress. Gio kam und hat dem Typen so einen Schrecken eingejagt, dass der jetzt denkt, er verdankt mir sein Leben. Wir besitzen jetzt noch mehr von seiner Firma. Alle sind wieder Freunde."

Joe lächelte. „Na dann, gern geschehen."

Sie gaben sich die Hand. „Sag einfach Bescheid, wenn du Konzerttickets brauchst", sagte Alonzo zu ihm.

Joe wollte außerdem Cash als Fahrer und Onkel Chen willigte gerne ein. Er war zufrieden damit, wie der Trip nach Jersey ausgegangen war und hatte gute Dinge über Joe von Dr. Z gehört. Er befand sich unter anderem wegen seiner Ischiasbeschwerden und Rückenschmerzen selbst in ihrer Behandlung. Über das öffentliche Gesicht der Triaden, einer Gemeinschaftsorganisation, die pflegebedürftige alte Leute und Neuankömmlinge aus China, die frisch vom Boot gestiegen sind, finanziell unterstützte, ließ er Geld in ihre Klinik fließen.

Yelena wollte er auch. Das verlief nicht ganz so reibungslos.

„Diese Russin, die meinen Laden auseinandergenommen hat?", fragte Gio ihn und runzelte die Stirn, als er sich daran erinnerte.

„Sie ist die beste Diebin, die ich kenne und genau das erfordert dieser Job", sagte Joe.

Gio drehte sich zu Anton. „Kennst du dieses Mädchen?"

„Yelena, die Katze?" Anton zuckte mit den Schultern. „Sie gehört nicht zu uns, aber zu unseren Freunden in Russland. Ich habe gehört, es ist einfach, mit ihr zu arbeiten. Und die Hölle, gegen sie zu arbeiten."

„Ich glaube, was Gio meint", mischte sich Rabbi ein, „alle anderen in der Crew haben jemanden, der für sie bürgt. Dieses russische Mädchen. Kann man ihr vertrauen?"

„Ich habe ihr schon einmal mein Leben anvertraut und ich bin noch hier", sagte Joe. „Mit eurem Geld?" Er zuckte mit den Schultern. „Das werden wir wohl herausfinden müssen."

Rabbi nickte. „Das ist gut genug, richtig?“ Die anderen nickten mit unterschiedlichem Enthusiasmus. „Und wo wir gerade von Geld reden“, fügte er hinzu, „wir erwarten nicht, dass du das umsonst machst. Wir sind nicht die Regierung.“ Alle lachten.

„Oder Sozialisten“, fügte Anton hinzu. Wie immer fand Joe, dass er sich an dem Witz bediente, doch er lächelte gezwungen.

„Was du stiehlst, das behältst du“, sagte Gio zu ihm. „Das ist nur fair. Teile es unter deiner Crew auf.“

„Und wenn das Dope das ist, was sie sagen“, sagte Maria, „werde ich es dir zum Marktpreis abkaufen. Vier Millionen.“

„Cash on Delivery?“, fragte Joe.

„Natürlich“, sagte sie lächelnd.

Er wandte sich der Gruppe zu, die ihn gespannt anstarrte.

„Sieht aus, als wäre mein Urlaub vorbei.“

Im Auto, während Nero sie zurück in den Fahrstuhl beförderte, schüttelte Gio schmunzelnd den Kopf. „Ich muss es Maria lassen“, sagte er zu Joe, „sie weiß, wie man dieses Spiel zu spielen hat. Sie kriegt das Heroin, vernichtet ihre Konkurrenz und, anstatt sie zu verärgern, kann ihren Dealern aus Übersee erzählen, dass sie geholfen hat, die Typen auszuradieren, die sie beklaut haben.“

Joe nickte. „Und wir spielen mit.“

Gio zuckte mit den Schultern. „Der Heroinhandel interessiert mich nicht. Ich mache einen großen Bogen darum, wann immer ich kann." Er guckte Joe mit gerunzelter Stirn an. „Das solltest du auch mal ausprobieren."

„Das war mein Plan", sagte Joe, „bis du mich eingesetzt hast, um vierzig Kilo pures Dope zu stehlen."

Gio lachte. „Hast recht. Tut mir leid."

Joe lächelte. „So läuft das nun mal. Nur weil du dich entscheidest, von dem harten Zeug wegzubleiben, heißt das nicht, dass das Zeug auch von dir wegbleibt."

Das Auto fuhr aus dem Fahrstuhl. Nero schaute in den Rückspiegel.

„Wohin, Boss?"

„Soll ich dich irgendwo rauslassen?", fragte Gio.

„Einfach an der Ecke", sagte er, „ich will etwas gehen und nachdenken."

„Was ist dein erster Schritt?"

Joe nahm den Beutel von Dr. Z, den er auf dem Sitz gelassen hatte. „Als Erstes gehe ich nach Hause und schaue *Jeopardy!* mit Gladys und trinke diesen Tee. Morgen gehe ich dann Diamanten shoppen."

13

„Heavy" Harry Harrigan hatte sein ganzes Leben in Hell's Kitchen verbracht. Er wurde im Roosevelt Hospital geboren und wuchs zwischen den Mietshäusern in den West Fifties auf. Seine Mutter hat als Näherin im Garment District gearbeitet und sein Vater ist Kulissenbauer für Broadway-Shows gewesen, wenn er nicht gerade trank oder spielte. Klassenzimmer waren nie sein Ding. Er lebte und lernte auf der Straße: von den bettelnden Obdachlosen am Port Authority, den Tänzern, die in Studios probten, den Schauspielern, die in Bars mit Gangstern tranken, den Limos vor den vornehmen Restaurants und von den Nutten, Dealern und Peep-Shows, die sich auf der alten 42nd Street aneinanderreihten.

Er war noch ein Teenager, als er Pat White kennenlernte, ein aufsteigender Stern im Untergrund und einer der gefährlichsten Kerle in Hell's Kitchen, gefürchtet für seine Arbeit als skrupelloser und zuverlässiger Auftragsmörder. In den späten Achtzigern schloss Harry sich Pats Crew an. Es folgte eine Reihe von Banküberfällen, mit denen sie berühmt und reich wurden. Pat erweiterte sein Geschäft um Glücksspiel, Kredithaie, Schutzgelderpressung der örtlichen Läden, Bordelle, Clubs und Spelunken, und fungierte außerdem als Ordnungshüter in der Kleiderbranche, Theater und dem Bauwesen. Doch während Pat die Erfolgsleiter hinaufstieg, fiel Harry hinab. Durch ein paar unglückliche Fehltritte landete er im Gefängnis und verschuldete sich zutiefst. Rücken- und Knieprobleme und die daraus folgende starke Gewichtszunahme beendeten die Tage, in denen er über Bankschalter springen und vor der Polizei weglaufen konnte. Er war nicht länger jung und gemein genug, um als Muskelkraft eingesetzt zu werden und er war nie clever genug, um in Führungspositionen zu arbeiten und sich um Vorteilsgewährung, Vertragsabschlüsse und so weiter zu kümmern. All die Dinge, die Pat tat, jetzt, wo er der Boss war.

Und so wurde er dazu degradiert, ein kleines Wettbüro zu führen. Er hatte Schwierigkeiten, seine Alimente, Unterhalt und Anwaltskosten zu zahlen und er saß auf einem seiner letzten Schätze: die Sozialwohnung, in der seine Mutter gelebt hatte. Die Treppen in den fünften Stock waren die Hölle für seine Knie, doch der nächste Schritt nach unten war die Gosse. Oder Gefängnis, sollte er sich nicht an die Anweisungen seiner neuen Bosse halten: das FBI, das ihm nach seinem letzten verzweifelten Versuch eine Bank in New Rochelle auszurauben, ein für alle Mal den Garaus gemacht hatte. Der Fahrer, den er für den Job angeheuert hatte, stellte sich als Undercover-Ermittler heraus. Wie ein wahrer Manhattaner hatte er nie gelernt zu fahren. Da war er nun also – selbes Apartment, selbes Viertel, selbe Leute –, nur dieses Mal klebte ein Kabel auf seiner Brust, unter seinem goldenen Kreuz. Harry war zurück, wo er angefangen hatte, falls er überhaupt jemals weg gewesen war.

Heute hatte er jedoch gute Laune. Heute Nacht würde er bezahlt werden. Einer seiner Stammkunden, der beim Spielen einen Haufen Verluste gemacht hatte, gab Harry einen Tipp bezüglich einer Lastwagenlieferung elektronischer Geräte für die vornehmen Eigentumswohnungen, die in der Nachbarschaft gebaut wurden – die Firma stellte Rauchmelder, Fahrstühle und ironischerweise Überwachungssysteme und Alarmanlagen her. Harry sagte Pat Bescheid, der ein paar junge Männer schickte, diese irischen, nichtsnutzigen „Neffen", die er herübergeholt hatte, die Madigan-Brüder, um den Truck zu überfallen. Die Beute wurde verkauft, die örtliche Polizei und die italienische Crew, die das Transport- und Baugewerbe kontrollierte – Gio Capris Leute – bekamen ihre Anteile und jetzt, heute Nacht, teilten sie den Rest untereinander auf. Harry ging von ungefähr fünfzig Riesen aus. Als er sich also um zwei Uhr morgens unter der Woche anzog und fertig machte – die Straßen waren ruhig, außer dem Summen der Müllautos, die vorbeifuhren und der Taxis, die Jagd auf Betrunkene machten –, zog er sich ein sauberes Hemd und eine feine Jacke an. Das Mikrofon ließ er zu Hause. Nicht nötig, dass das FBI davon erfuhr. Diese Bastarde würden sonst wahrscheinlich auch noch ein Stück vom Kuchen wollen.

Seine gute Laune ließ jedoch ein wenig nach, als er an der Hintertür des *Old Shenanigan's House* von Liam in Empfang genommen wurde. Er war der jüngste und, in Harrys Augen, der anstrengendste der Madigan-Brüder. Dünn und blass, lange Haare und helle Augen. Er war genau die Art von Trottel, die er früher verprügelt hätte, wenn er durch die Nachbarschaft stolzierte.

„Guten Abend, Harry“, sagte Liam in diesem singenden Tonfall, den jeder so verdammt charmant fand. „Oder sollte ich lieber ‚guten Morgen‘ sagen?“

„Liam.“ Harry konnte sich zu einem Nicken überwinden und ging in Richtung der Kellertreppe, wo er ein Licht brennen sehen konnte. Die Metalltüren standen offen. Steile Stufen, die nach unten in die Küche führten. Seine Knie schmerzten schon vom Hingucken.

„Sorry, Harry“, sagte Liam und hielt seine Hand aus wie ein verdammter Verkehrspolizist, „ich muss dich abtasten.“

Seine Augen funkelten vor Wut. „Du? Willst mich abtasten? Weißt du, wer ich bin?“

Liams leichtes Grinsen wich keinen Millimeter. „Das sollte ich wohl, Harry. Du erinnerst mich oft genug.“

„Ich habe mit Pat schon vor dreißig Jahren Banken ausgeraubt, als du noch an der Titte deiner Mutter genuckelt hast.“

„Ich bin fünfundzwanzig, Harry,“ merkte Liam an, „das muss wohl mein Bruder sein, an den du denkst.“

„So ein Schwachsinn“, schimpfte Harry, innerlich fühlte er sich jedoch erleichtert, dass er heute nicht verkabelt war.

„Da du Pat ja so gut kennst“, sagte Liam, „macht es ihm bestimmt nichts aus, wenn du ihm sagst, dass seine Anweisungen Schwachsinn sind, wenn du runtergehst. Oder du gehst einfach nach Hause und wir senden dir deinen Anteil.“

Mit einem dramatischen Seufzen hob Harry seine Arme und Liam tastete ihn ab: Brust, Rücken, unter den Armen, an den Beinen hoch und runter, sogar dazwischen tastete er ihn rasch ab. Dann schritt er zurück.

„Sonst noch etwas?“, fragte Harry, während er hineinging. Er brachte seinen Körper gerade in die richtige Position, um sich die Treppen hinunterzuhieven, als der Junge ihm hinterherrief.

„Oh, Harry, warte. Eine Sache wäre da noch.“

„Was zur Hölle?“, schimpfte er, bevor er sich umdrehte und in den Lauf einer vollautomatischen Waffe mit Schalldämpfer blickte. Seine Augen weiteten sich.

„Pat sagte, ich soll dir das hier von ihm geben“, sagte Liam noch immer lächelnd und drückte ab.

Liam verwendete eine Walther P22 mit einem finnischen SAK-Schalldämpfer. Er leerte das ganze Magazin direkt in seine Brust und als Harry auf seine Knie sackte und über die oberste Stufe kippte, konnte Liam sehen, dass er tot war. Mit seinem Fuß trat er ihn den Rest der Stufen hinab und rief „Lieferung“, während Harrys Körper die Stufen hinunterpolterte. Dann lief er auf seinen jungen Beinen schnell und mit Leichtigkeit die Stufen hinunter und schloss die Türen hinter sich.

In der Küche im Keller lag Harry nun ausgebreitet wie ein gelieferter Sack Kartoffeln auf der Plastikplane, die sie auf den Boden gelegt hatten und vor ihm stand Sean, Liams zweitältester Bruder – Jack war der älteste. Sam trug dieselbe Kleidung, die auch das Reinigungspersonal anhatte, wenn es den Raum desinfizierte oder das Frittierfett abpumpte, das zum Frittieren der Kartoffeln verwendet wurde: Overall, Gummistiefel und Haarnetz.

„Kommt, lasst uns anfangen“, sagte Liam, während er sich ebenfalls umzog. „Das Küchenpersonal kommt um sechs Uhr. Ich werde Jack anrufen und ihm sagen, dass er uns bei der Farm treffen soll."

„Werden die ihn wirklich als Düngemittel benutzen, Liam?", fragte Sam, während er Harrys Ringe und Uhr abnahm, durch seine Taschen ging und dann alles zur späteren Entsorgung in einen Plastikbeutel warf. Dann riss er das Goldkreuz ab.

„Warum nicht?" Liam schloss den Reißverschluss seines Overalls. „Er ist doch organisch. Dünger ist doch auch nichts anderes als Scheiße im Beutel." Liam zog sich die Stiefel an. „Das hier ist ein extragroßer Beutel mit purer Scheiße."

Sam nahm zwei Fleischerbeile und gab eins Liam. „Wohl eher vier Beutel, würde ich sagen", fügte er hinzu und machte sich an die Arbeit.

14

Joe und Rabbi trafen sich zum Abendessen bei *Ben's Kosher Deli* in der Thirty-Eighth Street. Joe bestellte ein Pastrami-Roggen-Sandwich und eine Dr. Brown's Cream Soda und Rabbi aß Zunge, die vor Ort gepökelt wurde und dazu trank er Dr. Brown's Cel-Ray. Sie teilten sich einen Knish. Anschließend bestellte Rabbi einen Kaffee und verzog das Gesicht, als Joe nach heißem Wasser fragte und den selbst gemachten Teebeutel von Dr. Z hineintunkte.

„Was ist denn das? Irgend so ein verdammter Gesundheitstrend?“

„So etwas in der Art“, sagte Joe. Dann nickte er in Richtung der milchfreien Kaffeesahne, die Rabbi sich gerade in den Kaffee rührte. „Du musst gerade reden. Du magst deinen Kaffee grau?“

Rabbi schmunzelte. „Es ist wahr. Gott macht es denen, die ihm folgen, nicht leicht.“ Joe dachte an ein paar Dschihadisten, die ihm wahrscheinlich zustimmen würden, doch er sagte lieber nichts. Er nippte an seinem Tee und Rabbi an seinem Kaffee, beide machten ein unglückliches Gesicht und dann erklärte Rabbi ihm alles über den Diamantenhandel.

Die Vereinigten Staaten waren der größte Markt für Diamanten der Welt. Über neunzig Prozent der Diamanten, die importiert wurden, kamen über New York. Der Großteil davon passierte den Diamond District in der 47th Street zwischen der 5th Avenue und der Avenue of the Americas. Über zweitausendsechshundert Geschäfte waren in diesem Block ansässig, beinahe alle davon standen irgendwie in Verbindung mit Diamanten, Edelsteinen oder feinem Schmuck. In den Fenstern und Verkaufsschaltern und den kleinen Kabinen, die sich in den Einzelhandelsläden stauten, in dem Labyrinth aus Büros, die sich von Stockwerk zu Stockwerk erstreckten und Großhändler und Goldschmiede, Importeure und Händler beherbergten, schimmerten die Steine, der Schmuck glitzerte und Geld floss wie in einem pulsierenden Schwarm aus reichen Menschen. Diese eine schmale Straße verlief zwischen massigen Steingebäuden wie ein Canyon und dieser Canyon war eine Mine gefüllt mit mehr Diamanten, als sich jeder Goldsucher erträumen könnte. Die Grotte des Drachen. Ali Babas Höhle. Der Traum eines jeden Diebes.

Andererseits war es jedoch auch der Albtraum eines jeden Diebes. Es gab bewaffnete Sicherheitsleute, die überall patrouillierten. Es gab Polizisten, die immer irgendwo in der Nähe waren. Es gab Alarmanlagen und Kameras, Safes und Schlösser bis tief ins Innere dieser Festung hinein. Viele der Verkäufer waren außerdem selbst bewaffnet. Der Großteil der Chassiden, in ihren schwarzen Mänteln, denen man in den Straßen begegnete oder die charmanten Verkäufer in ihren teuren Anzügen und funkelnden Steinchen an ihren Händen und um ihren Hals oder sogar die buckligen Kunsthandwerker mit Vergrößerungsgläsern in ihren Augenhöhlen, sie alle hatten eine Genehmigung für das verdeckte Tragen einer Schusswaffe – und das waren nur die legalen Waffen. Wer weiß, wie viele Uzis sich in Schubladen oder hinter den Verkaufstresen befanden.

Selbst mit einer Tresorknackerin wie Yelena und jemandem wie Joe, um sie rein- und wieder rauszubringen – und genug Zeit, um unbemerkt von Augen und Kameras zu arbeiten, ohne ein verdächtiges Fluchtauto, das irgendwo am Block stand oder einem Bohrgeräusch oder einer Taschenlampe in einem dunklen Flur –, mussten sie dennoch wissen, wer diese Menge an Diamanten überhaupt auf Lager hatte, bevor sie reingingen.

Joe hatte den Morgen damit verbracht, den Stadtteil in einem Kapuzenpullover und einer Umhängetasche, die er über seiner üblichen Jeans und den High-Tops trug, abzugehen. Unsichtbar, wie es nur ein Bote in Manhattan sein konnte, schlürfte er seinen Kaffee vom Deli und tat so, als würde er telefonieren, während er durch die shoppende Menge trieb. Er kam zu einem Entschluss: Ohne Insiderwissen war dieser Job unmöglich und selbst dann gab es nur einen einzigen mehr oder weniger plausiblen Weg. Glücklicherweise hatte Rabbi Insiderwissen und kam zu demselben Entschluss: „Du musst zuschlagen, wenn sie die Diamanten bewegen. Es ist der einzige logische Weg."

„Exakt", sagte Joe, „selbst, wenn ich einen Weg finde, mit Gewalt einzudringen und es lebend wieder herausschaffe, könnte ich niemals sichergehen, dass ich genug abgestaubt habe. Und zurückkommen ist offensichtlich keine Option."

„Und reinschleichen?"

„Ich müsste wissen, wer in dieser Nacht genug in seinem Tresor hat und mir dann die Pläne beschaffen, die

Alarmanlagen kennen und so weiter. Es ist möglich, aber auch sehr riskant, vor allem, wieder herauszukommen. Bei einem Banküberfall könnte man beispielsweise durch das Dach kommen oder von nebenan. In diesem Fall ist nebenan jedoch eine weitere Bank. Dieser ganze Block ist wie ein einziger, riesiger Tresor." Er trank seinen Tee aus und verzog noch stärker das Gesicht als beim ersten Schluck. „Der einzig logische Weg ist, zuzuschlagen, wenn sie transportieren. Das ist immer das schwächste Glied in der Kette, aber natürlich wissen die das auch."

„Darum transportiert ein schlauer Händler immer Stück für Stück, steckt den Schmuck in seine Tasche und nimmt sich zusammen mit einem Haufen anderer Typen in schwarzen Anzügen ein Taxi. Es sei denn" – Rabbi nahm nachdenklich einen Schluck von seinem Kaffee – „manchmal müssen größere Mengen transportiert werden, für Shows zum Beispiel oder um Ware von einer Filiale zur anderen zu schicken. Aber das wird natürlich absolut geheim gehalten. Niemand weiß, wer oder wann."

Joe lächelte. „Außer dir."

Als Nächstes redete Joe mit Juno. Juno war ein Technikgenie. Ein Junge aus dem Block, genau wie Joe einer gewesen war. Er konnte sich außerdem mühelos durch Welten bewegen, die für Joe so weit entfernt lagen wie Neptun. Seine Expertise ist bei ihrem letzten Job unverzichtbar gewesen. Er besuchte ihn in dem Keller seiner Mutter, den er langsam versuchte, in ein Studio umzubauen, doch der größtenteils noch immer sein Kinderzimmer und Nerd-Hauptquartier war. Als Joe das erste

Mal in diesem Haus gewesen ist, waren er und Yelena auf der Suche nach Juno, nachdem ihr letzter Job schiefgelaufen war. Eric, Junos älterer Bruder, empfing sie herzlich mit einer auf Joes Kopf gerichteten Waffe. Am Ende rettete Joe nicht nur Junos Leben, sondern er bestand auch darauf, Juno seinen Anteil der Beute zu geben. Joe verdiente sich damit Junos Respekt und Loyalität und finanzierte außerdem das digitale Aufnahme- und Soundsystem, das auf seinem Schreibtisch thronte. Als Joe ihn also anrief und sagte, dass er vorbeikommen würde, um einen Job zu besprechen, stellte Juno eine Limonade bereit, räumte etwas Wäsche von der mitgenommenen Couch und sobald sie sich gesetzt hatten, fragte er ihn: „Was stehlen wir dieses Mal? Und wann?"

Joe lächelte. Er stellte seine Limonade auf den Tisch, der aus einer Holzkiste und einem Tuch bestand – Ausrüstung im Wert von zehntausend Euro und keinen anständigen Tisch – und sagte: „Diamanten im Wert von vier Millionen. In zwei Tagen. Für den Anfang. Danach wird's kompliziert."

Juno schaute ihn an. Jede dieser Aussagen war eine Frage in sich: Vier Millionen? Diamanten? In zwei Tagen? Für den Anfang? Dann grinste er und sagte: „Cool. Was brauchst du?"

Anschließend musste Joe irgendwie Yelena aufspüren. Auch wenn sie sich bereits einige Betten geteilt hatten, keines davon gehörte ihr und er wusste nicht, wo sie lebte oder ob sie überhaupt einen festen Wohnsitz hatte. Er wusste nur, dass sie generell in den russischen Stadtteilen von Brooklyn herumhing, hinten bei

Brighton Beach. Wahrscheinlich wäre ein normaler Mensch überrascht gewesen, wie wenig er über Yelena wusste, wenn man bedenkt, wie intensiv ihre gemeinsame Zeit gewesen ist: Sie hatten zusammen Verbrechen begangen, waren vor der Polizei geflohen, hatten Menschen umgebracht und sie hatten sich gegenseitig das Leben gerettet. Aber natürlich hatte Joe schon mit vielen Männern zusammen trainiert, gekämpft und sich aufeinander verlassen müssen, um zu überleben, und sie danach nie wieder gesehen. Die Tatsache, dass er und Yelena ein so sexuell geladenes Verhältnis hatten und sie sich ernsthaft gut zu verstehen und mögen schienen, machte ihre Verbindung zwar intensiver, doch es veränderte sie nicht grundsätzlich: Sie arbeiteten zusammen. Sie passten zusammen. Es machte sie zu guten Kollegen. Es bedeutete nicht, dass sie sich gegenseitig Geburtstagskarten schrieben. Er kannte ihren Geburtstag nicht einmal, geschweige denn ihr genaues Alter. Er hatte jedoch ihre Telefonnummer und so rief er sie an und hinterließ eine Nachricht: „Hey, hier ist Joe. Wir sollten uns treffen." Und da sie Joe auf ihre eigene Art und Weise gut kannte, wusste sie, wie wenig er für Handys übrighatte und dass sie eine von nur einer Handvoll Leute war, die überhaupt seine Nummer hatten – Gio, Gladys, der Manager des Clubs -, antwortete sie sofort:

Wann?

ASAP

schrieb er. Dann sendete sie eine Adresse. Die Adresse war jedoch nicht in Brighton Beach. Sie war in Chinatown. Das Chinatown in Downtown Manhattan, das kleiner und touristischer war als das gigantische Chinatown draußen in Flushing, doch es war auch älter und historisch verankerter in New York, sowohl kulturell – die erste Gemeinschaft kantonesischer Immigranten – als auch wortwörtlich, da dieser alte Stadtteil mit Tunneln, Kellern, schmalen Gassen und Mietshäusern durchzogen war, die seit den Tagen der Five Points Gang in Benutzung waren, die damals die Unterwelt in New York regierten.

Joe wusste nicht, was ihn erwartete, als er aus dem Zug stieg und die Mott Street entlanglief, bis er das Gebäude fand – eine malerische Bruchbude, die leicht nach links geneigt zu sein schien mit einem Laden, der Souvenirs, Ventilatoren, Geldbäume und Raubkopien von DVDs aus Hong Kong verkaufte – und klingelte, bevor er zwei Stockwerke hinaufstieg, die ebenfalls nach links geneigt waren und an die Tür klopfte. Crystal aus dem Club öffnete. Sie trug eine chinesische Robe, die sie wahrscheinlich in dem Laden gekauft hatte. Ihre Haare hingen herunter und sie sah jünger und, in Joes Augen, hübscher aus als mit dem fachmännisch aufgetragenen Make-up, das sie bei der Arbeit ständig trug.

„Hi, Joe“, sagte sie, „komm rein.“

Er lächelte. „Hey, Crystal. Schön, dich zu sehen.“ Eine kleine Calico-Katze miaute und floh durch die Tür, bevor er hineinging und sie die Tür hinter ihm schloss. Es war ein Studio, klein, aber gut organisiert mit einem beigen Ikea Sofa und einem weißen, würfelförmigen

Kaffeetisch vor einem großen Flachbildfernseher, einer sauberen, kleinen Küche und einem tief liegenden Bett voller großer, weißer Kissen, auf dem Yelena in einem ärmellosen, gerippten weißen Unterhemd und abgeschnittenen Jeanshorts lag und Kaffee trank.

„Hey, Joe", sagte sie und lächelte. „Willst du Kaffee?"

„Klar", sagte er, „klingt gut."

Crystal brachte ihm eine Tasse und dann quatschten die drei – besser gesagt, Crystal quatschte, da weder Joe noch Yelena besonders viel für Small Talk übrighatten -, während Crystal sich mit demselben Selbstbewusstsein, das alle Tänzerinnen an den Tag legten, egal ob Stripperin oder Ballerina, ihre Robe abstreifte, um sich normale Kleidung anzuziehen. Dann verkündete sie, dass sie Zigaretten holen gehen würde, bevor sie die beiden höflicherweise allein ließ, um sich über Dinge zu unterhalten, von denen sie wusste, dass sie nicht für ihre Ohren bestimmt waren und die sie auch gar nicht wissen wollte. Als sie zurückkam, war ihre Wohnung bis auf die schnurrende Katze leer und sie war weder beleidigt noch überrascht, dass keiner von ihnen eine Nachricht hinterlassen hatte.

15

Joe und Yelena besorgten das Zubehör, das sie für Joes Plan benötigten und dann trafen sie sich mit Juno und zogen sich um: Joe trug eine dicke, braune Perücke, die Yelena herrichtete, sodass sie echt aussah oder zumindest wie die eines Typen, der hoffte, dass niemand sein teures Toupet bemerkte, einen passenden, buschigen Schnurrbart, der an den Mundwinkeln hinunterging und eine Brille mit dickem Rahmen, an dessen Ecken Juno winzige Knopfkameras angebracht hatte, die Weitwinkelfotos machte, wenn Joe den Knopf in seiner Tasche drückte. Dazu hatte er leichte Sommerhosen an, ein italienisches Seidenhemd, wie es viele dieser Diamantenleute trugen und brandneue Sneaker, die so trendy waren, dass Joe selbst noch nie von ihnen gehört hatte. Juno und Yelena hatten sie ausgewählt und mussten beide lachen, als Joe sie anzog. Er verstand nicht, was so lustig daran war.

Yelena war wie das heiße, russische Mädchen gekleidet, das sie niemals sein wollte – Push-up-BH, Rüschenbluse von Oscar de la Renta, Leggings, die so eng waren, dass sie ihr die Luft abschnürten, und High Heels von Louboutin, die, obwohl sie sie aus dem Showroom geklaut hatte, so teuer waren, dass Joe der Atem stockte. Sie hatte eine Kamera in der Apple Watch an ihrem Armband und eine in der Klammer in ihrem Haar. Normalerweise trug sie ihr Haar in einem strengen Zopf oder ließ es gerade herunterhängen. Jetzt war es lockig und mit Haarspray zu einem Komplex aus goldenen Locken geformt, die über ihren Schultern emporstiegen und an ihrem Rücken hinunterfielen. Ihre Nägel waren lackiert und geperlt wie zeremonielle Dolche.

Der tückischste Part war der Schmuck. Sie versuchten, sich ihren Weg durch die größten Schmuckhändler der Stadt zu bahnen, deren Augen trainiert waren, um Klunker zu bewerten und ihr Gewicht zu schätzen. Die Vorstellung, dies mit etwas Kleister auf Yelenas Fingernägeln oder einer gefälschten Uhr von der Canal Street an Joes Handgelenk zu tun, war lachhaft. Falscher Schnurrbart, okay. Falsche Rolex, niemals. Gio hatte Joe seine Submariner und seinen Ehering, ohne zu zögern, überlassen. Sein einziger Kommentar: „Wenn du eins davon verlieren musst, lass es die Rolex sein. Zu unser beider Wohl." Doch für Yelena benötigten sie etwas mehr: einen Ring und ein Armband von Maria, eine Kette von Alonzos Frau, und einen weiteren Ring und eine Fußkette von Rabbis Geliebten, einer jungen Jamaikanerin auf der Upper East Side. Jeder von ihnen überließ ihnen die Schmuckstücke nur äußerst zögerlich. Generell schien es, als würde ein blutiger Bandenkrieg ausbrechen, wie ihn die Stadt noch nie zuvor gesehen hatte, sollte Yelena mit ihrem Schmuck verschwinden.

Sie und Joe kamen in einem schwarzen Escalade an, der von Alonzos Bodyguard Barry gefahren wurde.

Juno versteckte sich auf der Rückbank hinter getönten Scheiben, bereit, Joes und Yelenas Fotos aus der Luft zu pflücken.

Yelena war ein Naturtalent. Obwohl Joe sie noch nie Schmuck tragen gesehen hatte, marschierte sie in den Laden, als gehörte er ihr und fing an, die Gänge auf und ab zu spazieren und gezielt die Aufmerksamkeit auf sich zu ziehen, anstatt sich unauffällig im Hintergrund zu bewegen, wie man es normalerweise bei der Vorbereitung eines solchen Jobs tun sollte. Sich wie eine Prinzessin aufzuführen und mit Klunkern herumzuspielen, passte hier jedoch perfekt.

„O mein Gott, Baby, guck dir das an", rief sie Joe zu, der gehorsam herbeigetrottet kam. Eine grinsende Verkäuferin – ihr eigenes aschblondes Haar und ihre Ohren, Hals, Handgelenke und Finger mit teurem Schmuck besetzt – steckte Yelena einen quadratischen Stein auf den Ringfinger. Eine andere Verkäuferin mit langen, schwarzen Haaren und Smaragdohrringen kam ebenfalls herüber, um zu helfen.

„Ist der nicht süß?", fragte sie Joe und posierte mit ihrer Hand. Er küsste ihren Finger.

„Deine Finger sind wunderschön, Baby", sagte er. „Aber er ist etwas zu klein."

„Eigentlich ist der Ring sogar ein wenig zu groß", verbesserte ihn die blonde Verkäuferin. „Aber wir können ihn anpassen lassen."

„Ich meinte den Stein", sagte Joe, „ich will etwas Besonderes für meine besondere Frau."

Er schlenderte davon.

„Ist er nicht der Beste?", fragte Yelena die niedergeschlagenen Verkäuferinnen, während sie ihren Finger ausstreckte, um den Ring abnehmen zu lassen.

Auf diese Weise deckten sie den ganzen Laden ab, bevor sie bei *Shatzenberg and Sons* landeten, den Stand, den Rabbi ihnen genannt hatte. Yelena tänzelte den Verkaufstisch voller strahlender Schätze auf und ab. Dann seufzte sie.

„Ich weiß nicht, Baby, das ist alles dasselbe Zeug", sagte sie laut zu Joe, während einer der Shatzenberg-Söhne vor ihr stand. „Vielleicht sollten wir warten, bis wir in Hong Kong sind."

„Was immer du willst, Baby. Du weißt, wie langweilig ich Shoppen finde", sagte Joe und zwinkerte Shatzenberg zu.

„Wissen Sie", sagte er und lehnte sich zu Joe herüber – er konnte sein Parfum riechen –, „wenn Sie möchten, können wir in unseren privaten Ausstellungsraum gehen. Sie können sich setzen und ausruhen, während wir Ihrer bezaubernden Frau unseren Großhandelsbestand vorführen."

„Was meinen Sie mit Großhandel? Ich will nur einen einzigen perfekten Ring für meine Dame."

„Ja, klar. Ich verstehe schon. Ich meinte lose Steine. Sie bezahlen pro Karat und dann können wir ihn so setzen, wie sie es möchte. Wahrhaftig einzigartig." Er streckte seine Hand aus, der kleine Finger strahlte. „Ich bin Morty Shatzenberg."

„Also, das ist wirklich großzügig von Ihnen, Morty", sagte Joe und schüttelte seine Hand. „Das ist Ivana und ich bin Dixon. Wir sind die Syders." Er drückte Yelenas Schulter. „Was sagst du dazu, Babe? Ein einzigartiger Ring für eine Frau mit einzigartigem Arsch?"

Sie schlug ihm leicht auf den Arm und rollte mit den Augen. „Bitte entschuldigen Sie ihn. Er hat keine Klasse. Ich würde mir gerne Ihre Einzelstücke angucken."

Nickend führte Shatzenberg sie in den hinteren Bereich des Ladens, wo ein bewaffneter Wachmann die Tür für sie aufhielt. Sie gingen einen Flur aus nackten Betonwänden entlang, an dessen Ende sich ein Fahrstuhl befand. Sie fuhren zehn Stockwerke hinauf, wo der Verkäufer die Türen mit einem Schlüssel öffnete. Sie betraten einen kleinen, fensterlosen Raum. Die Wände, der Boden und die Decke waren mit dickem, braunem Teppich verlegt und die eingelassenen Deckenlampen warfen Lichtkegel an die Wände und beleuchteten die Mitte des Raumes, in der nichts außer einem antiken Tisch mit zwei Stühlen auf einer und einem Stuhl auf der anderen Seite stand. Shatzenberg bot ihnen die zwei Stühle an und sprach in das kleine Intercom, das auf dem aufwändig verzierten französischen Tisch fehl am Platz wirkte. Einen Moment später öffnete sich eine Tür in der Teppichwand: Es gab keine Türklinke auf ihrer Seite und in der Sekunde, in der die Tür offen stand, konnte Yelena einen Blick in einen Raum aus Stahl erhaschen, in dem ein Tresor stand. Eine junge Frau mit einem Koffer kam herein und schloss die Tür hinter sich. Sie schlenderte zu ihnen herüber, ihre High Heels versanken geräuschlos in dem Teppichboden, und legte den Koffer auf den Tisch. Shatzenberg öffnete ihn. Wie Sterne strahlten ihnen die runden Diamanten in jeglicher Größe auf dem mitternachtsschwarzen Seidenfutter entgegen.

„Mein Gott“, murmelte Yelena und zum ersten Mal hatte Joe das Gefühl, dass sie es ernst meinte.

Zwanzig Minuten später verließen Yelena und Joe lächelnd und über Größen und Formen quatschend das

Geschäft. Shatzenberg versuchte, seine Enttäuschung zu verstecken und versicherte ihnen, dass er hier sein würde, sobald sie so weit waren. Er warnte sie jedoch auch, dass gerade diese bestimmte Charge bald weg sein würde, auf dem Weg in ihre Filiale in Antwerpen. Draußen auf der Straße war die Rushhour in vollem Gange. Der Gehweg war wie ein Strom aus Menschen, der einen in die Metrostation spülte, als wäre es ein Abfluss. Als sie gegen die Strömung ankämpften, um zu ihrem Auto zu kommen, wurde Joes Weg von einer Gruppe Chassiden blockiert.

„Bist du jüdisch?", fragten sie. „Bist du jüdisch?"

Joe zuckte mit den Schultern.

„Heute nicht", sagte er und nahm Yelenas Hand. Sie eilten über die Straße und stiegen in das Auto, dessen Tür Barry für sie aufhielt. Auf der Rückbank ging Juno bereits durch die Fotos, die die beiden kontinuierlich gesendet hatten, und ordnete sie zu einer Karte an – das Geschäft, der Flur, der Fahrstuhl und das innere Allerheiligste.

Sobald die Tür geschlossen war, nahm Joe seine Perücke ab und kratzte sich am Kopf. Das Jucken hatte ihn wahnsinnig gemacht.

„Hast du alles bekommen?", fragte er Juno und gab ihm die Brille.

„Ja, und bin den Block einmal hoch und runter, während wir gewartet haben, aber ich bin mir nicht sicher, wie weit wir kommen werden. Da drinnen ist es enger als der Arsch eines Priesters."

„Ich weiß und doppelt so haarig. Was meinst du?", fragte er Yelena, die sich ihre Schuhe aus- und ihre Sneaker anzog.

Sie zuckte mit den Schultern. „Vielleicht könnten wir es mit einer Armee stürmen und ich knacke den Tresor, während die Polizei das Gebäude umstellt, aber was dann? Wohin sollen wir fliehen? Das Dach? Vielleicht mit einem Helikopter?“

„Nein. Wir müssen zuschlagen, während sie das Zeug transportieren. Aber wie? Guck dir das an.“ Er gestikulierte in Richtung des Verkehrs vor ihnen. „Wir sind noch nicht einmal einen Block vorangekommen.“

„Sorry“, rief Barry nach hinten. „Das ist der Verkehr. Sobald ich mich ein paar Meter bewegt habe, springt die Ampel wieder um.“

„Tut mir leid, Barry. Das sollte nicht so rüberkommen, als wenn ich dir die Schuld geben würde. Ich meckere hier nur.“

„Wie wäre es mit einem klassischen Schaufenstereinbruch? Glas zerschlagen und zugreifen“, fragte Juno, „wie Goldketten stehlen in der Hood damals. Ich kenne da ein paar Jungs, die Kohle machen, indem sie iPhones von ahnungslosen Touristen und Collegekids klauen. Die nennen das Apfelpflücken. Die könnten die Steinchen abstauben, runter in die Metro laufen und sie euch übergeben, einem harmlosen, weißen Pärchen. Selbst wenn die Cops meine Jungs danach erwischen, müssten sie sie laufen lassen.“

Joe lächelte. „Aber auch nur, wenn sie danach nicht vergessen, in unsere Richtung zu laufen und nicht aus Versehen nach Brooklyn.“

Juno zuckte mit den Schultern. „Schon möglich. Ihr Orientierungssinn lässt außerhalb der Hood etwas nach.“

„Das wird sowieso kein Sprint werden. Rabbi sagt, dass sie einen Safe direkt auf den Geldtransporter laden. Nur der Bruder hier und der in Antwerpen kennen die Kombination. Die trauen noch nicht einmal ihren eigenen Sicherheitsleuten." Er starrte nachdenklich aus dem Fenster, während sie, begleitet von einem Chor aus Hupen, langsam aber sicher die Allee entlangschlichen. Die Chassiden belästigten andere Passanten. Es war ein verstopftes Chaos. „Nein", dachte er laut, „dieser Job erfordert etwas Ungewöhnlicheres."

16

Joe ließ Juno und ihren Fahrer Alonzos und Rabbis Schmuck zurück nach Brooklyn bringen, während er und Yelena die Metro nahmen, um Maria ihre Sachen zurückzugeben.

„Den ganzen Weg nach Washington Heights mit der Metro?", neckte sie ihn, „scheint, als wäre die Show des reichen Ehemannes vorüber? Du könntest mir wenigstens ein Auto stehlen, Joe. Das wäre schneller."

„Nicht während der Rushhour", sagte er zu ihr. „Wir können uns eins auf dem Rückweg klauen, wenn du möchtest."

Tatsächlich würde keiner von ihnen irgendetwas derartiges tun. Sie würden nicht einmal über ein Drehkreuz springen. Ein professioneller Krimineller begeht keine Ordnungswidrigkeiten, wenn er plante, ein Verbrechen zu begehen. Sie nahmen den Zug der Linie 1.

„Nimm das, du kleine Hure! Du weißt, dass du es verdient hast!" Paul schleuderte die Peitsche auf Giannas blassen, weißen Rumpf, der bereits mit roten Linien übersäht war. Das Leder knallte und sie zuckte ächzend zusammen.

„Danke, Sir, dürfte ich noch einen bekommen?", stöhnte sie. In einem schwarzen BH und Höschen aus Spitze, schenkelhohen Strumpfhosen und roten High Heels lag sie über dem Hotelbett gebeugt. Sie drückte ihren blonden Kopf mit dem Gesicht nach unten in ein Kissen, um ihre Schreie zu dämpfen. Ihr Höschen hing um ihre Knöchel. Paul gab ihr einen weiteren Schlag. Er fing an zu schwitzen, also zog er sein Hemd aus und warf es über den Stuhl, wo bereits seine Krawatte und Jacke sauber gefaltet lagen. Im Kleiderschrank hing ein weiterer Anzug und ein Hemd, um sie vor dem Zerknittern zu bewahren – die Kleidung, die Gianna später anziehen würde, sobald sie wieder zu Gio wurde.

Paul Rogers war Gios Buchhalter und ein Experte, wenn es um Geldwäsche ging. Dank Paul hatte Gio Millionen auf Konten überall auf der Welt, die die Zukunft seiner Familie absicherten und dank der Scheinfirmen, die Paul gegründet hatte, einen Weg, sein gewaschenes Geld sauber in die legitimen Unternehmen fließen zu lassen, die er kontrollierte oder besaß und konnte dem Finanzamt somit ein fettes Einkommen vorweisen. Doch Paul hatte eine weitere, noch geheimere unverzichtbare Rolle in Gios Leben eingenommen. Solange er sich erinnern konnte, hegte Gio die Fantasie, von einem attraktiven jungen Mann dominiert – viel mehr misshandelt – zu werden, besonders einem Mann wie Paul: blond, blauäugig, weiß und mit einem Abschluss in Princeton. Nachdem sie sich zufällig in einer S&M-Bar kennengelernt hatten, die Gio kontrollierte, begannen sie, sich privat zu treffen, einzig und allein zur Befriedigung Gios sexueller Fantasien. Doch mit der Zeit entwickelten sich Gefühle zwischen den beiden und mittlerweile war Gio sich nicht mehr sicher, was sie genau für einander waren: Lover? Freunde? Partner? Gio dachte von sich selbst nicht einmal, dass er schwul war. Er war glücklich mit seiner Frau, sie hatten ein erfülltes Sexleben und abgesehen von diesem einen Rollenspiel, hatte er kein Verlangen nach anderen Männern. Trotzdem hatte er zärtliche Gefühle für Paul.

„Danke, Sir, dürfte ich einen weiteren bekommen?"

Die Peitsche traf erneut auf ihren Rücken und Gianna stöhnte. Ihr Arsch pochte. Paul ließ von ihr ab, um eine Atempause einzulegen.

„Bist du bereit, Gianna? Bereit, mir zu zeigen, was für eine brave kleine Hure du sein kannst?"

„Ja, Sir, bitte", sagte Gianna, als sie vor ihrem Herren auf die Knie ging. Sie öffnete seinen Gürtel und seinen Reißverschluss mit zitternden Händen. Ein Telefon klingelte.

Gio erstarrte. „Wessen ist das?"

„Wen interessiert's?", sagte Paul erregt, „ignorier es, wir können jetzt nicht aufhören."

Das Handy klingelte weiter. „Das ist mein Arbeitstelefon", sagte Gio, „ich muss da rangehen."

Er stand auf, wankend in seinen High Heels, an die er sich selbst nach all der Zeit noch immer nicht gewöhnt hatte, und nahm das Telefon in die Hand.

„Ja", sagte er in seiner normalen Stimme.

Paul seufzte absichtlich laut und ging ins Badezimmer, um sein Gesicht mit kaltem Wasser abzuspülen.

„Ich bin's. Können wir reden?" Es war Fusco, ein NYPD-Detective, korrupter Bulle und zwanghafter Glücksspieler, der Gio mehr schuldete, als er jemals zahlen konnte.

„Ja, ist ein Wegwerfhandy", sagte Gio, „ist sicher." Er hatte Fusco die Nummer gesendet und würde das Handy wegwerfen, sobald sie geredet hatten.

„Also, ich habe mich umgehört, wie du es wolltest", sagte Fusco, „sogar in der Task Force und niemand weiß genau, woher diese Information kommt, aber es nicht die Polizei. FBI vielleicht? Wer weiß."

Fusco hatte Gio erzählt, dass das Gerücht über einen großen Dopedeal die Runde machte und der Name der Caprisis damit in Verbindung gebracht wurde. Das war besonders besorgniserregend, da Gio erst vor einem Tag mit der Situation vertraut gemacht wurde. Außerdem war dies nicht das erste Mal. Ein deutscher Schmuggler, der gestohlene Elektrogeräte und Autos weltweit verschiffte, war, kurz nachdem Gio mit ihm einen Deal geschlossen hatte, von Interpol verhaftet worden. Es war klar, was das bedeutete: Irgendjemand redete mit den Behörden und es sah so aus, als ob es einer von Gios Leuten war.

Gio atmete tief durch und zählte bis zehn. Er fühlte die Wut in ihm aufsteigen, doch er wusste auch, dass es sich zwar kurz gut anfühlen würde, es an Fusco oder Paul oder den Möbeln in dem Hotelzimmer auszulassen, es aber nicht weiterhelfen würde.

„Okay", sagte er ruhig, „hör dich weiter um. Und danke."

Er legte auf. Beinahe zeitgleich empfing er eine Nachricht auf seinem anderen, privaten Handy. Es war Carol. Er blickte auf sein Handgelenk, dann realisierte er, dass Joe seine Uhr hatte.

Paul kam aus dem Badezimmer, nackt und wunderschön.

„Also", sagte er lächelnd, „wo waren wir stehen geblieben?"

„Tut mir leid", sagte Gio und nahm die Perücke ab. Mit dem vom Kissen verschmierten Lidschatten und Lippenstift sah sein Gesicht im Spiegel nun seltsam aus. „Ich muss duschen und mich mit meiner Frau treffen." Er küsste Paul hastig und ging ins Badezimmer. „Sie bringt mich um, wenn ich zu spät komme. Es ist Datenacht."

Marias Wohnung schien bescheiden von außen. Sie hatte ein großes Haus in der Bronx in der Nähe von Riverdale, doch behielt diese Wohnung für geschäftliche Angelegenheiten und um ein Zuhause in der alten Nachbarschaft zu haben, wo sie Freunde und Familie hatte. Ihr wurde langweilig, ganz allein in dem großen Haus. Die Wohnung befand sich in einem unauffälligen Ziegelhaus. In den Gängen roch es nach Essen und hinter den Türen konnte man Kinder und Telenovelas hören. Der Teenager, der auf den Eingangsstufen herumhing, arbeitete für Maria und der Hausmeister, der den Boden der Lobby wischte, hatte seinen Job nur bekommen, weil seine Frau Maria kannte. Sie beide nickten Joe und Yelena zu, als sie an ihnen vorbei- und in den Fahrstuhl gingen. Sie wohnte in dem Apartment in der hinteren Ecke des obersten Stockwerkes, wo die meisten der Apartments von ihren Verwandten oder Leuten bewohnt wurden, die sie seit Jahrzenten kannte: ein blinder, alter Mann, der niemals das Viertel verließ, eine pensionierte Putzfrau, die kein Englisch sprach und die früher Marias Haus geputzt hatte. Joe wusste, dass ihn Augen durch den Spion beobachteten, sobald sie aus dem Fahrstuhl stiegen und sich die Tür öffnete, noch bevor seine Fingerknöchel die Tür berührten.

Es war Little Maria persönlich. Selbst in ihren High Heels reichte sie Joe nur gerade so bis zu den Schultern. Sie trug eine geblümte Kochschürze über ihrem schwarzen Sweatshirt und blauen Jeans. Sie hielt einen Holzlöffel in der Hand und irgendetwas köstlich Duftendes kochte irgendwo hinter ihr. Sie küsste seine Wange.

„Hola, Mijo", sagte sie, „ich hoffe, du hast Hunger."

„Spätestens jetzt, wo ich dein Pernil rieche", sagte Joe. „Hier hast du deinen Kram zurück." Er übergab ihr die Sachen.

„Und das ist deine Freundin? Guapísima."

„Das ist Yelena. Sie ist diejenige, die die Diamanten stehlen wird."

„Freut mich, dich kennenzulernen", sagte Yelena und streckte ihre Hand aus.

„Buena. Hübsch und clever." Sie stellte sich auf die Zehenspitzen, um ihr einen Kuss auf die Wange zu geben.

„Wir brauchen Carlo", sagte Joe. „Es wird Zeit, die E-Mail zu schreiben. Ich hoffe, er ist noch am Leben."

Sie grinste. „Dieser Bastard hat es zwar nicht verdient, aber ja, er ist am Leben." Sie führte sie ins Wohnzimmer, wo eine andere Frau – älter, molliger und noch kleiner – auf der Couch saß und spanisches Fernsehen guckte. Bellen war hinter einer Tür zu hören. Das Zimmer war groß und üppig möbliert: ein rotes Veloursofa, ein riesiger Flachbildfernseher, dunkle Holztische, Lampen mit Quasten, Gemälde mit Jesus und einer tropischen Landschaft, die an der Wand mit Vliestapete hingen. Von den Fenstern aus konnte man die Brücke und die Palisaden von Jersey sehen, die im Sonnenuntergang glühten.

„Tia“, rief Maria, „pass auf meine Bohnen auf.“ Die alte Frau lehnte sich zurück, um Schwung zu holen, bevor sie aufstand und in die Küche watschelte, wo sie Maria den Löffel aus der Hand nahm. Maria klopfte an die Tür, hinter der das Bellen zu hören war. „Paco! Abre la Puerta!“

Die Tür ging auf und ein Mann mit Ziegenbart in Jeans, weißem Muskelshirt, Goldkreuz und Yankees-Cap ließ sie herein. Es war ein Büro, das genauso prunkvoll eingerichtet war wie das Wohnzimmer, mit einem dicken Teppich, breitem, dunklem Schreibtisch und Lederstühlen. Doch die Seidengardinen waren zugezogen und die Mitte des Raumes wurde von einem großen Hundekäfig eingenommen, in dem ein nackter Mann kauerte. Sein Körper war mit Schnitten und blauen Flecken übersäht. Um seinen Hals hing eine Kette. Ein großer Pitbull mit einem deutlich schöneren Nietenhalsband stand vor dem Käfig und bellte und sabberte, entweder weil er den Mann darin töten oder weil er seinen Käfig zurückwollte.

„Ay! Duque! Ruhe!“, rief Maria und der Junge packte den Hund am Halsband und zog ihn zurück. Dann streichelte er ihn, bis er sich setzte und schwanzwedelnd seine Hand leckte. Maria ging zu dem Käfig herüber. Der Mann wimmerte.

„Du. Stück Dreck! Der Mann hier hat ein paar Fragen.“

Verängstigt hob er seinen Blick.

„Kannst du ihn rauslassen?“, fragte Joe. „Er muss die E-Mail schreiben.

Maria holte einen kleinen Schlüssel aus ihrer Schürze und öffnete das Vorhängeschloss. Der Junge kam herüber und öffnete die Tür des Käfigs mit einer Leine in der Hand.

„Kriech, Bitch!“, sagte Maria und der Mann kroch zitternd heraus, während der Hund wild wurde.

„Duque!“, rief Maria und der Hund machte Sitz. Der Junge legte dem Mann die Leine an und bot Joe an, sie zu halten.

„Bring ihn einfach zum Schreibtisch“, sagte Joe. Der Junge zerrte ihn hinter sich her. Maria trat ihm mit ihrem spitzen Schuh in den Arsch. Yelena stand an der Seite und schaute gespannt zu. Der Mann richtete sich vorsichtig auf und setzte sich auf den Stuhl. Joe schob den geöffneten Laptop herüber. Er redete in ruhigem Ton mit ihm und sah ihm in die Augen.

„Hi, Carlo. Ich weiß, dass du verängstigt bist und Schmerzen hast, aber du musst dich jetzt konzentrieren. Hiernach überlässt Maria dich vielleicht uns und wir können schauen, wie wir dich hier rausbekommen. Wir schicken dich ins Exil.“

Der Mann hob seinen Blick und schaute erst Joe an und dann Maria. In seinen Augen spiegelte sich neben der Angst jetzt auch Verwirrung darüber wider, wie ein Mensch behandelt zu werden. Doch Joe sah auch einen Funken Hoffnung. Tief im Inneren wusste Carlo natürlich, dass für ihn keine Hoffnung bestand, doch wie der menschliche Verstand nun einmal ist, kann er der Versuchung der Hoffnung nicht widerstehen.

„Stimmt’s, Maria?“, fragte Joe.

Sie zuckte verächtlich mit den Schultern. „Sicher, was juckt’s mich? Du kannst das Stück Scheiße haben, wenn ich fertig mit ihm bin. Tot oder lebendig, ist mir egal."

„Siehst du?", sagte Joe, „jetzt will ich, dass du dem Dealer schreibst und ihm sagst, dass du das Heroin willst. Sag ihm, du hast einen Plan und wirst die Diamanten übermorgen haben. Das ist wichtig. Und frag ihn, ob das Zeug schon hier ist."

Carlo ging online und öffnete seinen E-Mail-Account. Joe las den Verlauf; lediglich ein paar Nachrichten, in denen sich auf die Bedingungen geeinigt wurde. Während Joe sanft auf ihn einredete, tippte Carlo:

Ich bin bereit. Ich habe einen Weg gefunden, bis Freitag zu bezahlen. Ist die Ware in NY?

„Das ist gut, Carlo", sagte Joe, „jetzt sende sie ab."

Carlo verschickte die E-Mail. Joe holte ein Blatt Papier und ließ Carlo die E-Mail-Adressen und das Passwort aufschreiben, dann faltete er es und steckte es in seine Tasche. Er klopfte Carlo auf die Schulter.

„Gut gemacht, Carlo. Danke", sagte er. Carlo nickte, seine Augen wanderten noch immer hektisch durch den Raum. Joe wandte sich den anderen zu. „Ich schaue später nach, ob er geantwortet hat", sagte er, auch wenn er eigentlich Juno nachschauen lassen würde. Er hatte noch nicht einmal einen Computer.

Es klopfte sanft an der Tür und der Junge streckte seinen Kopf hindurch. „Essen ist fertig", sagte er.

Maria klatschte zweimal in die Hände. „Lasst uns essen." Zu dem Jungen sagte sie: „Bring diesen Bendejo in seinen Käfig."

Er packte die Leine und Carlo ging panisch auf die Knie und begann, zurück zu seinem Käfig zu kriechen. Joe und Yelena schauten verlegen zu, während Maria den Käfig schloss. In diesem Moment ertönte ein Benachrichtigungston. Eine E-Mail von dem Dealer:

Bereit, wenn du es bist.

Joe schaute auf die Uhr. „Es ist vier Uhr morgens in Afghanistan."

Yelena nickte. „Du glaubst, sie sind hier."

„Ja", sagte Joe, während sie zum Abendessen ins Wohnzimmer gingen. Der Junge hielt die Tür auf. „Ich glaube, sie sind irgendwo in der Stadt und ich glaube auch, dass sie das Dope bereits dabeihaben."

Felix liebte New York. Natürlich, dachte er, wer tat das nicht? Die ganze Welt liebte New York. Selbst die Menschen, die die USA verurteilten, die Amerikaner verabscheuten, sobald man New York erwähnte, sagten sie: „Ich liebe diese Stadt!" Doch Felix liebte sie auf eine besondere Art und Weise. Als der Typ Mann, der sich, zumindest während seiner Jugend, für einen internationalen Playboy hielt (und in seiner vorpubertären Zeit viele Nächte damit verbracht hatte, genau dieses Magazin fieberhaft durchzublättern), war New York für ihn die oberste Liga, eine Trophäe, die es zu gewinnen galt.

Er war der uneheliche Sohn eines reichen Jordaniers und seiner französischen Mätresse, was im Großen und Ganzen gar keine schlechte Sache war. Auch wenn seine ehelichen Söhne den Besitz und das Ansehen vererbten, lebten sie dennoch unter der Herrschaft eines autoritären und religiös konservativen (wenn auch absolut scheinheiligen) Patriarchats. Felix wurde von seiner Mutter in einem reizenden Apartment in Paris großgezogen. Es stimmt zwar, nachdem sein Vater sie fallen gelassen hatte, stürzte seine Mutter rapide ab, erst verfiel sie dem Alkohol und wurde fettleibig – Schokolade und Pâté inhalierte sie, als wären sie Crack -, dann ihrer eigenen Form von extremem Katholizismus. Doch für Felix bedeutete das nur noch mehr Freiheit: Erst flog er von den besten schweizer Internaten, dann warf man ihn vom College in Oxford, bevor er sich durch ein paar sehr kurze und sehr schwachsinnige Karrieren in Marketing und Musikpromotion schlug. All das ohne Konsequenzen. Seinen Eltern war es egal und die Taschengeldschecks kamen weiterhin.

Dann fand man eine junge Prostituierte tot auf: unter Drogen gesetzt und stranguliert. Sie war nicht die erste, doch dieses Mal war es keine illegale Sexarbeiterin; sie war das rebellische Kind eines französischen Politikers. Plötzlich befand Felix sich auf der Flucht, ohne Geld und ohne Reisepass. Auch die Schecks kamen nicht mehr. Seine Konten waren gesperrt und sein Vater, besser gesagt, dessen Personal, nahm seine Anrufen nicht mehr an.

Dies waren aussichtslose Zeiten für Felix, doch er war ein einfallsreicher Kerl: charmant, clever, erbarmungslos. Nach ein paar angsteinflößenden Erfahrungen realisierte er außerdem, dass die Welt der gefälschten Dokumente und dubiosen Grenzüberquerungen genau das Richtige für ihn war. Neben internationalem Playboy wurde er somit außerdem zum geborenen Mittelsmann, Schmuggler, um genau zu sein. Nicht, dass er sich Drogen um den Bauch band oder sie sich in den Arsch steckte und ins Flugzeug stieg – das war für Amateure. Er arrangierte den Deal, wickelte die Auftraggeber um den Finger, falls notwendig, und stach die Konkurrenz aus. Der Heroinhandel im großen Stil stellte sich als bemerkenswert stabiles Geschäft heraus. Die einzigen Probleme waren größtenteils geopolitischer oder klimatologischer Natur, korrupte Beamte oder verspätete Lieferungen, nichts, womit sich der Geschäftsführer eines Ölkonzerns nicht auch herumschlagen musste. Schon sehr bald transportierte er Ware von Afghanistan nach Italien und weiter, lebte das Luxusleben, das er so sehr genoss und hatte genug Gelegenheit, noch extremere Interessen zu entwickeln. Letztendlich war das Schmuggeln von Menschen genauso günstig wie das Schmuggeln von Heroin, wenn nicht sogar günstiger.

Dann, eines Nachts in Kandahar, als er gerade auf der Terrasse eines Hotels saß und Tee trank, wurde er von zwei bärtigen Männern seines Alters angesprochen. Sie trugen typisch afghanische Kleidung – eine lange tunikaartige Khet über einer weiten, plissierten Partug sowie einen Turban –, doch sie redeten auf Französisch, um zu vermeiden, dass jemand mithörte. Sie wussten, wer er war, das heißt, wer er *wirklich* war. Sie kannten seinen echten Namen und wussten, für welches Verbrechen er noch immer in Frankreich gesucht wurde und was er seither tat. Für einen Moment erstarrte Felix in Schrecken. Er glaubte, die beiden waren Geheimagenten oder irgendeine Art Spione, gekommen, um ihn zu verhaften. Dann, zu seiner Erleichterung, verstand er: Sie waren Terroristen.

Natürlich formulierten sie es etwas anders. Sie fragten ihn, ob er wusste, wer Zahir war. Das tat er. Zahir al Zilli, Zahir der Schatten, war jedem im Heroinhandel bekannt, auch wenn er für viele nur ein Gerücht darstellte. Felix hatte ihn noch nie gesehen und niemandem geglaubt, der das von sich behauptete. Zahir – niemand kannte seinen Nachnamen oder wusste, ob Zahir überhaupt sein Vorname war – war ein Bandit, ein Mudschahed, der Jagd auf die Warlords des Opiumgeschäftes machte. Er setzte Hightech-Waffen und trainierte Kämpfer ein, um ihre Heroinlieferungen zu beschlagnahmen. Mit dem Geld finanzierte er dschihadistische Anschläge. Darum nannten sie ihn den Schatten: Er operierte im Dunkeln, niemand kannte sein Gesicht und doch war er direkt hinter einem.

Jetzt wollte er Felix' Hilfe, um seine Operation zu erweitern und sein Produkt mithilfe von Felix' Verbindungen zu verkaufen. Felix willigte gerne ein. Die kurze Angst, aufzufliegen, hatte ihm definitiv etwas die Augen geöffnet, doch die mehr als großzügige Summe, die Zahir ihm anbot, zusammen mit der Macht, die ihm damit sicher war – Geld, Autos, Apartments, Reisepässe und Kreditkarten –, überzeugte ihn dennoch im Handumdrehen. Zahir schickte ihm einen Fahrer und Assistenten namens Armond, ein loyaler streng Gläubiger, der Befehle befolgte, ohne sie zu hinterfragen. Er sandte ihm außerdem einen Bodyguard, Vlad, eine Ein-Mann-Armee, sein eigener Goliath oder eher Godzilla und wie der Zufall es so wollte, mochte Vlad es, dasselbe mit Jungs zu tun, was Felix gerne mit Mädchen tat; sie verstanden sich also prächtig.

Trotz seiner eher unglücklichen akademischen Laufbahn war Felix selbstreflektiert und gebildet genug, um zu realisieren, dass Zahir ein Ersatz für seinen eigenen Vater war: mächtig, distanziert, abwesend, streng und auf seine eigene Weise göttlich. Der Unterschied war, dass Zahir deutlich mächtiger war – und deutlich distanzierter und strenger. Er war nicht nur göttlich. Er war Gott. Das war selbstverständlich Blasphemie und Zahir selber würde es niemals gestatten, ihn so zu nennen. Er würde die Zungen von Götzenanbetern und Blasphemikern herausschneiden. Auch wenn Felix verstand, dass sich Zahir und seine Männer auf einer heiligen Mission befanden, das wahre Kalifat wiederherzustellen und in Allahs Namen kämpften, war Zahir selbst ein glaubwürdigerer Gott für Felix, einer, den er zwar nicht sehen, aber immerhin erreichen konnte: seine Gebete würden erhört und Dienste, die man in seinem Namen erbrachte, wurden hier auf der Erde belohnt und nicht im Himmel.

Nach seinem Erfolg in Europa, für den man ihn hochgelobt hatte, wurde Felix in die Höhle des Löwen entsandt: Amerika. Es war die nächste Phase, das natürliche Resultat von Zahirs Ambitionen: ein größerer Markt für seine Ware und ein größeres Ziel für ihre Angriffe. Es gab drei Hauptquellen im globalen Handel mit Opium. Ware aus dem südostasiatischen goldenen Dreieck wurde China White genannt und war traditionell das dominierende Produkt in den großen Städten der nordöstlichen Vereinigten Staaten. Der klebrige, dunkle Stoff, der von Mexiko aus nach Kalifornien und in den Südwesten geliefert wurde, hieß schwarzer Teer. Mehr und mehr überflutete außerdem das weiße Heroin aus Lateinamerika die USA. Heroin aus Felix' Region der Welt wurde Persian genannt und deckte gerade einmal vier Prozent des US-amerikanischen Marktes. Es galt als seltene Delikatesse, die zu einem hohen Preis verkauft werden konnte. Das spielte sich natürlich hauptsächlich im Kopf des Konsumenten ab: wie ein Wein- oder Zigarrenliebhaber, der eine teure Flasche oder Zigarre begehrte, obwohl das Verlangen nach Nikotin oder Alkohol natürlich genauso mit irgendeinem billigen Fusel oder einer selbst gedrehten Zigarette gestillt werden konnte. Es geht nichts über Abhängigkeit, um einen stabilen Markt zu garantieren. Synthetische Opiate wie Oxycodon oder trendige Drogen wie MDMA kamen und gingen, aber Opium hatte die Menschheit bereits seit Jahrhunderten verführt, verflucht und bereichert. Dope war gekommen, um zu bleiben und Persian war der König des Dopes.

Felix' Mission war es, mit Zahirs Kontakt in New York zu arbeiten, der die Lage vor Ort genauestens analysiert hatte, um potenzielle Kunden zu finden sowie mögliche Gefahren seitens der Behörden zu erkennen. Er würde außerdem für die erste Lieferung nach New York, die von einem neuen Kontakt kam, zuständig sein. Sollte diese Erstlieferung reibungslos verlaufen, die Güter sicher ankommen und das Geld unbemerkt transferiert werden, würden sie die Pipeline für größere, regelmäßigere Lieferungen gestohlenen Heroins öffnen, was eine zuverlässigere Distribution und im Großen und Ganzen mehr Geld bedeuten würde. Und sollte das dazu führen, dass sie letztendlich eine schmutzige Bombe oder eine Kofferbombe durch diese Pipeline schicken, dann sei es drum. Felix liebte New York zwar, doch er würde darüber hinwegkommen. Er hatte gehört, dass Los Angeles mittlerweile sowieso besser sein sollte.

17

Als sie etwas später Marias Gebäude verließen, sagte Yelena: „Ich glaube, ich mag diese Frau nicht."

„Nein", sagte Joe, „aber ich mag, wie sie kocht."

Yelena zuckte mit den Schultern. Da hatte er recht. Sie hatte sich selbst einen Nachschlag gegönnt. „Und? Hast du dir überlegt, wie du an die Diamanten für ihr Dope kommst?"

Joe nickte, während sie den Block entlanggingen. „Ich denke schon. Du musst morgen mit mir shoppen gehen. Und ich muss mit Juno reden." Er warf einen Blick auf Gios Rolex. „Aber jetzt muss ich erstmal los und Gio seinen Ehering und die Uhr zurückbringen." Er stoppte ein Taxi an der Ecke zum Broadway.

Gio hatte ein Treffen mit Joe im *Old Shenanigan's* arrangiert, eines der riesigen Irish Pubs, die das Gebiet um die Penn Station dominierten, das einstige Revier der Westies. Ein ähnliches Schicksal erlitt *The Deuce*, einst ein Spießrutenlauf altmodischer Untugenden – Sex, Drogen, Alkohol, Horror- und Kung Fu-Filme –, ist er heute die gigantische Touristenfalle, die als Times Square bekannt ist. Sie alle waren ihre eigene Version der Hölle, so beherbergte Hell's Kitchen mittlerweile diese Vergnügungsparkversionen ehemaliger vor Blut und Schweiß nur so triefender Kneipen: monströse

Pubs übersät mit irischen Flaggen, Kellnerinnen in grünen Schürzen, Guinness vom Fass, aber ohne Charakter oder Gefahr. Außer Pat – er war der Charakter und die Gefahr, wie der Geist der Westies lungerte er hier noch immer herum.

Nicht, dass er jemals in diesem Laden herumhängen würde. Er kontrollierte ihn nur und steckte sich einen Großteil des Umsatzes ein, aber sein Name erschien auf keinem einzigen Dokument. Etwas früher am selben Tag hatte Gio eine Nachricht an eine Nummer geschrieben, von der er wusste, dass sie einem von Pats Untergebenen gehörte. Die Antwort war eine Einladung auf ein Bier in diesem Laden. Die Rushhour schlug ihm beim Betreten des Pubs entgegen und er watete durch die Menge, die größtenteils aus Büroangestellten in Krawatte und Hemd, Rock und Bluse oder Touristen in Cargoshorts und Jeans bestand. Er bestellte ein Harp Lager und bahnte sich seinen Weg nach oben, wo es Tische gab und Familien Burger oder Fish and Chips aßen, während Flachbildfernseher leise die Sportnachrichten zeigten. Er ging durch eine Tür, auf der *NUR FÜR PERSONAL* stand und wieder ein paar Stufen hinauf, die sauber waren, aber ohne das polierte Holzgeländer und die grüne Tapete. Der Lärm war jetzt nur noch ein konstantes Vibrieren im Hintergrund. Er quetschte sich durch die Tür eines mit Reinigungsmitteln, Toilettenpapier und Alkoholkisten überfüllten Abstellraumes und ging einen weiteren Treppenabschnitt hinauf. Diese waren rostig und schmutzig, die Wände hatten Risse und Zeitungspapier lag auf dem Boden herum. Oben angekommen, erreichte er eine

Tür mit der Aufschrift *NICHT ÖFFNEN – ALARMANLAGE.* Er ging hindurch. Kein Alarm ertönte. Er befand sich in einem rohen Raum, der durch nackte Glühbirnen und Straßenlicht beleuchtet wurde. Der Boden bestand aus Beton und aus den Wänden guckten Bolzen und Trockenbauwände, Kabel und Schächte verliefen unter der Decke. Am Ende des Raumes befanden sich zwei Türen mit den Aufschriften *Herren* und *Damen.* Er öffnete die Tür für Herren und befand sich in einem riesigen Toilettenbereich, der ohne die Einrichtung noch größer erschien: eine gekachelte Box, sauber, aber kalt, mit Spiegeln an den Wänden, Rohre, wo später einmal Waschbecken und Urinale sein würden und eine Reihe an Toiletten ohne Wände. Auf einer Toilette in einer der Ecken saß Patty White unter einer Glühbirne und hielt ein Glas Guinness in der Hand.

„Gio, mein Freund, wie kann ich dir helfen?“

Sie schüttelten Hände. „Danke, dass du dir so spontan die Zeit genommen hast“, sagte Gio.

Pat lächelte. „Ist immer eine Freude, mit einem alten Freund zu trinken. Tut mir nur leid, dass es unter solch unedlen Umständen sein muss.“

„Ist schön kühl hier drinnen. Und privat.“

„In der Tat. Und schwer, eine Wanze hier drinnen zu verstecken. Setz dich. Die Hose brauchst du nicht herunterzuziehen.“ Er wedelte mit seinem Bier herum. „Obwohl, in meinem Alter wäre es wahrscheinlich praktischer, mein Bier so zu trinken.“

Gio zog die Toilette in Erwägung. Sie war unbenutzt, noch nicht einmal installiert, also war sie sauber, aber es gab dennoch keinen Deckel, nur die Brille und er trug einen hellgrauen Sommeranzug, der leicht schmutzig wurde. Er breitete sein Taschentuch auf der Brille aus und setzte sich. „Auf gesundes Klempnern in jedem Alter.“ Sie stoßen an und tranken.

„Ich wollte dich etwas bezüglich Uder fragen.“ Uder war der Schmuggler, der vor Kurzem verhaftet wurde. Gio und Patty hatten einen Überfall auf einen Lkw mit teuren Elektrogeräten arrangiert. Ein Insiderjob der Gewerkschaft, die er kontrollierte. Im Anschluss sollte die Ware nach Neapel verschifft werden. Patty hatte ein paar Männer zur Verfügung gestellt und Gios Leute in Neapel dem Käufer vorgestellt, Uder, ein Deutscher aus Ostberlin, den er noch aus IRA-Tagen kannte. Der Deal wurde abgeschlossen und das Geld überwiesen, doch kurz darauf wurde Uder von Interpol verhaftet. Gio hatte nicht weiter darüber nachgedacht. Bis jetzt. Es war ihm nie in den Sinn gekommen, dass der Tipp, der zu seiner Verhaftung geführt hatte, von Gios Leuten gekommen war.

„Ach ja, armer Uder“, sagte Patty, „das letzte, was ich über ihn zu hören bekommen habe, ist, dass er auf seinen Prozess wartet. Er sitzt irgendwo in einem Raum wie diesem hier, nur kleiner und mit Gittern vor den Fenstern und wartet.“

„Ich habe mich gefragt, ob du vielleicht weißt, warum er erwischt wurde. Ob jemand geredet hat und wenn ja, wer?“

Patty schüttelte den Kopf. „Ich befürchte, ich habe nicht den geringsten Schimmer. Immerhin liegt Europa einen Ozean entfernt, selbst in globalen Zeiten, und es sind keine amerikanischen Behörden involviert gewesen. Aber er weiß nichts, das mir oder dir schaden könnte.“ Er klopfte Gio aufs Bein. „Das kann ich dir versichern.“

„Das ist gut zu wissen, aber ich habe gehört, dass mein Name hier und da erwähnt wurde. Das haben mir meine Quellen erzählt. Ist wohl nur Gerede, aber es scheint von außerhalb der Stadt zu kommen. Und jetzt mit dieser Angelegenheit mit Maria. Ich weiß, dass du viele Freunde in der Regierung hast, vor allem dem FBI.“ Er zuckte mit den Schultern. „Vielleicht hörst du dich mal um.“

„Ich werde ein paar diskrete Anfragen stellen.“

„Würde ich zu schätzen wissen“, sagte Gio. „Es könnte nichts zu bedeuten haben. Ich bin einfach nur vorsichtig.“

„Selbstverständlich. Wir wissen alle, dass Ratten und Schweine ein Risiko für die Gesundheit darstellen.“ Er hob sein Glas, als ob er um Aufmerksamkeit bitten würde. „Aber Paranoia genauso, mein Freund.“

Gio stieß erneut mit ihm an. „Sagte der weise Mann auf der Toilette.“

Pat lachte und sie tranken ihr Bier aus.

Als Gio wieder unten ankam, nachdem er auf einer richtigen Toilette Halt gemacht hatte, um sicherzugehen, dass seine Hose sauber war (das war sie), wartete Joe bereits an der Bar mit einer Club Soda, die er kaum angerührt hatte.

„Danke, dass du gekommen bist“, sagte Gio zu ihm und sie gaben sich die Hand. „Und fürs Warten.“ Er hielt seine leere Hand auf. Joe übergab ihm seine Uhr und den Ehering. „Großartig. Ohne die beiden habe ich mich nackt gefühlt.“ Er schaute sich in der Menge um.

Der Laden platzte aus allen Nähten. Es schien unmöglich, dass jemand mithörte, aber dennoch: „Ich wollte außerdem etwas mit dir vor der Tür besprechen. Aber ich kann warten, bis du mit deinem Drink fertig bist.“

Joe nahm einen weiteren Schluck von seiner Club Soda. „Fertig“, sagte er. Sie gingen nach draußen und spazierten durch die Stadt. Es war mittlerweile Nacht und die Stimmung auf den Straßen war gelassener, weniger gestresst, noch immer energiegeladen, aber mit mehr Erwartungen. Die Leute gingen irgendwo hin, anstatt von der Arbeit nach Hause zu kommen. Die Luft war warm und voller Versprechungen, sowohl guten als auch schlechten.

„Ich habe den Verdacht, dass ich eine Ratte in meinem Haus habe“, sagte Gio. Joe schwieg. Er wartete darauf, dass sein alter Freund fortfuhr. Gio erklärte ihm alles, was Fusco ihm erzählt hatte, den Deal mit Uder und die Konversation mit Pat.

„Vertraust du Pat?“, fragte Joe.

„Ich vertraue dir“, sagte Gio.

„Was soll ich machen?“

Gio zuckte mit den Schultern. „Irgendetwas Spionmäßiges.“

Joe lachte. Sie standen an der Straße und warteten auf Grün. Verkehr fuhr vorbei. „Solange wir nicht wissen, wer mit wem redet, wird es schwierig, überhaupt anzufangen. Ich kann mir nicht einfach einen Smoking wie James Bond anziehen und neben dem Bösewicht beim Roulette auftauchen.“

„Ich habe dich mir eher in einem SEAL-Taucheranzug vorgestellt, aber ich verstehe, was du meinst.“

„Ich denke, du brauchst jemanden von außerhalb, der die elektronische Kommunikation von jedem deiner Leute noch von vor dem Deal mit Uder überprüft."

„Wie weit außerhalb?"

„Jemand, der nicht involviert oder gefährdet ist, weil er nicht mit deinem Geschäft in Verbindung steht. Und der dich nicht hintergehen kann, weil er nicht weiß, wonach du suchst. Jemand, der einfach nur einen Bericht erstellen soll. Wer hat wann mit wem worüber gesprochen."

„Hast du jemanden im Sinn?"

„Vielleicht. Lass mich dir morgen Bescheid geben."

„Gut. Danke", sagte Gio, „und ich habe noch eine andere Idee", fügte er hinzu, während sie über die Straße gingen. „Da das Ganze auf Bundesebene zu passieren scheint, könnten wir zumindest einen Fühler in Richtung FBI ausstrecken."

„Kennst du da jemanden?"

„Wir beide kennen jemanden. Agent Donna."

„Nee." Joe schüttelte den Kopf. „Glaub mir, die ist nicht korrupt."

„Da gebe ich dir recht. Gesetzestreuer geht es gar nicht. Doch ich könnte mir vorstellen, dass es auch in ihrem Interesse liegt, uns draußen zu behalten, wo wir ihr zum Zwecke des Heimatschutzes nützlich sein könnten."

Joe dachte einen Moment lang darüber nach. „Ich weiß nicht, Gio. Ich kann mir einfach nicht vorstellen, dass sie sich mehr Arbeit macht als nötig, nur damit du nicht in den Knast gehst."

Gio lächelte. „Für mich vielleicht nicht, aber für dich."

„Mich? Wieso denn mich?"

„Komm schon, sie steht auf dich. Das sieht doch jeder."

„Hau ab."

„Und es beruht auf Gegenseitigkeit." Sie befanden sich gegenüber der Penn Station und der runden Fassade des Madison Square Garden. Yelena wartete wie abgemacht am Eingang der Station. Sie sah die beiden und winkte. „Du solltest lieber aufpassen", fuhr Gio fort, während er ihr ebenfalls zuwinkte, „wenn Yelena davon erfährt, bringt sie sie vielleicht um."

Joe lachte. „Irgendwie macht sie auf mich keinen eifersüchtigen Eindruck."

Gio guckte auf seine Uhr, die wieder da war, wo sie hingehörte. „Ich muss los. Ich treffe mich mit Carol im Madison Square Garden."

„Ach ja?" Joe versuchte, sich zu erinnern, welches Match heute war. „Wer spielt?"

„Billy Joel!", rief Gio, während er rannte, um die grüne Ampel zu erwischen. „Alonzo hat mir großartige Sitzplätze besorgt!"

Joe lachte. „Viel Spaß", rief er und überquerte die Straße, um Yelena zu begrüßen. Ungeachtet dessen, was Gio dachte, alles, was Joe im Sinn hatte, war ein schnelles Abendessen, während sie Joes Plan bezüglich der Diamanten besprachen. Morgen war schließlich ein wichtiger Tag.

18

Billy Joel war fantastisch. Na und? Dann ist er eben gefühlt hundert Jahre alt, dachte Carol. Er ist trotzdem großartig. Sie gestand sich ein, selbst schon etwas älter zu sein, wenn auch keine hundert Jahre, und es zu genießen, zu sitzen und jedes Wort verstehen zu können, ohne dass ein Haufen betrunkener Menschen ihre Sicht blockierte oder die Lieder mitgrölte. Das Konzert weckte schöne Erinnerungen an die Zeit, bevor sie und Gio überhaupt verheiratet gewesen waren. Nicht, dass sie jetzt keine schöne Zeit hatten. Familie, Haus, Gesundheit – sie hatten unglaublich viel Glück, so viel, dass es beinahe unheimlich war, wenn sie sich mit ihren Patienten verglich, die sie als Therapeutin hatte. Sie arbeitete mit Kindern, jedoch waren deren Probleme offensichtlich Symptome einer nicht funktionierenden Familie. Es war erstaunlich, wie gut ihre Familie funktionierte, doch jede Ehe hat ihre Komplikationen und mit einem Mann wie Gio war es noch komplizierter als in den meisten Ehen. Wenn ihre Freunde davon redeten, dass ihre Familien oder Ehemänner Leichen im Keller hatten, meinten sie damit nicht wirklich tote Menschen. Ihre Ehemänner hatten dunkle Seiten, doch Gios dunkle Seite war buchstäblich schwarz, komplett blickdicht für sie. Es war, so stellte sie es sich vor, wie mit einem Spion verheiratet zu sein, der auf geheime Missionen verschwand, über die er kein Wort verlieren durfte. Doch anstatt für eine Woche oder einen Monat nach Übersee zu verschwinden, tauchte Gio jeden Morgen in Anzug und Krawatte in seiner Welt unter, um dann zum Abendessen wiederaufzutauchen.

Sie hatte keinen Zweifel daran, dass dieses Verhalten zu ihrer Unsicherheit und ihrem Misstrauen geführt hatte und dazu, dass sie ihm in ein billiges Hotel folgte, nur um festzustellen, dass er sich lediglich mit seinem Buchhalter, diesem attraktiven Jungen namens Paul, traf und dass es Paul war, der eine Affäre mit einer deutlich älteren, verheirateten, ehrlich gesagt, unattraktiven, blonden Frau hatte. Sie kam sich dumm vor, jetzt, wo sie darüber nachdachte, und war froh, dass Gio nichts davon wusste, doch all das war zum Teil der Grund dafür, dass sie diese Rendezvous-Regel eingeführt hatte. Und als Gio ihr zwischen den Songs ins Ohr flüsterte und ihr sagte, dass er eine Suite im *Pierre* gebucht hatte, fühlte sie, wie sie nicht nur vor Liebe und Verlangen dahinschmolz, sondern auch vor innerem Frieden und Sicherheit, diesem Gefühl, vollständig mit einer anderen Person auf diesem Planeten vereint zu sein. Sie kuschelte sich an ihn und ließ ihr Gesicht auf seiner Brust nieder, als er seinen Arm um sie legte. Sie schloss sogar für einen Moment ihre Augen, als das nächste Lied begann. Plötzlich spürte sie, wie etwas ihre Nase kitzelte. Sie setzte sich auf und nieste, was ein wenig die romantische Stimmung ruinierte.

„Allergie?“, fragte Gio sie. „Hast du dein Zyrtec mitgenommen?“

„Nur Staub, oder so.“ Sie schüttelte den Kopf. „Alles gut.“ Sie kratzte die juckende Stelle an der Nase. Dann fand sie es. Ein langes Haar, das auf seiner Jacke gelegen hatte. Sie schnippte es weg und im Schimmer der Bühnenbeleuchtung sah sie, dass es ein langes, blondes Haar und definitiv nicht ihres war.

Joe konnte nicht schlafen. Nackt kroch er aus dem Bett und ließ Yelena sanft weiterschnarchen. Dann ging er ans Fenster, von wo aus er den Fluss unter ihm funkeln sehen konnte. Er hatte keinen einzigen Albtraum mehr, seit er angefangen hatte, Dr. Zs Tee zu trinken, doch heute Nacht hatte er es vergessen und der neue Job ließ seine Gedanken nicht zur Ruhe kommen. Damals im Militär hatten sie ihm beigebracht, zu schlafen, wann und wo immer er konnte, selbst am Vorabend einer Schlacht. Andererseits händigten sie dort auch Schlaftabletten aus, als wären es Bonbons. Er holte sein Buch heraus und kramte in seinem Portemonnaie nach dem Teebeutel, den er darin aufbewahrte. Er fand die Karte von Frank, dem Maler, den er auf der Bank vor dem Veteranenkrankenhaus kennengelernt hatte, und steckte sie in sein Buch wie ein Lesezeichen. Mit dem Wasserkocher des Hotels setzte er Tee auf und setzte sich in einen Sessel, um unter der Stehlampe zu lesen.

Doch er konnte sich nicht konzentrieren. Er trug seinen Tee und das Buch zum Schreibtisch, wo der aufgeklappte Laptop stand. Yelena hatte ihn benutzt, um das Equipment, das sie für den Job benötigten, ausfindig zu machen. Er öffnete Google und suchte nach Franks vollem Namen, der auf der Karte stand: Frank Jones. Eine Million Ergebnisse. Der Name war zu geläufig. Er versuchte, die Suche einzugrenzen: „Frank Jones Künstler“

und dann, etwas zögerlich: „Afroamerikaner." Vor ihm breitete sich ein Meer aus Farben aus.

Anscheinend war Frank Jones ein bekannter zeitgenössischer Künstler, dessen Werke in einer großen Galerie in Chelsea ausgestellt wurden und in Museen und Sammlungen reicher Leute hingen. Nicht, dass Joe sich damit auskennen würde. Er ging gerne ins Museum, doch er würde nie auf die Idee gekommen, sich mit irgendwem über die ausgestellte Kunst auszutauschen. Was gab es da auch schon großartig zu diskutieren? Zeitgenössische Kunst und die Galerieszene waren eine ganz und gar andere Welt, auch wenn sie nur einen kurzen Fußweg von Joes Aufenthaltsort entfernt lag. Das war New York, mehrere Städte übereinandergestapelt und doch so weit entfernt, so fremd, als lägen sie in einem anderen Land und würden eine andere Sprache sprechen. Er konnte sich nicht vorstellen, in ihr Land zu reisen. Er wüsste nicht, wie er sich verhalten oder was er sagen sollte. Andererseits, wer von ihnen würde schon in seinem überleben?

Er scrollte durch die Bilder: große, mit breitem Pinsel gemalte Gemälde von Körperteilen, männlich oder weiblich oder beides miteinander verflochten, Szenerien im Freien, man konnte sie nicht wirklich „Landschaften" nennen, die aussahen wie ein verlassener Hof mit nichts weiter als ein paar Obdachlosen, die um ein Feuer standen, doch jeder einzelne Ziegel und jede zerbrochene Flasche war sorgfältig dargestellt, oder eine belebte Straße mit sich bewegenden Menschen und Autos, aber aus eigenartigen Perspektiven, mal von ganz weit oben, mal von unten oder geneigt, sodass Dinge verschoben und surreal erschienen, obwohl Joe sofort erkannte, dass es sich um Harlem handelte. Dann waren da auch noch die Kriegsgemälde. Joe ging davon aus, dass sie Vietnam darstellten, der schwarze Hubschrauber, die brennende Palme, die gestapelten Schädel und gelblichen Gliedmaßen. Doch es war ein bestimmtes Bild, das zu Joe sprach. Es sah aus wie ein langer, dunkler Tunnel mit Holzbalken. Das Bild war beinahe komplett schwarz, nur hier und da etwas Braun oder Grau, um eine gewisse Atmosphäre zu vermitteln, doch im Großen und Ganzen war es ein düsteres Bild, abgesehen von dem hellen Schimmer, der von tief im Inneren des Tunnels auf einen zukam, das Licht einer Taschenlampe, verschwommen und gelb, und dahinter, auf schwarzem Hintergrund, die schwarze Silhouette eines schwarzen Mannes mit einer schwarzen Pistole, wahrscheinlich ein 45er Colt, seine Dienstwaffe, die auf einen gerichtet war. Joe blinzelte nervös, öffnete und schloss seine Augen, als ob er versuchte, seine Gedanken zurückzusetzen und erneut zu fokussieren. Er kannte diese Szene, dieses Bild. Er kannte es aus seinem Albtraum.

Dann spürte er eine Hand auf seiner Schulter und erschrak. Er drehte sich aggressiv um, als ob er der Person hinter sich in die Nieren schlagen wollte, doch ein Teil von ihm wusste, dass es Yelena war und er riss sich zusammen.

„Kannst du nicht schlafen?“, fragte sie.

„Mein Gott, du hast mich erschreckt“, erwiderte er.

„Sorry.“ Sie fuhr mit ihrer Hand seinen Rücken entlang. „Du schwitzt.“

„Ja. Mir war warm unter den Decken“, sagte Joe. Er stand auf und klappte den Laptop zu, bevor er sich zu ihr umdrehte.

„Komm zurück ins Bett“, sagte sie und nahm seine Hand. „Ich sorge dafür, dass du müde wirst.“

Er lächelte. „Gute Idee.“ Während er ihr folgte, nahm er die Tasse und kippte den Rest von Dr. Zs Anti-Albtraum-Tee hinunter.

19

Sie trafen sich im Club. Einige beklagten sich über den langen Weg nach Queens, doch der Club war ein sicherer Ort, um sich unbekümmert zu unterhalten und nur wenige Orte waren unauffälliger als ein Stripclub um zehn Uhr morgens. Der Hausmeister ließ Joe und Yelena herein und setzte Kaffee auf, bevor er aufgrund des Treffens glücklich und zufrieden vorzeitig Feierabend machte. Die anderen kamen pünktlich, Cash in dem weißen BMW, Juno kam zusammen mit einem von Rabbis Leuten aus Brooklyn, sein Name war Joshua, und Liam, einer von Pat Whites Männern, aus Woodside, wo er zusammen mit seinen zwei Brüdern Sean und Jack Madigan in einer überwiegend irischen Nachbarschaft wohnte. Sie bedienten sich am Kaffee, Joe versorgte Juno mit einer Flasche Wasser von hinter der Bar und dann versammelten sie sich alle im Büro des Managers. Liam und Joshua schoben zwei Stühle an den Couchtisch in der Mitte heran. Juno saß zusammen mit Cash und Yelena auf der Couch. Joe rollte den Schreibtischstuhl hervor und breitete eine Karte des Diamantenmarktes und die umliegenden Blocks der Innenstadt aus. Die Karte war äußerst detailliert. Sie enthielt die Namen der Läden sowie Parkschilder und die Richtungen der Einbahnstraßen.

„Der Geldtransporter holt die Diamanten morgen um halb fünf am Nachmittag ab“, sagte Joe, „aber wir alle kennen den Verkehr in der Innenstadt, also müssen wir einen Weg finden, zu warten, ohne verdächtig zu wirken. Yelena und ich gehen hier lang, von Ost nach West, und tun so, als würden wir shoppen. Ihr beide", er gestikulierte in Cashs und Joshuas Richtung, „könnt aus der Metrostation kommen. Liam, du und Juno parkt irgendwo um die Ecke. Seid möglichst früh da und bleibt in Position, dann habt ihr etwas Vorsprung, wenn es losgeht, sodass ihr irgendwo in der Nähe halten könnt, aber geht sicher, dass ihr nicht im Halteverbot steht. Wir wollen nicht, dass euch die Bullen verjagen."

Liam fuhr mit seinem Finger die Karte entlang. „Alles klar, also irgendwo auf diesen Straßen hier oder um diese Ecke ist in Ordnung."

Joe hörte den leichten irischen Akzent und fragte ihn: „Vorausgesetzt, du kennst die Stadt gut genug, um zu fahren? Ansonsten kann Josh den Job übernehmen."

„Ich lebe hier seit drei verdammten Jahren", sagte Liam, „für dich klinge ich doch bloß wie ein Kobold mit einem Topf voll Gold. Und nebenbei bemerkt, der Kollege hier hat vor gerade einmal sechs Monaten das israelische Militär verlassen. Ich wette, der verfährt sich noch mit der Metro."

Alle lachten. Joshua grinste. „Ich fahre mit Cash. Ich bin bewaffneten Kampf gewohnt."

„Ja, gebt mir Josh", sagte Cash und sie gaben sich einen High five, „wäre cool, wenn ein israelischer Kommandant Shotgun bei mir mitfahren würde."

Josh schüttelte den Kopf. „Eine Shotgun ist zu groß für diesen Job. Ich bringe was mit, das einfacher zu verstecken ist."

„Nein, Mann. Das ist nur eine Redewendung. Der, der als erstes ‚Shotgun' ruft, darf auf dem Beifahrersitz mitfahren", erklärte Cash.

Juno lachte. „Okay, Cash. Du kriegst Josh. Der Ire hier spricht wenigstens so etwas Ähnliches wie Englisch."

Joe lachte und tippte mit dem Finger auf die Karte, um ihre Aufmerksamkeit zurückzugewinnen. „Der Geldtransporter wird hier halten, an dem Hydranten direkt vor dem Gebäude. Zwei Wachen vorne, Fahrer und Beifahrer, und eine auf der Ladefläche. Der Beifahrer wird aussteigen und den Fußgängerweg absichern. Wenn er über das Funkgerät bestätigt, dass die Luft rein ist, öffnet die Wache auf der Ladefläche die Türen und lässt die Rampe herunter. Währenddessen wird eine andere Wache im Gebäude die Tür für das Personal öffnen, hier, und eine weitere Wache rollt die Safes mit den Diamanten nach draußen und auf die Ladefläche. Die Wache in dem Fahrzeug schließt die Türen, während die anderen die Umgebung sichern. Dann steigt die zweite Wache wieder auf der Beifahrerseite ein und die Wache, die die Safes verladen hat, hält den Verkehr auf, sodass sie losfahren können."

„Schön und einfach", sagte Liam, „bis wir kommen und ihnen den Tag ruinieren."

„Wie lange dauert das Ganze?", fragte Josh. „Zwei Minuten? Vielleicht sogar weniger?"

„Das befürchte ich, ja", sagte Joe.

„Und was ist dann mit dem Safe?"

„Da kommt Yelena ins Spiel." Joe drehte sich zu ihr.

Sie nickte. „Ja, ich habe mit Rabbi gesprochen und er hat mir alle notwendigen Daten gegeben. Kein Problem."

Liam runzelte die Stirn. „Bei allem Respekt, ich habe gehört, dass du brillant bist, was das Knacken von Tresoren angeht“, sagte er zu Yelena, „aber selbst Houdini könnte dieses Teil nicht in einer Minute knacken.“

„Das muss sie auch nicht“, sagte Joe, „wir werden ihr so viel Zeit verschaffen, wie sie braucht.“

Nach dem Meeting kümmerte sich jeder um seine Aufgabe: Liam, Josh und Cash besorgten Waffen und Fahrzeuge; Yelena klapperte die Läden ab, die sie die Nacht zuvor im Internet gefunden hatte, um das etwas zwielichtigere Zubehör auf der Liste zu besorgen. Juno musste nach Hause, um seine technischen Geräte anhand der Skizzen, die Joe ihm gegeben hatte, vorzubereiten, doch als die anderen zum Parkplatz gingen, nahm Joe ihn beiseite und bat ihn zu warten.

„Aber ich fahre bei Josh mit“, beschwerte er sich, als dieser davonfuhr. „Mit öffentlichen Verkehrsmitteln von Queens bis nach Bed-Stuy zu fahren, ist die Hölle, Alter.“

„Keine Sorge, ich sorge schon dafür, dass du nach Hause kommst.“

„Ach ja? Hast du dir endlich Uber heruntergeladen, Joe?“

„Ich habe noch einen Job für dich“, sagte er ihm, „falls du Interesse hast.“

„Klar. Warum nicht? Du kennst mich. Ich bin ein verdammter Unternehmer.“

„Es geht mehr oder weniger um digitale Sicherheit. Du musst die Angestellten einer Firma überprüfen, ihre E-Mail-Accounts, Telefone, was auch immer und dann dem Chef Bericht erstatten, wer wann mit wem in irgendeiner Form gesprochen hat. Kriegst du das hin?“

„Selbstverständlich. Keine große Sache. Hacker werden immer wieder von Unternehmen angeheuert, um in deren Firmensysteme einzudringen, bevor es jemand anderes tut. Stell mich einfach dem Boss vor und sieh mir beim Zaubern zu. Wer ist der CEO?“

„Gio Caprisi“, sagte Joe, während er die Tür nach draußen ins Sonnenlicht öffnete. „Er wartet draußen, um dich nach Hause zu bringen.“

„Gio? Gio Caprisi? El Chapo?“

„Ich glaube, du meinst Capo. El Chapo war Mexikaner.“

„Was auch immer. Der Mann der Männer. Ich wusste, dass du einer von seinen Leuten bist, aber ... Fuck. Ich habe den Mann noch nie zuvor gesehen.“

„Keine Sorge, ich stelle euch einander vor. Er ist sehr nett. Und er bezahlt gut.“ Joe legte eine Hand auf seine Schulter und führte ihn nach draußen. „Aber ich würde ihn nicht warten lassen.“

20

Joe machte sich auf den Weg, um Donna zu besuchen. Er ging nicht davon aus, dass sie bei Gios Plan mitmachen würde; er ging nicht einmal davon aus, dass er den Plan erwähnen würde, doch sie ging ihm seit dieser merkwürdigen Begegnung in New Jersey nicht mehr aus dem Kopf. Er hatte seitdem eigentlich erwartet, dass sie ihn aufspüren würde, mit oder ohne Handschellen. Tatsächlich hatte sie ihn jedoch davonkommen lassen, als hätte sie ihn nicht gesehen, dabei haben sich ihre Blicke definitiv getroffen. Es schien, als wäre er für sie gewesen, was sie für ihn gewesen war: ein Tagtraum, eine Art Heimsuchung, ein Zeichen. Hier war er nun also und unterwarf sich diesem Zeichen unter dem Vorwand, Gios schlechter Idee nachzugehen. Stattdessen folgte er seinem eigenen, möglicherweise viel schlimmeren Impuls.

Doch wenn sein eigenes Motiv ein kriminelles war, was war dann ihres? Er war ein Verbrecher, der von einem Tatort geflohen war. Er würde nicht einfach so stehen bleiben und sich mit dem FBI unterhalten, ganz egal, wie süß sie war. Außerdem ist er durch seinen Entzug nicht bei klarem Verstand gewesen. Was war ihre Rechtfertigung dafür, dass sie ihn wie eine Wolke vorbeiziehen lassen hatte?

Joe ließ sich auf einer Bank draußen vor dem FBI-Gebäude nieder und wartete auf die Menschenmenge, die bald in die Mittagspause stürmen würde. Sollte sie nicht kommen oder in Begleitung sein, so dachte er, wäre die Sache eben abgehakt. Mittagszeit kam und ging und mehr und mehr Menschen in Anzügen strömten aus dem Gebäude, jedoch keine Spur von Donna. Mittlerweile war es 12:30 Uhr. Um 13:00 Uhr entschloss er sich dazu, es dem Schicksal zu überlassen und noch genau fünfzehn weitere Minuten zu warten, bevor er verschwinden würde. Auch wenn so ziemlich jeder Profi, den er kannte, sagen würde, dass man das Schicksal bereits herausforderte, wenn man sich vor einem Job mit einer FBI-Agentin traf.

Dann sah er sie. Sie starrte auf ihr Handy, während sie sich hektisch durch die Menschenmassen bewegte, sie war offensichtlich in Eile, doch sie sah gut aus in ihrem schwarzen Anzug, der ihr irgendwie besser stand als all den anderen Beamten, und mit ihrem offenen Haar, das leicht in der Brise wehte, die wahrscheinlich nur vom Auspuff des Busses neben ihr kam oder den Lüftungsgittern auf dem Gehweg. Sie ging geradewegs auf ihn zu.

Joe stand auf und lächelte, bereit, erneut von ihr stehen gelassen zu werden, als wäre er unsichtbar. Doch sie hielt abrupt an und als sie ihn sah, lächelte sie ebenfalls.

„Hi“, sagte er.

„Hi, Joe.“

„Haben Sie es eilig?“

„Ja“, sagte sie, „Pizza zu holen.“

„Hätten Sie etwas dagegen, wenn ich Sie ein Stück begleite?“

„Kommen Sie mit, ich kenne einen guten Laden.“

Er ging neben ihr. „Wissen Sie“, sagte er, „ich könnte schwören, dass ich Sie letztens in einem Auto gesehen habe. Ich weiß jedoch nicht mehr genau, wo das gewesen ist. Vielleicht war es auch einfach nur ein wunderschöner Traum.“

„Ich glaube, ich hatte denselben Traum“, sagte sie und schaute ihn an, als sie um die Ecke gingen. „Nur, dass Sie in meinem Traum beschissen aussahen. Jetzt sehen Sie deutlich besser aus.“

„Danke. Ich habe mich in letzter Zeit bemüht, gesund zu werden. Ich habe sogar Akupunktur ausprobiert.“

„Wirklich? Das wollte ich schon immer mal versuchen.“

„Warum machen Sie es dann nicht? Ich kann Ihnen einen guten Arzt empfehlen.“

„Ich warte darauf, dass irgendetwas schiefgeht, damit ich einen Grund habe.“

„Da habe ich Glück. Bei mir geht immer irgendetwas schief.“

Sie lachte. „Sie Glücklicher. Oh, da drüben ist es. Los, es ist grün.“ Sie nahm seine Hand, als wäre es das Natürlichste der Welt und sie joggten über die Straße. Sobald sie auf dem Bürgersteig angekommen waren, ließ sie seine Hand peinlich berührt los und schaute ihn nicht mehr an, bis sie sich ein Stück Pizza und Getränk am Tresen gekauft hatten.

„Hier“, sagte er, als sie herauskamen und zeigte auf eine Stufe. Sie setzten sich und balancierten die Pappteller auf ihren Knien, die Getränke stellten sie neben sich ab. Er nahm einen Bissen.

„Die ist gut.“

„Habe ich doch gesagt. Au! Aber ich habe mir den Mund verbrannt!“ Sie nahm einen Schluck von ihrem Drink. „Jetzt habe ich dieses kleine Stück Haut herunterhängen, wissen Sie, was ich meine? Das macht mich wahnsinnig.“

Er lachte. „Wenn Sie möchten, schaue ich mir das mal an. Meine Zunge soll wahre Wunder bewirken können.“

Sie rollte mit den Augen. „Also ...“, sagte sie, „Themenwechsel ... mal sehen. Irgendwelche interessanten Verbrechen begangen in letzter Zeit?“

Er zuckte mit den Schultern. „Ich bin gerade über Rot gelaufen. Mit Ihnen.“

Sie schüttelte den Kopf. „Sorry, das ist keine FBI-Angelegenheit. Könnte uns nicht weniger interessieren.“

„Also gut“, sagte Joe, „wie sieht es mit Ihnen aus? In letzter Zeit Irgendwelche Verbrechen gelöst?“

„Mal sehen. Ich habe die Überreste eines gewissen Jonesy Grables ausfindig gemacht, ein rassistischer Waffenenthusiast und genereller Drecksack. Überreste klingt in seinem Fall sogar noch übertrieben. Viel war von ihm nicht mehr über, nachdem er erschossen, knusprig gebraten und dann auch noch ins Wasser geschmissen wurde.“

„Er wurde erschossen?“, fragte Joe und zuckte dann mit den Schultern, um seine Erleichterung zu verstecken. „Kann einem schon mal passieren als Waffennarr. Irgendwelche Hinweise auf den Täter?“

„Nein. Und ich bezweifle, dass es irgendjemanden interessiert. Außer den einen örtlichen Deputy, der sich einiges von seinem Chief anhören musste und behauptet, dass irgend so ein Kopfgeldjäger namens Jack Me Off hinter dem ganzen steckt."

Er lachte. „Dem würde ich nicht zu viel Glauben schenken. Klingt weit hergeholt. Und es klingt, als wenn der Gerechtigkeit Genüge getan wurde."

„Ist das so?"

Es herrschte ein Moment Stille zwischen den beiden. Er zuckte mit den Schultern. „Woher soll ich das wissen? Ich bin nur ein Türsteher. Wir leben nach einem einfachen Code. Wenn du die Kunden störst oder eine der Tänzerinnen anfasst, fliegst du raus."

„Ich wünschte, mein Code wäre so simpel", sagte Donna. Sie schaute auf ihre Uhr und dann in seine Augen. „Ich muss bald zurück. Sind Sie nur vorbeigekommen, um Hallo zu sagen? Oder wollten Sie mir noch etwas mitteilen?"

Er schaute ihr für einige lange Sekunden in die Augen, dann sagte er: „Nein. Jetzt gerade in diesem Moment nicht." Er zögerte dennoch und starrte sie an. „Und Sie?" Während er sprach, merkte er, wie er sich kaum wahrnehmbar bewegte und ihr gegen seinen Willen immer näher kam, nahe genug, um sie zu küssen.

„Was meinen Sie?", fragte sie, ohne sich von ihm wegzubewegen oder näher zu kommen, sie bewegte sich keinen Millimeter.

„Wollten Sie mir irgendetwas sagen?"

„Was sollte ich Ihnen sagen wollen?", fragte sie.

„Irgendetwas."

Sie starrte einen Moment lang zurück und er konnte beinahe ihren Atem auf seinen Lippen spüren. Eine Sekunde lang dachte er: *Scheiße, das passiert gerade wirklich.* Und er fragte sich, ob es das Beste war, das hätte passieren können oder das Schlimmste. Dann lächelte sie und der Moment war verflogen.

„Jetzt gerade in diesem Moment nicht“, sagte sie.

„Okay“, sagte er. Beide lächelten enttäuscht und erleichtert. „Ich lasse Sie dann jetzt gehen.“

Sie stand auf und setzte ihre Sonnenbrille auf, dann sagte sie: „Wenn Ihnen doch noch etwas einfällt, wissen Sie ja, wo Sie mich finden.“

„Genau. Und wenn Ihnen noch etwas einfällt ...“

„Werde ich nicht wissen, wo ich Sie finde!“, sagte sie lachend, während sie sich umdrehte und ging. Er lachte und schaute ihr hinterher.

Donna war in Gedanken versunken. Den ganzen Rückweg über war sie im Traumland. Sie schenkte Sameer kaum Beachtung, als der junge Jemenit an seinem Kaffeestand ihren extra starken Latte zubereitete, den sie immer nach dem Mittagessen trank. Dann vergaß sie beinahe, ihren Ausweis bei der Sicherheitskontrolle vorzuzeigen. Doch als sie in ihrem Büro im Untergeschoss ankam, wo sie die eingehenden Hinweise erst sortierte und dann größtenteils ablegte, holte sie die Realität mit einem Schlag ein.

Harry Harrigan, einer der wertvollsten Informanten des FBI, wurde seit Tagen vermisst. Harry war ein kleiner Fisch mit einem drohenden Verfahren wegen eines Banküberfalls, doch als festes Mitglied in der irischen Mafia versorgte er das FBI regelmäßig mit nützlichen

Informationen. Doch dann, einfach so, war er verschwunden, als hätte er sich in Luft aufgelöst. Nachdem man versucht hatte, ihn per Telefon zu erreichen und man ihn auch nicht an seinen üblichen Aufenthaltsorten gefunden hatte, drangen Agenten verkleidet als Mitarbeiter eines Stromanbieters in seine Wohnung ein: Sie fanden vergammeltes Fleisch im Kühlschrank, Staub auf ungeöffneter Post und, das Ominöseste von allem, sein Mikrofon, das er eigentlich tragen sollte, in der Schublade seines Nachttisches. Möglicherweise war er geflohen, doch Donnas Bauchgefühl sagte ihr, dass das nicht der Grund für sein Verschwinden war. Harry irrte irgendwo außerhalb von Hell's Kitchen herum, komplett pleite und kaum fähig, mit seinen Knieproblemen die Treppen zur Metro zu steigen. Wohin sollte er fliehen? Nein, Heavy Harry war woanders hin verschwunden, an einen Ort, von dem niemand jemals wieder zurückkehrte, was ausreichte, um Donnas Laune für den Rest des Nachmittags etwas zu dämpfen.

Agent Mike Powell hatte einen guten Tag, was nicht sehr häufig vorkam, doch wenn, dann versuchte er, es zu genießen. Er konnte sich nicht einmal an seinen letzten guten Tag erinnern. Er hatte schon seit einer ganzen Weile eine Pechsträhne, vielleicht, seit seine Frau ihn verlassen und das Sorgerecht für ihre gemeinsame Tochter bekommen hatte. Ein Grund dafür war, dass Powell wegen emotionalen Missbrauchs, Belästigung und sogar Stalking angeklagt wurde, weil er seiner Ex-Frau nachspionierte. Die Tatsache, dass er in der Tat ein Spion war, ein CIA-Agent, und seine Frau eine FBI-

Agentin, Agent Donna Zamora, half seiner Karriere auch nicht gerade weiter. Er war inoffiziell von seinem Arbeitgeber zurechtgewiesen worden und war nun zur Arbeit in den USA verdammt, während seine Kollegen, einer nach dem anderen, nach Übersee gingen. Der einzige Grund, warum er nicht degradiert wurde, war, dass niemand jemals erfahren durfte, dass ein CIA-Agent auf US-amerikanischem Boden operiert hatte, also begrub man die ganze Angelegenheit.

Dann, als Terroristen ein tödliches Virus aus einem Geheimlabor der CIA gestohlen hatten, war er gezwungen, mit Donna zu kooperieren, obwohl er sie verdächtigte, mit einem der Diebe zusammenzuarbeiten: einem gewissen Joe Brody, der nichts weiter zu sein schien als ein Türsteher auf Teilzeit und Kleinkrimineller, abgesehen von seiner Karriere beim Militär, die so klassifiziert war, dass man keinen einzigen Eintrag darüber im System finden konnte. Das Ganze endete wieder einmal mit Donna als Siegerin und Powell als Verlierer.

Doch dieses Mal war es Powell, der einen Informanten hatte. CIA-Agenten in Europa hatten einen Spitzel, Codename Early Bird, der sie seit Jahren mit Informationen zum internationalen Schwarzmarkt für Waffen, Technologie, Terror, Drogen, Geldwäsche und sogar zu der Gruppe, die hinter dem Virus her war, versorgte. Im Gegenzug erwartete er hin und wieder einen Gefallen – sie drückten bei seinen eigenen Aktivitäten ein Auge zu und warnten ihn, wenn eine andere Behörde herumschnüffelte – ein Pakt mit dem Teufel, den Ermittler gerne mal eingingen. Dann, einige Wochen zuvor, erzählte Early Bird ihnen von einer Lieferung hochmoderner in den USA gestohlener Überwachungssysteme, die über Südeuropa vermutlich nach China verschifft werden sollte. Sie übergaben die Sache an Interpol, doch nutzten sie gleichzeitig, um andere Händler unter Druck zu setzen. Die Spur führte zurück nach New York und so landete der Fall direkt in Agent Powells Schoß.

Wie zu erwarten, war seine Freude groß, als er begann, seinen neuen Spitzel zu befragen und Verbindungen zu diversen Unternehmen aufdeckte, unter anderem der Caprisi-Familie, zu deren bekannten Mitgliedern ein gewisser Joe Brody aka Joe der Türsteher gehörte.

Das war vor einer Woche, doch seitdem kam er jeden Morgen überpünktlich zur Arbeit und brachte seinen Kollegen Lieder pfeifend Kaffee an den Schreibtisch. Sie operierten von einem Büro auf der Wall Street aus, das als Kanzlei für quantitative Analysen getarnt war, sodass hohe Stromkosten und eine Breitbandverbindung keinen Verdacht erregten, ebenso wenig wie die junge Rezeptionistin, die hinter einem Tresen aus Kirschholz in einem Wartesaal saß, in dem nie jemand wartete, und Anrufe weiterleitete, sich um die eingehenden Lieferungen von Essen oder Kopierpapier kümmerte und den Summer für Angestellte drückte, die durch die Tür hinter ihr mussten. Doch im Gegensatz zu den jungen Männern und Frauen am Empfang der anderen Büros in dem Gebäude würde diese junge Rezeptionistin jeden, der versuchte, an ihr vorbeizukommen, vermutlich mit dem ersten Schuss aus ihrer 9 mm, die sie unter ihrem Schreibtisch aufbewahrte, umlegen.

Ihr Name war Karen und heute brachte Powell ihr einen Chai Latte mit, als er in seinem makellos weißen Hemd, roter Krawatte und marineblauem Anzug im Büro erschien.

„Danke, Mike", sagte sie und drückte den Summer, um ihn durch die Tür zu lassen. „Da ist eine Nachricht von Nightcrawler auf Ihrem Anrufbeantworter. Kam gestern spätnachts über die sichere Leitung."

„Großartig." Nightcrawler war sein Informant, der Wurm, den Early Bird für ihn gefangen hatte und er hoffte, dass er ihm endlich dabei helfen würde, an die Caprisis und Joe Brody heranzukommen. Und sollte das ihm etwas Macht über seine Ex-Frau geben oder er sie damit zurückgewinnen können, großartig. Wenn nicht, würde er es nutzen, um ihre Karriere zu ruinieren, so wie sie beinahe seine ruiniert hätte, und sich das Sorgerecht für seine Tochter zurückholen.

Er erreichte sein Büro mit Sicht auf das neue World Trade Center, das sogar über sein bereits sehr hohes Stockwerk hinausragte. Niemand außer Touristen nannte es Freedom Tower. Er schloss die schalldichte Tür, wählte sich in eine sichere Leitung ein und rief zurück.

„Hallo?"

„Guten Morgen. Irgendwelche guten Nachrichten für mich?"

„Vielleicht." Er klang dauerhaft verängstigt. Am Anfang dachte Powell, es bedeutete, dass er log oder in Gefahr war, doch mittlerweile beachtete Powell es nicht mehr. Es war lediglich die Stimme eines Mannes, den Powell bei den Eiern hatte. „Ich habe etwas über eine große Heroinlieferung gehört."

„Für die Caprisis?"

„Nein. Die haben nichts mit Heroin am Hut."

„Also wer dann? Du verstehst, mit wem du hier redest, richtig? Die CIA. Wir machen keine einheimischen Drogenrazzien." Er hätte ihm beinahe gesagt, dass er das FBI anrufen solle, doch dann wäre die Wahrscheinlichkeit hoch gewesen, dass Donna den Tipp bekam.

„Ich weiß, aber das hier ist etwas anderes. Sie sagen, dass die Lieferung direkt aus Afghanistan kommt, keine Mittelsmänner. Und dass es von irgendwelchen Terroristen verkauft wird."

„Ach, ja? Interessant. Erzähl mir mehr."

„Viel mehr weiß ich nicht", sagte Nightcrawler, doch er klang hoffnungsvoll, dass er vielleicht etwas gefunden hatte, das er für seine Freiheit eintauschen konnte. „Nur, dass die Zahlung nicht über die üblichen Kanäle läuft. Normalerweise würde das Geld einfach auf ein Nummernkonto in Übersee transferiert. Doch in diesem Fall wollen sie einen direkten Austausch, hier in New York. Mit Diamanten."

21

Den Geldtransporter zu fahren, war gar kein so schlechter Job. Mark ist schon mal einen Lieferwagen gefahren und das hier wurde besser bezahlt und die Arbeitszeiten waren auch angenehmer, auch wenn die Fahrten manchmal etwas länger dauerten. Ja, er trug eine Waffe und eine kugelsichere Weste, doch wenn man sich erst einmal daran gewöhnt hatte, dachte man nicht mehr darüber nach, was sich auf der Ladefläche befand und fuhr einfach. Sein Partner Jon hatte in der Sicherheitsbranche angefangen, Banken und Geschäfte überwacht, und er konnte besser mit Waffen umgehen, zumindest redete er deutlich mehr über Waffen als Mark, aber er konnte auch fahren. Ein anderer John, mit H, darum nannten sie ihn spaßeshalber H, war der Neue und saß bewaffnet mit einem Maschinengewehr im Laderaum des Transporters, zusammen mit mehreren mit Dokumenten gefüllten Kisten, zwei Leinensäcken voller Geld und irgendeiner Art patentiertem Korkenzieher, der nicht mit FedEx ausgeliefert werden konnte, weil er ein einzigartiger Prototyp war und FedEx ihn nicht versichern wollte.

Der Diamantenhändler war die letzte Abholung für heute. Als er in Richtung Westen auf die Fourty-Seventh Street abbog, dachte Mark bereits darüber nach, wie er im Anschluss den Feierabendverkehr umgehen konnte, um möglichst schnell zum Flughafen zu kommen, wo sie die Sendungen abliefern würden, damit sie auf unterschiedliche Flüge verladen werden konnten. Jon gab dem Klienten kurz vorher über sein Funkgerät Bescheid, dass sie sich näherten und als sie auf die 5th Avenue abbogen und den Block entlangfuhren, auf dem es wie üblich von Händlern, Shoppenden, Touristen, Boten und Geschäftsleuten wimmelte, erschien die uniformierte Wache von *Shatzenberg and Sons* vor dem Personaleingang auf dem Bürgersteig. Als er den Transporter entdeckte, stellte er sich vor den Hydranten und winkte sie herein. So wie jedes Mal, machte er einen Schritt zurück auf den Gehweg, als Mark einparkte. Sobald Mark geparkt hatte, teilte Jon H über das Funkgerät mit, dass sie angekommen waren und H schloss die Hecktüren von innen auf. Dann sprang er heraus und ließ die Rampe für den Tresor herunter.

In diesem Moment brach die Hölle los.

Stan war dienstältester Wachmann bei *Shatzenberg and Sons*. Früher ist er bei der Militärpolizei gewesen, doch seine militärische Erfahrung hat ihm diesen Job in der Sicherheitsbranche verschafft und seine zehn Jahre bei der Firma eine Beförderung. Nun war er der oberste in der Hierarchie, was zugegebenermaßen nicht viel zu heißen hatte. Er fertigte die Schichtpläne an, gab den anderen Befehle und setzte sich mit den Chefs auseinander, die Shatzenbergbrüder, Hyman und Morty, die in der Tat Geschwister waren, genau wie Shlomo und Saul, ein Schwager und ein Cousin, die auch zur Firma gehörten, aber meistens in Filialen in anderen Städten arbeiteten. Heute Abend sollte eine große Lieferung nach Antwerpen rausgehen, wo Saul sie in Empfang nehmen würde. Das Büro war den ganzen Tag damit beschäftigt, die Ladung die später in einem Safe eingeschlossen werden würde, zu wiegen, zu verpacken und zu sichern. Doch alles, worum Stan sich kümmern musste, war, den Safe auf den Transporter zu verladen, sobald er im Erdgeschoss ankommen würde. Das verdammte Ding wog eine Tonne, viel mehr als die kostbaren Steinchen darin, die so wertvoll waren, dass sie in Karat gewogen wurden, von denen ein Gramm ungefähr vierhundertsechsundzwanzig beinhaltete. Der Safe wurde aus speziellen Stahllegierungen gefertigt, sodass es eine Ewigkeit dauern würde, sich hindurchzuschneiden und er war mit einer Zahlenkombination gesichert, die außer Morty nur Saul kannte, der der Lieferung separat hinterherfliegen würde.

Der Safe war mit modernster Technik ausgestattet, doch der Ablauf des Verladens war oldschool und simpel und in Stans Augen war simpel immer besser. Als sie hörten, dass sich der Geldtransporter näherte, ließ er Jimmy, seinen stärksten Mann, den Safe auf eine Sackkarre schieben und sie fuhren zusammen mit dem Fahrstuhl ins Erdgeschoss. Jimmy trainierte, sein Bizeps brachte die Ärmel seiner Uniform beinahe zum Platzen.

Dann wartete Jimmy hinter der Tür zur Straße, während Stan nach draußen ging. Er überprüfte den Gehweg – nur das übliche Chaos – und stellte sich dann vor dem Hydranten auf die Straße. Dadurch, dass sich der Hydrant vor ihrem Gebäude befand, war der Platz fast immer frei. Wenn nicht, ließ Stan den Transporter in der Regel warten, doch meistens war es nur ein Taxi, das einen Fahrgast ablieferte oder einsammelte.

Heute war er frei und er winkte, als er den Transporter sah. Sie parkten ein und er nickte dem Wachmann auf dem Beifahrersitz zu, dann ging er zurück zum Personaleingang. Die Hecktüren des Geldtransporters gingen auf und ein Wachmann sprang heraus, um die Laderampe runterzulassen. Dann öffnete Stan den Personaleingang mit seinem Schlüssel und gab Jimmy grünes Licht, während er ihm die Tür aufhielt. Jimmy rollte den Safe über den Gehweg zu dem Wachmann, der ihm beim Verladen helfen würde. Alles lief wie geschmiert, so wie Stan es mochte.

Liam und Juno parkten den Krankenwagen auf der 5th Avenue. Es war ein echter Krankenwagen, den Liam von einer Werkstatt geliehen hatte, die Einsatzfahrzeuge reparierte; der Manager war kooperativ, weil er Liams Freunden Geld schuldete. Sie hatten das Logo an der Seite abgeändert, doch es genügte den Anforderungen. Sie ließen den Motor im Leerlauf, während sie warteten und Gyros aßen und so taten, als wären sie Sanitäter in der Pause. Ein Verkehrspolizist nickte ihnen sogar zur Begrüßung zu, was Juno etwas nervös machte, aber jede Begegnung mit der Polizei machte ihn nervös. Liam amüsierte sich über die ganze Situation. Juno gefielen die Uniformen – die strahlend weißen Shirts und die marineblauen Hosen mit Bügelfalte. Das Stethoskop um seinen Hals war ein netter Touch und die kleinen Funkgeräte auf ihren Schultern äußerst praktisch: Sie waren mit den Ohrstöpseln und Mikrofonen der anderen Verbunden.

Juno musste zugeben, dass das Ganze perfekt für ihn war. Er konnte sein ganzes technisches Equipment auf der Ladefläche aufbauen, ohne sich Sorgen zu machen, dass es Verdacht erregen würde, weil Krankenwagen sowieso voll mit technischem Kram waren. Er hatte seinen Laptop aufgeklappt vor sich auf der Konsole stehen. Dann, ein paar Minuten nach vier, ertönte Joes Stimme über das Funkgerät:

„Okay, Leute, bewegt euch."

Liam stopfte sich den Rest von seinem Gyros in den Mund und Juno seufzte, während er seine Finger an den frisch gewaschenen Hosen abwischte, bevor er seinen Laptop aus dem Ruhemodus hochfuhr. Sie fuhren los.

Stan stand vor dem Gebäude und behielt die Menschenmenge im Auge, während Jimmy und der andere Wachmann den Safe die Rampe hinaufrollten. Da er wusste, dass einer der Wachmänner des Transporters die rechte Seite im Blick hatte, konzentrierte er sich auf die Menschen, die von links kamen. Zwei Chassiden passierten – einer älter, der andere jünger und kleiner, beide extrem bärtig und in den üblichen schwarzen Klamotten inklusive Hut. Nichts Ungewöhnliches in dieser Gegend. Zuerst schenkte Stan ihnen keine weitere Beachtung. Dann näherte sich ihm der ältere und sprach ihn mit starkem Akzent an: „Entschuldigen Sie bitte, sind Sie jüdisch?"

„Ich?", fragte Stan verdutzt, „nein."

„Sie sind nicht jüdisch?" Der Mann drängte sich auf. „Sie sehen jüdisch aus."

„Tu ich das?"

Der Chassid wandte sich seinem Begleiter zu. „Sieht er nicht jüdisch aus?"

Der kleinere schloss sich der Unterhaltung an. Er klang russisch und hatte die Stimme eines Teenagers. „Ja, das tut er! Ihre Mutter, vielleicht ist die Jüdin?" Sie standen jetzt sehr dicht vor ihm und verdeckten seine Sicht auf Jimmy und den Safe. Dann fuhr ein Krankenwagen vorbei, sie mussten einen Notfall reinbekommen haben, denn sie schalteten die Sirene ein.

„Gehen Sie zur Seite", sagte er den Chassiden, „ich arbeite hier." Stan dachte darüber nach, wie sie erst den Krankenwagen passieren lassen würden, bevor der Geldtransporter losfahren würde.

„Das tun wir auch", sagte der Chassid und weigerte sich, zur Seite zu gehen. „Wir verrichten Gottes Werk."

Genervt versuchte Stan, sich zwischen den beiden durchzudrängen, als ihn von der Seite ein elektrischer Schlag traf. Kurz bevor ihm schwarz vor Augen wurde, kam ihm der absurde Gedanke: Hat mich der kleine Chassid gerade getasert?

Als Stan die Tür vom Personaleingang öffnete, rollte Jimmy den Safe nach draußen wie immer. Die Gummiräder klapperten über den Gehweg. Der Wachmann, der aus dem Transporter gehüpft war, um die Laderampe herunterzulassen und ihm half, den Safe vom Gehweg auf die Straße zu heben, hüpfte zurück in den Laderaum des Transporters, um zu ziehen, während Jimmy den Safe von unten auf die Rampe schob. Keiner der beiden beachtete den Krankenwagen, der die Sicht auf sie blockierte.

Jon war inzwischen aus dem Transporter gestiegen und behielt den Gehweg links von ihm im Auge, während Stan die rechte Seite bewachte. Nichts außer des üblichen Mischmaschs aus Menschen, den man an einem normalen Wochenabend im Zentrum von Manhattan regelmäßig antraf und kaum jemand schenkte dem Geldtransporter oder den Wachmännern Beachtung und so nahm auch niemand Kenntnis davon, dass der Krankenwagen plötzlich die Sirene einschaltete. Dies war schließlich New York. Notfälle gab es hier jeden Tag. Doch dann passierte etwas Ungewöhnliches. Stan, der vom altmodischen Drill-Sergeant-Schlag war, schien plötzlich in einen Streit mit ein paar Chassiden verwickelt zu sein. Jon musste darüber schmunzeln, doch in der nächsten Sekunde lag Stan am Boden und die Chassiden riefen um Hilfe.

„Hilfe, irgendjemand! Er hat einen Herzfinarkt", rief der größere. Der kleinere stürmte zu Jon herüber.

„Officer, schnell. Der Mann da, er ist zusammengebrochen."

Jon konnte es nicht glauben. Stan hatte eine Art Herzinfarkt und dieser Chassid hielt ihn für einen Cop. Zögerlich ging er einige Schritte vorwärts und überlegte, was er tun sollte, während sich besorgte oder einfach nur neugierige Menschen um Stan herum versammelten. Vielleicht konnten die Jungs in dem Krankenwagen helfen?

In diesem Moment raste ein Fahrradbote im Kapuzenpullover auf dem Gehweg an ihnen vorbei und während die Augen der Passanten auf Stan gerichtet waren, schlug er Jon mit seinem Helm auf den Hinterkopf. Jon verlor sein Gleichgewicht und fiel neben Stan in der

Menge zu Boden. Benommen versuchte er, sich auf dem Gehweg zurechtzufinden.

Währenddessen kam ein asiatischer Lieferjunge in Jogginghose, einem weißen Küchenhemd, einer Wollmütze und diesen dünnen Gummihandschuhen, die Köche benutzten, um Essen zuzubereiten, den Block entlang. Während Jon, der von den Chassiden abgelenkt war, sich von dem Geldtransporter entfernte, um nach Stan zu schauen, bevor er selbst zu Boden gebracht wurde, zog sich der Lieferjunge die Mütze über das Gesicht, die mit zwei Löchern für die Augen versehen war. Er holte eine 9mm Beretta aus seiner Papiertüte und hüpfte neben Mark durch die offene, jetzt unbewachte Beifahrertür des Geldtransporters. Mark starrte, unglücklicherweise von der Sirene abgelenkt, durch das Fenster zu seiner Linken und wunderte sich, warum sich der Krankenwagen nicht bewegte. Bevor er es überhaupt bemerkte, packte ihn der Lieferjunge an der rechten Hand, damit er nicht nach seiner Waffe oder dem Autoschlüssel greifen konnte und hielt ihm die Waffe ins Gesicht.

„Keine Bewegung oder ich bring dich um. Verstanden?“

Mark nickte, starr vor Angst. Der Bewaffnete entfernte Marks Waffe aus dem Holster und nahm sein Radio. „Raus hier“, befahl er.

John (die Jungs nannten ihn H, was ihn nicht weiter störte) half Jimmy, dem durchtrainierten Wachmann des Klienten, dabei, den Safe die Rampe hochzuschieben. Eigentlich war es eher Jimmy, der schob, H zog nur ein wenig, um zu vermeiden, dass der Safe nicht umkippte oder von der Sackkarre fiel. Er trug sein Gewehr dennoch auf dem Rücken, um Jimmy besser helfen zu können, was es, wie er später herausfinden würde, ziemlich schwer machte, es zu erreichen, wenn er es brauchen würde. Er hatte dementsprechend nicht genug Zeit, irgendetwas zu unternehmen, als der chassidische Teenager in den Laderaum des Geldtransporters sprang und eine Waffe auf ihn richtete. Der Chassid mit dem dichten, schwarzen Bart, der Brille mit schwarzem Rahmen und dem üblichen Mantel und Hut schien sehr jung – Jimmy würde ihm später zustimmen. Sie alle kleideten sich wie alte Männer, doch dieser war kleiner und seine Stimme war noch etwas hoch und er sprach mit diesem starken Akzent, Russisch oder Jiddisch oder was auch immer. Außerdem – und das fiel beiden Zeugen auf – hatte der Unglückliche einen Buckel wie in den Filmen, auch wenn der ihn kein bisschen einzuschränken schien.

„Keine Bewegung oder ich bringe euch beide um", rief der Junge und sie beide erstarrten, als ein größerer und älterer Chassid mit grauem Bart und demselben Outfit erschien. Er schob die Rampe zurück in den Laderaum, kletterte an Bord und schloss die Türen. Dann richtete er ebenfalls seine Waffe auf die beiden, eine 9mm Sig, bevor er scheinbar in seinen Mantel sprach: „Los." Der Geldtransporter setzte sich sofort in Bewegung.

„Auf die Knie", rief der ältere und sie knieten sich hin, während der Transporter um die Ecke fuhr. Der jüngere nahm ihnen die Waffe und das Funkgerät ab. „Gesicht nach unten", befahl er mit seiner hohen Stimme. Er bewachte sie, die Waffe auf ihre Köpfe gerichtet, während sich der ältere Chirurgenhandschuhe anzog, um sie an den Handgelenken und Knöcheln zu fesseln. Er holte zwei Leinenbeutel aus seiner Tasche und zog sie ihnen über den Kopf. H sah nun nichts mehr, doch er konnte noch problemlos atmen. Während er im Laderaum hin und her rollte, konnte er noch immer eine Sirene hören. Er fragte sich, ob es die Polizei war, die kam, um ihn zu retten. Er lag falsch.

Nachdem Cash den Fahrer aus dem Transporter geschmissen hatte, rutschte er auf seinen Sitz, schloss die Tür und schnallte sich an, während sich Josh auf den Beifahrersitz setzte und ebenfalls den Sicherheitsgurt umschnallte, bevor er die Tür schloss und sich Chirurgenhandschuhe überzog. Cash warf einen Blick in den Außenspiegel und sah den Krankenwagen, der, wie er wusste, von Liam gefahren wurde und den Verkehr aufhielt. Einige Sekunden später meldete Joe sich gesprächig wie immer über das Funkgerät: „Los.“ Cash trat das Gaspedal durch und als der Motor aufheulte, schoss der Transporter den Block entlang und bog mit quietschenden Reifen nach rechts auf die 6th Avenue, gerade als die Ampel auf Gelb sprang.

Liam sollte ihnen eigentlich in dem Krankenwagen folgen, doch der Fahrer des Geldtransporters stand, scheinbar in Schock von dem Überfall, trotz der Sirenen vor dem Krankenwagen herum.

„Wir müssen los“, sagte Juno zu ihm, während seine Finger über die Tastatur seines Laptops glitten.

„Ich weiß“, sagte Liam, „gib mir ein paar Sekunden, wenn du kannst.“

„Kann ich", sagte Juno, während Liam den Lautsprecher einschaltete: „Machen Sie den Weg frei", dröhnte seine Stimme in einem ziemlich gut imitierten New Yorker Akzent durch die Straßen.

Der Wachmann erschrak und drehte sich um, als wenn er den Krankenwagen tatsächlich gerade erst bemerkt hätte und eilte auf den Gehweg, wo er fieberhaft versuchte, den Passanten zu erklären, was passiert war. Liam trat aufs Gas und der Krankenwagen schoss los und jagte genauso um die Ecke auf die 6th Avenue wie der Geldtransporter, Liam ignorierte die Ampel jedoch gänzlich. Er wusste, dass Juno sie für ihn auf Gelb gehalten hatte. Und jetzt, wo sie die Kreuzung hinter sich gelassen hatten, schaltete Juno sie auf Rot und ließ den Hauptverkehr hinter ihnen die Kreuzung passieren.

22

Sobald die beiden Wachmänner in dem Transporter gefesselt waren und nichts mehr sehen konnten, nahm Yelena ihren Bart ab. Er juckte wie verrückt und sie konnte sich schon vorstellen, was für einen Ausschlag sie später davon haben würde. Sie legte ihn in ihren Hut und übergab beides zusammen mit ihrer Waffe Joe, der auf dem Notsitz saß, von dem aus er die beiden Wachen im Auge behalten konnte. Als Nächstes zog Yelena sich Chirurgenhandschuhe an, holte ein Stethoskop aus ihrer Tasche und steckte es sich in ihre Ohren. Dann befreite sie ihre Gedanken von allem anderen und machte sich an die Arbeit.

Als Cash auf der 48th Street in Richtung Norden fuhr, nahm ein Streifenwagen aus westlicher Richtung die Verfolgung des Transporters auf. Liam schaltete die Sirene des Krankenwagens aus, um nicht aufzufallen und nahm einige Autolängen Abstand.

„Einer hinter dir", sagte Liam zu Cash über das Funkgerät.

„Verstanden", erwiderte Cash, „haltet die Grünphase."

„Mach ich", sagte Juno und ließ die Ampeln auf Grün stehen, während der Geldtransporter, der Streifenwagen, der Krankenwagen und ein paar Taxen und zivile Autos hinter ihnen über die Kreuzungen fuhren. Dann schaltete er auf Rot und die Autos passierten die Kreuzungen von links und rechts. Er ließ die Ampeln vor ihnen grün werden, sodass die Straße sich vor ihnen öffnete, während die Rotphase, die er hinter ihnen einleitete, es weiteren Polizisten erschwerte, sich der Verfolgungsjagd anzuschließen.

Zudem ermöglichte es Cash, an Geschwindigkeit zu gewinnen und als sie auf die 51st Street zurasten, vorbei an der Radio City Music Hall, schaute er sowohl nach links und rechts als auch in beide Außenspiegel. Das wütende Gehupe der ungeduldigen Fahrer drohte, die Polizeisirenen zu übertönen.

„Bereit?“, fragte er Juno über das Funkgerät.

„Sag, wann's losgehen kann“, antwortete Juno.

„Jetzt“, erwiderte Cash und riss das Lenkrad herum.

Juno schaltete alle Ampeln auf Grün.

Cash bog nach links ab und steuerte den Transporter auf den Gehweg, wo er mehrere Mülltonnen und einen Hotdog-Wagen rammte, bevor er zurück auf die Straße holperte, die jetzt in Richtung Westen frei war. Der wütende Verkehrsstau hatte sich mittlerweile gelöst und überquerte nun die Straße. Der Polizist in dem Streifenwagen steuerte verzweifelt auf die von dem Querverkehr blockierte Kreuzung zu, trat auf die Bremse und riss das Lenkrad nach links herum, doch er schaffte es nicht rechtzeitig, geriet ins Schleudern und rutschte in ein vorbeifahrendes Auto. Liam hatte inzwischen seine Sirene wieder eingeschaltet und folgte Cashs Pfad über den Bürgersteig und zurück auf die 51st Street, was schockierte Blicke der Passanten auf sich zog. Er befand sich ungefähr einen halben Block hinter Cash.

Yelena kniete im Laderaum vor dem Safe und drehte langsam am Rad des Drehschlosses. Mit dem Stethoskop lauschte sie den Bewegungen im Innern der Tür und machte so die Position des Bolzens aus und zählte mit, wie oft das Schloss klickte, wenn sie über diese Stelle kam. Sie hörte kurz auf, um einen kleinen Notizblock mit Millimeterpapier herauszuholen und die Zahl drei zu notieren. Dann legte sie ein Diagramm an, die X-Achse Senkrecht am linken Rand, darunter die Y-Achse von links nach rechts. Sie zeichnete zwei Linien, von der niedrigsten Zahl auf dem Ziffernblatt bis zur höchsten, und machte sich wieder an die Arbeit. Sie setzte das Schloss zurück auf null und konzentrierte sich darauf, jede Zahl in der Kombination zu finden.

Joe schaute ihr bei der Arbeit zu – ihr Haar hing über ihren merkwürdigen Buckel -, während er die beiden Wachmänner im Zaun hielt. Seine Waffe lag locker auf den Boden gerichtet in seiner Hand. Es war nicht nur Yelenas Wissen, das ihn faszinierte; das konnte man schließlich lernen, wenn man Geduld und den richtigen Lehrer hatte. Es war auch ihre Fähigkeit, sich unter diesen Umständen auf eine solche Millimeterarbeit zu konzentrieren. Darum war sie ein Profi und darum bestand er auch darauf, dass sie bei diesem Job Teil seiner Crew war. Der Transporter hüpfte über ein Schlagloch und einer der Wachmänner stöhnte; Yelena blieb fokussiert. Sie hörte es zweimal dicht hintereinander klicken und notierte sich eine Zahl. Das war die erste. Fehlten noch zwei.

„Mein Rücken tut weh“, sagte der Wachmann, „und meine Handgelenke sind wund.“ Joe verpasste ihm einen Tritt.

„Halt den Mund“, sagte er, „sonst stopfe ich ihn dir mit der Waffe.“

Er hielt den Mund.

Beide Fahrzeuge bogen jetzt in Richtung Süden auf die 7th Avenue ab und als sie erneut die 50th Street überquerten, schlossen sich zwei weitere Streifenwagen der Verfolgungsjagd an. Juno ließ die Ampeln auf Grün, während Liam wieder einige Autolängen hinter den Cops herfuhr, wie es in New York üblich war; man folgte einem Einsatzfahrzeug in der Hoffnung, einen Stau zu passieren, wie ein Motorradfahrer hinter dem Erstplatzierten eines Rennens. Sie ließen 59th und 48th in einem guten Tempo hinter sich, doch als sie die 47th überquerten, war Cash gezwungen zu bremsen; sie rasten auf den Times Square zu: Touristenwahnsinn und verkehrstechnisch ein schwarzes Loch. Es gab nichts, was Juno oder selbst Gott dagegen hätte tun können. Als sie die 46th Street überquerten, mussten sie ihre Geschwindigkeit wieder dem schleichenden Verkehr Manhattans anpassen und dann, in Höhe der 45th, sahen sie es vor sich: absoluter Stillstand, der auch sie, egal, was die Ampeln anzeigten, zum Stehen bringen würde. Die Cops wussten das genauso und kamen näher, bereit, aus ihren Autos zu springen und sie zu verhaften.

„Wie sieht’s dahinten aus?“, fragte Josh über sein Funkgerät und Joe lehnte sich im Laderaum zu Yelena herüber.

„Wie sieht’s aus?“, fragte er mit sanfter Stimme. Sie hielt eine Hand hoch, um Joe zu signalisieren, dass er still sein soll. Joe wartete und schaltete sein Funkgerät stumm. Sie notierte eine weitere Zahl. Das war die zweite.

„Noch ein paar Minuten“, sagte sie.

„Noch ein paar Minuten“, antwortete Joe über das Funkgerät.

„Bereit?“, fragte Josh Cash. Cash nickte und blies eine Kaugummiblase, während er geradewegs auf den Stau vor ihnen zufuhr, die zwei Streifenwagen dicht auf den Fersen. Josh sprach in sein Funkgerät: „Okay, ihr dahinten. Wir wären jetzt bereit zum Entladen.“

Cash bog langsam auf die 46th Street ab. Er blinkte sogar, als ob er für die Polizei rechts ranfahren würde, damit sie ihm einen Strafzettel geben konnten. Er winkte mit einem Arm aus dem Fenster. Die Streifenwagen folgten ihm in einem Abstand von nur wenigen Zentimetern, einer hinter dem anderen. Die Polizisten wussten, dass sie sie hatten. Dann öffneten sich die Hintertüren des Geldtransporters und zwei Wachmänner mit Säcken über dem Kopf kamen herausgerollt und landeten direkt auf der Motorhaube des vorderen Streifenwagens. Panisch bremste dieser ab, was dem hinteren Streifenwagen nicht genug Zeit ließ, um auszuweichen und so krachte er in das Heck des vorderen. Als sich der Geldtransporter entfernte, schloss ein bärtiger Chassid in schwarzer Kleidung die Türen des Laderaums.

Yelena kritzelte die letzte Zahl in ihren Notizblock und atmete tief durch, während sie das Stethoskop aus ihren Ohren nahm. Jetzt hatte sie alle drei Zahlen; blieb also nur noch, jede mögliche Kombination zu probieren. Hinter ihr schloss Joe die Türen ab und zog sich aus. Er nahm seinen Bart und den Hut ab und holte einige Gegenstände aus den tiefen Taschen des Mantels, bevor er diesen ebenfalls ablegte. Er zog die schwarze Hose über seine schwarzen Sneaker aus. Darunter trug er Cargo-Shorts und ein Polohemd. Er setzte sich eine Golfmütze auf, dann klappte er sein Messer auf und griff nach einem der Geldsäcke. Er hatte eine Idee, wie er ihnen etwas Zeit verschaffen konnte.

Cash bog rechts auf die 43rd Street ab und dann erneut nach rechts auf die 6th Avenue. Er fuhr im Kreis wie jemand, der einen Parkplatz suchte, was er im Grunde auch tat. Als er die 44th Street überquerte, konnte er im Augenwinkel das Blaulicht mehrerer Polizeiautos sehen, die sich ihren Weg durch den Verkehr in seine Richtung bahnten.

„Uns bleibt nicht mehr viel Straße übrig", sagte er zu Josh.

„Wie weit seid ihr?", fragte Josh über das Funkgerät.

Im Laderaum hatte Yelena drei von sechs möglichen Kombinationen probiert. Systematisch strich sie sie von der Liste, bevor sie das Rad erneut vorsichtig drehte. *Klick.* Sie lächelte und die Tür öffnete sich.

„Offen", sagte sie zu Joe, ohne sich zu ihm umzudrehen.

„Wir sind drin", verkündete Joe über das Funkgerät.

„Gott sei Dank", antwortete Josh.

Zügig holte Yelena den Koffer mit Diamanten aus dem Tresor und übergab ihn Joe. Dann holte sie Sandalen aus ihren Taschen und zog ihre schwarze Kleidung und Schuhe aus, während Joe den mit Samt gefütterten

Koffer öffnete und die Diamanten in einen Filzbeutel schüttete. Er hatte keine Zeit, um auch nur über den Wert oder die Schönheit dieser Diamanten nachzudenken, doch für einen Moment war es, als würde ein zerbrochener Stern in seinen Händen funkeln. Er zog den Beutel zu und holte eine Rolle Panzertape aus der Tasche seiner Cargo-Shorts.

Unter ihrer langen, schwarzen Jacke trug Yelena ein helles Baumwollkleid, das sie in ihre Hose gesteckt hatte. Der Buckel auf ihrem Rücken war ein Stück Schaumstoff, das so zugeschnitten wurde, dass es wie der Bauch einer Schwangeren aussah. Joe befestigte die Diamanten mithilfe des Klebebands auf der Innenseite des Bauches und während Yelena sich den Bauch umschnallte, warf er all ihre restlichen Sachen in den Tresor. Er stopfte so viel hinein wie möglich, bevor er eine kleine Flasche mit Feuerzeugbenzin darübergoss, diese ebenfalls hineinwarf und es anzündete. Das Innere des Tresors ging in Flammen auf wie ein Grill beim Barbecue. Er wartete, bis die Flammen hoch genug waren, dann schloss er die Tür. Währenddessen wischte Yelena die Fingerabdrücke von den Waffen und zog sich die Sandalen an.

„Bereit?“, fragte Joe und gab ihr einen der Geldsäcke, die er aufgeschnitten hatte.

Sie nickte.

„Wir sind bereit“, sagte er zu Josh.

„Haltet euch fest“, antwortete dieser.

Sie hielten sich fest.

Cash fuhr die 6th Avenue in Richtung des oberen Stadtrandes entlang und nahm an Geschwindigkeit zu, als er auf die Rockefeller Metrostation an der Ecke zur 47th Street zusteuerte, einer großen, belebten Station, an der die Linien B, D, F und M hielten. Im Rückspiegel konnte er die Polizei mit eingeschaltetem Blaulicht sehen und vor ihnen versuchten weitere Streifenwagen, ihnen den Weg abzuschneiden. Es gab keinen Ausweg.

„Wird Zeit, die Karre zu parken", sagte er zu Josh und spuckte seinen Kaugummi aus dem Fenster, bevor er das Lenkrad nach rechts herumriss.

„Festhalten", sagte Josh über das Funkgerät und tat dann dasselbe. Er zog den Kopf ein und stützte sich mit den Armen auf dem Armaturenbrett ab, als Cash hupend auf den Gehweg fuhr und den Geldtransporter die Treppen zur Metrostation hinunterjagte, während eine Wolke aus Geld aus den Hecktüren wehte.

23

Erst herrschte Panik. Der Geldtransporter schlug mit hoher Geschwindigkeit auf die Stufen auf, das Schutzblech wurde abgerissen, die Motorhaube eingedrückt und der Kühler dabei zerstört. Die Passanten auf dem Gehweg und in der Station rannten um ihr Leben, doch der Transporter verlor schnell an Schwung, sodass sie rechtzeitig davonkamen. Wie ein verwundetes Biest holperte er die Stufen hinunter und schabte am Geländer entlang, bevor er am unteren Ende der Treppe zum Stehen kam.

Nach der Panik kam die Gier. Als der Truck in Richtung der Metrostation über den Gehweg gebrettert war, hatte Joe die Türen des Laderaums geöffnet und einen der Geldsäcke nach draußen entleert. Die Geldscheine wirbelten durch den Auftrieb des Transporters durch die Luft. Als Konsequenz versammelte sich dieselbe Menschenmenge, die zuvor um ihr Leben gerannt war, und kämpfte um jeden Schein, der auf dem Boden lag oder jagte die Scheine, die wie Schmetterlinge durch die Luft wehten. Im Innern der Station spielte sich dieselbe Szene ab. Der Geldtransporter stand mit der Motorhaube nach vorne vor den Stufen und alle waren wie vor einem Monster geflohen. Cash und Josh sprangen sofort heraus und ließen ihre Waffen in dem Transporter zurück. Sie rannten in die Station, sprangen über die Drehkreuze und warfen Skimaske,

Bandana und eine weiße Jacke in den Mülleimer. Sie trugen jetzt nur noch Jogginghosen und T-Shirts. Josh nahm seinen Rucksack und holte einen kleinen Lautsprecher heraus, als ihnen die neugierige Menschenmenge jetzt in Richtung des Unfalls entgegenkam.

Sobald der Transporter zum Stehen kam, hüpften Joe und Yelena aus dem Laderaum. Joe wedelte mit dem zweiten Sack voller Bargeld und verstreute die Scheine, als wäre es Hühnerfutter, während sie davonrannten. Er warf den leeren Sack weg und sie zogen ihre Handschuhe aus, als sie in die Station kamen. Sie fingen an, um Hilfe zu schreien und dass jemand die Polizei rufen solle, doch kaum hatten die Menschen Geld gesehen, sprinteten sie los und umzingelten Joe und Yelena wie die Flut nach einem gebrochenen Damm. Es war das absolute Chaos.

Joe nahm Yelena an der Hand und sie bahnten sich ihren Weg durch die lange Station, während die Leute um sie herum entweder zum Geld oder davon wegrannten oder einfach nur versuchten, ihren Zug zu bekommen, blind gegenüber ihrer Umgebung, wie es nur New Yorker sein konnten. Sie spazierten besonnen durch das Chaos, das sie verursacht hatten, unbeeindruckt von dem Sturm, der um sie herum wütete. Dann traf die Polizei in voller Montur ein und Polizisten stürmten die Eingänge hinunter. Einige rannten an Joe und Yelena vorbei und schrien sie an, dass sie zur Seite gehen sollen, andere gingen an den Ausgängen in Position. Keine Frage, die Station war abgeriegelt und selbst wenn sie es nicht gewesen wäre, zu versuchen, über die Ausgänge auf die Straße zu fliehen, war hoffnungslos, da Polizei und Rettungskräfte die Straßen abgesperrt hatten. Die andere Option war, zu versuchen, den Zug zu nehmen. Doch die Züge in der Station standen still. Nichts bewegte sich und jeder, der versuchte, auszusteigen, sei es aus Frustration oder Neugierde, wurde von der Polizei zurechtgewiesen.

Doch Joe und Yelena versuchten keine dieser beiden Optionen. Sie entschieden sich für die dritte. Sie eilten zu einem Polizisten herüber, ein großer, dicker, weißer Kerl mit einem verschwitzten, roten Gesicht, der am Ausgang Wache stand. Leute schwirrten um sie herum, warteten, liefen auf und ab, telefonierten oder belästigten den Polizisten mit Fragen.

„Officer! Officer!", rief Joe in der panischsten Stimme, die er imitieren konnte, als er sich dem Polizisten mit Yelena an der Hand näherte. „Bitte, Sie müssen uns helfen. Meine Frau bekommt ihr Baby!"

„Showtime, Leute!", rief Cash fröhlich, als er den Waggon betrat. Josh sprang neben ihm durch die Tür und hielt seinen Lautsprecher hoch. Einige Passagiere schauten unbeeindruckt zu ihnen herüber, die meisten reagierten überhaupt nicht.

„Ich weiß, dass ihr hier alle feststeckt und schlechte Laune habt", faselte Cash unbeirrt weiter vor sich hin, „doch fürchtet euch nicht! Die Jam-It-Up-Twins sind hier, um euch mit ihrer Gratisperformance den Tag zu versüßen, während ihr darauf wartet, dass die Po-Po ihr Ding-Ding macht. Und mit gratis meine ich, dass wir für jede Spende dankbar sind. Gott segne euch, Respekt euch allen und habt eine gute Reise."

„Yo!", rief Josh, küsste den Zeige- und Mittelfinger seiner linken Hand, hielt sie hoch, als würde er jemanden segnen, klopfte sich mit seiner Faust auf die Brust und rief: „Respekt!“ Dann drückte er auf Play. Wegen seines auffälligen Akzents überließ er Cash das Reden, doch sobald die Musik aus dem Lautsprecher dröhnte, begann er, im Rhythmus mit den Hüften zu wackeln und seine Arme schlangenartig in der Luft zu bewegen.

„Zeig's ihnen, Baby“ rief Cash ihm zu. „Zeig den Leuten, wie das in New York City läuft!“

Dann begann Josh zu tanzen. Er machte den Roboter, den Pop and Lock und die Welle, sein Kopf zuckte dabei hin und her. Er ging rückwärts im Moonwalk durch den Waggon und machte einen Spagat. Ein paar blonde Kinder, französische Touristen, applaudierten und ein älteres koreanisches Pärchen machte ein Foto. Er bewegte sich wie eine Marionette, ließ seinen Kopf baumeln, während seine Arme wild ausschlugen und er verbog seine Beine, als hätte er keine Gelenke. Er sprang über den Kopf eines der französischen Kinder und an die Stange, schwang hintenüber und landete wieder auf den Füßen. Mehr Passagiere begannen zu applaudieren und ein Mann, der bis eben noch ein Spiel auf seinem Handy gespielt hatte, rief: „Du hast es drauf, Mann!“

Die Leute klatschten jetzt im Rhythmus der Musik, während Josh den Waggon auf und ab lief und ein Rad schlug, bevor er für sein großes Finale Anlauf nahm, um auf die geschlossene Tür am Ende des Waggons zuzulaufen, wo er sich von ihr abstieß, einen Rückwärtssalto machte und im Anschluss in der Hocke landete, die Arme kreuzte und mit beiden Händen ein Peace-Zeichen zeigte.

„Peace!“, riefen er und Cash im Chor und die Menge drehte durch. Leute schüttelten Joshs Hand, während Cash den Waggon auf und ab lief und Geld sammelte. Sie machten zwölf Dollar in Scheinen und eine Handvoll Münzen.

Dann betrat ein Polizist den Waggon.

„Hey“, rief er den beiden zu. „Was zur Hölle ist hier los?“

„Wir arbeiten nur, Officer“, sagte Cash und guckte unschuldig. Josh lächelte nervös.

„Sie dürfen das hier nicht machen“, sagte er, „das ist illegal.“

Die Menge setzte sich für sie ein. Einige Leute buhten den Polizisten aus und andere redeten auf ihn ein und sagten, dass die Tanzeinlage sie aufgeheitert und die Leute zusammengebracht hätte.

„Okay, okay, wie auch immer“, sagte der Polizist. Er hatte keine Lust, sich länger mit ihnen auseinanderzusetzen. Draußen spielten sich Szenen wie in einem Film ab und er schlug sich hier mit irgendwelchen Kids herum. „Ich belasse es dieses Mal bei einer Warnung. Los jetzt.“

Er führte Cash und Josh aus dem Zug und zum nächstgelegenen Ausgang. „Hey“, sagte er zu dem Polizisten, der den Ausgang bewachte, „lass die beiden hier durch. Ich habe mich schon um sie gekümmert. Die haben die Passagiere belästigt.“

Der zweite Polizist nickte abwesend und ließ sie durch.

„Danke, Officer“, sagte Cash, „haben Sie einen gesegneten Tag.“

„Jaja“, sagte der Cop. „Ich will euch hier nicht noch einmal sehen.“

„Sie bekommt ein Baby?“, fragte der Polizist ungläubig. „Sie meinen jetzt gerade?“

„Ja, Sir. Ich denke, es liegt an all dem Lärm und dem Geschrei. Sie glaubt, sie ist in den Wehen.“

„Sie liegen drei Minuten auseinander“, sagte Yelena und hielt ihren Bauch mit beiden Händen. „Oh Gott. Hier kommt eine.“ Sie begann, laut zu stöhnen und packte Joes Hand mit der einen und die des Polizisten mit der anderen Hand.

„Um Gottes willen“, rief er und zog seine Hand instinktiv weg.

„Wissen Sie nicht, wie man ein Kind entbindet?“, fragte Joe ihn mit hoher, zittriger Stimme. Yelena stöhnte lauter.

„Mehr oder weniger“, sagte der Polizist, „die haben uns mal ein Video gezeigt, aber ich konnte kaum hinsehen.“

„Es kommt ...“, schrie Yelena.

Der Polizist nahm sein Funkgerät. „Ich rufe einen Krankenwagen“, sagte er.

„Das haben wir schon“, erwiderte Joe. „Er steht oben, aber niemand lässt uns durch.“

„Kommen Sie“, sagte er und drängelte sich durch die Menge. Joe folgte ihm und Yelena watschelte an Joes Hand hinterher. „Gehen Sie zur Seite. Lassen Sie uns durch.“

Sie erreichten den Bürgersteig, wo Polizisten eine Barrikade entlang des Eingangs sowie auf dem Gehweg und der Straße errichtet hatten. Auf der anderen Seite der Straße konnte Joe den Krankenwagen sehen. Er winkte Liam zu und Liam winkte zurück.

„Da ist er“, sagte er zu dem Polizisten.

„Alles klar“, erwiderte dieser mit der Stimme eines Mannes, der gewillt war, ein Problem zu lösen. „Lasst sie durch“, befahl er den Polizisten, die die Barrikade bewachten, „diese Frau bekommt ein Kind.“

Die Polizisten schoben die Absperrungen eilig beiseite und halfen Yelena sogar hindurch. Juno kam von der anderen Seite des Krankenwagens und öffnete die hinteren Türen. Er trug ein Cap und das Stethoskop um seinen Hals. Er half Yelena hinein und als Joe ebenfalls drinnen war, zog er die Türen hinter ihnen zu. Liam schaltete die Sirene ein und setzte sich langsam in Bewegung, während die Polizisten die Barrikaden öffneten und sie durchwinkten.

Liam fuhr in Richtung Osten. Er schaltete die Sirene aus, sobald sie ein paar Blocks entfernt waren und die ruhigeren Straßen östlich von Lexington erreicht hatten, dann parkte er den Krankenwagen in der Verladezone eines riesigen Gebäudes. Mittlerweile hatte Yelena ihr Kleid ausgezogen und den Bauch entfernt. Sie zog sich ihre abgeschnittenen Jeansshorts an, die im Krankenwagen auf sie warteten, sowie ein weißes Tanktop, durch das man die roten Träger ihres BHs sehen konnte. Die Sandalen behielt sie an. Auch Joe zog sich seine Jeans und ein schwarzes T-Shirt an und tauschte die Sneaker gegen seine gewohnten Chucks. Yelena nahm sich außerdem eine Handtasche, die sie mitgebracht hatte und Joe gab ihr das Säckchen mit den Diamanten, um es darin zu verstauen. Als Liam gegen die Innenwand des Krankenwagens klopfte, um zu signalisieren, dass die Luft rein war, kletterten sie hinaus und entfernten sich gemeinsam in östlicher Richtung von dem Krankenwagen. Juno, der jetzt ein langes, weißes T-Shirt über der blauen Uniformhose und ein Nets-Cap trug, hüpfte ebenfalls mit einem Rucksack voller technischer Ausrüstung aus dem Krankenwagen. Er sah aus wie ein Collegekid, das gerade von einem Kurs am Hunter College kam, als er sich in Richtung Westen auf den Weg zum Zug machte.

Liam wartete, bis die anderen weg waren, bevor er ausparkte und den Krankenwagen zurückbrachte. Nachdem man die Aufkleber entfernt und den Innenraum aufgeräumt hatte, würde der Besitzer nichts von der ganzen Sache mitbekommen.

Joe und Yelena gingen in Richtung des Flusses. Sie hatten ein Auto auf der First Avenue geparkt, ein unauffälliger Toyota Corolla. Joe setzte sich hinters Steuer und Yelena stieg auf der Beifahrerseite ein. Er startete den Motor, sie rollte das Fenster herunter und zündete sich eine Zigarette an.

„Schnall dich an“, sagte Joe, „und musst du die hier drinnen rauchen?“

Sie blies ihm Rauch ins Gesicht. „Komm runter“, sagte sie. „Ich bin nicht wirklich schwanger.“ Sie schnallte sich an. Joe fuhr auf den Franklin D. Roosevelt East River Drive und war sofort im Feierabendverkehr gefangen. Sie brauchten über eine Stunde, um nach Hause zu kommen.

Part III

24

Als Donna den Anruf bekam, wusste sie, dass es eine lange Nacht werden würde.

„Bewaffneter Raubüberfall in der Innenstadt. Wir brauchen alle verfügbaren Einheiten."

Sie nahm ihre Waffe, ihre Tasche und ihren FBI-Windbreaker und textete ihrer Mutter im Laufen, dass sie sich um Larissa kümmern solle, bis sie zurück war. Gegenüber von seiner Mutter zu wohnen, hatte viele Nachteile, aber das war einer der Vorteile. Sie fuhr in einem mit Agenten beladenen Chevy in Richtung Innenstadt, doch als sie am Tatort ankamen, war der Zirkus bereits in vollem Gange; Nachrichtenteams kämpften um den besten Platz, damit jeder Reporter so aussah, als wäre er der erste am Ort des Geschehens, auch wenn sie eigentlich alle nebeneinanderstanden. Die Tatsache, dass es sich um ein Touristengebiet handelte, machte den Tatort zu einem weiteren Stopp auf der Liste der Sehenswürdigkeiten und so tummelte sich eine riesige Menge an Schaulustigen auf allen Seiten. Sogar die Sightseeing-Busse versuchten, möglichst nah ans Geschehen heranzukommen. Der Verkehr war komplett zusammengebrochen. Ein Tatort, der sich über mehrere Blocks erstreckte, diverses Beweismaterial, das überall verteilt wurde und eine abgeriegelte Metrostation mitten in der Innenstadt während der Rushhour: Es war die absolute Hölle los. Während FBI-

Agents und Detectives des NYPD größtenteils verwirrt durch die Gegend liefen, schienen die uniformierten Kollegen nur eine Hupe vom totalen Kollaps entfernt zu sein.

In der Metrostation wurden Lichter aufgestellt und der zerstörte Geldtransporter am Ende der Treppenstufen vermittelte einem das unechte Gefühl einer Filmkulisse. Er würde schlussendlich abgeschleppt und in ein Labor gebracht werden, doch momentan kletterten noch Agenten in Handschuhen auf ihm herum und machten Fotos und sicherten Spuren. Beweismittel wurden auf einer Plane ausgebreitet, vermessen, fotografiert und für den Transport ins forensische Labor verpackt. Donna hockte sich neben Janet Kim, eine Gerichtsmedizinerin, deren Labor am anderen Ende des Ganges im Untergeschoss lag, in dem sich auch Donnas Büro befand.

„Da kommen wir endlich mal aus dem Büro raus und dann sitzen wir trotzdem unter der Erde“, sagte sie zu Janet.

„Ich weiß“, erwiderte sie und machte ein Foto, „und danach darf ich mit der Metro zu meinem Apartment in Jersey City fahren.“

„Was ist das?“, fragte Donna und zeigte auf etwas, das aussah wie eine Art scharfe Metallfeder. „Irgendeine neuartige Waffe?“

„Wir denken, es könnte ein Korkenzieher sein.“

„Oh.“ Vier Handfeuerwaffen lagen aufgereiht vor ihr. „Die haben die hier zurückgelassen?“

„Jap. Zwei vorne, zwei hinten. Keine Fingerabdrücke oder Seriennummern. Die Magazine sind voll. Es wurde nicht ein einziger Schuss abgegeben.“

„Profis also."

„Absolute Profis. Die, die das getan haben, wären niemals so dämlich, dass sie mit einer illegalen Waffe durch die Gegend laufen würden. Man kann sich immer eine neue besorgen, wenn man eine braucht. Leider."

„Irgendwelche Zeugenaussagen?"

„Nichts. Sogar weniger als nichts. Die Wachmänner auf der Straße wurden von hinten bewusstlos geschlagen. Der Fahrer ..." Sie schaute sich um, dann rief sie einen kleinen, lateinamerikanischen Mann mit dickem Schnurrbart: „Hey, Ernesto. Zeig Donna das Phantombild des Verdächtigen."

Mit gerunzelter Stirn hielt er einen Zeichenblock hoch, der einen maskierten Kopf zeigte. „Ihr sucht nach einem Mann mit braunen Augen", sagte er.

„Verstanden", antwortete Donna.

„Dann wären da noch die Typen in Schwarz", sagte Janet, während sie nach links und rechts schaute und dann einen Zug von ihrem schmalen Vape Pen nahm. „Das ist eine andere Geschichte."

„Gute Beschreibungen?"

„Definitiv. Die meisten stimmen überein. Es waren Chassiden."

„Chassiden?"

„Richtig. Zwei männliche Chassiden in diesen schwarzen Mänteln, Hüten und so weiter, das ganze Programm. Ein größerer, der etwas älter zu sein schien und ein kleinerer, den die meisten für einen Teenager halten."

„Wie ein chassidisches Räuberteam aus Vater und Sohn?"

„Ganz genau. Aber das ist noch nicht mal der merkwürdige Teil."

„Ist er nicht?"

„Pass auf. Der Sohn ..."

„Ja?"

„Hat einen Buckel."

„Ach, hau ab."

„Ohne Scheiß."

Donna schüttelte den Kopf. „Das ist verrückt."

„Die ganze Sache ist verrückt. Ich meine, was hat es mit der Verfolgungsjagd auf sich? Die sind mit maximal fünfzig Kilometer pro Stunde im Kreis gefahren, nur um dann einen Unfall zu bauen. Was ist das denn für ein Fluchtplan?"

„Vielleicht der einzige, der während der Rushhour infrage kommt?"

Janet nickte. „Kann sein. Das würde auch zu der Theorie passen, dass es ein Insiderjob war. Schau dir das hier an."

Sie führte Donna zu der nächsten Plane, auf der ein geöffneter Tresor stand. Das Innere war verkokelt und schwarz, doch die Außenseite schien unbeschädigt zu sein.

„Es scheint, als hätten sie den Tresor mit der Kombination geöffnet, die Diamanten entnommen und ihn dann dazu verwendet, Beweismaterial zu verbrennen."

„Clever. War der Tresor intakt?"

„Oh, ja. Sie haben ihn sogar wieder verschlossen. Wir mussten einen der Besitzer kontaktieren, um an die Kombination zu kommen. Kommt sowieso nicht infrage, dass die ihn unter diesen Umständen hätten aufschneiden können. Dazu bräuchte man einen Schweißbrenner und Gastank, eine spezielle Säge, Masken und Schutzhandschuhe. Keine Chance, das alles rechtzeitig in den Geldtransporter zu verladen. Man müsste das ganze Ding erst stehlen und es später aufschneiden."

„Sie gehen also davon aus, dass die Täter die Kombination kannten."

„Richtig. Das ist die Theorie. Jemand hat ihnen einen Tipp gegeben. Die Shatzenbergs behaupten jedoch, dass nur zwei Personen die Kombination kennen."

Donna warf einen Blick auf die verbrannten Gegenstände, die aus dem Tresor entfernt wurden.

„Was ist mit all dem Zeug hier?"

„Wir fangen gerade erst an. Ich werde das später mit in mein Labor nehmen müssen, aber einiges davon sieht aus wie Textilien."

„Verkleidungen also? Vielleicht, um in der Menge unterzutauchen? Aber wozu dann der Buckel? Es sei denn, der ist echt."

Janet zuckte mit den Schultern. „Keine Ahnung."

„Was ist das?" Donna zeigte auf ein kurzes, verbogenes Stück Metall mit einer Scheibe, ebenfalls aus Metall, in der Mitte. Es war mit Ruß bedeckt und die Spitzen waren verschmort.

Janet nahm es mit einer Pinzette auf und holte es dichter heran. Sie machte ein Foto. „Ich weiß es nicht. Ein Werkzeug? Eine Waffe?"

Donna lehnte sich vor und untersuchte das mysteriöse Objekt. „Vielleicht noch ein Korkenzieher."

Auf dem Weg nach oben bemerkten Donna und Janet zwei Neuankömmlinge: zwei Männer in dunklen Anzügen und eine Frau in Rock und Jacke. Einer der Männer schoss Fotos und die Frau machte sich Notizen auf ihrem iPad, während der ältere der Männer mit leiser Stimme mit dem verantwortlichen FBI-Agenten sprach. Im Gegensatz zu allen anderen am Tatort trugen sie keine Marken oder Ausweise.

„Hurensohn", murmelte Donna.

Janet nickte und holte ihren Vape Pen heraus. „CIA. Ich frage mich, was die hier wollen. Hier deutet nichts darauf hin, dass es sich um irgendetwas anderes als einen guten, alten Raubüberfall handelt. Um ehrlich zu sein, ist das ganz erfrischend." Sie schaltete ihren Vape Pen ein. „Ich denke, die schnüffeln nur herum."

„Der nicht. Wenn der hier ist, heißt das, dass irgendetwas faul ist."

Janet hob eine Augenbraue. „Ihr seid euch schon mal begegnet?"

„Ja", sagte Donna, „vor dem Familiengericht."

„Agent Powell", sagte sie. Er wandte sich von seinen Kollegen ab und lächelte.

„Agent Zamora", antwortete er und lächelte seine Ex-Frau an, „was für eine angenehme Überraschung."

„Ich wünschte, ich könnte dasselbe behaupten", sagte sie, während sich seine Kollegen unauffällig aus dem Staub machten. „Warum ist die CIA hier? Soweit ich weiß, liegt New York City immer noch in den USA. Auch wenn es sich zugegebenermaßen nicht immer so anfühlt."

Er schmunzelte. „Keine Sorge. Wir sind nicht hier, um uns einzumischen. Die Ermittlung ist Sache der Polizei und dem FBI, aber möglicherweise gibt es eine Verbindung zu jemandem außerhalb der USA."

„Und zwar?"

„Möglicherweise organisiertes Verbrechen in Zusammenarbeit mit Terroristen aus dem mittleren Osten."

Donna runzelte die Stirn. „Was macht das für einen Sinn? Es wäre günstiger und einfacher für die, jemanden da drüben auszurauben."

Powell zuckte mit den Schultern. „Vielleicht hast du recht. Wie gesagt, wir folgen nur einer Spur." Wieder lächelte er. „Glaub mir, wenn sich etwas ergibt, bist du die erste, die davon erfährt. Eine der ersten jedenfalls."

25

Sie feierten in einem vornehmen, koreanischen Restaurant, das im Penthouse eines hohen Gebäudes im koreanischen Teil von Flushing lag. Die Aufmerksamkeit und Neugierde, die ein Haufen feiernder Bösewichte auf sich ziehen würde, machten einen geheimen, neutralen Treffpunkt unverzichtbar. Daher hatte Gio sich, nachdem er aus Respekt das Einverständnis von Onkel Chen eingeholt hatte, mit dem koreanischen Verbrecherboss aus Flushing, in dessen Bezirk sie sich befanden, Mr. Kim, in Verbindung gesetzt und einen privaten Speisesaal mit garantierter Diskretion seitens des Personals arrangiert.

Nachdem sie sich aufgeteilt hatten und sich jeder um seine letzte Aufgabe gekümmert hatte, traf die Crew getrennt voneinander in dem Restaurant ein. Cash und Juno kamen durch die Läden im Erdgeschoss – ein Sportgeschäft, ein paar Klamottenläden und Nagelstudios. Liam und Josh nahmen separate Taxis, die direkt in die Parkgarage des Gebäudes fuhren. Joe und Yelena hatten die Diamanten versteckt und fuhren im Anschluss mit dem Auto ebenfalls in die Parkgarage, bevor sie den Aufzug ins oberste Stockwerk nahmen.

Mr. Kim hatte keine Kosten und Mühen gescheut. Der private Speisesaal bot einen großartigen Ausblick über die Stadt und die Kimono tragenden Kellnerinnen bereiteten offene Grillplatten vor, servierten gefühlt Hunderte verschiedene Metallschüsseln gefüllt mit Delikatessen und füllten Gläser durchgehend mit Soju oder Scotch nach. Joe bestellte eine Coke. Mr. Kim, ein attraktiver Mann in einem schwarzen Anzug und mit zurückgekämmten, stahlgrauen Haaren, hob sein Glas und hielt eine kurze Rede, in der er Gio für die Ehre dankte, sein Restaurant für diesen Anlass zu wählen. Dann stand Gio auf und sprach ebenfalls seinen Dank aus. Kim verkündete außerdem, dass alle Behandlungen in dem Spa, das sich ein paar Stockwerke weiter unten befand, aufs Haus gingen, dies beinhaltete alles von Massagen und Body Scrubs bis hin zu aufwändigen Wickeln und Rasur mit einem Rasiermesser. Dann zog er sich höflich zurück, um sie in Ruhe feiern zu lassen, ohne dass die Bosse anwesend waren. Gio tat es ihm gleich, doch zog Joe zuerst noch kurz zu sich auf den Balkon.

„Was die andere Sache angeht", sagte er.

Joe nickte. Die anderen waren dem Anlass entsprechend gekleidet, Liam und Josh trugen Anzüge, Cash eine neue Lederjacke und dreihundert Dollar teure Jeans, die durch einen Gürtel von Gucci gehalten wurden, und sogar Juno war von Kopf bis Fuß in Bathing Ape gekleidet. Yelena hatte sich für ein schlichtes, aber aufreizendes, schwarzes, schulterfreies Kleid mit einem Schlitz an der Seite, durch den man ihr Oberteil sehen konnte, entschieden. Ihr Haar trug sie heute ausnahmsweise offen. Joe hatte dasselbe schwarze T-Shirt und dieselbe Jeans wie am Nachmittag an.

„Ich habe von meinem Kontakt bei der Polizei gehört, dass sich schon etwas über den Überfall herumgesprochen hat“, sagte Gio.

„Und zwar?“

„Mein Name oder jedenfalls der meiner Familie ist gefallen.“ Gio knirschte mit den Zähnen. Ihn überkam das starke Verlangen, irgendetwas umzubringen, also strangulierte er den Strohhalm in seinem Gin Tonic. „Wir lecken wie ein verdammtes Sieb.“

„Ja. Obwohl ich das Gefühl habe ...“

„Was?“

„Für den Augenblick ist das Ganze vielleicht gar nicht so schlecht. Carlo hat dem Dealer gesagt, dass er die Steine besorgen würde, richtig? Ein schwerer Diamantenraub bei einem seriösen Händler, die Leute reden darüber auf der Straße und die Behörden erwähnen eine Verbrecherfamilie? Das alles hilft uns, den Dealer aus seinem Versteck zu locken. Wenn er wirklich Al-Qaida oder einer anderen terroristischen Vereinigung angehört, ist seine größte Angst die Heimatschutzbehörde oder irgendeine andere Art verdeckte Ermittlung. Aus seiner Sicht ist es unwahrscheinlicher, dass es sich um einen Hinterhalt handelt, wenn die eigenen Informanten der Behörden ein paar Mafiosi hinter der Sache vermuten.“

Gio ließ den zerknickten Strohhalm in sein leeres Glas fallen. „Du meinst wie eine Desinformationskampagne.“

„Genau.“

„Aus irgendeinem Grund fühle ich mich trotzdem nicht besser“, sagte Gio. Er warf einen Blick auf die Party hinter der Glastür des Balkons. „Und warum frisst dieser Hosenscheißer Juno Garnelen, anstatt sich um meine Berichte zu kümmern?"

„Atme erst mal tief durch", sagte Joe. Er schob die Tür auf, winkte Juno herüber und schloss sie wieder hinter ihm, als er hinauskam. „Mr. Caprisi wartet auf ein Update bezüglich eures Projekts."

„Ach ja", sagte Juno. Seine bunten Sneaker standen nebeneinander, als würde er salutieren. „Bereit zur Berichterstattung, Sir."

„Ganz locker, wir sind hier nicht bei der Armee, Junge", sagte Gio, „sag mir einfach, was du gefunden hast."

„Jawohl, Sir. Ich meine, Gio. Ich meine, Mr. Caprisi." Er räusperte sich. „Heute Nachmittag habe ich alle IP-Adressen und Telefonnummern und Passwörter genommen, die sie mir gegeben haben und habe mich in ihr System gehackt. Ich bin durch die Hintertür rein, sodass niemand etwas checkt."

„Geht das auch auf einer Sprache für Normalsterbliche?"

„Sicher. Auch wenn Sie mir alle notwendigen Informationen gegeben haben, habe ich mich dennoch reingeschlichen, sodass niemand merken würde, dass ich da war. Dann habe ich ein Programm geschrieben, das alle aufgezeichneten Daten liest und nach Mustern sucht, wer ruft wen an, wer schreibt wem wann E-Mails. Danach kann ich einen Bericht anfertigen." Er machte eine Pause. „Bald, Sir."

Gio dachte kurz über das Gesagte nach. „Sehr Clever. Danke." Er hielt Juno seine Hand entgegen.

Juno grinste und schüttelte sie. „Danke!"

„Okay. Danke, Juno", sagte Joe. „Wir sehen uns drinnen."

Juno warf einen Blick in den Speisesaal. „Verdammt, da kommt das Porterhouse." Er eilte zurück zur Party. Pete, der mit einem Telefon an der Tür gewartet hatte, kam heraus.

„Telefon für dich, Boss."

„Wer ist dran?"

Pete räusperte sich und sprach in den Hörer: „Mit wem habe ich die Ehre zu sprechen?"

Er hob seinen Blick. „Es ist Paul."

„Du brauchst nicht ‚mit wem habe ich die Ehre zu sprechen' zu sagen, Pete."

„Ich dachte, ‚mit wem habe ich die Ehre zu sprechen' klingt vornehmer, Boss."

„In der Grammatik ist Korrektheit vornehm. Du brauchst nur zu sagen ‚mit wem spreche ich'."

Pete hielt ihm verwirrt das Telefon entgegen. „Es ist Paul."

Gio nahm seufzend das Telefon in die Hand. „Okay, danke. Gute Arbeit, Pete." Pete drehte sich um und ging.

„Lass dir nicht das Spa entgehen", sagte Gio, während er Joe umarmte. „Es ist großartig. Vielleicht schaue ich selbst kurz vorbei und gönne mir eine Massage, um etwas von dieser Anspannung loszuwerden."

„Viel Spaß", sagte Joe, „und pass auf dich auf."

Gio zögerte einen Moment, als ob er noch etwas sagen wollte, dann überlegte er es sich anders und sprach ins Telefon, während er ging. Paul hatte unter falschem Namen ein Zimmer in dem Hotel gebucht und wartete dort auf ihn.

Das Abendessen entwickelte sich zu einer Karaokeparty. Cash sang Tom Pettys *Refugee*, Juno sang *Purple Rain*, Liam wählte *My Way*. Yelena wollte mit Joe das Duett *Summer Nights* aus dem Film *Grease* aufführen, doch als Joe behauptete, das Stück nicht zu kennen, sprang Josh für ihn ein und beeindruckte mit einer Tanzeinlage auf Travolta-Niveau. Alle jubelten und tranken. Dann, als Cash sich gerade für seine Elvis-Imitation zu *Suspicious Minds* vorbereitete, nahm Juno Joe beiseite und zeigte ihm sein Tablet.

„Wir haben eine Antwort", sagte er. Er öffnete Carlos E-Mail-Account. Kurz nach dem Überfall ließ Joe ihn dem Verkäufer in einer E-Mail bestätigen, dass sie die Ware hatten. Er hatte geantwortet:

Ich habe schon davon gehört. Dachte mir schon, dass ihr das gewesen seid. Bereit, Proben von Experten begutachten zu lassen, beide Seiten. Morgen.

Er schlug außerdem ein Treffen bei Sherms morgen am frühen Nachmittag vor. Jede Partei würde eine Probe zur Überprüfung und einen Mann zur Unterstützung mitbringen.

„Gut", sagte Joe und klopfte Juno auf die Schulter, „sag ihm, wir sind dabei. Und frag ihn, wie wir ihn nennen sollen."

Sie bekamen sofort eine Antwort:

Felix. Ich werde euch aber nicht sagen, ob das mein richtiger Name ist.

Joe und Juno antworteten:

Wer sagt, dass Carlo mein richtiger Name ist? Wir sehen uns da.

„Juno! Du bist dran!", rief Cash und wedelte mit dem Mikrofon. Junos Lied *Changes* von David Bowie begann zu spielen. Er sprintete nach vorn. Als er zu singen begann, lehnte Joe sich zu Yelena herüber und flüsterte: „Was sagst du, Genossin? Lust auf einen Saunagang?"

Lächelnd nahm sie seine Hand und sie gingen nach unten in das Spa.

Am anderen Ende der Stadt wollte Felix etwas abschalten. Generell bevorzugte er Luxushotels, unter anderem wegen des Zimmerservice. Doch für diese Dienstreise nach New York, dachte er, wäre es eine gute Idee, Airbnb zu nutzen, um ein privates Apartment unter falschem Namen zu buchen und mit der Kreditkarte einer Briefkastenfirma zu bezahlen. Das Apartment gehörte höchstwahrscheinlich selbst einer Briefkastenfirma: Derartig gehobene Immobilien waren ideal, um illegale Einnahmen zu verdecken.

Als russischer Oligarch beispielsweise oder internationaler Waffenhändler oder einfach nur der Diktator eines kleinen Dritte-Welt-Landes, das jeden Moment gestürzt werden könnte. Eine Eigentumswohnung in Manhattan oder London zu kaufen, war die perfekte Möglichkeit, das frisch gewaschene Blutgeld zu verwahren. Erstens ermöglichte es einem, viel Geld in kurzer Zeit zu bewegen; es ist nicht sonderlich schwer, sich auszumalen, wie kompliziert es wäre, zwanzig Millionen Dollar – oder Pfund oder Euro – in seinem Handgepäck zu transportieren. Doch in einem Loft in Soho lässt sich das Geld problemlos unterbringen. Als private Transaktion zwischen zwei Individuen zieht es weniger Aufmerksamkeit auf sich und ist außerdem keiner Steuerbelastung ausgesetzt. Und wenn Putin dich vom Freund zum Feind erklärt oder ein konkurrierendes Kartell deine Coca-Plantage einnimmt oder Rebellen deinen Palast kurz und klein schlagen, kannst du einfach in ein Flugzeug hüpfen und zum Heathrow Airport oder JFK fliegen.

Das Ergebnis waren größtenteils leere Wolkenkratzer, die in Manhattan in den Himmel ragten. Niemand lebte dort wirklich. Die Besitzer arbeiteten nicht in Manhattan und sie schickten ihre Kinder auch nicht auf die Schulen in der Stadt. Sie kauften nicht lokal ein und sie zahlten auch nicht dieselben Steuern wie die Bewohner der Stadt und so waren Dienstleistungen der Polizei und Feuerwehr sowie Reparaturen und Straßenarbeiten kostenfrei. Es waren im Grunde genommen Geisterstädte – oder eher Geisterbanken –, Tresore aus Stahl und Glas, errichtet, um das schmutzigste Geld aus den gefährlichsten und dunkelsten Quellen in den sichersten und komfortabelsten Adressen über den Köpfen der Bewohner dieser Stadt aufzubewahren.

Für seinen eigenen anonymen Unterschlupf hatte Felix sich anstatt für ein Apartment in einem Wolkenkratzer mit eigenem Portier für eine Maisonettewohnung in Tribeca entschieden und wieder einmal Sicherheit über Luxus gewählt. Doch das ehemals industrielle Haus stellte sich als überraschend reizend heraus – geschmackvoll eingerichtet, geräumig und nur über einen Fahrstuhl erreichbar, den er mit einem Schlüssel von der Straße aus rufen konnte und in dem er noch nie einer Menschenseele begegnet war. Heute Abend hatte er sich Sushi, eine Massage und, als besonderes Vergnügen, einen Jungen und ein Mädchen bestellt, die von einem Kollegen frisch aus der Ukraine geschmuggelt wurden: blond und hübsch, zusammengekauert und Hand in Hand wie Hänsel und Gretel. (Obwohl Felix ausschließlich heterosexuell war, genoss er es, sich das irrsinnige Spektakel anzuschauen, das sich ereignete, wenn Vlad – sein eigener Schläger, den man ihm zur Verfügung gestellt hatte – sich nackt auszog und mit seinem Jungen spielte, während Felix selbst sich mit seinem Mädchen vergnügte.) Wer brauchte denn schon Zimmerservice? Heutzutage konnte man sich in New York alles, was man begehrte, online bestellen und es sich direkt an die Haustür liefern lassen.

26

Nach einem langen, erholsamen Schlaf und einem gemächlichen Frühstück schauten Joe und Yelena bei Gladys vorbei und holten einen der größeren Diamanten aus der Eiswürfelschale in dem Tiefkühlfach, in dem sie versteckt waren. Dann fuhren sie nach Brooklyn. Yelena würde in etwas praktischere Kleidung wechseln müssen, wenn sie Joes Unterstützung sein sollte. Außerdem bestand sie darauf, sich zu bewaffnen, auch wenn Joe ihr erklärte, dass es keinen Sinn hatte. Sie zuckte mit den Schultern. Sie nahm ihren Auftrag ernst.

Das war das erste Mal, dass Joe ihre Wohnung sah, doch sie verriet ihm nichts über Yelena, das er nicht sowieso schon wusste: Es war ein großes, sehr sauberes, aber sehr kahles Apartment. Eine Luxusmatratze mit teuren Kissen und Bettlaken lag auf einer erhöhten Plattform. Ein rollbarer Kleiderständer stand an einer Wand und daran hingen modische aber größtenteils schwarze Kleider. Gewellte, weiße Vorhänge. Weiße Handtücher im Badezimmer und ein paar teuer aussehende Beautyprodukte. Ein großer Flachbildfernseher. Wie seine Besitzerin war das Apartment chic, elegant, wunderschön anzuschauen und zur gleichen Zeit geheimnisvoll. Der persönlichste Gegenstand in dem Apartment war die Truhe, russisches Militärzubehör, die ihr ganzes Waffenarsenal beinhaltete. Sie schloss sie nicht ab. Sie wusste nur zu gut, dass es keinen Zweck haben würde. Sie zog sich rasch um und dann nahmen sie den Zug zur Fulton Street, wo sie ein gigantisches gläsernes Bürogebäude betraten, das so voll von ein- und ausgehenden Angestellten beinahe austauschbarer Firmen war, dass es im Grunde absolute Anonymität gewährte. Sie gaben ihre falschen Namen bei der Sicherheitskontrolle an und fuhren in den vierzigsten Stock.

Sherm bezahlte einen Haufen Miete, daran bestand kein Zweifel, vor allem, wenn man sein besonderes Bedürfnis nach Privatsphäre bedachte, doch er bezahlte definitiv nicht für die Aussicht von dem hohen Stockwerk. Sein Büro war eine fensterlose, schall-, funkwellen- und WLAN-dichte Stahlbox in der Größe eines kleinen Einzelschlafzimmers. Man klopfte an die Tür und durch die Kamera in dem Spion wurde überprüft, ob man die Person war, die erwartet wurde – bei Sherms ging nichts ohne Termin -, dann wurde die Tür per Summer geöffnet und man betrat ein winziges Foyer und schloss die Tür hinter sich. Sobald diese geschlossen war, leuchtete ein grünes Licht auf und die innere Tür wurde entsperrt. Als Nächstes kam man in ein Wartezimmer, in dem ein muskelbepackter, schwarzer Kerl an einem Schalter mit nichts weiter als einem Bildschirm und einer Tastatur saß. Hinter ihm standen Aktenschränke.

„Guten Abend“, sagte er, „bitte händigen Sie mir Ihre Waffen, Mobiltelefone und anderen elektronischen Geräte aus. Sie erhalten sie zurück, wenn Sie gehen.“

Joe holte sein Handy heraus und legte es auf den Schalter. Er grinste Yelena an. Die Augen rollend holte sie ihre Pistole aus dem Schulterholster und legte sie zusammen mit ihrem Telefon auf den Tisch.

„Und die andere?", fragte der Mann.

Seufzend entfernte Yelena einen kleinen Revolver aus dem Holster um ihren Knöchel.

„Und das Messer in Ihrem Stiefel." Sie schaute ihn skeptisch an und er fügte hinzu: „Ich kann alles in dem Scanner hier sehen."

„Sie erwarten doch nicht, dass eine Frau messerlos durch die Gegend läuft?", fragte sie ihn und zuckte mit den Schultern, bevor sie ein langes Kampfmesser aus der Scheide in ihrem Stiefel zog.

„Jetzt fühle ich mich nackt."

„Das wird nicht notwendig sein", sagte der Mann. Er legte die Waffen in eine Schublade. „Jetzt können Sie rein", sagte er und drückte einen Knopf, der die dritte Tür öffnete. Sie traten ein.

Der Raum war gemütlich, wenn auch simpel. Dicker Teppichboden und Tapeten an den Wänden, beides in verhaltenem Grau. Ein Tisch mit zwei Stühlen auf jeder Seite und einem an dessen Ende, ebenfalls grau gepolstert. Die beiden Stühle auf Joes und Yelenas Seite waren frei. Die beiden anderen besetzt. Auf dem einen saß ein dunkelhaariger Mann in einem stylishen Anzug und mit einem sorgfältig getrimmten, schwarzen Bart und auf dem anderen das gigantischste menschliche Wesen, das Joe jemals gesehen hatte. Er war gewaltig: Arme wie die Beine eines Ochsen ließen die Armlehnen wie Streichhölzer wirken und seine baumstammgroße Brust leierte den Stoff seines Strickpolohemdes aus. Ihn zu umarmen, wäre unmöglich gewesen, sollte das irgendjemand jemals tun wollen; man würde mit seinen Armen nicht einmal seine Schultern erreichen. Seine Beine, breit wie Telefonmasten, waren auf unbequeme Weise unter den Tisch gequetscht. Es fiel Joe schwer, sich irgendeine normale menschliche Umgebung vorzustellen, in der sich dieser Mann wohlfühlen würde – Autos, Flugzeuge, Badewannen, Betten. Um dem Ganzen noch die Krone aufzusetzen, hatte er einen gewaltigen, unebenen, kahlen Kopf, der aussah wie das prähistorische Ei eines Dinosauriers mit wachsamen Augen unter einer tiefen, kräftigen Augenbraue, einem flachen, lippenlosen Mund und einem herabhängenden Schnurrbart unter einer klumpigen Nase.

Auf dem einzelnen Stuhl saß ein kleiner, alter Mann in Arbeitskleidung, einer schwarzen Schürze und dicken Brillengläsern, die seine blauen Augen strahlen ließen, als sie durch den Raum huschten wie zwei Fische in einem Glas. Das war Sherm. An der Wand lehnend, als wäre er die einzige Verzierung in diesem Raum, stand ein weiterer muskulöser, schwarzer Mann in T-Shirt und Jogginghose, der zufälligerweise ein Cousin des Mannes am Schalter war. Er wäre ziemlich einschüchternd gewesen, wäre da nicht der menschliche Felsbrocken, der ihn wie eine Puppe aussehen ließ. Die AK-47, die um seine Brust hing, glich den Größenunterschied jedoch wieder aus.

Diese Einrichtung gehörte Sherm: Im Grunde genommen war er ein Gutachter und Mittelmann, der Geschäftsparteien, die sich nicht vertrauten, aber sich auch keinen rechtlichen Beistand holen konnten, Verkäufe in einer neutralen und privaten Umgebung ermöglichte.

„Hallo, hallo, wie geht es uns heute?", rief Sherm mit altmodischem New Yorker Akzent. „Setzt euch. Du musst Carlo sein und ..." Er zögerte und schaute Yelena fragend an.

„Nennen Sie mich einfach Carla", sagte sie.

„Also gut", erwiderte Sherm schulterzuckend. „Das ist Felix." Der bärtige Mann nickte. „Und das ist Vlad." Vlad rührte sich keinen Millimeter. Joe und Yelena nickten beide und setzten sich auf die Stühle. Sherm fuhr fort: „Also, ihr wisst ja alle, wie das läuft. Dieser Ort ist sicher. Niemand wird gefilmt oder aufgenommen. Niemand ist bewaffnet außer Timmy hier drüben. Also, lasst uns anfangen."

Yelena griff in ihren BH und holte ein kleines, zusammengefaltetes Taschentuch hervor, das sie auf den Tisch legte. Sherm öffnete es.

„Ah", sagte er, „das Steinchen." Aus seiner Schürze holte er eine kleine Stirnlampe, die er sich über den Kopf zog, und eine Lupe. Er nahm seine Brille ab und presste die Lupe an sein Auge, bevor er tief in den Diamanten hineinstarrte und das helle Licht aus seiner Lampe in Regenbogenfarben brach, als es auf den tropfenförmigen Diamanten traf. Sherm hob seinen Kopf und die Lampe auf seiner Stirn blendete die anderen kurzzeitig, bevor er sie abschaltete. Er lächelte und seine braunen und goldenen Zähne kamen zum Vorschein. „Das, meine Freunde, ist ein Diamant." Er lehnte sich zurück und tauschte die Lupe gegen seine Brille. „Könnten drei Karat sein. Sehr schön."

Joe faltete das Taschentuch zusammen und gab es Yelena zurück, die es wieder in ihren BH steckte. Er lächelte Felix zu. „Und davon gibt es noch viel mehr."

Felix lächelte ebenfalls. „Ich bin beeindruckt", sagte er mit einem vornehmen, britischen Akzent und leichtem französischen Unterton. „Ich hatte meine Zweifel, was die Beschaffung der Bezahlung eurerseits anging. Aber ich habe gehört, dass eure Operation äußerst ...", er pausierte, „professionell gewesen ist. Freut mich, Geschäfte mit euch zu machen."

Er streckte seine Hand aus und wartete darauf, dass Joe sie schüttelte, doch Joe hielt ihm seine mit der Handfläche nach oben entgegen. „Freut mich, dass du dich freust. Aber ich befürchte, wir sind hier noch nicht ganz fertig."

„Ja, du hast recht", sagte Felix. „Bitte entschuldige. Vlad?", fragte er den Giganten, der in seine Brusttasche griff und ein kleines Plastiktütchen herausholte, in dem sich ungefähr ein Gramm cremefarbenes Pulver befand. Felix warf es über den Tisch und Joe fing es.

Joe schüttelte den Inhalt nach unten und öffnete es. Er leckte seinen kleinen Finger an und nahm eine winzige Menge von dem Pulver damit auf, sodass nur die Spitze seines Fingers damit bedeckt war. Er probierte es und sofort füllte eine vertraute warme Bitterkeit seinen Mund.

„Schmeckt nach Dope", sagte Joe, schloss das Tütchen und legte es vor Sherm auf den Tisch, „aber du bist der Experte."

Sherm begutachtete den Inhalt mit derselben Konzentration, mit der er auch den Diamanten untersucht hatte. „Ah", sagte er und lächelte wertschätzend. „Persian." Er legte seine Juwelierausrüstung beiseite und holte einen kleinen Koffer hervor, aus dem er einen durchsichtigen Plastikbehälter, eine Ampulle mit einer

Pipette, und einen winzigen Messlöffel entnahm. Er löffelte etwas Heroin in den Behälter. Dann gab er einige Tropfen der Flüssigkeit hinzu und schüttelte den Behälter langsam, bis sich das Pulver aufgelöst hatte. Innerhalb von Sekunden änderte die Flüssigkeit ihre Farbe, erst Gelb, dann Dunkelbraun. Er lächelte.

„Heilige Scheiße. Ich würde sagen, über neunundneunzig Prozent rein."

Joe streckte Felix seine Hand aus. „Wir sind im Geschäft", sagte er und sie schüttelten sich die Hände. Sherm wollte Felix das Tütchen zurückgeben, doch der zuckte mit den Schultern. „Behalt es, Carlo. Wie du schon sagtest, davon gibt es noch viel mehr."

Joe steckte sich das Tütchen ein. Er ignorierte Yelenas bösen Blick.

Sie trafen Vereinbarungen für den Umschlag in der kommenden Nacht, eine direkte Übergabe in einer Straße in Dumbo, Brooklyn in der Nähe des Flusses. Joe und Yelena gingen zuerst. Ihre Waffen wurden ihnen ausgehändigt und die Türen schlossen sich hinter ihnen. Dann gingen Felix und Vlad. Sobald Felix sein Telefon zurückhatte, tätigte er einen Anruf. „Hallo, Liebes", sagte er, „ja, wir sind hier fertig." Er zwinkerte dem Kerl hinterm Schalter zu, während Vlad ihre Waffen holte.

Als sie das Gebäude verließen und auf dem Weg zu ihrem Corolla den Block entlanggingen, wurden Joe und Yelena von einer Frau in einem Deli beobachtet. Sie saß am Tresen neben dem Fenster, vor ihr standen ein einfacher Bagel mit Butter und ein Kaffee, ihr Gesicht, wie alle anderen auch, war in ihrem Smartphone versunken. Weder Joe noch Yelena bemerkten sie. Warum sollten sie auch? Nur Yelena hatte sie zuvor schon einmal kurz im Vorbeigehen gesehen, doch da war sie blond. Jetzt hatte sie einen schwarzen Pony und trug eine dunkle, runde Brille, eine schwarze Jacke über einem weißen T-Shirt und schwarze Jeans. Als sie vorbeigingen, klingelte ihr Telefon und sie sprach in ihren Ohrhörer.

„Hallo, Felix", sagte sie, „ich habe sie im Auge. Das sind die beiden."

„Bist du dir sicher?", fragte Felix.

„Diese beiden haben meinen Ehemann umgebracht", sagte sie zu ihm, während sie unauffällig aufstand und nach draußen schlenderte, um ihnen in sicherer Entfernung zu folgen. Ihr Essen ließ sie unberührt zurück. „Ziemlich unwahrscheinlich, dass ich vergessen würde, wie sie aussehen."

Oben in Sherms Wartezimmer sprach Felix in den Hörer seines Telefons. „Ja, Liebes, ich verstehe." Er rollte mit den Augen und der Mann hinter dem Schalter musste grinsen. Vlad händigte Felix währenddessen seine Waffe aus und überprüfte seine eigene. Er stand dabei wie eine Säule im Türrahmen. „Also gut", sagte Felix, „bis dann." Er schoss dem Mann hinterm Schalter in die Brust.

Zur selben Zeit ging Vlad zurück ins Büro und eröffnete das Feuer auf Timmy, Sherms Aufpasser, der keine Zeit hatte, sein Gewehr auch nur in die Hand zu nehmen. Felix kam herein und ging auf Sherm zu, während

Vlad Wache stand. Sherm hatte sich nicht einmal bewegt. Er stand unter Schock.

„Aber, aber warum?“, fragte er schließlich, als Felix die Pistole auf seinen Kopf richtete. „Sie sind weg. Es gibt hier nichts mehr zu stehlen.“

Felix lächelte. „Namen“, sagte er.

Sherm blinzelte fragend.

„Mr. und Mrs. Carlo“, erklärte Felix, „ihre echten Namen.“

Sherm schüttelte den Kopf. „Keine Namen. Das ist die Regel.“

Felix nickte zu Vlad. Als Sherm kurzsichtig zu ihm hochschaute, legte Vlad seine Hände um Sherms Kopf und wiegte ihn wie den eines Neugeborenen, die Finger über seinem glatten Schädel und lichtem, feinem Haar gespreizt. Dann begann er, seine Daumen in Sherms Augenhöhlen zu pressen und langsam mehr und mehr Druck auszuüben, als Sherm sich erst zu winden anfing, dann wild um sich schlug und letzten Endes hilflos schrie, während Vlad seine Augen aushöhlte und tiefer vordrang und Schmerz zu dem einzigen Gedanken, der einzigen Wahrheit wurde, die Sherms Verstand dominierte.

„Namen“, forderte Felix, „ich weiß, dass du den Mann kennst. Wer ist er?“

„Joe!“, schrie Sherm bereitwillig. Vlad ließ von ihm ab und Sherm stöhnte vor Erleichterung. „Joe Brody.“ Er vergrub das Gesicht in seinen Händen.

„Gut“, sagte Felix. „Danke schön. Und die Frau?“

„Ich weiß es nicht“, schluchzte Sherm. „Yelena oder so etwas in der Art? Sie ist Russin. Ich kenne sie nicht. Bitte. Ich schwöre.“

„Shh …“ Felix strich ihm durch sein dünnes Haar. „Ist schon okay, alter Mann. Ich glaube dir“, sagte er. Dann schoss er ihm in den Kopf.

Als sie gingen, verriegelte Vlad alle schall- und luftdichten Türen hinter ihnen, um sicherzustellen, dass die drei Leichen für lange Zeit nicht gefunden werden würden.

Heather trug Schwarz, um unter den anderen eleganten Frauen in Downtown nicht aufzufallen, doch tatsächlich trauerte sie auch um ihren Ehemann, Adrian Kaan, den Joe umgebracht hatte. Fast genauso wütend machte Heather die Tatsache, dass Joe und Yelena seinem Märtyrertod jegliche Bedeutung genommen hatten, indem sie seinen geplanten biologischen Terroranschlag verhinderten. Nachdem sie ihren Urlaub trauernd an dem Inselstrand verbracht hatte, an dem sie eigentlich geplant hatte, mit ihm zu zelebrieren, sowohl den Anschlag als auch die Tatsache dass sie schwanger war, entschied sie sich, seinen Tod im Namen ihres vaterlosen Kindes zu rächen und seinem Pfad zu folgen. Sie kontaktierte sein Netzwerk außerhalb der USA und bot an, seinen Platz als ihr Kontakt in New York einzunehmen und im Gegenzug hatten sie sie Zahir vorgestellt.

Zahirs erste Aufgabe für Heather war es, einen Abnehmer für sein Dope in New York zu finden.

Während ihrer Jahre im Untergrund und auch als sie sich vor Kurzem als Schwarzmarkthändlerin ausgegeben hatte, hatten sie und ihr Ehemann gelernt, wie die Dinge funktionierten. Daher wusste sie, dass Little Maria die richtige Person für ihren Zweck war. Sie wusste auch, dass Maria sehr bald herausfinden würde, woher dieses plötzliche Manna aus dem Heroinhimmel kam. Maria war keine Heilige, doch es machte Sinn, dass sie ablehnte, anstatt Geschäfte mit einem Händler zu betreiben, der nicht zu ihren langjährigen Geschäftspartnern gehörte. Es gab genug andere Dealer im großen Stil oder solche, die es gerne wären, denen es nichts ausmachte, mit von Terroristen gestohlenem Dope zu handeln. Immerhin war es gutes Zeug. Wenn der Preis stimmte, würden sie es einem selbst dann abkaufen, wenn Osama bin Ladens Gesicht darauf abgebildet wäre. Als es sich also herumgesprochen hatte, wusste sie, dass es kein Problem darstellen würde. Für sie war es sogar vielmehr eine Lösung als ein Problem. Dass sie auf Diamanten als Zahlungsmittel bestand und die Tatsache, dass sich herumsprach, dass das Heroin Terroristen in Übersee finanzieren würde, all das, so hoffte sie, würde die Wahrscheinlichkeit erhöhen, dass der Mörder ihres Ehemannes namens Joe und seine russische Bitch sich der Sache an irgendeinem Punkt annehmen würden.

Während Felix und Vlad oben in Sherms Büro ihre Spuren verwischten, rief Heather Felix' Fahrer und Laufburschen Armond an. Er war die Art fanatischer Romantiker, die sie sich an der Seite hielten und die Drecksarbeit machen ließen. Adrian hatte immer eine Handvoll von ihnen um sich herum, die seinen Arsch küssten. Für sie waren sie typische männliche Heranwachsende, die verzweifelt nach Aufmerksamkeit und Relevanz lechzten. Sie hatte schwache Männer schon ihr ganzes Leben lang manipuliert. Armond kutschierte sie herum, holte Essen ab und stand Wache wie ein braver Hund. Und wenn nötig, würde er eines Tages derjenige sein, der mit einem Sprengstoffgürtel in die Metro steigen würde, um die Ungläubigen zu töten und sich selbst geradewegs ins Paradies zu befördern.

Momentan war sein Auftrag jedoch etwas simpler: Folge der Russin. Heather war sich absolut sicher, dass sie wusste, wohin sie und Joe gerade unterwegs waren. Sie gingen nach Brooklyn, um sich ein Bild von dem für die Übergabe vereinbarten Treffpunkt zu machen, wie es jeder tun würde, der auch nur bei halbwegs klarem Verstand war – so erklärte sie es Armond, dessen Verstand definitiv nicht der klarste war. Und sie brauchte sich keine Sorgen darüber zu machen, wo sie später sein würden: Sie würden letztendlich wieder an dem Treffpunkt zu finden sein, morgen Nacht. Also trug sie Armond auf, direkt nach Dumbo zu fahren und Yelena von dem Treffpunkt aus zu ihr nach Hause zu folgen, um nicht zu riskieren, dass sie Heather oder Felix und Vlad entdeckte.

Dann schrieb sie Zahir, den sie nur über das Telefon oder E-Mail kannte und den sie noch nie zu Gesicht bekommen hatte, eine Nachricht. Sie bestand aus einem Wort:

Morgen.

Dann ging sie und machte ihre eigenen Pläne für den Abend.

27

Joe und Yelena gingen den Block ab. Auf beiden Seiten türmten sich alte Gebäude über der schmalen Straße, die stellenweise aus Pflastersteinen bestand, größtenteils jedoch asphaltiert war. Sie führte erst hinunter zu einem abgezäunten Streifen aus Gestrüpp und dann zu dem Fluss dahinter. Es war ein guter Ort für ein Treffen; nicht weit von den Hauptverkehrsstraßen entfernt und dennoch waren nur wenige Passanten zu sehen und in der Nacht würde es absolut menschenleer sein. Die einzigen Autos, die vorbeikamen, fuhren in das zu einem Parkhaus umgebaute, fünfstöckige Gebäude an der Ecke. Der Rest des Blocks bildete eine Mischung aus Miet- oder Privatwohnungen und unscheinbaren Lofts. Der nächstgelegene Laden war ein Coffeeshop zwei Blocks weiter. Sie gingen in jedes Gebäude, das offen oder leicht zu öffnen war, wie das Parkhaus und die Wohnhäuser, und schauten sich um. Dann umrundeten sie einige angrenzende Blocks. Niemand schenkte ihnen Beachtung.

„Ziemlich viele gute Verstecke, um uns zu erschießen", stellte Yelena fest.

„Ja, aber warum sollten sie?", fragte Joe. „Die wollen das Dope loswerden und ihre Diamanten haben. Warum eine Schießerei riskieren? Das sorgt nur für Komplikationen. Selbst hier würde irgendwer irgendwann die Polizei verständigen."

„Und was ist mit uns? Wir haben das gleiche Problem. Wir wollen das Dope und die Diamanten, aber keine Bullen."

„Richtig", sagte Joe. „Darum müssen wir dafür sorgen, dass der Deal problemlos über die Bühne geht und jeder davonkommt."

Yelena runzelte die Stirn. „Wir sollen denen helfen abzuhauen? Du bereitest einem aber auch immer Ärger, Joe. Du hast Glück, dass man mit dir so viel Spaß haben kann."

„Ich? Du bist diejenige, die Schlägereien in Stripclubs anzettelt." Er holte sein Buch von Simon Beckett heraus und kramte in seinen Taschen.

Yelena grinste. „Das habe ich ja auch mit Spaß gemeint." Sie gab ihm ihren Druckbleistift, den sie beim Öffnen des Tresors verwendet hatte. „Hier." Sie sah ihm dabei zu, wie er begann, einen groben Lageplan der Umgebung auf der Innenseite des Buchdeckels zu zeichnen. „Das ist mein Lieblingsstift", fügte sie hinzu. „Wage es ja nicht, ihn mir zu klauen."

Sobald er mit der Zeichnung fertig war und ihr den Stift zurückgegeben hatte, hüpfte Yelena in ein Taxi, um mit der Besorgung der Waffen zu beginnen. Joe kontaktierte Cash und beauftragte ihn damit, zusammen mit Liam und Josh die schnellen, zuverlässigen Autos zu beschaffen, die sie für seinen Plan benötigen würden. Dann setzte er sich mit Juno in Verbindung, der zu Hause in dem Keller seiner Mutter saß und an der Lösung für Gios Problem arbeitete, um ihm ein weiteres technisches Dilemma zuzuteilen. Er stellte das Auto auf einem sicheren, legalen Parkplatz einen Block vom Treffpunkt entfernt ab. Dann fuhr er mit der Metro nach Hause, um die Diamanten aufzutauen.

Zurück in Jackson Heights holte Joe die Eiswürfelschale heraus, in der er die Diamanten verstaut hatte. Er bog die Schale mit beiden Händen, sodass die Eiswürfel zerbrachen und in das Sieb fielen, das er über eine Schüssel mit warmem Wasser gelegt hatte. Als das Eis langsam zu schmelzen begann, kamen die zuvor unsichtbaren Diamanten langsam zum Vorschein. Ein kleiner Haufen irisierender, wahnsinnig kostbarer und seltener Steinchen. Er ging in sein Zimmer, um sich auszuziehen und zu duschen – er war schon seit einer Weile nicht mehr zu Hause gewesen –, doch dann ging er noch einmal zurück in die Küche, wo er eine Nachricht für seine Großmutter hinterließ: NICHT ANFASSEN – ODER FÜR DRINKS BENUTZEN. Sie war zwar gerade bei ihrem neuen Job in einem Casino, aber lieber wollte er sichergehen, als sich später um die Bergung eines von seiner Großmutter verschluckten Diamanten kümmern zu müssen.

Er zog sich aus, während er das Wasser aus den alten Rohren warm laufen ließ. Er leerte seine Taschen aus – Geldbeutel, Schlüssel, ein Haufen Kleingeld und zu guter Letzt das kleine Tütchen gefüllt mit purem Heroin. Er hielt es gegen das Licht und bestaunte das weiße Pulver durch das transparente Plastik. Auf seine eigene Art war es so magisch wie die Diamanten: Beide Substanzen hatten die Macht, Verlangen in den Köpfen von Menschen zu kreieren, Vergnügen und Schönheit, Lust und Abhängigkeit, und natürlich Gier und Wohlstand, und sie hinterließen eine Spur aus Blut und Leiden, während sie Leben ruinierten und ganze Nationen zerstörten. Er öffnete das Tütchen nicht, aber er entsorgte es auch nicht. Er legte es auf seinen Schreibtisch und nahm eine lange Dusche. Dann, als er sich gerade anzog – dieselbe Jeans und ein frisches T-Shirt -, ertappte er sich dabei, wie er es wieder anstarrte. Er hatte eine Idee. Er nahm sein Buch und entfernte die Karte, die ihm der Vietnamveteran und Maler draußen vor dem Veteranenkrankenhaus gegeben hatte und wählte die Nummer.

„Hey, Frank“, sagte er. „Hier ist Joe. Wir kennen uns aus dem Veteranenkrankenhaus. Erinnern Sie sich?“

„Hey. Spezialeinheit, ich erinnere mich. Was macht das Leben?“

Gladys liebte ihren neuen Job. Er kombinierte zwei ihrer besten Fähigkeiten: Trickbetrug und Falschspielen. Das war ihre Version eines Teilzeitjobs, den die meisten Senioren eher bei Walmart oder am Empfang eines Seniorenzentrums ausübten. Sie war der Lockvogel an den Pokertischen eines Casinos, das sich unter der Fressmeile eines Einkaufscenters in College Point befand. Ihr Job war es zu spielen, Gäste an den Tisch zu locken und sie dort zu behalten, indem sie sich mit ihnen unterhielt und anfreundete und hin und wieder zur Steigerung der Spannung größere Mengen Geld abräumte. Der Anblick einer niedlichen, etwas schrulligen Großmutter, die mit geringen Einsätzen auf schlechte Karten plötzlich einen Haufen Geld gewann, verärgerte die anderen Spieler und hielt sie davon ab, aufzuhören, wenn sie verloren. Die Witze, die sie erzählte und die Fragen über ihre Familie und die Drinks, die sie dem ganzen Tisch spendierte, hielten sie davon ab, aufzuhören, wenn sie gewannen. Das Spiel war sauber. Gladys betrog nicht, doch sie war eine Expertin mit jahrzehntelanger Erfahrung im Kartenzählen. Bei dem Großteil der Gäste konnte man sich sowieso darauf verlassen, dass sie früher oder später verlieren und dennoch zufrieden genug nach Hause gehen würden, um wiederzukommen. Sie waren feste Stammkunden – Asiaten aus der Umgebung, Gruppen älterer Spieler, Juden, Italiener und Iren aus Long Island und Latinos aus der Bronx und Upper Manhattan – und dementsprechend war es wichtig, den ehrlichen Ruf des Hauses zu bewahren und jeder echte Falschspieler würde zur Not mithilfe eines Baseballschlägers gebeten, zu gehen und nicht wiederzukommen. Gladys gewann oder verlor gerade genug, um die Spiele interessant und unterhaltsam zu machen. Sie schor ihre Schafe nur so weit, dass ihnen gerade noch genug Wolle blieb, um warm und kuschelig zu bleiben: Sie war halb Schäfer, halb Wolf.

Doch dann, während einer ihrer Zigaretten- und Jacky-Cola-Pausen, traf sie Yolanda. Ein Freund von ihr hatte einen Van gemietet und sie waren mit einer Gruppe Damen aus Washington Heights angereist. Im Gegensatz zu ihren Freunden, die größtenteils an den Spielautomaten klebten, stand Yolanda auf Blackjack und so spielte sie auch. Sie hatte bereits hundert Dollar gewonnen. Tatsächlich gewann sie so gut wie jedes Mal. Es war ein netter Bonus neben der Sozialhilfe und der Rente, die sie bekam, nachdem sie für die *Metropolitan Transport Authority* gearbeitet hatte. Ihre Tochter durfte von diesen Ausflügen jedoch nichts wissen. Genauso wenig durfte sie von der Mentholzigarette erfahren, die sie sich von Gladys geschnorrt hatte.

„Warum nicht?", fragte Gladys. „Ist sie eine von diesen religiösen Fanatikern?"

Yolanda lachte. Sie mochte diese ungestüme weißhaarige Frau gern und sie war beeindruckt von der Anzahl ihrer Chips. „Nein, so schlimm ist es nicht. Sie ist beim FBI."

„Im Ernst?", fragte Gladys, bevor sie einen Zug von ihrer Mentholzigarette nahm und an ihrem Drink nippte. „Ich kenne auch eine junge Frau, die beim FBI arbeitet. Ist ebenfalls spanisch. Sehr niedlich. Ich mag sie. Könnte sie mir sogar mit meinem Enkel vorstellen. Besser als diese Russin, mit der er sich herumtreibt. Die bedeutet nur Ärger."

„Ach ja? Hast du ein Foto?"

Gladys holte ihren Geldbeutel heraus und zeigte ihr ein Foto von Joe, auf dem er grinsend am anderen Ende des Tisches bei ihrem letzten Geburtstagsessen saß.

„Was für ein attraktiver junger Mann!", sagte Yolanda, während sie durch die Fotos auf ihrem eigenen Handy wischte. „Hier ist meine Enkelin Larissa in ihrem Ballettkostüm."

„Was für ein Püppchen", sagte Gladys. „Ich würde sie am liebsten auffressen."

„Und hier", sagte Yolanda und suchte nach ihrem Lieblingsfoto. „Das ist meine Tochter Donna. Wer weiß? Vielleicht können wir sie ja mit deinem Enkel verkuppeln. Ich kann die Kerle, die sie mit nach Hause bringt, auch nicht ausstehen und ihr Ex ist ein absoluter Idiot."

Donnas Tag neigte sich dem Ende zu, als Janet sie vom Labor aus anrief, um ihr von einer großen Sache zu erzählen, die sie gefunden hatte.

„Was gibt's?", fragte sie, als sie in das Labor kam und Janet sah, die etwas Winziges unter ihrem Mikroskop untersuchte. „Das sieht nicht wirklich groß aus."

„Oh, das ist es aber", erwiderte Janet und hob lächelnd ihren Blick. „Es ist riesig. Komm, und sieh selbst."

Donna schaute. Sie sah irgendeine Art dunklen Stoff.

„Okay, was ist das?"

„Haare", sagte Janet mit einem selbstzufriedenen Grinsen.

„Haare?"

„Synthetische Haare, um genau zu sein. Ziemlich gute Qualität."

„Du hast unechte Haare in der Box gefunden? Zwischen den Sachen, die sie verbrannt haben?"

„Jap. Was meiner hochqualifizierten Meinung nach nur eins bedeuten kann ..."

„Falsche Bärte." Jetzt musste Donna ebenfalls grinsen. „Also waren es letztendlich gar keine Chassiden. Sie trugen Verkleidungen. Du hast recht. Das ist eine große Sache. Ausgezeichnete Arbeit."

„Danke", sagte Janet, „und schau mal hier drüben. Ich habe das Zeug gereinigt." Sie führte Donna an einen langen Tisch, auf dem der Rest der Beweismittel ausgelegt war. Das verdrehte Stück aus rostfreiem Stahl schimmerte jetzt hell unter den Laborlichtern und die silberne Scheibe in der Mitte reflektierte hoch an die Decke.

„Ist das ein Stethoskop?", fragte Donna.

„Ganz genau. Ist noch ganz. Der Rest ist geschmolzen."

Donna starrte es nachdenklich an. „Also war es vielleicht doch kein Insiderjob. Vielleicht hat jemand damit den Tresor geknackt."

Janet runzelte skeptisch die Stirn. „Ich verstehe, was du meinst, aber das Kombinationsschloss in diesem Tresor war das Beste vom Besten. Das zu knacken, wäre allein schon beeindruckend. Es gibt nur eine Handvoll Menschen, die das draufhaben. Aber es unter zehn Minuten im Laderaum eines Geldtransporters auf New Yorks beschissenen, mit Schlaglöchern übersäten Straßen zu schaffen, während man von der Polizei gejagt wird?"

„Das müssen Profis gewesen sein."

„Das müssen verdammte Künstler gewesen sein."

„Aber wäre es möglich?", fragte Donna.

„Theoretisch schon, denke ich. Aber ich bin mir nicht sicher, wie wahrscheinlich es ist."

„Denk mal drüber nach, Janet. Aus der Sicht des Diebes. Dein Ziel sind die Diamanten. Also stiehlst du den Geldtransporter und knackst den Tresor."

„Genau."

„Und etwas, das so schwer ist wie der Tresor, auf ein anderes Fahrzeug zu laden und damit zu verschwinden, bevor die Hölle los wäre oder mit dem geklauten Geldtransporter während der Rushhour durch die Innenstadt zu entkommen, sind keine Optionen. Genügend schweres Werkzeug anzuschleppen, um das Teil an Bord aufzuschneiden und dann noch genug Zeit haben, um abzuhauen? Ebenfalls unmöglich."

„Also haben sie ihn geknackt. Du hast recht. Es ist wie Sherlock Holmes sagt.“

„Was sagt der?“

„Du guckst die Serie nicht?“, fragte sie entsetzt.

„Ich hatte keine Zeit. Ist auf meiner Liste. Was zur Hölle sagt er denn?“

„Wenn du das Unmögliche ausgeschlossen hast, dann ist das, was übrig bleibt, die Wahrheit, wie unwahrscheinlich sie auch ist.“

„Siehst du“, sagte Donna. „Holmes und ich sind uns einig.“

Janet holte ihren Vape Pen aus der Tasche, stellte sicher, dass niemand schaute und nahm einen nachdenklichen Zug. Sie atmete aromatischen Dampf aus. „Das war also von Anfang an ihr Plan. Sie hatten niemals vor, mit dem Geldtransporter zu verschwinden.“

„Ganz genau“, sagte Donna nickend. „Sie sind einfach nur im Kreis gefahren, um dem Tresorknacker mehr Zeit zu verschaffen. Dann haben sie den Transporter an einem Ort zurückgelassen, von dem sie wussten, dass es lange dauern würde, bis wir da sind.“

„Mit Absicht!“, fügte Janet hinzu. „Es war kein Unfall, wie Jack angenommen hat.“ Er war der Senior Agent, der für den Fall verantwortlich war und davon ausging, dass die Täter die Kontrolle über den Transporter verloren und in dem Eingang der Metrostation einen Unfall gebaut hatten, woraufhin sie geflohen waren.

„Natürlich“, sagte Donna erheitert. „Und sie haben ihre Verkleidung nicht nur verbrannt, um Beweismaterial loszuwerden, sondern in erster Linie, um ihre Spuren zu verwischen und sie für die Forensik wertlos zu machen. Sorry, war nicht so gemeint.“

„Nein, nein, du hast recht“, stimmte Janet ihr zu. „Wir konnten weder DNA noch Fingerabdrücke finden. Und sie mussten ihre Kostüme loswerden, als sie den Geldtransporter zurückgelassen haben –“

„Damit sie einfach davonspazieren und in der Menge untertauchen konnten“, beendete Donna ihren Gedanken. „Wer weiß? Vielleicht sind sie einfach mit der Metro nach Hause.“

„Brillant!“, rief Janet und sie gaben sich einen High five. „Ich meine natürlich, auf illegale Weise teuflisch clever. Aber wer könnte sich so einen Plan einfallen lassen?“

„Dieser Hurensohn“, murmelte Donna mit zusammengekniffenen Augen, während sich die Rädchen in ihrem Kopf zu drehen begannen.

„Dein Ex?“, fragte Janet verwirrt.

„Nein, ein anderer Hurensohn. Danke, Janet!“, rief sie, als sie aus dem Labor rannte.

28

Frank ließ Joe herein und schüttelte seine Hand, während er sich mit der Linken auf seinen Gehstock stützte. Er trug dieselben gesprenkelten Arbeitshosen und Stiefel, aber dieses Mal hatte er ein altes, blaues Nadelstreifenhemd an, das ebenfalls mit Farbklecksen übersät war und an dem mehrere Knöpfe fehlten, sodass Joe graues Brusthaar sehen konnte. Ein Knopfloch war mit einer Büroklammer verschlossen. Seine Brille hing an einer Schnur um seinen Hals und auf dem Kopf trug er eine hellblaue Baumwollmütze, deren Schirm vom Einrollen und in die Tasche stecken verbogen war. Man konnte sehen, dass er versucht hatte, seine Hände zu reinigen, doch an den Enden seiner Fingernägel klebte noch immer Farbe. Seine Hand fühlte sich kräftig aber geschmeidig an wie ein professionell durchgetragener Baseballhandschuh, der erst rau und später weich und glatt ist.

„Hey, Junge. Komm rein“, sagte Frank zu ihm. „Willst du Kaffee? Ich koche gerade welchen.“

„Gerne“, sagte Joe. „Danke.“

Frank durchquerte den Raum auf seinem Gehstock humpelnd und verschwand hinter einem Vorhang in der Wand am anderen Ende. Joe schaute sich um. Er hatte noch nie das Studio eines Künstlers während der Arbeit gesehen und er stellte beschämt fest, dass er erwartet hatte, dass an den Wänden lauter Gemälde hängen würden wie die, die er im Internet gesehen hatte. Obwohl diese Gemälde natürlich eingerahmt in Museen und Sammlungen hingen. In Wirklichkeit war das Studio überhaupt nicht wie eine Galerie. Es war vielmehr wie eine chaotische Werkstatt mit einem Wohnbereich.

Franks Studio lag in Harlem. Er hatte eine halbe Etage in einem alten Gebäude mit Sicht auf die 125th Street darunter. Der Hauptbereich war größtenteils offen und roh: Holzböden mit einem Quadrat aus Linoleum in der Mitte, an dem vorher Trennwände gewesen und herausgerissen worden waren; nackte, weiß gestrichene Wände, die mit Farbe bespritzt waren, vor allem in der Höhe, in der man geistesabwesend schnell mal mit einem Pinsel entlangstreifte, die Schichten hatten sich über die Jahre gestapelt; ein Pfeiler in der Mitte, der dermaßen verkrustet war, dass er an Seepocken in einem versunkenen Schiff erinnerte; eine offene Decke mit Schächten und Kabelbündeln, die zwischen den Stahlträgern hervorguckten. Eine Vielzahl an Leinwänden war in einer Konstruktion aus Kanthölzern verstaut und mit einer Plastikplane verdeckt. Einige lehnten mit der Vorderseite zur Wand, doch Joe konnte Farbe an den Kanten und verräterische Tropfen auf dem Boden sehen. Größtenteils befand sich in dem Studio jedoch Zubehör: Dosen und Tuben mit Farbe stapelten sich in Lagerregalen und auf rollenden Metalltischen wie die, die man in Restaurants sehen konnte, Leindwandrollen unter einem langen, mit Farbe bedeckten Arbeitstisch, Dosen mit Pinseln, Lappen, Chemikalien, kistenweise Kohle, Bleistifte, Papier sowie zerrissene Magazine, Zeitungen, Bücher und aussortierte Post. In der Mitte des Raumes stand ein alter Küchenstuhl, ein Hocker, ein Sessel, aus dem das Futter herausquoll, und eine heruntergekommene Schlafcouch, die Joe aus einem der Aktgemälde aus dem Internet wiedererkannte. Daneben standen verstellbare Lampen und eine leere Staffelei. An der Seite war noch ein Vorhang, durch den er einen weiteren Bereich erkennen konnte, in dem Möbel und ein Teppich zu sehen waren. Das musste der Wohnbereich gewesen sein.

Frank kam mit zwei dampfenden Kaffeetassen in einer Hand und einem Behälter mit Kaffeeweißer in der anderen zurück. „Hatte keine Milch mehr“, sagte er, „aber ich habe diesen Scheiß hier gefunden.“ Er legte ihn auf dem Arbeitstisch ab und gab Joe eine Tasse.

„Ich trinke meinen schwarz“, sagte Joe.

„Weise Entscheidung“, erwiderte Frank, „ich weiß nicht mal, was in dem Zeug drin ist. Es verändert einfach nur die Farbe. Setz dich.“ Er deutete mit dem Gehstock auf die spartanischen Sitzmöglichkeiten. Joe entschied sich für den Küchenstuhl. Frank machte sich auf dem Sessel breit und stellte seine Tasse auf der Armlehne ab, an der auch sein Gehstock lehnte. Der Kaffee war ausgezeichnet.

„Danke, dass du mich so spontan empfängst. Ich hoffe, ich habe dich nicht bei deiner Arbeit unterbrochen.“

Frank zuckte mit den Schultern. „Das hast du, aber das geht in Ordnung. Ich arbeite immer, bis mich irgendetwas unterbricht: Schlaf, Hunger, Menschen. Diese

Unterbrechung war willkommen. Ich hätte nicht gedacht, dass du anrufen würdest."

Joe nickte. „Na gut. Danke trotzdem."

„Hm", sagte Frank und nahm einen Schluck von seinem Kaffee.

„Nette Bude."

Frank schaute sich um, als wenn er überlegen würde, ob er zustimmte. „Ich bin hier seit dreißig Jahren. Ich habe mich für diesen Ort entschieden, weil niemand ihn wollte und ich machen konnte, was ich will. Jetzt würden sie mir ein Vermögen dafür bezahlen. Aber wo sollte ich hin? Ich habe kein Geld, um den Ort auf Vordermann zu bringen. Ich bin so etwas wie der Graf von Harlem. Haben die im alten Harlem noch Grafen? Drüben in Europa?"

Joe zuckte mit den Schultern. „Wahrscheinlich nicht mehr."

Sie tranken ihren Kaffee. Straßenlärm drang in das Studio.

„Worüber wolltest du mit mir reden?", fragte Frank.

„Was meinen Sie?"

Frank zuckte mit den Schultern. „Ist ein scheißlanger Weg für einen kostenlosen Kaffee."

Joe lächelte. „Stimmt. Und dann auch noch ohne Milch."

„Hast recht. Was für ein Saftladen. Es gibt noch nicht mal eine niedliche Bedienung. Also?"

„Ich weiß nicht so recht, wie ich das formulieren soll", zögerte Joe. Frank wartete stillschweigend. „Aber ich habe das Gefühl, dass mich einige von deinen Bildern an Dinge erinnern."

„Aha ..."

Joe lachte. „Ich sollte wohl etwas spezifischer sein. Die Kriegsgemälde. Vietnam, nehme ich an."

„Ja, in der Tat."

Joe senkte seinen Blick und sprach in seine Tasse hinein. „Sie scheinen genau die Dinge darzustellen, von denen ich manchmal träume. Ich meine, bis ins absolut letzte Detail. Als ob Sie meine Träume gemalt hätten." Er hob seinen Blick und schaute jetzt wieder Frank an. „Ist das verrückt?"

Frank sah ihm in die Augen. „Du willst wissen, ob es verrückt ist, dass diese Bilder von deinen Träumen handeln?"

Joe nickte.

Frank schüttelte den Kopf und nippte an seinem Kaffee. „Kein bisschen, Bruder. Genau das sind diese Gemälde. Albträume."

Es herrschte einen Moment Stille. Jetzt war es Joe, der wartete, während Frank erst nach unten auf seine Finger schaute, als ob er die Quelle seiner Gemälde hinterfragen würde, und dann in seine Tasse. „Ich war eine Tunnelratte. Weißt du, was das heißt?"

Joe nickte.

„Die Vietcong hatten überall diese verdammten Tunnel gegraben. Wie das Tunnelsystem einer U-Bahn, komplett mit Ratten und allem. Sie schickten mich hinunter, bewaffnet mit einer Taschenlampe und einer 45er. Es hatte keinen Zweck, irgendetwas anderes, als ein Ka-Bar Messer mitzunehmen. Es war zu eng da unten. Du konntest noch nicht einmal aufstehen. Ich musste mich bücken, manchmal sogar kriechen. Ich robbte durch die Dunkelheit und hörte die Ratten umherschwirren. Manchmal rannten sie über meine

Hände oder Beine. Ich musste mich, verdammt noch mal, zusammenreißen, um nicht einfach drauflloszuballern, wenn das passierte. Ich hasse diese Viecher. Auch wenn ich von hier bin. Ich war da unten teilweise für mehrere Stunden. Ich musste da unten pissen. Manchmal konnte ich kaum atmen, weil die Luft so dünn war oder wegen des Geruchs von Verwesung. Ich bin nicht nur einmal auf eine Leiche oder Teile davon gestoßen. Im Grunde genommen sollte ich mir ein Bild von der Lage verschaffen. Ich war aber selbst nur eine Ratte in einem Labyrinth. Klar, schickt den Nigger ins Loch und schaut, ob er abgeknallt wird. Dann macht ein Kreuz auf der Karte. Wie dem auch sei. Eines Tages oder Nachts, was macht's für einen Unterschied, krieche ich mal wieder durch die Dunkelheit und höre eine Ratte, also bleibe ich stehen und bewege mich nicht in der Hoffnung, dass sie verschwindet. Doch nichts passiert. Ich kann spüren, dass sie immer noch ganz nah ist. Und während ich ruhig daliege, merke ich, dass ich meinen Atem anhalte, denn, ich weiß nicht, ob ich es schon erwähnt habe, ich hasse Ratten. Aber jetzt, wo ich meinen Atem anhalte, glaube ich, noch etwas anderes atmen zu hören. Etwas Größeres. Also hebe ich meine Taschenlampe und meine Pistole. Langsam. Ganz langsam. Dann schalte ich das Licht ein und da, direkt vor mir, so nah, dass mein Atem spürbar gewesen sein musste, war ein anderes verdammtes Gesicht. Vietcong. Muss ein Junge in meinem Alter gewesen sein. Ich war neunzehn. Rundes Gesicht wie das eines Babys. NFB-Uniform und Mütze. Und in seiner Hand eine Waffe. Also feuerte ich. Ich meine, meine Waffe war bereits direkt auf ihn gerichtet. Ich musste nur noch den Abzug drücken. Ich schoss ihm in sein Babygesicht. Direkt in die Mitte. Boom. Ich betätigte den Abzug, bis sein Kopf zerplatzte und sich auf mir verteilte wie ein verrotteter Kürbis. Ich bekam es in meine Augen, auf meine Lippen, Nase, überall. Dann schaltete ich die Taschenlampe aus und kroch in der Dunkelheit aus dem verdammten Tunnel raus."

Er pausierte und saß einen Moment lang still. Joe tat es ihm gleich. Dann hob Frank seine Tasse und nahm einen Schluck. Er runzelte die Stirn. „Verdammt. Der ist kalt." Er trank ihn dennoch. Dann stand er auf und stellte die Tasse auf dem Arbeitstisch ab. „Zwanzig Jahre später", er zeigte mit dem Gehstock auf die mit Farbe befleckten Wände, „habe ich es gemalt. Ich habe es wieder und wieder gemalt, bis ich es endlich nicht mehr in meinen verdammten Träumen gesehen habe."

29

Als Donna und Logan Blaze im Club *Rendezvous* eintrafen, hatte Joe keine Schicht. Das überraschte Donna nicht; sie hatte Blaze bereits vorgewarnt, dass es im Idealfall eine 50/50 Chance war, aber vielleicht würden andere etwas ausspucken, wenn sie etwas Druck ausübten. Darum hatte sie Blaze eingeladen mitzukommen.

Blaze wusste von Anfang an, dass Donna ein anständiges Mädchen war, doch sie mochte sie. Sie mochte, dass sie immer Ruhe bewahrte, selbst unter Beschuss, und es gab nichts gegen ein Bier mit einer coolen Kollegin einzuwenden, die dazu auch noch heiß war. Also sagte sie zu, als Donna sie anrief und auf ein Bier einlud. Sie war nicht überrascht, als Donna hinzufügte, dass es einen Haken gab.

„Dachte ich mir“, sagte Blaze.

„Ich suche nach einer Quelle, von der ich glaube, dass sie mir etwas vorenthält. Ist aber nur ein Schuss ins Blaue, daher wollte ich niemanden vom FBI einweihen.“

„Aha.“

„Ich brauche jemanden, der mir den Rücken freihält“, fuhr Donna fort, „der aber auch seinen Mund halten kann. Und mit dem man gut ein paar Bier trinken kann.“

„Du meinst einen Freund.“

„Das trifft es ganz gut.“

„Na klar, Donna. Ich kann dich abholen."

„Oh, eine Sache noch." Sie zögerte. „Es ist ein Stripclub. Weibliche Stripperinnen, meine ich."

„Also dachtest du dir, es wäre doch eine gute Idee, die Lesbe mitzunehmen."

„Nein, so war das nicht gemeint."

„Entspann dich. Ich mach nur Spaß. Ich hätte absolut nichts dagegen, mir wackelnde Ärsche anzugucken und dabei ein paar Bier zu kippen."

So saßen sie also an der Bar des Club *Rendezvous* und pulten die Etiketten von ihren Bierflaschen. Sie waren die beiden einzigen weiblichen Kunden ohne Begleitung, doch das kümmerte niemanden. Donna war sich nicht sicher, was der nächste Schritt sein würde. Sie war in Rage gewesen, als sie vermutete – nein, wusste – , dass Joe hinter dem Diamantenraub steckte und dass er sie wahrscheinlich nur getroffen hatte, um herauszufinden, ob sie irgendetwas von seinem Plan wusste. Nachdem sie Blaze angerufen hatte, bat sie ihre Mutter, auf Larissa aufzupassen. Im Auto auf dem Weg nach Queens überließ sie Blaze den Small Talk – größtenteils beschwerte sie sich über das Leben als Marshal -, weil sie ihr nicht zu viel erzählen wollte. Das führte jedoch dazu, dass sich ihre Wut gelegt hatte, als sie im Club ankam. Sie fragte den Barkeeper, ob Joe heute arbeitete. Er sagte: „Joe wer?"

„Joe Brody."

Er verneinte und damit hatte sich die Angelegenheit erledigt. Einen Plan B hatte sie sich noch nicht überlegt.

Das schien Blaze jedoch nicht zu stören. Sie trank ihr Bier und schaute den Tänzerinnen zu. Donna vergaß ihr Bier und dachte über das letzte Mal, als sie hier gewesen war und mit Joe gesprochen hatte, und ihre anderen Begegnungen nach: als sie ihn verhaftet hatte, als er noch ein Fremder für sie war oder als er ihr Leben verschont hatte, maskiert und mit einer Schrotflinte bewaffnet, und sich dafür entschuldigt hatte, dass er ihr wehtun musste. Sie dachte über ihr Gespräch auf den Stufen am Tag zuvor nach, die Behaglichkeit und Intimität, die einfach auf so natürliche Weise zwischen ihnen zu bestehen schien. Wie bei einem großartigen Date, dachte sie und schämte sich dann zutiefst vor sich selbst. Sie war eine erwachsene Frau, eine FBI-Agentin, eine Mutter. Er war ein Lügner, ein Dieb und wahrscheinlich ein Mörder. Er war die denkbar schlechteste Wahl von allen Männern, die sie kannte. „Kannte" war bereits übertrieben. Ihre Beziehung war geschäftlich, nicht privat. Er beging Verbrechen und sie bekämpfte sie. Er log und sie fand die Wahrheit. Er rannte und sie jagte. Und wenn sie ihn fing, würde er im Gefängnis landen und nicht in ihrem Bett.

Da wurde ihr die Ursache für ihre Wut bewusst: Verrat. Sie fühlte sich von Joe verraten und die Dummheit, zu glauben, dass es zwischen ihnen irgendetwas zu verraten gab, machte sie noch wütender. Die Wut galt ihr selbst, doch es war leicht, sie auf ein produktiveres Ziel zu kanalisieren.

„Halt die Augen offen", sagte sie zu Blaze. „Ich werde etwas versuchen."

„Oh, die sind offen", sagte sie lang gezogen, als eine dürre Blondine auf die Bühne getänzelt kam und Blaze zuzwinkerte. Donna nahm einen großen Schluck von ihrem Bier, dann griff sie instinktiv nach den Pfefferminzbonbons in ihrer Tasche, damit ihre Vorgesetzten keinen Alkohol in ihrem Atem riechen würden, falls die Dinge aus dem Ruder liefen. So war sie, das brave Mädchen, selbst, wenn sie einen Stripclub infiltrierte. Während sie den Saal durchquerte, holte sie ihre Marke heraus und legte ihre andere Hand locker auf ihrem Pistolenholster ab. Sie ging den Flur entlang, an den Toiletten vorbei und um die Ecke.

„Hey, Miss, Sie können da nicht reingehen", sagte ein vorbeigehender Hilfskellner. Sie zeigte ihm ihre Marke und ging weiter, als er zurücktrat. Sie klopfte an eine Tür mit der Aufschrift MANAGER und als niemand antwortete, trat sie mit ihrem Stiefel dagegen.

„Was?", fragte eine schroffe Stimme. Sie öffnete die Tür. Ein weißer Kerl mit weißem Bart und einem großen, runden Bauch unter seinem Shirt und Krawatte schaute hinter einem Haufen Unterlagen von seinem Schreibtisch auf. Er sah aus wie ein bankrotter Weihnachtsmann. In seiner Hand hielt er eine Dose mit Kautabletten gegen Sodbrennen mit Erdbeergeschmack. Er musterte sie. „Vortanzen ist immer mittwochabends", sagte er.

„Ich habe schon einen Job", erwiderte sie und hielt ihre Marke hoch. „FBI-Agentin."

„Eine Razzia?", fragte er mehr genervt als besorgt und gestikulierte über seinen Schreibtisch, als würde sie noch mehr Papierkram zu seinem Stapel hinzufügen.

„Ich möchte lediglich mit Joe sprechen."

Er schüttelte den Kopf. „Kenne ich nicht."

„Sie kennen keine einzige Person, die Joe heißt?"

Er zuckte mit den Schultern.

„Joe Brody. Der Türsteher“, sagte sie.

„Ach der“, antwortete der Weihnachtsmann, während er sich zurück in seinen quietschenden Bürostuhl lehnte und ein paar der Tabletten einwarf. Er kaute nachdenklich. „Den habe ich hier schon seit einer Weile nicht mehr gesehen.“

„Finden Sie heraus, wo er ist. Ich warte. Währenddessen überprüfe ich die Ausweise Ihrer Kunden und Angestellten.“

„Was?“ Er wurde wachsam und sprang auf. „Warum?“

„Ich bin in Begleitung eines Federal Marshal. Wir haben einen Hinweis bekommen, dass sich hier jemand mit einem offenen Haftbefehl aufhält.“

Sie drehte sich um und ging.

„Warten Sie. Warten... Ach, verdammte Scheiße“, sagte er, als sie ging. Dann aß er noch ein paar Kautabletten und griff nach dem Telefon.

Als Yolanda die Nachricht erhielt, in der Donna sie fragte, ob sie auf Larissa aufpassen konnte, war sie bereits auf dem Weg zurück in die Stadt. Allerdings fuhr sie mit einer Gruppe Damen, die gerade aus einem Casino kamen, zusammen in einem Van und fühlte sich ein wenig beschwipst von den Drinks. Außerdem war ihre neue Freundin Gladys dabei. Sie hatten sich dazu entschlossen, alle zusammen in einem Restaurant zu Abend zu essen. Sie stieß Gladys mit dem Ellenbogen an, die neben ihr überlegte, ob sie heimlich eine Zigarette rauchen und den Rauch aus dem Fenster pusten könnte.

„Meine Tochter hat mich gerade gefragt, ob ich auf Larissa aufpassen kann. Sie arbeitet an einem wichtigen

Fall. Was dagegen, wenn wir uns das Essen liefern lassen? Ich kenne da einen guten spanisch-chinesischen Laden den Block runter."

„Klar. Ich will dein süßes kleines Enkelkind kennenlernen."

Also schrieb sie Donna zurück. Sie wollte nicht, dass sie etwas von dem Casino oder den Drinks erfuhr, also schrieb sie: *Okay. Pass auf dich auf. Lieb dich. Mama*

Nachdem Donna dem Manager einen Besuch abgestattet hatte, kehrte sie zurück an die Bar, trank ihr Bier aus und bat Blaze, ihr zu folgen, bevor sie zu dem DJ ging und ihm ihre Marke zeigte. „Stoppen Sie die Musik", befahl sie ihm, „und geben Sie mir das Mikrofon."

Er gehorchte kommentarlos. Die Musik hörte abrupt auf und die Tänzerinnen auf der Bühne, die meisten von ihnen nackt, wirkten plötzlich verloren, als sie in die Menge blinzelten und versuchten herauszufinden, was vor sich ging. Das Publikum murrte und schimpfte und einige Rufe waren zu hören. Donna betrat die Bühne.

„Alles klar", rief eine Stimme, „zieh dich aus!"

„Hinsetzen und Mund halten", befahl Donna über das Mikrofon und erschrak ein wenig über die unerwartete Lautstärke ihrer Stimme. „Ich bin Special Agent –" Ein schrecklich lautes Pfeifen ertönte aus den Lautsprechern und die Menge stöhnte und buhte. Eine der Tänzerinnen, die dürre blonde, ging zu ihr herüber, um ihr zu helfen.

„Stell dich hier hin und wedle nicht so viel mit dem Mikrofon herum."

„Danke“, sagte Donna zu ihr und sprach ins Mikrofon: „Hier spricht das FBI.“ Sie hielt ihre Marke hoch. Im hinteren, dunkleren Bereich konnte sie plötzlich Bewegung in Richtung der Tür erkennen. „Schalten Sie die Lichter an! Ich bin in Begleitung eines US-Marshal. Wir werden Ihre Ausweise kontrollieren und auf offene Haftbefehle überprüfen.“

Massenpanik entstand. Alle stürmten in Richtung Ausgang, doch als die Lichter angingen, sah Donna, wie Blaze mit ihrer Marke in der Hand in Richtung Ausgang rannte und den Weg blockierte. Nur eine Handvoll Gäste konnte entkommen.

„Lassen Sie uns das Ganze so zivilisiert wie möglich gestalten“, fuhr Donna fort. „Ich bitte Sie alle, sich in Richtung Bar zu begeben oder sich zurück auf Ihre Plätze zu setzen. Sobald wir mit der Überprüfung fertig sind, kann die Show weitergehen.“ Der Weihnachtsmanager sah mit einem Gesichtsausdruck purer Verzweiflung vom Eingang des Flurs aus zu. Donna sah ihm direkt in die Augen. „Aber wer weiß, wie lange das dauern wird?“

Die Gäste grummelten, aber kooperierten mehr oder weniger. Sie setzten sich zurück an ihre Plätze und holten ihre Geldbeutel heraus, wenn Blaze zu ihnen herüberkam. Donna gab das Mikrofon zurück. „Entschuldigen Sie. Möchten Sie unsere auch sehen?“, fragte die Blondine.

„Nein. Sie können hier warten.“

Sie nickte und ging zu den anderen Tänzerinnen. Donna hüpfte von der Bühne und begann an ihrem Ende des Raumes ebenfalls mit der Kontrolle der Ausweise. Sie fragte sich, ob vielleicht tatsächlich gegen ein oder zwei Personen hier ein Haftbefehl vorlag. Sie erntete einige finstere Blicke aber keine Widerworte. Dann näherte sie sich einem Tisch direkt vor der Bühne. VIPs oder solche, die es gerne wären. Zwei Typen, einer schwarz, der andere weiß, in teurer Sportkleidung und Goldschmuck. Keiner von ihnen holte seinen Ausweis heraus.

„Also los", sagte Donna. „Ausweise her."

Der muskulöse schwarze Kerl schaute sie fragend an. „Wissen Sie nicht, wer das ist? Das ist Lil' Whitey, der Rapper." Sie musterte den schlaksigen, weißen Jungen neben ihm. Auf sie wirkte er wie ein weinerlicher kleiner Bengel.

„Noch nie von ihm gehört", sagte Donna, während ihre rechte Hand in Richtung des Teleskopschlagstocks in ihrer Gürteltasche wanderte, „aber klein und weiß passt zu der Beschreibung einer der von uns gesuchten Personen. Also her mit den Ausweisen."

„Und was, wenn nicht?", fragte Lil' Whitey, der noch immer mit einem Fuß auf dem Tisch zurückgelehnt auf der Couch saß.

„Dann würde ich sagen, aufstehen und die Hände hinter den Kopf. Du zuerst", sagte sie zu dem schwarzen Kerl. Er nahm seine Hände hoch und stand langsam auf. Dann rannte er plötzlich los und versuchte, Donna wie ein Running Back umzustoßen. Donna machte einen Schritt zur Seite und stellte ihm ein Bein, wodurch ihn sein eigener Schwung zu Fall brachte. Sie packte seinen linken Arm, um seinen Fall zu steuern und hielt ihn mit ihrem Knie im Rücken am Boden. Dann sah sie, dass er nach seiner Waffe, einem Kurzlaufrevolver, in seiner Hosentasche griff. Mit ihrer rechten Hand fuhr sie den Teleskopschlagstock durch eine ruckartige Bewegung aus und schlug ihm mit voller Kraft aufs Handgelenk. Er schrie auf und ließ die Waffe fallen.

Lil' Whitey sprang währenddessen auf und rannte auf die Tür zu, wo Blaze ihm mit dem Ellenbogen einen harten Schlag auf die Nase verpasste. Er fiel auf die Knie und hielt sich selbige. „Ah, fuck. Meine Nase", rief er.

Erneut brach Panik aus, als ein Teil der Menge versuchte, zu fliehen oder in Deckung zu gehen, während andere langsam scheinbar auf sie zukamen. Donna und Blaze standen Rücken an Rücken mit gezogenen Waffen. „Nächstes Mal suche ich die Bar aus."

„Abgemacht", antwortete Donna.

Dann betrat Gio Caprisi den Club. Donna sah ihn zuerst nicht, doch sie hörte ihn. „Was zur Hölle ist hier los?", rief eine Stimme. „Alle sofort hinsetzen und Klappe halten."

Es wirkte sofort. Die Menge wurde still. Die Leute setzten sich hin oder traten zurück. Nur Lil' Whitey und sein Kumpan lagen stöhnend auf dem Boden.

Gio trug wie üblich einen Anzug, doch seine Krawatte war locker und er konnte eine Rasur gebrauchen. Er hatte zwei Bodyguards dabei. Der Manager eilte zu ihm herüber und flüsterte ihm etwas ins Ohr, während er auf Donna zeigte. Gio nickte ihr zu. „Guten Abend, Agent Zamora", sagte er. Dann hockte er sich neben Lil' Whitey und hob seinen Kopf an. „Meine Güte, du schon wieder? Lernst du denn niemals dazu?"

„Ich will einen Arzt", jammerte er, „und meinen Anwalt. Und meinen Manager."

„Jaja. Halt mal die Luft an." Er stand auf und rief zu Donna herüber: „Wollen Sie ihn hierbehalten?"

„Nein, der kann gehen", sagte Donna und steckte ihre Waffe zurück ins Holster. Sie stupste den anderen Kerl mit ihrem Stiefel an. „Aber der hier hat eine Waffe."

Gio schaute ihn an und runzelte die Stirn. Er hielt sich noch immer den Arm vor Schmerzen. „Du hast eine Waffe in meinen Laden gebracht?", fragte er. „Jetzt hast du mit zwei Leuten ein Problem. Und ich bin viel schlimmer."

„Ich glaube, sie hat mir das Handgelenk gebrochen", sagte er.

„Gut", erwiderte Gio. Blaze kam mit seinem Geldbeutel in der Hand zu ihnen herüber. Sie hatte seinen Namen durchs System laufen lassen. „Gegen ihn liegt ein Haftbefehl vor. Körperverletzung. In Florida. Und Waffenbesitz. Er ist jetzt also Angelegenheit des US Marshal Service. Er gehört mir. Es sei denn, du brauchst ihn noch."

Gio gestikulierte, dass sie ihn mitnehmen solle, als ob sie mit ihm gesprochen hätte. Blaze rollte mit den Augen und drehte sich zu Donna.

„Nimm ihn mit", sagte Donna. Als Blaze ihm Handschellen anlegte, fügte sie hinzu: „Freut mich, dass deine Nacht keine komplette Verschwendung war."

„Also dann", sagte Gio zu Donna. „Wie kann ich Ihnen helfen?"

„Ich möchte mit Ihrem Türsteher, Joe, sprechen", sagte sie. „Dringend."

„Joe? Der ist aus persönlichen Gründen beurlaubt. Den habe ich hier schon seit was?" Er drehte sich zu dem Weihnachtsmann. „Fast zwei Wochen nicht mehr gesehen?“

„Genau, Boss. Ich habe ihr gesagt -“

Gio hob eine Hand und er verstummte. Dann holte er sein Handy heraus. „Ich rufe ihn an, okay?“, sagte er und zeigte ihr, dass er Joes Nummer wählte. Er hielt den Hörer an sein Ohr. „Voice Mail“, sagte er ihr. „Wenigstens hat er die jetzt.“ Er hob seine Hand erneut und sprach ins Telefon: „Joe. Hier ist Gio. Agent Zamora vom FBI möchte mit dir sprechen. Ist dringend.“

„Sagen Sie ihm, es geht um ein paar verschwundene Steinchen.“

Er zuckte mit den Schultern. „Es geht um verschwundene Steine, sagt sie. Ruf mich an.“ Er legte auf. „Also dann. Wenn Sie uns hierbehalten wollen, werde ich wohl als Nächstes meinen Anwalt anrufen müssen.“ Er schaute sich in dem Club um: Kunden, Barkeeper, der DJ und die Tänzerinnen, die noch immer auf der Bühne standen. „Und Pizza bestellen.“

„Sorgen Sie einfach nur dafür, dass Joe meine Nachricht bekommt“, sagte Donna zu ihm und ging Blaze hinterher, die ihren Sträfling abführte. „Gute Nacht, Mr. Caprisi.“

„Gute Nacht“, rief er ihr hinterher, „und, Agent Zamora?“

Sie blieb an der Tür stehen, an der Gios Männer die beiden hindurchließen, und drehte sich um.

„Wenn Sie das nächstes Mal irgendetwas brauchen, rufen Sie einfach an“, sagte er. „Sie haben ja meine Nummer.“

Powells Erwartungen waren nicht besonders hoch, als er sich dazu entschloss, seinen Abend mit der Observation des Club *Rendezvous* zu verbringen. Seine Informanten hatten ihm verraten, dass hinter dem gestrigen spektakulären Diamantenraub professionelle Kriminelle aus der Umgebung steckten und dass das Ganze irgendetwas mit Heroin zu tun hatte, das bekannte Terroristen, inklusive einem gewissen Felix, in die USA schmuggelten. Powell dachte, dass er vielleicht irgendetwas Interessantes sehen würde, wenn er Gios Club für eine Weile im Auge behielt. Er hatte nicht erwartet, dass es seine Ex-Frau sein würde.

Als Donna in Begleitung einer kräftigen, kurzhaarigen Frau, die er nicht erkannte, aber von der er sofort wusste, dass sie eine Ermittlerin war, vor dem Club eintraf, begann sein Herz zu rasen. War es seine Intuition als Geheimagent, die ihm sagte, dass er auf dem richtigen Weg war oder waren es nur seine Emotionen, die Mischung aus Liebe, Hass, Verlangen und Frustration, die er jedes Mal spürte, wenn er sie sah oder auch nur an sie dachte. Es war natürlich möglich, dass sie einen anderen legitimen Grund hatten, bei einem Club vorbeizuschauen, der als notorischer Treffpunkt des organisierten Verbrechens diente.

Doch als der Boss höchstpersönlich, Gio Caprisi, auftauchte – mit zwei persönlichen Schlägern, die in einem separaten Auto direkt hinter ihm herfuhren -, hatte er keinen Zweifel mehr. Die Sache schien sich zuzuspitzen und seine Ex-Frau steckte bis zum Hals mit drin.

30

Scheiß drauf. Verlass ihn.

Das war Carols erster Gedanke. Sie hielt bis zum Ende des Konzertes durch, fokussierte sich auf Billy Joel, benutzte die Musik als eine Art Schutz, um ihre überwältigenden Emotionen zu verstecken. Gelegentlich wurden ihre Gefühle von den euphorischen Wellen verdrängt, die durch das Publikum strömten, ihre Gedanken verstummten unter den Stimmen Tausender Menschen, die *Piano Man* sangen. In anderen Momenten schienen die Lieder genau das auszudrücken, was sie fühlte. *Honesty* und *She's Always a Woman* hätten die Soundtracks zu ihrem inneren, privaten Drama sein können. Und dann waren da die Momente, in denen sie am liebsten aufgesprungen wäre und geschrien hätte: *Scheiß drauf! Scheiß auf diesen Mittelschichts-Vorstadt-Scheiß! Steck dir das alles in den Arsch!*

Im Hotelzimmer konnte sie ihm kaum in die Augen schauen, doch dann, im Dunkeln, verwandelten sich ihre Wut, ihr Schmerz und ihre Angst in Verlangen und sie trieben es, wie sie es schon seit Jahren nicht mehr getan hatten. Sie fragte sich danach sogar, ob sie wieder empfangen haben könnte. Sie hatte das intensive Gefühl, dass gerade etwas Lebensveränderndes passiert war. Am nächsten Tag kontaktierte sie eine Bekannte, die Ex-Frau eines Hedgefonds-Managers, die sowohl das Haus als auch das Sorgerecht für ihre Kinder im

Scheidungsprozess gewonnen hatte und fragte nach ihrem Anwalt, „für einen Freund“.

Einige Tage später fragte sie sich, wem sie versuchte, etwas vorzumachen. Sie war eine Therapeutin und jeden Tag hielt sie ihren Patienten Vorträge über gesunde und ungesunde Bindungen, darüber, was Beziehungen gut oder schlecht machte, doch im Endeffekt wusste sie nichts. Vielleicht wusste niemand irgendwas. Die Liebe ist ein Mysterium, ein Fieber. Sie ist ein Segen und ein Fluch, gut oder schlecht, und es ist niemandem überlassen, ihn zu brechen oder zu entscheiden, unter wessen man steht. Vielleicht hatten die antiken Mythen von Anfang an recht: Warum sich nicht in einen Baum oder einen Esel oder eine Reflektion im Pool verlieben? Warum nicht aus Einsamkeit zu einem Stern oder aus Passion zu einer Blume werden? Sie machte sich mit dem Gerede von einem Anwalt selbst etwas vor. Sie hasste ihn, aber sie war noch nicht bereit loszulassen.

Dann bring ihn eben um, war ihr nächster Gedanke. Er kam mal wieder spät nach Hause und behauptete, bei einem Geschäftsessen in einem koreanischen Restaurant gewesen zu sein. In der Tat roch sein Hemd nach einer Mischung aus Barbecue und Zigarettenqualm, doch sie konnte auch billiges Parfum und Schweiß vernehmen, eine Kombination, die sie in mörderische Rage versetzte. Sie bezweifelte, dass sie jemals dazu fähig sein würde, doch sie ertappte sich dabei, wie sich der Gedanke daran in einen Plan verwandelte. Sie wusste, dass Waffen im Haus waren. Sie wusste, dass er Feinde hatte oder zumindest Personen, die man verdächtigen würde, lange bevor man sie – die kleine, unschuldige Ehefrau, die mit Kindern arbeitete und Yoga machte –, auch nur in Erwägung ziehen würde. Sie hatte keinen Zweifel daran, dass er völlig unvorbereitet sein würde. Das war die bittere Ironie des Ganzen: Er vertraute ihr blind. Er würde niemals auf die Idee kommen, dass sie in der Lage war, ihm etwas anzutun. Sie glaubte es ja nicht einmal selbst. Sie konnte sich vorstellen, in Notwehr zu töten oder so wie es eine Mutter tat, um ihre Familie zu beschützen. Aber eine Pistole auf ihren Ehemann zu richten und ihn aus Wut oder Schmerz zu erschießen? Nein. Das was vorsätzlicher, wohlüberlegter Mord. In Wahrheit war sie keine Mörderin. Er war einer.

Also entschloss sie sich für ihren Weg, nicht seinen. Den Weg einer Therapeutin. Sie konfrontierte ihn mit der Wahrheit. Darum ging sie zur Kramschublade in der Küche, in der sie Extrakopien ihrer Schlüssel aufbewahrten, nahm den, den er mit „Büro" beschriftet hatte und steckte ihn an ihren Schlüsselring. Er ist noch in derselben Nacht wieder losgefahren. Er hatte irgendetwas von einem Notfall in irgendeinem Club gemurmelt. Würde er sich mit ihr, der Blondine mit dem billigen Parfum, treffen? Nein, sie bezweifelte es. Es klang tatsächlich so, als wäre Nero am Telefon gewesen und Gio klang ernsthaft genervt davon, was auch immer er gehört hatte. Sie würde warten. Sie würde beobachten. Sie würde folgen. Sie würde den richtigen Moment abwarten. Und dann würde sie ihn – und sie, seine Geliebte – in flagranti erwischen.

Das Letzte, was Donna erwartet hatte, als sie nach Hause kam, war, dass ihre Mutter eine Freundin zu Besuch hatte. Sie hatte nie Besuch. Sie hatte Freunde, so nahm Donna zumindest an – die Nachbarinnen, mit denen sie draußen saß und quatschte oder die pensionierten Arbeitskollegen, mit denen sie sich einmal im Jahr zum Essen traf oder die Gruppe älterer Damen, mit der sie in einem Van zu Film-Matineen oder was auch immer fuhr -, doch Donna konnte sich nicht daran erinnern, jemals nach Hause gekommen zu sein und ihre Mutter einfach nur mit einer Freundin entspannt einen trinken und gebratenen Reis essen zu sehen.

Als sie also in das Apartment kam – sie begann bereits, in der Tür zu erzählen, was für eine verrückte Nacht sie hatte, nachdem sie einem Hinweis nach Queens gefolgt war, und zu fragen, ob Larissa genug geschlafen hatte und ob noch etwas von dem chinesischen Essen übrig war, das sie roch –, war sie ziemlich überrascht, ihre Mutter mit einer älteren, weißen Dame im Wohnzimmer sitzen zu sehen. Aus der Überraschung wurde Schock, als die Dame ihren Kopf hob und sie anlächelte. „Hi, Agent Zamora, wir haben gerade von Ihnen gesprochen", sagte sie und Donna realisierte, dass es sich bei der Dame um Gladys Brody handelte, Joes Großmutter.

Zuerst sagte sie nichts. Sie starrte die beiden Frauen mit leerem Gesichtsausdruck an, als ob sie gerade aus einem eigenartigen Traum erwacht wäre.

„Setz dich, Liebes", sagte ihre Mutter und griff nach einem Teller. „Du siehst hungrig aus. Es ist genug für alle da."

Gladys nahm ein Bier aus der Papiertüte neben ihren Füßen und öffnete es. „Durstig sieht sie auch aus. Hier, Kleines. Ich wette, Sie können das gerade gut gebrauchen."

„Wissen Sie was?", sagte Donna, „das kann ich tatsächlich." Sie nahm das Bier und den Teller und setzte sich.

„Das ist schon die zweite von deinen Freundinnen, die herkommt und Streit anfängt", sagte Gio zu Joe, der auf dem Weg von Queens nach Bed-Stuy neben ihm auf dem Beifahrersitz saß. Als Joe sein Handy einschaltete, nachdem er sich von Frank verabschiedet hatte, sah er, dass ihm sowohl Juno als auch Gio Nachrichten hinterlassen hatten. Gio hatte sich dazu entschlossen, ihn persönlich abzuholen und ihm von Donnas Besuch im Club zu erzählen. „Ich habe wirklich keine Lust, einen meiner Türsteher zu feuern, aber es ist schlecht fürs Geschäft, wenn die Gäste Angst haben müssen, dass sie von einer Frau verprügelt werden."

„Sie ist nicht meine Freundin. Genauso wenig ist es Yelena."

„Gut. Ich hoffe doch, dass nicht einmal du verrückt genug bist, eine FBI-Agentin zu knallen. Aber sie war sauer, Mann. Auf diese bestimmte Weise, weißt du, was ich meine? Als ob es um etwas Persönliches ging. Und was zur Hölle sollte das mit den Steinen? Sie wollte uns wissen lassen, dass sie von den Diamanten weiß."

„Ja", sagte Joe, „aber warum?"

„Und vor allem, wie? Ich will wissen, wer in meiner Crew den Mund nicht halten kann. Wenigstens wissen wir jetzt ganz sicher, dass die Ratte mit dem FBI redet. Sie wusste es und mein Typ bei der Polizei nicht."

„Schauen wir mal, was Juno uns zu berichten hat", sagte Joe. „Er sagt, er ist jetzt so weit."

„Wurde auch Zeit."

„Entspann dich. Du machst ihn nervös."

„Welchen Grund hat er, nervös zu sein? Ich bin derjenige, der hier nervös ist."

„Bleib einfach ruhig und versuch, nett zu sein."

„Ich bin immer ruhig und nett", stellte Gio klar, als sie das Auto auf einem Parkplatz in Junos Gegend parkten.

„Das stimmt. Das bist du", gab Joe zu. „Ich glaube, das ist es, was den Leuten so eine Scheißangst einjagt."

„Drei."

„Ich gehe mit und erhöhe ebenfalls um drei."

„Ich passe."

„Okay, ich will sehen." Donna warf drei weitere Pennys in den Pot. Sie hatten Larissas Sparschwein geleert und die Münzen gegen Scheine getauscht. Gladys deckte ihre Karten auf. Ein Flush.

„Verdammt", sagte Donna. „Ich war mir sicher, dass Sie bluffen."

Yolanda lachte und nahm einen Schluck von ihrem Bier. „Du wirst ihren Bluff niemals erkennen. Sie ist ein Profi."

„Zuschauen und lernen, Kleines", sagte Gladys und legte die Münzen auf ihren wachsenden Stapel. „Das hier sind die günstigsten Unterrichtsstunden, die Sie jemals erhalten werden."

„Moment mal, Sie schummeln doch nicht etwa?", fragte Donna. Noch bevor sie den Satz beendet hatte, schämte sie sich dafür, die Polizistin zu spielen.

Gladys lachte. „Ich muss nicht schummeln, um gegen Sie zu gewinnen. Sie teilen aus."

Yolanda lachte noch lauter und Donna spürte, wie sie rot wurde, während sie die Karten mischte. „Was treibt Ihr Enkelsohn heute Abend?", fragte sie beiläufig.

Gladys zuckte mit den Schultern. „Ich frage ihn nicht mehr. Ich habe vor langer Zeit gelernt, nicht zu versuchen, ihn zu kontrollieren. Lassen Sie einfach ein Fenster offen. Er kommt zurück, wenn er hungrig ist. Das wäre mein Tipp."

„Tipp?", fragte Donna.

„Sollte jemand versuchen, ihn zu fangen", sagte Gladys und warf einen Penny in den Pot. „Einsätze."

Donna und Yolanda setzten ihre Einsätze und Yolanda, die wahrscheinlich das erste Mal seit Donnas Hochzeit leicht beschwipst war, klatschte ihrer Tochter aufs Knie. „Du betest lieber, dass sie nicht hinter ihm her ist, Gladys. Meine Tochter ist ein Special Agent beim FBI, und sie ist verdammt gut in ihrem Job."

„Das ist Joe auch", sagte Gladys hinter ihren Karten, „noch etwas, das ihr gemeinsam habt." Sie warf ein paar Pennys in die Mitte. „Ein Nickel."

Juno bemühte sich, seine Bude, so gut es ging, wie ein Büro aussehen zu lassen. Tatsächlich war es sein Büro, in dem er Beats baute, Rapper aufnahm und in dem all das Hacken und Knacken stattfand, mit dem er seine Rechnungen bezahlte, doch es war gleichzeitig sein Schlafzimmer und der Keller seiner Mutter. Gio Caprisi zu empfangen, machte Juno dementsprechend ein klein wenig nervös. Er machte sein Bett, versteckte die schmutzigen Klamotten, zog die Vorhänge zu, die seinen Bereich von der Waschmaschine, dem Trockner und dem Bügelbrett trennten, und versuchte, die verschiedenen Listen und Berichte, die er ausgedruckt hatte, wie bei einer richtigen Konferenz auf seinem Couchtisch zwischen dem heruntergekommenen Sofa, das er bekommen hatte, als seine Mutter das Wohnzimmer umgestaltete, und dem alten Sessel, über den er eine Bettdecke mit Leopardenprint geworfen hatte, auszulegen. Es gab Kopien für Gio, für Joe und für sich selbst sowie eine Flasche Wasser für jeden.

Er hätte sich die Mühe sparen können. Joe kannte sein Zimmer selbstverständlich bereits und Gio schien weder seine Umgebung wahrzunehmen, noch rührte er die Kopien oder das Wasser an. Er setzte sich einfach nur hin und schaute Juno todernst in die Augen. „Also? Wer ist die Ratte?"

„Nun ja, um das zu beantworten, sollte ich Ihnen zeigen, was ich gemacht habe."

Er zeigte auf die Bildschirme auf seinem langen Schreibtisch und drückte ein paar Tasten. „Ich habe ein Programm geschrieben, das all die Nachrichten und Anrufe von allen Accounts und Geräten durchsucht, die Sie mir gegeben haben, dann habe ich diese Daten mit den Daten und Uhrzeiten der Verhaftung des Typen in Europa, dem Diamantenraub und dem Moment, als Sie das erste Mal davon erfahren haben, dass jemand mit den Cops redet, abgeglichen und nach Mustern und so weiter gesucht."

„Und?“, fragte Gio. Sein Blick war noch immer auf Juno anstatt auf die Zahlenreihen und Grafiken auf den Bildschirmen gerichtet. „Gab es irgendwelche Muster?“

„Jap. Ein dreieckiges. Drei Personen oder zumindest drei Parteien. Eine aus der Gruppe, die Sie mir gegeben haben, nennen wir sie A, und zwei außerhalb, B und C. Bevor der Typ in Europa verhaftet wurde, haben A und B hin und her geschrieben, dann kontaktierte C A, dann hörten die Unterhaltungen zwischen A und B so ziemlich auf. Aber A und B haben durchgehend mit C geredet und der Datenverkehr schießt definitiv zu den Zeiten der drei Ereignisse in die Höhe.“

„Genug mit den Buchstaben, Juno“, wandte Joe ein, als er sah, wie Gio die Stirn runzelte. „Gib uns ein paar Namen.“

„Also gut. B, der erste außerhalb der Gruppe, sein Account ist anonym, aber ich habe ihn zu einem Typen namens Patrick White zurückverfolgt, falls das irgendetwas zu bedeuten hat.“

„Dieser Bastard“, sagte Gio ruhig und mit einem Lächeln, „das hatte ich mir schon fast gedacht.“

„C war kniffliger. Viel kniffliger. Eigenartig knifflig.“

„Was soll das heißen?“, fragte Gio ihn.

„Es ist normal, seine Identität zu verbergen, mit Proxys oder falschen Namen, aber die Sicherheitseinrichtung von C ist bombensicher. So bombensicher, dass noch nicht einmal ich durchgekommen bin. Und ich komme überall durch.“

„Also weißt du nicht, wer C ist?“

„Nein, aber ich weiß, was C ist. Nur die Regierung hat so eine fortgeschrittene Verschlüsselungssoftware. Weitaus besser als selbst die der größten Konzerne.

Aber es ist nicht die örtliche Polizeibehörde. Das ist hier viel größer."

„FBI?", fragte Gio.

„Vielleicht ...", sagte Juno nachdenklich.

„CIA", sagte Joe.

„Ja", stimmte Juno zu, „das kommt schon eher hin. Das ist streng geheimer Scheiß. CIA oder NSA oder so etwas in der Art."

„Also gut, das sind also die Behörden", sagte Gio, „aber was ist mit der Ratte in meinem Haus? Wer ist A? Oder ist der auch verborgen?"

„A war clever. Mehrere Proxys. Temporäre E-Mail-Konten, die sich automatisch selbst löschen, nachdem die Nachricht gelesen wurde. Aber er war nicht so clever wie moi." Er durchsuchte seine Unterlagen. „Eine Sekunde, sorry. So viele Namen. Hier ist es. A hat sich als ein gewisser Paul Rogers herausgestellt." Juno hob grinsend seinen Blick. „Kennt irgendeiner von euch diesen Typen?"

Juno hatte es nicht kommen sehen. Gio attackierte ihn. Er rannte quer durch den Raum, stieß den Kaffeetisch um und verteilte die Wasserflaschen im Raum. Nur aufgrund seiner Jugend und dem Überlebensinstinkt eines schmächtigen Jungen, der im Ghetto aufgewachsen war, konnte er sich im letzten Moment retten und im Nu war er am anderen Ende des Raumes und rannte die Treppen hinauf. Joe hatte inzwischen auch reagiert und umklammerte Gio fest mit beiden Armen.

„Es ist nicht seine Schuld, Gio", sprach Joe leise in sein Ohr. „Er hat nur gemacht, was du ihm gesagt hast."

Gio nickte, atmete tief durch und so plötzlich, wie er gekommen war, legte sich der Sturm in ihm wieder. „Ich weiß“, sagte er, „ich weiß. Ich bin okay.“

Joe ließ ihn vorsichtig los und rief nach Juno. „Ist okay, Juno, du kannst wieder reinkommen.“

Es dauerte einen Moment, bis Junos Kopf im Türrahmen erschien und er vorsichtig um die Ecke schaute.

„Alles gut, Juno. Versprochen“, sagte Joe.

„Tut mir leid, Junge. War nicht so gemeint“, sagte Gio, als Juno vorsichtig hereingeschlichen kam. „Siehst du?“, fuhr er fort, „ich setze mich hin.“ Er und Joe setzten sich wieder auf die Couch und Juno machte vorsichtige Schritte durch das Durcheinander auf dem Weg zurück zu seinem Stuhl.

„Also“, fragte Gio mit sehr sanfter Stimme, die Juno eher unheimlich als beruhigend fand, „bist du dir hundert Prozent sicher?“

„Sicher, dass sie sich unterhalten haben? Ja. A ... Ich meine Paul Rogers“, er pausierte für eine Sekunde und als Gio nickte, fuhr er fort, „hat mit White gesprochen. Dann, nach der Verhaftung in Europa, haben der V-Mann und Rogers Kontakt miteinander aufgenommen. Das sind die Dinge, derer ich mir, ohne jede Unterhaltung zu lesen oder zu hören, hundertprozentig sicher sein kann. Ich weiß nicht, was gesagt wurde.“

Joe sagte: „Ist es irgendwie möglich, sie zu testen? Ihnen beiden eine Nachricht zu schicken, die scheinbar von C kommt, zum Beispiel, um zu sehen, wie sie reagieren.“

„Tu es einfach“, sagte Gio und stand abrupt auf. Juno zuckte zusammen. „Und denk dran, niemand außer dir, Joe und mir darf jemals davon erfahren.“

„Ja, Sir, Mr. Gio. Ich meine –"

„Lass es mich wissen, wenn du mehr weißt. Soll ich dich mitnehmen?", fragte er Joe.

„Nein, Juno und ich haben noch etwas Arbeit vor uns."

„Also gut." Er holte eine dicke Rolle mit Geldscheinen aus seiner Tasche und warf sie in Junos Schoß. „Gute Arbeit, Junge. Danke", sagte er, als er die Treppen hochging und sie allein ließ. Er hatte sich wieder gefangen. Er wirkte so ruhig, dass es einem Angst einjagte.

Nachdem Juno sich nach mehrmaliger Versicherung seitens Joe, dass Gio nicht den Boten umbringen würde, ebenfalls wieder beruhigt hatte, zeigte er Joe, was er sich für die Übergabe überlegt hatte und Joe gab ihm die Diamanten zur Vorbereitung. Dann hakte er bei den anderen Jungs nach, die sich um die Autos gekümmert hatten. Im Anschluss versuchte er es bei Yelena. Da er sowieso in Brooklyn war und sie die Waffen am Morgen bei ihr abholen mussten, dachte er, sie würde vielleicht mit ihm übernachten wollen. Doch sie antwortete nicht und nach einer Weile, nachdem er und Juno alles weitere erledigt hatten, ging er heim. Zu seiner Überraschung war seine Großmutter ebenfalls nicht zu Hause. Er wusste, dass sie einen neuen Job im Casino hatte, aber normalerweise kam sie früher nach Hause. Er machte sich ein Sandwich, aß es und ging ins Bett.

31

Yelena Noylaskya war in einem russischen Gefängnis zur Welt gebracht worden – mit anderen Worten, in der Hölle. Niemand wusste, wer ihr Vater war und ihre Mutter, die eine lange Karriere als Kriminelle hinter sich hatte – Prostitution, Puffmutter, Diebin und Drogendealerin -, starb hinter Gittern und ließ Yelena als Waisenkind zurück. In die Welt der Kriminalität hineingeboren, dafür stand das Tattoo der Madonna mit Kind, das ihren Rücken zierte. Sie passte sich schnell dem Leben in ihrem Dschungel an und wurde zum Raubtier anstatt zur Beute. Ein Naturtalent im Einbrechen und Töten, mit oder ohne Waffe, das symbolisierten das Dollarzeichen und der Totenkopf auf ihren Hüften. Dann waren da noch die Sterne auf ihrer oberen Brust, unter jedem Schulterknochen einer. Sie standen für die Ehre und das Ansehen, das sie in der russischen Unterwelt genoss. Doch trotz ihres Erfolges als Kriminelle hatten sie die Behörden von Anfang an im Visier – sie hatten sie großgezogen, ihr beim Aufwachsen zugesehen und sie im Auge behalten – und sie letzten Endes wieder zu sich geholt und ihr einen Haufen Beweismittel gezeigt, einige davon waren sogar wahr. Sie stellten ihr ein Ultimatum: Sie konnte zurück ins Gefängnis und ihr Leben so beenden, wie es begonnen hatte oder sie konnten sie freilassen, um wieder zu jagen, dieses Mal jedoch in Amerika. Wenn sie zustimmte, würde man sie dem SVR, dem Dienst der Außenaufklärung, übergeben, der ein Nachfolger des KGB war. Sie würden ihr mit Visa und ähnlichem assistieren und sie zusätzlich in Spionage ausbilden. Sie sollte ihre Augen und Ohren in New York sein und sie über die Machenschaften der russischen Mafia auf dem Laufenden halten. Sie war diejenige, die sie kontaktierten, als sich der gesuchte Terrorist, Adrian Kaan, in New York aufhielt und einen Anschlag plante.

Bei ihrem ersten Job mit Joe war ihre wahre Mission gewesen, im Idealfall eine Probe des Virus für die Russen zu stehlen und Joe und seinen Leuten gleichzeitig dabei zu helfen, Adrian auszuschalten, den sie genauso fürchteten, wie es die CIA tat. Stattessen wurde das Virus zusammen mit Adrian und seiner Terrorzelle zerstört. Gut genug. Ihre Bosse in Moskau waren zufrieden und sie stellten keine weiteren Fragen. Fall abgeschlossen. Sie war sicher. Oder zumindest dachte sie, sie wäre sicher, als sie in einem Café in ihrer Gegend saß und eine kyrillische Zeitung las, bis Heather sich gegenüber von ihr an den Tisch setzte.

„Guten Abend, Yelena. Weißt du, wer ich bin?"

In Yelenas Augen war für den Bruchteil einer Sekunde ein Hauch von Überraschung zu erkennen, bevor sie wieder zu ihrer üblichen Nonchalance zurückkehrte.

„Du kommst mir vage bekannt vor."

„Das sollte ich auch. Du und dein Freund Joe, ihr habt vor nicht allzu langer Zeit meinen Plan und den meines Ehemannes ruiniert. Und dann hast du dabei geholfen, ihn umzubringen."

„Bist du hier, um dich zu rächen?", fragte Yelena. „Warum schießt du dann nicht, anstatt zu reden?"

Heather zuckte mit den Schultern. „Versteh mich nicht falsch. Ich bin sehr gut, aber du bist besser. Denke ich. Du könntest mich in einem Kampf töten. Aber das würdest nicht tun, jetzt und hier, habe ich recht?"

Yelena zuckte desinteressiert mit den Schultern. „Mal schauen."

„Dann wäre da auch noch Joe", fuhr Heather fort, „und unser gemeinsamer Plan für morgen. Ich bin fürs Erste also nur hier, um zu reden."

Der Kellner kam und Yelena bestellte zwei Tees auf Russisch. Er servierte sie in Gläsern. Yelena nahm einen Zuckerwürfel aus der Schale und legte ihn zwischen ihre Zähne. „Na dann, rede", sagte sie.

Heather ließ einen Würfel in ihren Tee fallen und rührte. „Die Leute, mit denen ich zusammenarbeite, haben Verbindungen zum US-Geheimdienst, aber sie reden auch mit dem russischen Geheimdienst. Geld ist die Weltsprache, habe ich recht? Wie Religion und Liebe." Sie leckte ihren Löffel ab. „Wie dem auch sei, meine Freunde haben mir von deinen Freunden beim SVR erzählt und ich habe mich gefragt, was wäre, wenn ich mich selbst mal mit denen unterhalte? Was wäre, wenn ich denen erzählen würde, dass du es warst, die den Tresor in dem Parfumlabor geknackt hat, dass du das Virus in deinem Besitz hattest und jederzeit hättest stehlen oder eine Probe entnehmen können? Was wäre dann? Meine Vermutung ist, dass sie dich nach Hause holen würden und das dann das letzte sein würde, was man von dir gesehen hat."

Yelena nahm einen Schluck von ihrem Tee und ließ den Zucker zwischen ihren Zähnen schmelzen. Heather fuhr fort.

„Andererseits, wenn deine Freunde in Brooklyn, vielleicht sogar einige hier in diesem Café, herausfinden würden, dass du die ganze Zeit ein Spitzel für Moskau warst, dann wäre New York sogar noch gefährlicher für dich als Russland."

„Sieht nicht gut für mich aus", sagte Yelena. „Aber du hast eine Lösung."

„Die habe ich. Gib mir Joe."

„Ihn dir geben?" Yelena hörte aufmerksam zu und nippte an ihrem Tee, während Heather redete.

„Der Deal muss morgen über die Bühne gehen. Bis dahin darf also nichts schiefgehen. Solange wir mit unseren Diamanten davonkommen, können du und deine Freunde das Dope für euch haben und es verkaufen. Aber sobald die Übergabe stattgefunden hat, bringst du Joe für mich um, während ich zuschaue. Dann habe ich den Tod meines Mannes gerächt. Und ich habe das Vergnügen, dabei zuzusehen, wie du den Mann umbringst, den du liebst."

Yelena fing abrupt an zu lachen, ihre Zunge war voller Zucker. Sie schluckte. „Ich liebe Joe nicht. Wir arbeiten gut zusammen. In verschiedenen Hinsichten. Das ist alles." Sie schüttelte den Kopf. „Du bist eine wahre Romantikerin, wie ich sehe. Eine Dramaqueen. All das Gerede von Liebe und Rache. Du scheinst amerikanischer zu sein, als du glaubst." Sie stellte ihr leeres Glas ab. „Was mich angeht, ich liebe niemanden außer mich selbst."

Heather lächelte und nahm einen Schluck. „Dann habe ich mich geirrt. Wir haben wohl doch kein Problem."

Am nächsten Morgen trafen sich Joe und Yelena zum Frühstück. Sie hatte Syrniki, Maultaschen mit Hirtenkäse und Sauerrahm, und Tee. Joe trank einen türkischen Kaffee. Er bekam eine Nachricht von Cash, während sie aßen: *Haben drei gefunden, werden vorbereitet.* Er hatte zusammen mit Liam und Josh die Nacht mit der Suche nach Autos verbracht, die für ihr Vorhaben geeignet waren – schnell, verlässlich und so unscheinbar wie möglich. Wenn sie eines fanden, brachen sie es im Idealfall mithilfe des Gerätes, das Cash dabeihatte und das die Frequenz des Autoschlüssels suchte und fand, auf. Im Notfall knackten sie das Schloss jedoch selbst. Dann brachten sie es zu *Reliable Scrap*, ein Schrottplatz drüben in Jamaica, den Cash als Versteck für seine gestohlenen Autos nutzte. Normalerweise würden er und seine Leute die Autos dort hinbringen, auseinandernehmen und sie in den gigantischen Schrotthaufen verschwinden lassen. Andere Autos, Sonderbestellungen, wurden auf Wunsch gesucht und gestohlen und mit neuen Fahrgestellnummern und von Onkel Chen gefälschten Papieren ausgestattet und an seine Kunden in Übersee verschifft, größtenteils an reiche Chinesen.

Cash und die anderen hatten drei Autos gefunden, die ihnen gefielen – ein schwarzer Audi Sedan, ein dunkelblauer Saab Coupé und ein eleganter, grüner Viertürer von Lexus, alle drei waren neuere Modelle, jedoch nichts übertrieben Luxuriöses – und waren am Morgen bei *Reliable*, um die Stoßdämpfer und Einspritzanlagen anzupassen und die Kennzeichen mit denen anderer Autos auszutauschen. Solange der Staat übereinstimmte, würde es eine Weile dauern, bis es jemandem auffallen würde. Die Leute schenkten ihrem eigenen Kennzeichen in der Regel keine Beachtung und ohne sichtbare Schäden an den Schlössern oder Fenstern und mit legalen Kennzeichen würde niemand merken, dass das Auto gestohlen war, es sei denn, irgendein Polizist würde aus irgendeinem Grund die Kennzeichen überprüfen. Da sie dafür jedoch nicht lange genug in den Autos sitzen würden, machten sie sich darüber keine Sorgen. Sollte man sie während dieser Aktion anhalten, würde es sowieso zu spät sein und sie hätten größere Probleme.

„Ich habe gestern Nacht versucht, dich zu erreichen", sagte Joe zu Yelena auf dem Weg nach draußen. Joe zahlte an der Kasse und ließ etwas Trinkgeld auf dem Tresen.

„Du hättest eine Nachricht hinterlassen sollen", sagte sie, „ich habe mein Handy ausgeschaltet, weil ich früh schlafen gehen wollte."

„Macht nichts", entgegnete er. „Ich bin auch früh eingepennt."

Sie gingen einige Blocks bis zum *Grandmaster Chess Shop*. Als die kleine Glocke über der Eingangstür bimmelte, drehten sich ein Dutzend Köpfe nach ihnen um, sahen nichts weiter Interessantes und wendeten sich wieder ihren Schachbrettern zu. Der kleine Raum war vollgestellt mit Tischen, auf denen Schachbretter standen, Stühlen und Regalen mit Schachfiguren, Büchern, Stoppuhren und Portraits russischer Schachhelden. In der gläsernen Ladentheke standen besonders wertvolle Figurensets und Spielbretter zum Verkauf. Drei Spiele waren im Gange mit einer Vielzahl an Zuschauern, sie alle waren Männer und sie alle waren alt. Sie schlürften Tee, der in einer Ecke in einem pfeifenden Samowar kochte. Die Luft war verqualmt. Ein junger Mann mit einem dicken, schwarzen Bart, einer Brille mit dickem, Schwarzem Rahmen und einem Haufen bunter Tattoos fegte den Staub mit einem schmutzigen Staubwedel umher. Der alte Mann hinter der Kasse ignorierte sie und las Pfeife rauchend ein Buch mit kyrillischen Gedichten. Die Leute nannten ihn den Großmeister, aber ob er jemals ein Champion gewesen war oder nur in dem Shop arbeitete, wusste Yelena nicht.

Während Joe zuschaute, ging Yelena zur Ladentheke und suchte sich einen Springer aus Zinn aus einem Set aus. Er war sehr ungewöhnlich und aufwendig gestaltet und stellte einen mongolischen Krieger dar.

„Entschuldigen Sie", fragte sie den Großmeister. „Ich möchte so einen Reiter, aber größer. Eine Sonderanfertigung."

Er legte sein Buch nieder und nahm die Pfeife aus dem Mund. „Die gibt es nur im Set", sagte er. Rauch stieg aus seinem Mund auf wie Sprechblasen in einem Cartoon.

„Also gut", antwortete Yelena. „Zeigen Sie mir die Muster."

Er nickte und stand auf. „Mitka", rief er den jungen Mann, der kommentarlos seinen Platz an der Kasse einnahm, dann sagte er zu Yelena: „Hier entlang" und sie und Joe folgten ihm durch eine Tür mit der Aufschrift *PRIVAT* und in einen überfüllten Abstellraum, der doppelt so staubig und zehnmal so voll wie der vordere Bereich war, mit Regalen bis unter die Decke, gefüllt mit noch mehr Schachzubehör. Die Pfeife zwischen den Zähnen, enthüllte er eine versteckte Tür hinter einem Regal, das er zur Seite schob, und öffnete sie.

„Schließt die Tür hinter euch“, sagte er und führte den Weg. Joe zog das Regal auf seinen Platz zurück und schloss die Tür hinter sich. Sie standen in völliger Dunkelheit, als der Großmeister einen Schalter betätigte und mit einem Summen erhellten Leuchtstoffröhren den Raum. Sie befanden sich in einem deutlich saubereren und großzügigeren Raum mit einem Tisch in der Mitte und noch mehr Kisten in Metallregalen. Er steckte die Pfeife zurück in seinen Mund und zündete sie wieder an, während ein Abzug in der Decke den Rauch einsog. „Was braucht ihr?“, fragte er zwischen den Zügen.

„Vier Handfeuerwaffen, Vollautomatische, vorzugsweise Sig 9, Berettas oder Glocks“, sagte Joe. Der Großmeister begann, Kisten aus den Regalen zu ziehen und auf dem Tisch abzustellen. „Zwei Maschinengewehre mit Zielfernrohr. Munition.“

Die Pfeife zwischen die Zähne geklemmt und wie eine Dampflok qualmend, packte der Großmeister eine Auswahl an Waffen aus und legte sie auf den Tisch. „Gewehre“, nuschelte er durch seine Zähne. „Pistolen ... Was ist das hier?“ Er wühlte tief in einer Kiste. „Ah, Messer habe ich auch, falls ihr welche braucht.“ Er öffnete eine Box, in der sich eine Reihe fieser Kampfmesser befand. Joe suchte sich ein kleines Wurfmesser mit einer zehn Zentimeter langen, dreieckigen Klinge aus und gab es Yelena.

„Ein Geschenk", sagte er.

Sie lächelte. „Spasibo."

„Munition", sagte der Großmeister und breitete drei Magazine auf dem Tisch aus. „Probe gefällig?"

„Bitte", sagte Joe und er und Yelena begannen, die Waffen zu laden.

„Hier lang." Der Großmeister öffnete eine Tür am anderen Ende des Raumes. Sie führte hinunter, wo sich ein Schießstand inklusive Zielen befand. Akustikschaumstoff war an den Wänden und der Decke angebracht. Er gab beiden einen Gehörschutz und Schutzbrillen und setzte sich seine eigene auf. „Fangt ruhig an", sagte er, während er die Tür schloss. „Hier unten kann euch niemand hören."

Seite an Seite feuerten Joe und Yelena auf die Ziele, probierten verschiedene Waffen aus und trafen Entscheidungen. Keiner von beiden sagte ein Wort, es sei denn, eine Waffe hatte irgendeinen geringfügigen Mangel: Eine Pistole zog nach links, ein Gewehr musste gereinigt werden. Dann wandten sie sich den Papiermännchen zu und zerfetzten sie in tausend Teile.

„Wir nehmen die hier", sagte Yelena zu dem Großmeister, „mit Munition und Extramagazinen." Er nickte. Mit einem verschmitzten Lächeln fügte sie außerdem auf Russisch hinzu: „Und ich brauche noch ein paar Sonderartikel, wenn möglich."

32

Sie trafen sich in einer dunklen Straße. Joe und Yelena fuhren den Lexus, Joe saß hinterm Steuer und trug ein weißes Knopfhemd, und Yelena, komplett in Schwarz, hatte das Samtsäckchen mit den Diamanten neben ihrer Waffe auf dem Schoß. Eine Stunde zuvor hatten sich Liam und Josh, die mit dem Audi gekommen waren, auf dem Dach des mehrstöckigen Parkhauses mit Gewehren in Bauchlage positioniert und einen bewaffneten Mann im Kapuzenpullover in einer ähnlichen Position am Ende des Blocks bemerkt. Das war zu erwarten gewesen; beide Seiten würden Sicherheitsvorkehrungen treffen, um einem Hinterhalt vorzubeugen und Joe ging davon aus, dass Felix' Scharfschütze seine Männer ebenfalls bemerkt hatte. Juno und Cash saßen im Saab und parkten um die Ecke außer Sichtweite und hörten die Frequenz der Polizei ab. Dieser Teil von Joes Plan, so hoffte er, war weniger zu erwarten gewesen und sie waren sicher gegangen, dass sie weit genug entfernt standen. Selbst wenn jemand sie aus irgendeinem Grund sah, gab es keinen Grund, sie mit dem Deal, der außerhalb ihrer Sichtweite stattfand, in Verbindung zu bringen.

Joe und Yelena fuhren langsam die schmale Straße entlang, die jetzt, außerhalb der Hauptarbeitszeiten, vollkommen verlassen war und an deren Rand sich parkende Lkws aneinanderreihten. Er hielt auf mittlerer Höhe und ließ die Frontscheinwerfer aufblinken. Sofort tauchte ein anderes Auto auf der Straße auf und blinkte zurück, bevor es ungefähr sechs Meter vor ihnen zum Stehen kam. Felix fuhr, während Vlad eine große Sporttasche mit mehreren abgepackten Kilos Heroin hielt. Wie vereinbart stiegen Joe und Vlad, beide mit der Ware in der Hand, aus ihren Autos, während Yelena und Felix mit gezogenen Waffen dicht dahinter folgten. Es war eine Pattsituation. Sollte einer von beiden irgendetwas versuchen, war die Chance, dass beide starben, hoch.

„Schön, dich wiederzusehen, Joe", sagte Felix grinsend. „Wozu noch irgendwem etwas vormachen?"

Joe lächelte zurück. „Hallo, Felix."

„Ich gehe davon aus, dass Carlo tot ist?", fragte Felix.

„Davon gehe ich auch aus. Wie ich höre, sind Sherm und seine Jungs das ebenfalls."

„Wirklich?", fragte Felix. „Was für eine Schande. Für uns beide ist das aber vielleicht gar nicht mal so schlecht. Jetzt sind wir nicht mehr zurückverfolgbar."

„Kommen wir also zum Geschäftlichen, bevor irgendjemand mit seinem Hund vorbeikommt und du meinst, ihn auch umbringen zu müssen."

Felix lachte und nickte Vlad zu, der den Reißverschluss seiner Tasche öffnete. In dem grellen Licht der Autos konnte Joe die Päckchen mit dem Heroin sehen. Er löste die Schlaufe des Säckchens und hielt die Diamanten hoch, die in seiner Hand zu tanzen schienen, als die Reflektion der Straßenlaternen auf ihren Oberflächen glitzerte.

„Atemberaubend", sagte Felix, während Vlad seine Tasche wieder verschloss und vor Joes Füßen ablegte. „War mir eine Freude, Joe." Yelena schaute zu, die Waffe noch immer in der Hand, wie Joe die Tasche, die deutlich schwerer war, als sie in Vlads Armen wirkte, über seine Schulter hievte und in dem Kofferraum des Autos verstaute. Dann, gerade als Felix sich wieder hinters Steuer setzte, kam eine blonde Frau hinter einem Lastwagen hervor.

Joe zog die Schlaufe zu und übergab ihnen die Diamanten. „Jederzeit, Felix. Pass auf dich auf."

„Joe", rief Heather. Joe drehte sich zu ihr und versuchte, sich an das Gesicht zu erinnern. Er ging einen Schritt zur Seite, um Yelena eine freie Schussbahn auf sie zu geben. „Yelena", sagte Heather und lächelte. Yelena hatte ihre Waffe auf Joe gerichtet.

Joe reagierte blitzschnell. Er packte Yelena an der Kehle und würgte sie mit einer Hand, während die andere nach der Waffe griff. Doch Yelena gab zwei Schüsse ab, direkt in Joes Brust und sein Hemd verfärbte sich dunkelrot. Er kollabierte im Licht der Scheinwerfer. Blut tropfte aus seinem Mund.

„Mach's gut, Yelena", rief Heather, als sie zu dem Auto rannte, in dem Felix und Vlad warteten. Sie sprang auf den Rücksitz und noch bevor sich die Tür schloss, fuhren sie rückwärts davon. Yelena sah ihnen regungslos, wie von den sich entfernenden Scheinwerfern hypnotisiert, hinterher, während Felix eine abrupte Dreipunktwendung hinlegte, in den ersten Gang schaltete und verschwand. Sofort ließ sie die Waffe fallen und ging neben Joe auf die Knie, um zu sehen, was sie angerichtet hatte.

„Der Scharfschütze ist weg", hörte sie Josh durch ihren Ohrhörer. „Die Luft ist rein."

„Hier auch", sagte Juno.

„Die Luft ist rein", flüsterte Yelena. Joe öffnete seine Augen und lächelte sie an, seine Zähne waren hellrot verfärbt. Sie half ihm, sich hinzusetzen und er spuckte eine zerbrochene Kapsel zusammen mit rotem Schleim aus.

„Bäh", sagte er, „das schmeckt widerlich. Hättest du nicht Kirschgeschmack oder so kaufen können?"

„Das hier sieht realistischer aus", entgegnete sie. „Manchmal muss man für seine Kunst leiden."

Das Knopfhemd war zerrissen und man konnte die Metallplatten sehen, die Yelena mit Lederbändern um seine Brust gespannt hatte. Dann hatte sie Kondome mit Blut gefüllt und sie daran befestigt. Sie presste den Lauf fest an seine Brust, als sie die Platzpatronen abfeuerte. Auch, wenn es keine Projektile gab, war der Stoß genug, um die Kondome zum Platzen zu bringen und ein Loch in seinem Hemd zu hinterlassen und somit einen realistischen Pistolenschuss vorzutäuschen – oder zumindest realistisch genug für ihren Zweck.

Jetzt, wo Felix davonfuhr, nahmen Juno und Cash mithilfe des winzigen Kristalloszillators, den Juno in dem Säckchen mit den Diamanten versteckt hatte und den sie jetzt auf Junos Bildschirm orten konnten, die Verfolgung auf. Die Reichweite betrug nur einen oder zwei Blocks, doch sie würden sich nicht in Bewegung setzen, bevor Felix an ihnen vorbeigefahren und sie nicht mehr in Sichtweite waren. Liam und Josh würden ihnen aus noch größerer Entfernung folgen, bereit, sich in Position zu begeben, sobald Felix und die anderen untertauchten. In der Zwischenzeit würden Joe und Yelena das Dope verstecken und dann den Rest der Crew für den finalen Überraschungsangriff zur Rückeroberung der Diamanten treffen.

Yelena hob Joes Shirt und entfernte die Metallplatten. Er nahm seine Pistole und beide liefen grinsend zurück zu ihrem Auto. Sie hatten es geschafft. Alles verlief nach Plan. Wären sie zwei andere Menschen gewesen, hätten sie sich umarmt. Dann sahen sie Blaulicht.

PART IV

33

An diesem Morgen, in der CIA-Außenstellte Downtown, bekam Agent Powell einen Anruf über die sichere Leitung. Es war Pat White. White war ein Informant der CIA, seit sie Beweismittel gefunden hatten, die ihn mit der Mafia in New York und Geld- und Waffenlieferungen an die IRA in Verbindung brachten, von denen einige Waffen letztendlich in Camps der PLO, Trainingslagern der Hamas oder in den Händen linksradikaler Gruppierungen in Europa landeten. Anstatt das Ganze ans FBI oder andere Behörden zur Spionageabwehr zu übergeben, rekrutierte ihn die CIA und da White trotz seiner internationalen Reichweite so gut wie niemals die West Side verließ, arbeitete er mit der Außenstelle in New York zusammen und Powell wurde mit der Zeit zum zuständigen Agent. White versorgte Powell mit Informationen, wie Zeit und Ort eines Meetings zwischen den Köpfen des mexikanischen Kartells und mittelamerikanischen Paramilitärs oder die neue Identität, die ein chinesischer Spion gerade angenommen hatte, und Powell beschützte White im Gegenzug vor verdeckten Operationen, gab inländischen Behörden Tipps zu seinen Rivalen oder verriet ihm sogar von Überläufern in seinen eigenen Rängen wie Harry Harrigan, der daraufhin umgehend verschwand. Dann, vor einigen Wochen, beauftragte Powell White damit, eine Schwachstelle in Gio Caprisis Organisation zu finden.

White widersetzte sich. Gio war kein Feind. Wenn überhaupt war er ein Verbündeter und der Bandenkrieg, der ausbrechen würde, sollte Gio aus dem Verkehr gezogen werden und ein Machtvakuum kreieren, würde für ihn viel Schlechtes und wenig Gutes bedeuten. Powell blieb hartnäckig. Er sagte White, dass Gio nicht zwangsläufig das primäre Ziel sein würde. Er untersuchte einen Korruptionsfall innerhalb des FBI und eine mögliche Verbindung zwischen einem ehemaligen Soldaten der Spezialeinheit, der Geheimoperationen für die CIA durchgeführt hatte und der Mafia.

Letztendlich sah Pat sich gezwungen einzulenken. Bisher hatte er seine Position meisterhaft dazu genutzt, seine Macht zu schützen und auszubauen. Trotz der Tatsache, dass seine Crew verhältnismäßig klein und es in seinen ehemaligen Revieren still geworden war und dem generellen Schwinden der irischen Mafia in New York, blieb seine Macht etwas, mit dem man stets rechnen musste. Doch es war ein Drahtseilakt, auf einer Seite die CIA, auf der anderen die Gangster. Wenn die Wahrheit ans Licht käme, fiel er ins Netz und wäre die nächste Ratte, die man fangen und umbringen würde.

So wie Pat die Situation also sah, hatte er keine Wahl. Er saß in seiner üblichen Sitzecke hinten am Fenster in dem Diner und las die Sportseiten der *Daily News*. Er bestellte Spiegeleier mit extraknusprigem Bacon und leicht gebräuntem Toast und dazu echte irische Butter, die Gerald extra für ihn zubereitete und sie ihm persönlich aus der Küche zusammen mit einer Kaffeekanne an den Tisch brachte. Obwohl der Fluss einen Block entfernt lag, schien der Wind die Reflektion der Sonne durch das Fenster in dem Diner zu tragen. Die Ergebnisse seiner gestrigen Sportwetten fielen besser aus als erwartet und daher war er besonders gut gelaunt, als Liam, sein „Neffe“ – eigentlich war er der Sohn eines Cousins in Irland –, der regelmäßig Bericht erstattete, um ihn auf dem Laufenden zu halten, erzählte, dass die finale Übergabe der Diamanten gegen Heroin in dieser Nacht stattfinden würde. Er ging den Plan mit ihm durch, um sich zu vergewissern, dass er wasserdicht war und dann sagte er ihm, was für ein guter Junge er war und dass er an das denken sollte, was Joe ihm gesagt hatte und wünschte ihm viel Glück. Dann nahm er seine Schachtel Pall Mall – er hatte noch immer die ungefilterten im Softpack, die er immer bestellte, wenn seine Leute unversteuerte Zigaretten aus den Reservoirs der Indianer schmuggelten- und ging nach draußen, um eine zu rauchen, wo er Agent Powell anrief und ihm erzählte, was er wissen wollte. Er liebte seinen Neffen und hoffte, dass er ungeschoren aus der Sache herauskommen würde, doch er fühlte keine Reue oder Schuld. In seinen Augen hatte er keine Wahl.

Donna kam zu spät zur Arbeit, es waren nur zehn Minuten, aber sie kam gewöhnlich pünktlich wie ein Uhrwerk mit ihrem Latte in der Hand ins Büro marschiert. Doch an diesem Morgen waren die Züge ein noch größerer Albtraum als gewöhnlich – sie fand später heraus, dass jemand versucht hatte zu springen -, was sie als Zeichen dafür sah, dass dieser Tag zum Kotzen sein würde. Zum einen war sie verkatert, sie ging so gut wie nie aus und schon gar nicht unter der Woche – war sie das überhaupt oder war die Party zu ihr gekommen?

Sie spielte Poker und ließ sich zusammen mit ihrer Mutter und Joes Großmutter volllaufen, was sich noch immer wie ein Traum anfühlte – oder war das eines dieser Dinge, bei denen man erleichtert war, dass man sie nur geträumt hatte. Daran war nichts verwerflich oder illegal. Gegen Joe wurde nicht ermittelt, schon gar nicht gegen Gladys und auch ihre Aktion in dem Club war ganz normale FBI-Arbeit, zwei Agents, die einen bekannten Treffpunkt der Mafia aufscheuchten, um an Informationen zu kommen, sie hatten dabei sogar einen flüchtigen Kriminellen verhaftet. Doch wenn sie absolut ehrlich mit sich selbst war, musste sie zugeben, dass Joe irgendetwas an sich hatte, das sie Grenzen überschreiten ließ. Und das bereitete ihr Sorgen.

Ihr Kaffee schmeckte scheußlich. Sameer konnte nichts dafür. Er hatte ihr denselben Zaubertrank wie immer gemischt. Es war das Innere ihres Mundes, das wie ein Abfluss schmeckte, in den eine Ratte zum Sterben gekrochen war. Sie konnte das Fell auf ihrer Zunge spüren. Also spülte sie ein paar Aspirin mit Selters herunter, als Andrew vorbeikam und sie wissen ließ, dass ihr beschissener Morgen gerade zum beschissenen Tag und höchstwahrscheinlich Nacht geworden war.

Andrew und Donna waren Freunde und unterstützten sich gegenseitig in Meetings oder auf der Straße. Als die CIA also ihre Außenstelle kontaktierte, um sie aus Gefälligkeit über einen möglichen Deal zwischen den Dieben des Diamantenraubs und Heroinschmugglern mit Verbindungen zu einer Terrororganisation auf den neuesten Stand zu bringen und Andrew realisierte, dass Donna die Information als Einzige nicht erreicht hatte – als ob sie absichtlich ausgelassen wurde –, ging er an ihrem Schreibtisch vorbei und erzählte ihr alles.

„Sie arbeiten mit dem NYPD zusammen“, erzählte Andrew ihr, „deren Boss hat unserem gesagt, dass er seinen eigenen Arsch retten und nicht so wirken soll, als wenn er Protokolle ignoriert und jetzt soll ich ihn bei ihrem Date begleiten. Aber man hat mir nichts erzählt, weder wann noch wo oder wer. Zu geheim für uns Normalsterbliche.“ Er machte Anführungszeichen mit den Händen. „Sicherheitsbedenken.“ Die Schlussfolgerung war eindeutig:

„Dieser Hurensohn“, murmelte sie. Sie versuchte, einen Rülpser von der Selters zu unterdrücken, doch dann erinnerte sie sich, dass es nur Andy war und ließ es krachen.

Er runzelte angewidert die Stirn. „Welcher? Ich komme langsam nicht mehr mit.“

„Mein Ex-Ehemann. Hurensohn numero uno. Wenn irgendetwas vor sich geht, das selbst für die CIA zu zwielichtig ist und mich in irgendeiner Art und Weise boykottiert, steckt er dahinter. Glaub mir.“

„Also? Was hast du vor?“, fragte Andrew und setzte sich auf die Kante ihres Schreibtisches. Er beäugte ihren Latte. Er war wegen des Springers selbst zu spät gekommen und hatte keine Zeit gehabt, sich einen zu kaufen. Ein Loser, der den Morgen von mehreren tausend Menschen ruinierte. Und dann war er noch nicht einmal gesprungen. „Trinkst du den noch, oder was?“, fügte er hinzu.

„Nein, kannst ihn haben“, sagte sie und er nahm einen großen, genüsslichen Schluck. „Da gibt es leider nicht viel, was ich machen kann", fuhr sie fort. „Noch nicht."

Andrew grinste. „Klingt, als würdest du etwas aushecken."

„Das tue ich immer. Halte mich auf dem Laufenden, okay?"

„Verlass dich drauf, Schwester."

„Und pass auch auf deinen eigenen Arsch auf. Ich will keine Bissspuren oder Kugeln darin sehen."

Als Gio ihr am Morgen erzählte, dass er abends bei mehreren wichtigen Meetings in der Stadt und im Anschluss bis spät im Büro sein würde, entschloss Carol, dass es Zeit war. Also erwiderte sie, ohne mit der Wimper zu zucken, dass sie ebenfalls eine wichtige Konferenz am Abend haben würde, um die Behandlung einiger Risikopatienten mit Psychiatern und Pädagogen zu diskutieren. Wurde sie langsam genauso gut im Lügen wie er? Er glaubte ihr jedenfalls, gab ihr einen Kuss und sagte ihr, wie stolz er darauf war, dass sie so gute Arbeit leistete und schlug vor, dass er seine Mutter bitten könnte, vorbeizukommen und für die Kinder zu kochen. Sie waren zu alt für Babysitter, aber so wäre es nur ein Besuch von Oma, die ihre heiß geliebten Gnocchi macht.

Was Carol naheging und sie kurz zum Weinen brachte, als er aus der Tür war, sowohl aus Trauer als auch aus Wut, war die Tatsache, dass er recht hatte. Das war die beste Lösung für diese Situation. Sie war sich beinahe sicher, dass er ein Betrüger und ein Lügner war. Zweifelsohne war er ein Gauner, ein Dieb und ein

Gangster, und in ihrem Herzen wusste sie, dass er ein Mörder war. Aber er war auch ein großartiger Vater.

Als Detective Fusco am Morgen zur Arbeit kam, erwartete ihn eine böse Überraschung. Na ja, es war nicht wirklich eine Überraschung. Er war spielsüchtig und hatte schon seit Jahren Schulden bei Gio, die er in Form von Informationen abbezahlte und er war mittlerweile so tief in das Ganze verwickelt, dass er sich selbst nicht mehr befreien konnte, ohne im besten Fall seine Karriere zu riskieren – Gefängnis war realistischer – oder, würde Gio ihn zuerst in die Finger bekommen, sein Leben. Korrupt oder nicht, er war zu lange ein Polizist gewesen, um herunterzuspielen, mit wem er es zu tun hatte. Gio „The Gent" Caprisi war charmant und verführerisch wie eine Kobra. Der letzte Verräter, den Fusco für Gio identifiziert hatte, war zerstückelt im Müllcontainer gelandet und dort gab es genug Platz für einen mehr.

Die Ironie war, dass Fusco gut war in dem, was er tat. Er war ein äußerst fähiger Detective mit einer Aufklärungsrate weit über dem Durchschnitt. Als man ihm also eine Stelle in der Major Case Unit angeboten hatte, ein Eliteteam, das schwere Verbrechen wie Banküberfälle oder Entführung – oder einen Diamantenraub im großen Stil – löste, fand er, dass es ihm zustand. Er hatte es sich trotz allem verdient. Gio war selbstverständlich hocherfreut. Sein Junge spielte jetzt in der großen Liga mit und dank seines neuen Jobs konnte er ihn aus erster Hand mit Informationen versorgen. Doch Fusco wusste von Anfang an, dass es ein Spiel mit dem Feuer war und als er an diesem Morgen einen Anruf von seinem Boss bekam, fühlte er sich, als hätten sie ihn in Benzin getränkt und nach Feuer gefragt.

Die CIA hatte Insiderinformationen über einen Deal: Die gestohlenen Diamanten, des, wie die Nachrichten ihn nannten, „spektakulären Überfalls am helllichten Tag", sollten möglicherweise gegen eine Ladung Heroin getauscht werden, die von Schmugglern mit terroristischen Verbindungen importiert wurden. Ein Team aus Major Case, der Sondereinheit für organisiertes Verbrechen, und dem FBI und der CIA wurde hastig auf die Beine gestellt. Warum organisiertes Verbrechen? Die Vermutung war von Anfang an gewesen, dass die Täter Profis waren, die Besten der Besten, doch obwohl man nicht bestreiten konnte, dass sie „organisiert" waren, waren Diebe dieses Kalibers nur selten Mitglieder in Gangs oder der Cosa Nostra. Vielmehr formten sie eine eigene unabhängige Gilde. Doch das Heroin war etwas anderes. Es war so gut wie unmöglich, so viel Heroin zu vertreiben, ohne Zugang zu einem Netzwerk wie den schwarzen Gangs in Harlem oder Brooklyn oder den Latinos zu haben, die den Heroinhandel in der Bronx und dem Großteil von Manhattan kontrollierten. Jeder, der versuchte, seine Ladentüren auf einer der Straßen zu öffnen, die ihnen gehörte, würde nicht lange genug leben, um reich zu werden.

Außerdem, und da drehte ihm sich der Magen um, erzählte ihm die CIA, dass es „unbestätigte und nicht weiter spezifizierte, aber mehr oder weniger verlässliche Gerüchte" gibt, dass die Operation Mitglieder oder Verbündete der Caprisi-Familie involvierte. Und dann war da noch der Part, der ihm eine absolute Scheißangst einjagte: Sie behaupteten außerdem, dass sie Informationen über einen oder mehrere korrupte Beamte nicht näher definierter Behörden hatten.

Das war alles andere als gut. Selbst wenn er nicht mit „Beamter" gemeint war – woher sollte die CIA überhaupt von ihm wissen? -, bereitete es ihm dennoch Sorgen, denn sollte Gio gefasst werden und seine Familie Ziel einer groß angelegten Ermittlung, würde man ihn aller Wahrscheinlichkeit nach ebenfalls erwischen. Ein Telefonanruf, ein Meeting oder ein Bild einer Überwachungskamera irgendwo, und er wäre am Ende.

Andererseits, was wenn Gio Caprisi – sein Fluch und Kreuz, der Vampir, der sich mit seinem Blut nährte – wirklich verschwinden würde, was wenn man ihn bis ans Ende seines Lebens ins Gefängnis oder ein Zeugenschutzprogramm oder so etwas stecken würde? Dann würden Fuscos eigene Verbrechen vielleicht denselben Abfluss hinuntergespült und verschwinden. Selbst seine Spielschulden würden verschwinden, wenn Gio verschwand. Es bestand die realistische Möglichkeit, dass in dieser einen Nacht all seine Probleme gelöst werden konnten.

Daher zögerte er einen Moment, als er und sein Team ihre Einladungen zu der Party in derselben Nacht erhielten. Sollte er Gio anrufen und ihn warnen oder nicht? Ja oder Nein? Den ganzen Tag über hatte er sich das gefragt: Ja oder Nein? Auch wenn er ein exzellenter Detective war, er war ein lausiger Zocker und er wusste es. Selbst als es langsam Nacht wurde und das Team sich auf den Weg zum Ort der Übergabe machte, eine dunkle, ruhige Straße in Dumbo, und sich in Position begab, hatte er noch immer keine Entscheidung getroffen. Die Anweisung von oben lautete, abzuwarten, bis die Übergabe stattgefunden hatte und anschließend den Block abzuriegeln und die Verdächtigen einzufangen. Einsatzwagen und Zivilfahnder wurden an den umliegenden Straßen positioniert, bereit für den Zugriff. Fusco saß in seinem Auto, das außer Sichtweite geparkt war, und wartete zusammen mit den Agenten, die die CIA und das FBI geschickt hatten, um zu „beobachten und zu beraten“. Ein steifes Arschloch und typischer CIA-Agent namens Powell, der auf Fuscos Beifahrersitz saß und das Radio und die Klimaanlage verstellte, als wäre es sein eigenes Auto, und ein entspannterer aber weniger selbstbewusster junger FBI-Agent namens Newton auf der Rückbank neben Henderson, ein Stümper der Sondereinheit für organisiertes Verbrechen, der sich kurz vorm Ruhestand befand. Er entschied sich letztlich dazu, auf sein Bauchgefühl zu hören und sein Bauchgefühl sagte ihm, dass er Gio anrufen sollte. Das Haus gewinnt immer, sagte man schließlich und in diesem Fall war Gio das Haus. In der letztmöglichen Sekunde sagte er den anderen, dass er eine rauchen gehen würde, stieg aus dem Auto, versteckte sich hinter einer Ecke und wählte Gios Nummer. Dann sendete er eine Nachricht *DRINGEND 911*. Dann rief er nochmals an. Doch Gio nahm nicht ab.

34

Und deswegen ging an diesem Abend alles den Bach runter, als Joe und Yelena grinsend zurück zu ihrem Auto liefen, Juno und Cash sich in Bewegung setzten, um den Diamanten zu folgen, und Liam und Cash nach unten stürmten, um ins Auto zu springen und ihnen hinterherzufahren. Alles verlief nach Plan ohne, dass auch nur eine Kugel abgefeuert wurde. Bis die Polizei eintraf.

Gerade als Juno sie warnte, tauchte das erste Polizeiauto auf. „Yo, die Bullen!", schrie er in ihre Ohrhörer, als der Streifenwagen, der langsam an ihnen vorbeifuhr, plötzlich Blaulicht und Sirene einschaltete und hinter Joe und Yelena um die Ecke gerast kam. Die Scheinwerfer blendeten sie.

„Keine Bewegung. Hier spricht die Polizei", verkündete eine Stimme überflüssigerweise über den Lautsprecher, als sie mit quietschenden Reifen zum Stehen kamen und auf beiden Seiten mit gezogenen Waffen aus dem Auto sprangen. Yelena hechtete ins Auto, wo sie eine AR-15 auf dem Rücksitz aufbewahrte. Joe eröffnete sofort das Feuer.

In seinem Magazin befanden sich jedoch nur Platzpatronen. Da nicht abzusehen war, wie viele Schüsse Yelena brauchen würde, hatten sie das ganze Magazin damit gefüllt. Joe hatte dementsprechend noch sieben

Patronen, die er direkt in die Gesichter der Polizisten entleerte, während er ebenfalls zum Auto sprintete.

Die Polizisten wussten jedoch selbstverständlich nicht, dass Joe keine scharfe Munition benutzte und reagierten, wie jeder geistig gesunde Mensch reagieren würde: Sie drehten durch. Sie erschraken beim Anblick des Mündungsfeuers, das ihnen direkt entgegenschlug. Einer schoss wild herum und traf dabei nichts als Wand, während er zurück zum Streifenwagen lief, um in Deckung zu gehen. Der andere fiel zu Boden, als wenn er wirklich angeschossen worden wäre. Nachdem er das Magazin geleert hatte, setzte Joe sich ans Steuer.

Mittlerweile war auch Fusco am Ort des Geschehens angelangt und hatte sein Zivilfahrzeug hinter dem Streifenwagen abgestellt, doch Yelena stand bereits mit ihrem Gewehr im Schiebedach ihres Autos und feuerte scharfe Munition durch die Windschutzscheibe des Streifenwagens und über die Köpfe der Neuankömmlinge, die ausschwärmten, um in Deckung zu gehen. Joe trat aufs Gas und sie holperten über die Pflastersteine. Über das Funkgerät forderten Fusco und Powell die Polizisten, die noch immer hinter ihrem Streifenwagen kauerten und die Straße blockierten, dazu auf, sich zu bewegen. Als sie realisiert hatten, dass sie am Leben und unversehrt waren, stiegen die traumatisierten Polizisten in ihr Auto und fuhren los. Fusco folgte ihnen, während Henderson auf dem Rücksitz über das Funkgerät Verstärkung anforderte. Andrew war währenddessen in Gedanken versunken. Er hatte ein Déjà-vu, fast so, als hätte er diese Frau schon einmal gesehen und auch damals gab es auch eine Schießerei und Autos rasten durch die Gegend.

Nur wenige Sekunden, nachdem Juno sie gewarnt hatte, hörten Joe und Yelena weiteres Geschrei über ihre Ohrhörer, dieses Mal von Josh und Liam, sowie Schüsse und Sirenen, die von der Kreuzung vor ihnen kamen.

„Josh wurde getroffen. Josh wurde getroffen", rief Liam und als Joe und Yelena die Kreuzung erreichten, schoss der schwarze Audi mit Liam hinterm Steuer an ihnen vorbei, gefolgt von einem weiteren Streifenwagen. Joe schloss sich der Verfolgungsjagd an.

Sobald Josh und Liam sahen, dass sich Felix und die anderen in Bewegung setzten, sprinteten sie die Treppen hinunter, um das Auto zu holen, das sie am Straßenrand geparkt hatten, und Juno und Cash einzuholen, die die Diamanten aus sicherer Entfernung verfolgten. Doch gerade als sie die Tür zur Straße öffneten, kam ein Polizeiauto um die Ecke gerast. Die Polizisten darin sollten den schwarzen BMW mit Felix, Vlad und Heather abfangen, doch als sie zwei Männer mit Gewehren in einen schwarzen Pkw steigen sahen, hielten sie sie für die Zielpersonen, legten eine Vollbremsung hin und eröffneten das Feuer, noch während sie ihnen ihre Warnungen entgegenschrien. Josh erwiderte das Feuer und gab Liam Deckung, der ins Auto stieg und den Motor anließ. Dann, während Liam langsam beschleunigte, sprang er neben ihm auf den Beifahrersitz. Das war der Moment, in dem er angeschossen wurde.

„Josh wurde getroffen", rief Liam den anderen über das Funkgerät zu und trat das Gaspedal durch, während Josh seine Tür schloss. Sein Gesicht war schmerzverzerrt und Blut triefte aus dem Loch in seiner Schulter. Die Kugel war sauber hindurchgegangen, auf der einen Seite rein, auf der anderen wieder raus. Er wühlte hastig im Handschuhfach nach irgendetwas, das er auf seine Wunde pressen konnte und fand eine Packung Kleenex, die sofort durchtränkt waren.

Das Polizeiauto raste ihnen mit heulenden Sirenen hinterher und einen Moment später konnte Liam im Rückspiegel sehen, wie Joe und Yelena um die Ecke bogen und sich, gefolgt von einem weiteren Polizeiauto und einem Zivilfahrzeug, hinter ihnen einreihten.

„Wie schlimm ist es?", fragte Joe.

„Ich bin okay", stöhnte Josh.

„Durch die Schulter, aber er blutet stark", sagte Liam.

Er raste durch die größtenteils leeren Straßen, bog mal nach rechts ab, dann wieder nach links, und versuchte zu vermeiden, dass sie sich zwischen den Blocks aus Einbahnstraßen, die vor ihnen in Vinegar Hills lagen, verirrten, bis er sich auf einer weiteren, befahreneren Straße wiederfand. Und da war Felix, zusammen mit Vlad, der neben ihm auf dem Beifahrersitz saß, und Heather auf der Rückbank. Er sah verwirrt und verängstigt zugleich aus, als er sie und die Polizeiparade hinter ihnen entdeckte. Weil er davon ausging, dass sie hinter ihm her waren, drückte er aufs Gas. Liam beschleunigte ebenfalls, um vor den Cops zu bleiben und Joe und Yelena folgten direkt hinter ihnen mit den anderen Streifenwagen im Schlepptau. Als sie um die Ecke bogen, schloss sich ein weiterer Streifenwagen der Verfolgungsjagd an. Liam klebte an Felix' Stoßdämpfer. Auf einer Parallelstraße einen Block entfernt sahen sich Juno und Cash, die bisher versucht hatten nicht aufzufallen, ebenfalls gezwungen, ihre Geschwindigkeit zu erhöhen, um die Diamanten nicht aus der Reichweite des Trackers zu verlieren.

„Liam, kennst du einen Arzt, zu dem ihr gehen könnt?“, fragte Joe über den Ohrhörer.

„Ja, schon“, sagte Liam, „aber ich glaube, er wäre nicht sonderlich begeistert, wenn ich die Cops mitbringen würde.“

„Seid ihr noch an den Steinen dran, Juno?“

„Ja, Mann“, antwortete Juno. „Cash ist wirklich ein exzellenter Fahrer. Aber wenn wir ihnen weiterhin so hinterherrasen müssen, entdecken sie uns oder wir werden selbst angehalten.“

„Da hast du recht“, sagte Joe und schaute zu Yelena herüber, die gerade überprüfte, ob ihre Waffen alle mit scharfer Munition geladen waren. Er prüfte beide Außenspiegel und warf einen kurzen Blick auf die Cops in seinem Rückspiegel. „Mal sehen, ob wir euch etwas Luft verschaffen können“, sagte er. Dann blinkte er und wechselte die Spur.

Sie waren mittlerweile in Downtown, auf den weiten Straßen nahe Borough Hall, die die Verwaltungsgebäude und Gerichtshöfe umschlossen, was günstig war, denn der Verkehr dort war spärlich und sollten man sie erwischen, wäre der Weg nicht mehr weit. Joe schwenkte nach rechts und beförderte den Lexus über den Kantstein und über einen großen Platz, der von dem Gerichtsgebäude auf der einen und Bäumen und Bänken auf der anderen Seite umschlossen wurde. Die beiden Fahrzeuge hinter ihnen folgten, während die anderen an Liam dranblieben.

Jetzt trat Joe das Gaspedal durch. Ohne jeglichen Verkehr vor sich und dem großen Platz für sich allein, forderte er dem Motor des Lexus alles ab und jagte an den anderen vorbei, die sich noch immer zu seiner Linken entlang des Cadman Plaza ein Rennen lieferten.

„Okay, ich bin so weit", sagte er zu Liam und warf einen Blick zu Yelena herüber. „Mach dich bereit", wies er sie an.

Sie zog ihren Sicherheitsgurt enger und hielt sich mit dem Gewehr auf ihrem Schoß fest. „Bereit", sagte sie.

Joe riss das Lenkrad nach links herum, fuhr zwischen zwei Bänken hindurch und quer über den Gehweg, dann manövrierte er den Lexus durch die parkenden Autos und zurück auf die Straße. Als Liam die Spur wechselte, um ihm mehr Platz zu geben, visierte Joe das vorderste Polizeiauto an und traf es mit voller Geschwindigkeit. Er streifte die vordere rechte Ecke mit der linken Seite seines Autos. Durch den Aufprall verlor das Polizeiauto die Kontrolle und prallte gegen eine Bushaltestelle. Liam und Felix jagten über die Kreuzung, vorbei an hupenden Autos. Der Verkehr kam zum Erliegen. Liam raste davon und vorbei an Felix, der sich unbemerkt – so dachte er zumindest – in eine Seitenstraße flüchtete. Cash und Juno folgten ihm langsam wie ein Hai im flachen Wasser. Die Ampel vor ihnen sprang auf Rot und Joe legte einen kontrollierten Drift hin und blieb schräg auf der Fahrbahn stehen, um die Polizeiautos hinter ihm zu blockieren.

Die Polizisten waren einer nach dem anderen zur Vollbremsung gezwungen. Alles kam zum Stehen. Das

Auto, das Joe gerammt hatte, stand auf dem Gehweg, eingeklemmt in dem Häuschen der Bushaltestelle, die rechte Seite eingedrückt, während seine desorientierten Passagiere versuchten, herauszukommen. Die Polizisten in dem vordersten Auto sahen verwirrt durch die zerbrochene Windschutzscheibe direkt in die Frontscheinwerfer von Joe und hinter ihnen schrien die anderen in ihre Funkgeräte und versuchten, herauszufinden, was vor sich ging. Dann eröffnete Yelena das Feuer.

Sie hielt ihr Gewehr aus dem Fenster und ließ es Kugeln auf das vorderste Auto hageln. Sie zerschoss beide Reifen und durchlöcherte den Kühler, wie sie es zuvor bereits mit der Windschutzscheibe getan hatte. Die verzweifelten Polizisten in dem Auto duckten sich hinter dem Armaturenbrett, während sie versuchten, ihre Gurte zu lösen und ihre Waffen zu ziehen. Als die Ampel wieder auf Grün sprang, trat Joe aufs Gas, fuhr auf die Kreuzung. Die beiden Polizisten in dem vorderen Polizeiauto seufzten erleichtert, als sie realisierten, dass sie keine der Kugeln getroffen hatte und die hinter ihnen versuchten verzweifelt, links und rechts vorbeizukommen.

Dann führte Joe eine Kehrtwende aus, er fuhr im weiten Bogen über die Kreuzung, hüpfte über den Kantstein und schoss erneut quer über den Platz. Er fuhr denselben Weg zurück, den er gekommen war.

Powell saß in dem Zivilfahrzeug am hinteren Ende der Parade und drehte am Rad. Er schlug auf das Armaturenbrett und schrie Fusco an, dass er zurücksetzen solle, was dieser bereits versuchte, doch der Verkehr, der sich hinter ihm staute, machte es ihm unmöglich. Fusco wies die Einheiten vor ihm über das Funkgerät an, umzudrehen und erneut die Verfolgung aufzunehmen – und, verdammt noch mal, die Straße frei zu machen –, was durch die demolierten Fahrzeuge am vorderen Ende schwierig war. War überhaupt noch irgendjemand hinter ihnen her?

„Alle Einheiten, bitte kommen", rief Fusco über das Funkgerät. „Hat irgendjemand Sichtkontakt mit dem grünen Lexus Viertürer?" Es herrschte Stille. „Hallo? Bitte kommen ... macht den Mund auf, verdammt noch mal!"

„Negativ", sagte eine zittrige Stimme.

„Sorry, Detective."

„Aber wir haben die Kennzeichen durchgegeben."

„Fuck", murmelte Powell, während Fusco sich nach mehrmaligem Vor und Zurück endlich befreite. Sie rasten über den Platz und folgten dem Lexus zusammen mit den anderen Polizisten, die sich nun ebenfalls befreien konnten. „Sie sind da lang", sagte er zu Fusco, der das selbst wusste und ihn ignorierte. Auf der Rückbank beobachtete Andrew in Ruhe die Show, während sich Henderson stöhnend am Haltegriff festhielt, als Fusco über den Kantstein bretterte und wild um die Ecken jagte. Sein Rücken und seine Nieren hatten dieses Geholper nicht nötig.

Die anderen Verdächtigen in dem schwarzen Audi und dem BMW waren bereits über alle Berge. Nach ihnen wurde zwar gefahndet, doch es würde höchstwahrscheinlich zu nichts führen. Sie würden schon lange im Stadtverkehr untergetaucht sein. Mehr und mehr Einheiten kamen zur Unterstützung, näherten sich und zogen das Netz weiter zu, doch der einzige Fisch, den es noch zu fangen gab, war der schlüpfrige Lexus, der dahin zurück zu fahren schien, wo er hergekommen war, was kein besonders schlauer Plan war: Der Fluss und der dichte Verkehr auf den beiden Brücken darüber würden ihr Ende bedeuten.

„Können Sie sie einkesseln?“, fragte Powell.

Fusco zuckte mit den Schultern, er hatte beide Hände am Lenkrad und die Augen waren nach vorn gerichtet, während er mit heulender Sirene durch die Straßen navigierte. „Scheint, als würden sie das schon selbst tun“, sagte er. Er war sich noch immer nicht sicher, was passieren würde, wenn er sie einholte oder ob er das überhaupt wollte.

„Sie, dahinten!“ Powell drehte seinen Kopf nach hinten zu Andrew. „FBI. Warum unternehmen Sie nichts?“

„Das tue ich“, antwortete er unbekümmert. „Mir wurde gesagt, ich soll beobachten und beraten. Jetzt gerade beobachte ich Sie dabei, wie Sie einen Herzinfarkt bekommen.“ Er erwiderte Powells Blick. „Und mein Rat ist, dass Sie sich besser wieder umdrehen.“

35

Joe und Yelena waren gefangen. Sie hatten keine Wahl. Sie mussten Liam helfen zu entkommen, damit er Josh zu einem Arzt bringen konnte. Außerdem mussten sie dafür sorgen, dass Felix sich sicher genug fühlte, um anzuhalten und Juno und Cash zu den Diamanten zu führen. Daher hatte Joe bewusst die Aufmerksamkeit auf sich gelenkt und den anderen etwas Zeit verschafft, indem er sich auf der Straße quergestellt hatte. Dann fuhr er wieder dahin zurück, wo sie hergekommen waren, um die Polizisten auf eine falsche Fährte zu locken, bevor sie das Netz zu weit zuziehen würden. Jetzt hatten die anderen genug Zeit und sie waren umzingelt.

„Ich denke, wir sollten das Auto stehen lassen", sagte Joe, während er durch die Straßen hetzte. Er sah Polizisten in seinem Rückspiegel und einige Kreuzungen weiter vorne näherte sich noch mehr Blaulicht. Yelena war damit beschäftigt, das Dope von der Sporttasche in zwei kleinere Rucksäcke umzupacken. Sie warf die leere Tasche aus dem Fenster.

„Lass uns parken", sagte sie.

Joe bog wieder in die Straße, in der sie Felix ganz am Anfang getroffen hatten, doch dieses Mal fuhr er in die entgegengesetzte Richtung. Von vorne kamen ihm Autos entgegen und hinter ihm folgten ihm die Polizisten. Sie saßen fest.

„Halt dich fest“, sagte er zu Yelena. Joe riss das Lenkrad herum und schlidderte ins Parkhaus.

Als Liam und Josh das Dach zuvor als Scharfschützennest benutzt hatten, war es äußerst einfach, sich Zugang zu verschaffen. Sie gingen einfach durch den Eingang, als ob sie ihr Auto abholen wollten und verschwanden später über das Treppenhaus durch einen Notausgang. Das Gebäude war im Grunde nur gegen Autodiebstähle geschützt. Niemand kam jemals auf die Idee, dass irgendwer mit einem Auto einbrechen würde. Joe jagte an dem Wachmann vorbei und krachte durch die Schranke.

Er fuhr die Rampe hinauf und folgte der Kurve, während er sich vorsichtshalber auf die Hupe lehnte, auch wenn das Parkhaus ruhig war. Er konnte die Sirenen hinter sich hören. Im zweiten Stock angekommen, sah er den Aufzug und lenkte scharf nach rechts und blieb stehen, sodass der Lexus quer vor dem Aufzug stand und gleichzeitig die Rampe blockierte. Er nahm den Schlüssel aus der Zündung und lehnte sich aus dem Fenster, um den Aufzug zu rufen. Als die Polizei auf ihrer Höhe ankam, lehnte Yelena sich aus ihrem Fenster und zielte.

„Bitte versuch, niemanden umzubringen“, sagte Joe. Sie warf ihm einen finsteren Blick zu. „Bitte“, fügte er hinzu.

„Ich habe den ganzen Tag noch niemanden umgebracht“, stellte sie klar und eröffnete das Feuer. Die Polizisten gingen in Deckung, während ihre Kugeln in einem Sturm aus Lärm und zersplittertem Glas niederregneten. Einige versuchten, das Feuer zu erwidern, doch sie konnten nicht anders, als blind durch die Gegend zu schießen. Joe starrte auf die Anzeige des Fahrstuhls.

„Ein Stockwerk noch", sagte er. Sie feuerte weiter. Joe richtete seine Pistole auf die Türen des Fahrstuhls für den Fall, dass sich jemand darin befand, doch er war leer. „Los", sagte er und öffnete seine Tür, bevor er die Rucksäcke in den Aufzug warf und ausstieg. Yelena folgte ihm, ohne das Feuer einzustellen, während Joe den obersten Knopf drückte und sich die Türen des Aufzugs schlossen.

Sie warteten. Es war ein surreales Gefühl, in dem stillen Aufzug zu stehen, als würden sie gerade zur Arbeit gehen, doch solange keine Fallschirmjäger gelandet waren, war es absolut unmöglich, dass die Cops das Dach bereits erreicht hatten. Joe hatte den Lexus so zurückgelassen, dass er die Rampe blockierte und sie fuhren mit dem einzigen Fahrstuhl, also mussten die Polizisten die Treppen nehmen. Dennoch schnallten sie sich die Rucksäcke um und richteten ihre Waffen auf die Türen, als sie sich öffneten. Niemand. Joe hielt den Öffnen-Knopf gedrückt, während Yelena eine Mülltonne holte, die neben dem Aufzug stand und sie zwischen die Türen des Aufzuges stellte, um zu verhindern, dass sie schlossen.

Das Dachgeschoss war größtenteils leer und zu allen Seiten offen. Ein Haufen Wartungsgeräte stapelte sich in einer Ecke, was ihnen bereits aufgefallen war, als sie sich vor dem Treffen umgeschaut hatten. Joe rannte und nahm einen Mopp, den er zwischen die Griffe der Tür zum Treppenhaus steckte. Das würde sie etwas Zeit gewinnen lassen, auch wenn sie davon ausgehen mussten, dass in wenigen Minuten einige Polizisten zu Fuß auch über die Rampe kommen würden.

Währenddessen trug Yelena eine Teleskopleiter zu der hüfthohen Wand am Rande des Daches herüber. Joe eilte ihr zu Hilfe. Unter ihnen befand sich eine schmale Gasse und vor ihnen das Dach des nächsten Gebäudes, das ein Stockwerk tiefer lag. Sie hielten die Leiter zusammen und fuhren sie so weit aus wie möglich, dann setzten sie das untere Ende auf dem anderen Dach ab und lehnten das obere gegen das Dach des Parkhauses.

„Du gehst vor, Miezekatze“, sagte Joe.

Yelena grinste. „Angst, Joe?“

„Absolut“, sagte er, während er die Leiter festhielt. Yelena stieg auf den Vorsprung hinter der Wand, dann begann sie, auf allen vieren vorsichtig, aber dennoch flink, die Leiter hinunterzuklettern. Die Leiter bog sich leicht unter ihr, doch Joe hielt sie mit aller Kraft fest, während er über seine Schulter guckte. Die Türen des Fahrstuhls stießen gegen die Mülltonne.

Yelena hüpfte graziös von der Leiter und auf das Dach. Sobald sie die Leiter festhielt, winkte sie Joe zu sich nach unten. Joe warf einen letzten Blick zurück. Er konnte hören, dass jemand an den Türen zum Treppenhaus rüttelte. Also kletterte er über die Mauer und dann, sehr vorsichtig, griff er erst mit einer, dann mit beiden Händen den Holm der Leiter. Dann übte er ein wenig Druck aus, um einzuschätzen, ob sie halten würde. Sie gab ein wenig nach, doch schien stabil, als er sich langsam vorwärtswagte, eine Hand nach der anderen, bis seine Knie die Sprossen berührten. Dann begann er zu kriechen. Er spürte den Wind und die Leere unter sich und die Leiter schien sich unter ihm zu biegen, doch er kroch weiter. Er wusste nicht, ob er mehr Angst davor hatte, auf dem Beton aufzuschlagen oder vor den Polizisten hinter ihm. Er würde ein einfaches Ziel darstellen. Sie hätten sich einen Spaß daraus machen können, ihn von der Leiter zu schießen.

Yelena lächelte zu ihm herauf. „Gut", rief sie. „Weiter so. Und nicht nach unten schauen."

„Danke", sagte er, „nach oben zu schauen, traue ich mich auch nicht. Wenn du jetzt einen Bullen siehst, darfst du ihn erschießen."

Sie grinste und er krabbelte weiter. Als er an der Stelle ankam, an der das untere Ende der Leiter das Dach berührte, rollte er sich sofort ab. Zusammen zogen sie die Leiter zu sich aufs Dach und versteckten sie in einer dunklen Ecke. Sie konnten jetzt Polizisten rufen hören und die Lichter ihrer Taschenlampen sehen. Sie suchten die Autos und jede Ecke des Daches ab, doch niemand hatte bis jetzt nach unten geschaut.

Yelena sprintete zu der Tür, die ins Treppenhaus des Gebäudes führte, doch sie war verschlossen und hatte kein Schlüsselloch an der Außenseite, das sie hätte knacken können. Sie schaute Joe an und schüttelte den Kopf und zeigte auf die hintere Seite des Gebäudes. Während sie hinüberrannte, hielt er Ausschau nach Polizisten, dann rannte er hinterher. Sie kletterten auf die Feuertreppe. Jetzt waren sie außer Sichtweite der Polizei und würden auch den Polizisten vor dem Gebäude nicht über den Weg laufen. Die Feuertreppe führte nach unten in einen kleinen Hinterhof, der nur durch das Gebäude zugänglich war. Wieder eine Falle. Sie begannen rasch aber leise, die Treppen hinunterzulaufen und überprüften dabei die Fenster. Das erste Fenster, an dem sie vorbeikamen, war dunkel und hatte Gitterstäbe und eine schwere Gittertür, die aussah, als wäre sie seit Jahren nicht mehr geöffnet worden. Doch die nächste Gittertür stand offen, höchstwahrscheinlich, damit die graue Katze, die zusammengerollt auf der Feuertreppe lag und die Nachtluft genoss, rein- und rausgehen konnte, genau wie das Fenster dahinter und das Licht brannte. Als sie sich näherten, huschte die Katze zurück durch das Fenster und Yelena kletterte ihr mit gezogener Waffe hinterher und richtete sie auf den Kopf einer jungen Frau, die auf der Couch saß. Sie trug eine Jogginghose und ein Columbia T-Shirt. Ihre Haare waren rot und ihr Gesicht blass, wahrscheinlich sogar noch blasser als normalerweise. Joe kam ebenfalls durchs Fenster geklettert und ging sicher, dass sich sonst niemand in dem kleinen Apartment befand. Es gab ein winziges Schlafzimmer, einen vollgestopften Kleiderschrank, ein Badezimmer und das Hauptzimmer, das Küche, Wohn- und Esszimmer zugleich war.

„Sicher", sagte Joe, als er seine Waffe einsteckte und zurück zu dem Fenster ging. Er schloss es zusammen mit den Vorhängen und machte die Gittertür zu. Yelena hielt die Frau mit ihrer Waffe in Schach.

„Keine Sorge", sagte er, nahm ihre Fernbedienung und schaltete den Fernseher stumm. „Ich werde nicht zulassen, dass sie Sie erschießt, solange Sie sich benehmen, okay?"

Sie war starr vor Angst, doch Joe konnte ein Nicken vernehmen.

„Also“, fragte er sie, „erwarten Sie heute Abend noch irgendjemanden? Ihren Freund? Ihre Freundin? Haben Sie Essen bestellt?“

Sie schüttelte den Kopf. „Nein“, krächzte sie, dann räusperte sie sich und versuchte es noch einmal. „Nein, ich erwarte niemanden. Ich wollte mir Essen kommen lassen, aber das muss nicht sein.“ Ihre Unterlippe zitterte. „Nehmen Sie sich, was Sie wollen, meinen Laptop, mein Geld, aber bitte tun Sie mir nicht weh ... oder ...“ Sie rang nach Luft, als ob sie in ihrer eigenen Angst ertrank. „Bitte vergewaltigen Sie mich nicht.“

Yelena schaute sie finster an. „Vergewaltigen?“, fragte sie. „Sehe ich aus wie eine Vergewaltigerin?“

„Nein, nein. Tut mir leid. Ich bin mir sicher, dass Sie keine sind. Ich meine, Paare vergewaltigen doch normalerweise nicht, oder? Ich weiß es nicht!“ Sie fing an zu weinen. „Das ist mein erstes Mal!“

„Beruhigen Sie sich“, sagte Joe und gestikulierte Yelena zu, dass sie die Waffe runternehmen sollte. „Niemand wird Ihnen wehtun und ausrauben wollen wir Sie auch nicht. Ich verspreche es. Alles wird gut.“

Sie nickte, doch wirkte noch immer wie versteinert. „Ähm ... sind Sie denn in Ordnung?“, fragte sie ihn und musterte geschockt sein blutiges, zerrissenes Hemd.

„Keine Sorge. Das ist nicht sein Blut“, erklärte Yelena und das Mädchen wurde wieder blass und ihre Augen weiteten sich.

„Sie meint, es ist nicht echt“, beruhigte Joe sie. „Wie an Halloween. Lange Geschichte.“

In ihrem Gesicht spiegelte sich plötzlich Hoffnung und dann Verwirrung wider. „Was wollen Sie denn dann?“

„Wir wollen hier nur für eine Weile rumhängen", sagte Joe. „Wissen Sie, in diesem Moment wimmelt es draußen nur so vor Polizisten, die nach uns suchen. Also können wir nicht raus. Wir müssen eine Weile untertauchen, bis die Luft rein ist. Eventuell werden sie das Gebäude durchsuchen. Eventuell werden sie sogar an Ihre Tür klopfen, doch solange Sie tun, was wir Ihnen sagen, wird alles gut. Verstanden?"

„Sind Sie auf der Flucht oder so?"

„Genau", sagte Joe und legte seinen Rucksack ab, um sich auf einen Sessel zu setzen. „Wir sind Kriminelle, die versuchen, dem Gesetz zu entkommen."

Yelena nahm ihren Rucksack ebenfalls ab und legte ihn neben Joes, bevor sie es sich auf der Couch bequem machte. Die Katze schmiegte sich auf ihren Schoß. Sie streichelte sie hinter den Ohren und sie begann zu schnurren, während Yelena dem verängstigten Mädchen zulächelte. „Wir sind wie Bonnie und Clyde", sagte sie zu ihr. „Klingt das nicht nach Spaß?"

36

Sobald Liam in Sicherheit war, fuhr er langsamer. Er wusste, dass er eigentlich das Auto loswerden sollte, doch Josh verlor neben ihm immer wieder das Bewusstsein, weil er so stark blutete, dass er keine Zeit hatte, anzuhalten. Stattdessen bog er ein paarmal ab und reihte sich in den Verkehr in Richtung der Brooklyn Bridge ein, um zwischen den Autos unterzutauchen wie ein Jogger, der sich der Gehgeschwindigkeit der Menge während der Rushhour anpasste. Es funktionierte. Die einzige Aufmerksamkeit, die er jetzt auf sich zog, kam von wütenden Fahrern, die er schnitt, doch jetzt regte er sich selbst über den Verkehr auf, der ihm zuvor Schutz bot. Im Schritttempo bewegten sie sich über den Fluss wie ein Wurm, der einen Baumstamm überquerte. Er starrte wütend auf die dunkle Heckscheibe des Jeeps vor ihm, als wäre sie ein Fernseher, der jeden Moment eine wichtige Nachricht verkünden würde. Alle paar Sekunden drehte er sich zu Josh herüber, um nach ihm zu sehen. Sein Kopf lehnte an der Kopfstütze, seine Augen waren geschlossen, Schatten warfen die Umrisse der Stadt auf sein Gesicht. Als er ihn ansah, fühlte Liam zu seiner Überraschung so etwas wie Einklang. Es war wie das Ende eines alten Gangsterfilmes, in dem die Helden beste Freunde aus Kindheitstagen oder bis jetzt Erzfeinde waren, doch sich gemeinsam dem Ende entgegenstellten und einer in den Armen des anderen starb, mit so viel Unausgesprochenem und gleichzeitig waren keine Worte notwendig.

Es war ein alberner Gedanke, das wusste er. Romantisch. Aber waren Verbrecher nicht auf gewisse Art Romantiker? Auch wenn sie selbst bei dem Gedanken kotzen würden? Selbst die, die Liam kannte, weil er mit ihnen aufgewachsen war, waren stumpfe, brutale Bastarde, breit wie Schränke oder völlig irre. Sie forderten das Schicksal heraus, würfelten um ihre eigene Freiheit, verwetteten ihre Leben darauf, dass alles gut gehen würde, obwohl sie gleichzeitig wussten, dass die Chancen schlecht für sie standen wie im Spiel oder der Liebe.

Andererseits waren Verbrecher Hardcore-Realisten und als kaltblütiger, klarsichtiger Zyniker wusste Liam auch: Jemand hatte geplaudert, jemand hatte die Behörden informiert. Darum war er jetzt hier. Wie sonst hätten die Cops in der Lage sein sollen, genau zur richtigen Zeit am richtigen Ort zu sein? Jemand hatte sie verpfiffen und dieser jemand würde mit seinem Blut für das seines Freundes bezahlen müssen.

Als er einen Anruf von einer unbekannten Nummer bekam und er mit einem „Ja?“ antwortete, fragte die Stimme am anderen Ende, die ganz klar Gios war, nur: „Ist dieses Handy sicher?“ Liam versicherte ihm, dass es eines der Wegwerftelefone war, die er und die Crew extra für diesen Job gekauft hatten, dann fuhr Gio fort: „Liam, ich habe eine schlechte Nachricht für dich.“ Liam hörte zu und sagte nichts außer: „Ich verstehe. Sag mir, was du brauchst.“ Und dann wusste er es. Es war tatsächlich wie das Ende eines Gangsterfilmes mit einem verdrehten Ende. Ja, jemand hatte nicht dichtgehalten und dieser jemand war er selbst. Er, Liam, hatte seine Leute verraten und war schuld daran, dass sein Freund angeschossen wurde, denn, wie sich herausstellte, war, mit seinem Großonkel Pat zu reden, dasselbe, wie mit den Bullenschweinen zu reden.

Der Verkehr rührte sich. Irgendeine Ampel war umgesprungen und hatte die verstopften Straßen befreit. Vielleicht wurde auch irgendein Unfall oder irgendeine andere Sache geregelt, jemandes Tragödie oder Komödie, die auf einer anderen Bühne des Lebens aufgeführt wurde, die beste oder schlimmste Nacht des Lebens eines Fremden war für den Rest der Menschen nur ein weiterer Zwischenfall, der nicht viel mehr als einem genervten Seufzen auf dem Weg nach Hause oder zur Arbeit würdig war.

Liam überquerte den Fluss. Sobald er in Manhattan war, raste er über die Centre Street und überquerte dann die Chambers Street in Richtung der Klinik, deren Arzt tagsüber ein Wohltäter war, der die Bedürftigen versorgte und in der Nacht sein Geld mit der Behandlung von Übeltätern machte. Er erwartete die beiden bereits. Liam würde seinen Partner zu ihm bringen und sichergehen, dass er durchkam. Dann würde er das Auto verschwinden lassen. Und dann seinen Onkel besuchen.

Josh regte sich. Seine Augen waren geschlossen, doch sein Kopf drehte sich hin und her und seine Lippen bewegten sich, als hätte er einen schlechten Traum. Liam nahm seine Hand und drückte sie.

„Keine Sorge, Josh“, sagte er. „Wir besorgen dir Hilfe. Du wirst das schaffen.“

Joshs Augenlider zitterten, als sie sich leicht öffneten. Er versuchte zu sprechen. „Liam?“

„Ich bin da, Josh. Versuch, nicht zu reden. Spar dir deine Energie auf. Alles wird gut. Wir sind fast da.“ Er drückte Joshs Hand noch fester. „Ich bin bei dir.“

Josh lächelte, seine vollen, hübschen Lippen formten ein lautloses „Danke“ und er drückte Liams Hand zurück. Sie ließen sich den Rest des Weges nicht mehr los.

37

Cash und Juno waren ein gutes Team. Sie waren ungefähr in dem gleichen Alter, waren in ähnlichen Gegenden aufgewachsen und hielten sich mit ähnlichen Mitteln über Wasser. Halb Straßenkind, halb Geek, schlau und flink, doch nie so athletisch wie ihre älteren Brüder oder so hart wie die Rüpel in ihrer Nachbarschaft und so überlebten sie, indem sie sich Fähigkeiten aneigneten, die die Leute um sie herum zu schätzen und bewundern lernten: Juno, das Computergenie, Cash, der Autos stahl und fuhr wie ein Profi. Und beide waren stolz darauf, die besten zu sein.

Jetzt kooperierten sie also wie Profis und verstanden sich wie gute Freunde, sie einigten sich sogar auf die Musik, zu der sie synchron mit den Köpfen nickten, während Juno die Diamanten auf dem iPad auf seinem Schoß ortete und Cash geschmeidig und scheinbar mühelos durch die Straßen glitt und dabei aufpasste, sie nicht außer Reichweite zu lassen oder zu weit aufzuholen und entdeckt zu werden. Tatsächlich hatten sie das Auto, in dem Felix, Vlad und Heather saßen, nicht mehr gesehen, seit sie mit der Polizei aneinandergeraten waren. Sie hielten sich zurück, außer Sichtweite, doch innerhalb des Zwei-Block-Radius.

Das erforderte Geschick. Cash befand sich auf einem Hindernisparcours, auf dem er mit Bussen, langsameren Verkehrsteilnehmern und zurücksetzenden Lastwagen fertig werden oder Radfahrern und Passanten, die über Rot liefen, ausweichen und dabei einen Überblick über Einbahnstraßen und Baustellen behalten musste. Und er ließ es cool aussehen: lässig eine Hand am Lenkrad, Kopf und Schultern locker, doch die Augen stets in Bewegung, um die Spiegel zu checken, die Straße vor ihm zu scannen und auf das zu reagieren, was passieren würde, einen Wimpernschlag, bevor es passierte, nicht danach. Das war entscheidend.

Junos blinkender Punkt brachte sie nach Queens und stoppte schlussendlich in Astoria, einen Block von der Steinway Street entfernt. Dies war eine der größten arabischen Gemeinden der Stadt, ehemals Little Egypt getauft, bestand sie heute hauptsächlich aus kleinen Läden, Cafés und Restaurants aus dem mittleren Osten oder Nordafrika, betrieben unter anderem von Libanesen, Marokkanern und Syrern.

Langsam und vorsichtig näherten Juno und Cash sich jetzt dem Signal, das von einem großen Gebäude an der Ecke auszugehen schien. Sie umkreisten den Block, vorbei an dem schwarzen BMW, dem sie bis hierher gefolgt waren und der jetzt leer neben einem Hydranten parkte. Die vordere Seite des Gebäudes stellte sich als großes mittelöstliches Restaurant und Nachtclub heraus, mit einem konstanten Strom von Gästen, die ein- und ausgingen und Taxis und Autos die Menschen, vor der Tür absetzten. Club Layali stand in Leuchtbuchstaben über dem Eingang. Cash fuhr rechts ran und hielt an einer Stelle, von der aus sie den Eingang beobachten konnten. Sie warteten. Cash rauchte eine Zigarette und streckte die verspannten Schultermuskeln nach der langen, stressigen Fahrt. Juno drehte die Musik auf und beobachtete seinen Punkt. Fünfzehn Minuten vergingen.

„Ich glaube, die haben es sich bequem gemacht", sagte er schließlich.

„Vielleicht holen sie sich Abendessen", vermutete Cash. Er war selbst am Verhungern. Er aß niemals vor einem Job und jetzt ließ der Gedanke an Hühnchen, das auf einem Spieß röstete, seinen Magen knurren. „Vielleicht sollten wir reingehen und nachschauen?"

„Joe hat gesagt, wir sollen draußen warten und anrufen. Kein Zugriff, solange die anderen nicht da sind."

„Nein, kein Zugriff. Nur etwas näher rangehen. Er hat gesagt, wir sollen aufpassen, aber wie soll das ohne Liam und Josh funktionieren? Sie könnten sich jetzt gerade durch den Hinterausgang verziehen oder zurück zum Auto gehen."

Juno nickte. „Okay. Lass uns reingehen, aber nur um auszumachen, wo sie sich aufhalten. Ich werde Joe eine Nachricht mit der Adresse senden."

„Großartig", sagte Cash und parkte hinter einem Müllcontainer. „Ich habe einen Scheißhunger."

„Und ich muss so dringend pissen, dass ich es schmecken kann", fügte Juno hinzu.

Also gingen sie hinein und Cash wartete auf einen Tisch, während Juno aufs Klo ging. Der Laden war riesig, noch größer, als man es von draußen annahm. Ein umgebautes Lagerhaus mit einer langen Bar, einem Saal voller Tische, drapierte Sitzecken entlang der Wände, die aussehen sollten wie private Kabinen in einem Harem, in denen Leute auf Kissen saßen und Wasserpfeifen rauchten, Kacheln und gewölbte Durchgänge überall. Auf einer Bühne im hinteren Bereich spielte eine Band traditionelle Instrumente und Frauen führten Bauchtänze für eine lautere und betrunkenere Menge an größeren Tischen auf. Die Decken waren hoch und Stofftücher hingen herunter, um den Anschein eines Zeltdaches zu erwecken und ein langer Balkon bildete das Zwischengeschoss mit noch mehr Tischen, an denen größtenteils Paare saßen und bei Kerzenschein aßen und von oben das Geschehen verfolgten.

Zum WC ging es einige Stufen hinunter und Juno hatte eine Weile kein Signal, doch als er zurück in den Flur ging, nachdem er sich erleichtert hatte, vibrierte sein iPad in seinem Rucksack und er schaute nach: Die Diamanten waren nah, sehr nah, scheinbar direkt unter seinen Füßen. Neugierig spazierte er den Flur entlang: WCs, ein Geräteraum und am hinteren Ende eine Tür, hinter der sich ein schwach beleuchteter Lagerraum mit Kartons und überfüllten, zweieinhalb Meter hohen Regalen befand. Er ging langsam hinein und schloss die Tür leise hinter sich, das Gesicht nach unten auf das iPad gerichtet. Der Punkt war noch immer unter ihm, tatsächlich war er bereits zu weit gelaufen. Es musste von irgendwo unter dem Flur ausgehen. Juno war sich sicher, dass es irgendeine Art Unter-Untergeschoss geben musste, doch er konnte keine Treppen oder Ähnliches sehen. Dann ging das Licht an und eine Stimme hinter ihm sagte: „Du stehst bereits darauf."

„Wie bitte?“ Er drehte sich um. Es war ein mediterran aussehender Mann mittleren Alters mit kurz rasiertem, dunklem Bart in einem grauen Anzug und blauen Shirt.

„Die Falltür zum Keller“, sagte er. „Du stehst drauf.“

Juno lächelte und setzte seinen trottelig-unschuldigen Blick auf. „Ich weiß nicht, was Sie meinen. Ich habe nur das Klo gesucht. Man hat mir gesagt, es sei die Treppen runter ...“

Der Mann hob seine Hand. Er hielt eine Waffe in selbiger. Er richtete sie nicht wirklich auf Juno, er zeigte ihm nur, dass er sie hatte. „Also dann. Kein Grund, sich zu streiten. Die Party fängt doch gerade erst an.“ Juno hob seine Hände und der Mann gestikulierte in Richtung seiner Sneakers. „Heb diese Matte hoch und ich zeig dir, wo es zur VIP-Lounge geht. Eintritt nur für geladene Gäste.“

Oben saß Cash an einem Tisch und wartete sehnsüchtig auf die Vorspeisen, die er bestellt hatte – er war zu hungrig gewesen, um auf Juno zu warten – und als sein Telefon klingelte und Juno ihm sagte, dass er sofort nach unten kommen sollte, verfluchte er ihn innerlich, bevor er zögerlich aufstand und dabei weiterhin nach seinem Essen Ausschau hielt. Er wusste nicht, dass das gar nicht nötig gewesen war, weil Vlad, der ihn vom anderen Ende des Raumes aus beobachtete, bereits seine Bestellung storniert hatte.

38

Donna versuchte, das Beste draus zu machen. Nachdem sie nicht zu der groß angelegten Polizeiaktion eingeladen wurde, war ihr erster Impuls, zu schmollen wie ein Teenager, der auf der Highschool von den coolen Kids geärgert wurde, doch stattdessen entschied sie sich, die Zeit sinnvoll zu nutzen und ging mit ihrer Tochter ins Kino. Sie hatte Gummibären und Lakritze dabei, eine seltene Leckerei, die sie in ihrer Handtasche reinschmuggelte. Ihr Telefon war daher stumm geschaltet, als Andrews Nachrichten und Anrufe eingingen. Als sie später auf ihr Handy schaute, hatte sie einen Haufen Nachrichten, in denen Andrew das Drama beschrieb, das sich gerade abspielte, während sie sich Zeichentricktiere auf der Leinwand ansah. Also ließ sie Larissa ein Rennspiel an einem Automaten spielen, während sie Andrew zurückrief. Er war zur einen Hälfte beunruhigt und zur anderen fröhlich. Die Operation war komplett nach hinten losgegangen und sie hatten weder jemanden verhaftet, noch die Diamanten oder das Dope sichergestellt. Stattdessen haben sie eine Schießerei ausgelöst und eine Verfolgungsjagd durch die Straßen von Brooklyn veranstaltet, die mit mehreren geschrotteten Polizeiautos und einem Einlauf für jeden Beteiligten endete, außer für die Agenten des FBI, die lediglich beobachteten.

Das NYPD bekam das meiste ab und die wiederum gaben der CIA wegen mangelhaften Informationen die Schuld. Das FBI, das jetzt sagte, dass es von Anfang an die Führung hätte übernehmen sollen, machte sich bereit, um bei der Durchsuchung der Häuser zu assistieren. „Wenn ich du wäre, würde ich sofort hier rüberkommen“, sagte Andrew. „Es gibt zwar nicht mehr viel, was du noch tun kannst, aber es ist unterhaltsam, sie jammern zu hören und vielleicht kannst du deinem Ex sogar dabei zusehen, wie er einen Einlauf bekommt.“

Donna wusste, dass er recht hatte. Zumindest sollte sie sich blicken lassen und ihre Hilfe anbieten, auch wenn das alles eine Riesenzeitverschwendung war. Doch es war zu spät, um einen Babysitter zu finden und ihre Mutter hing, ganz zu Donnas Unbehagen, mit ihrer neuen besten Freundin, Gladys Brody, ab. Pokerstunden. Donna seufzte. Sie wusste bereits seit Monaten von ihren kleinen, geheimen Machenschaften und wenn sie lernen konnte zu gewinnen, ohne noch mehr das Gesetz zu brechen, so dachte Donna, war das eine Verbesserung. Und sie konnte nicht leugnen, dass sie Gladys mochte. Sie war lustig. Lustiger als die üblichen Freunde ihrer Mutter, die meist nur von ihren Beschwerden erzählten. Sie verstand den Reiz. Es war der gleiche Reiz, den sie selbst in der Brody-Familie sah und den sie nicht verstand.

Das alles wurde zu einem großen Topf gemischter Gefühle, als sie ihre Mutter anrief und ihr sagte, dass sie wegen eines Notfalls nach Brooklyn müsse und sie fragte, ob sie Larissa bei ihr absetzen könnte. Ihre Mutter sagte, absolut. Sie wollten gerade ein paar Kekse backen und auf Hearts umsteigen.

39

Ihre Geisel hieß Ami. Ihre Mutter war frankophil und sie war ziemlich cool, sobald sie sich erst einmal von dem Schock erholt hatte. Sie gab Joe sogar ein T-Shirt von ihrem Freund – sie hatte kein Problem damit, ihrem Freund zu erzählen, dass das grelle Hawaiihemd in der Wäsche verloren gegangen war -, sodass er das blutige Hemd ausziehen und sich mit Papiertüchern über dem Waschbecken sauber machen konnte. Ihr fiel auf, dass er einen guten Körper hatte, schlank und muskulös. Ihr Freund war ein ehemaliger Athlet, der an den Wochenenden noch immer Football spielte, er war jedoch zugleich kräftiger und weicher. Andererseits hatte dieser Kerl viel mehr Narben. Er fand außerdem eine Münze in der Brusttasche und legte sie auf den Küchentisch, was sich irgendwie eigenartig anfühlte; er nahm sie mit vorgehaltener Waffe als Geisel, um sich vor der Polizei zu verstecken, doch entwendete ihr nicht einmal eine einzige Münze.

Ihr Freund, erklärte sie, war Berater für digitales Marketing und zurzeit beruflich verreist. Nein, sie wohnten noch nicht zusammen. Sie designte Websites auf selbstständiger Basis, doch sie dachte darüber nach, Vollzeit zu arbeiten, vielleicht bei einem Start-up. Sie fragte sie beinahe aus Gewohnheit, ob sie jemanden brauchten, der ihre Websites neu designte, doch sie hielt sich selbst davon ab. Oder hatten Verbrecher ebenfalls eigene

Websites im Dark Web mit Codenamen und Masken wie Anonymous? Selbst wenn dem so wäre, würde das nicht auf diese zwei zutreffen, die offensichtlich keine Ahnung hatten, was digitales Marketing überhaupt war.

„So was wie Tweets?", hatte der Mann gefragt.

„Unter anderem", war ihre Antwort gewesen und sie beließ es dabei. Er hatte ein aufklappbares Handy, um Himmels willen, auf dem er mühselig mit einem Finger tippte.

Dann war da noch die Frau. Ami wusste nicht, was sie von ihr halten sollte. Sie war nicht von hier, sondern russisch oder zumindest aus Osteuropa, und schien noch nie von *Game of Thrones* gehört zu haben, die Serie, die Ami sah, als sie hereingeplatzt kamen, und die sie sie anwiesen, weiterzugucken, da klar war, dass sie alle dort noch eine Weile feststecken würden. Die Frau saß neben ihr auf der Couch und schaute leise fern. Der Mann schob einen Sessel zur Tür herüber, wo er mögliche Schritte hören und durch den Spion gucken konnte. Da er von dort aus den Fernseher nicht sehen konnte, griff er in seine Tasche und holte eine zusammengefaltete Kopie des *TIMES*-Kreuzworträtsels heraus, die er sich ausgedruckt zu haben schien. Dann fragte er die Frau nach einem Stift. Zögerlich gab sie ihm einen mechanischen Bleistift.

„Vergiss nicht, ihn mir zurückzugeben", sagte sie. „Das ist mein Lieblingsstift."

„Ich habe ihn dir beim letzten Mal auch zurückgegeben, nicht wahr?", sagte er, dann machte er sich mit gerunzelter Stirn an das Rätsel und sie wandten sich wieder dem Fernseher zu.

„Ist das eine Serie für Kinder?", fragte die Frau schließlich, „mit Rittern und Drachen?"

„Nein. Ich meine, das ist Fantasy", erklärte ihr Ami, „aber für Erwachsene."

Dieser Gedanke schien sie zu verwirren, bis sie einige Minuten später Zeuge wilder Inzest-Action wurde. „Das ist also Fantasy für Erwachsene", sagte sie. „Warum dann nicht einfach Pornos gucken?"

Schließlich scrollte Ami durch die Liste der Filme und Serien und fand eine alte Episode von *Project Runway*. Das gefiel ihr schon viel besser und sie begann, mit Ami zusammen die Outfits zu kritisieren, was eine generelle Diskussion über Mode entfachte. Sie fingen in der Tat an, sich zu verstehen, als sie sich darüber unterhielten, was für ein Genie Rei von Commes war, als der Mann sie plötzlich mit einem „pssst" unterbrach und das Licht ausschaltete. Die Frau nahm die Fernbedienung und schaltete den Fernseher aus, dann griff sie Amis Hand im Dunkeln. Instinktiv drückte Ami ihre Hand, als wären sie Freunde, die sich zusammen versteckten, nachdem sie im Studentenwohnheim Gras geraucht hatten. Dann realisierte sie – oder erinnerte sich –, dass diese Leute Kriminelle waren und sie zum Schweigen bringen würden, falls nötig mit Gewalt.

Dann klopfte es an der Tür, hart und voller Autorität. „Hallo!", ertönte eine schroffe, männliche Stimme. „Polizei. Irgendjemand zu Hause?" Er klopfte erneut. Amis Augen gewöhnten sich an die Dunkelheit und sie konnte nun erkennen, dass die beiden, die still wie Statuen neben der Tür standen, beide Pistolen in ihren Händen hielten. Schließlich hörte sie es an der Tür der

Nachbarn klopfen, gefolgt von unverständlichem Gemurmel. Dann Stille. Der Mann schaltete das Licht wieder an.

„Das war's", sagte er und lächelte ermutigend. Er steckte die Waffe zurück in seinen Gürtel und sie bemerkte, dass er den Bleistift der Frau an die Brusttasche des Hemds (oder dem ihres Freundes) geklemmt hatte und wollte etwas sagen, sich darüber lustig machen, doch dann entschloss sie sich dazu, den Mund zu halten. Dann musste sein Handy vibriert haben, denn er holte es aus der Tasche, klappte es auf und nickte der Frau zu.

Sie stand auf und ging zum Fenster, wo sie durch die Vorhänge nach draußen sah, während Ami die Katze hielt. Man konnte nicht viel sehen. Ihr Apartment befand sich auf der Rückseite des Gebäudes. Als Nächstes nahm sie Amis Schlüssel und ging aufs Dach, während der Mann sie beobachtete und dabei durchgehend lächelte und ihr sagte, dass sie bald verschwinden würden und wie toll sie das machte, wie ihr Zahnarzt vor dem Bohren.

Die Frau kam zurück und lächelte ebenfalls. „Die Luft ist rein", sagte sie und sie setzten sich ihre Rucksäcke wieder auf. Erleichterung durchflutete Amis Körper. Sie fühlte, wie sich das Ganze von der unheimlichsten Nacht ihres Lebens zu einer unglaublichen Story beim Abendessen entwickelte.

Doch dann griff der Mann in ihre Handtasche und holte ihren Führerschein heraus. Er gab ihn der Frau, die ein Foto mit ihrem Handy machte – ein iPhone, deutlich besser als seins – und ihn ihr zurückgab. Er sprach in demselben freundlichen Ton.

„Wir wissen, wer Sie sind, wo Sie wohnen, alles. Genug, um Sie zu finden, egal, wo Sie sich aufhalten. Sie wissen genug, um uns in Schwierigkeiten zu bringen. Ich rate Ihnen also dringend dazu, Ami Hendricks, mit niemandem über uns zu sprechen, niemals, nicht einmal mit ihrem Freund. Denn wenn Sie das tun, kommen entweder wir oder unsere Freunde noch einmal zurück und dann wird der Besuch nicht so angenehm sein wie heute Nacht. Verstanden?“

Sie nickte. Sofort überkam sie wieder ein Gefühl der Angst, als sie realisierte, wie nah sie der Gefahr die ganze Zeit über war. Diese Leute redeten und sahen aus wie freundliche, normale Menschen, doch das waren sie nicht. Sie sah ihre Katze, die mit weit aufgerissener Schnauze gähnte und sich an dem Bein der Frau rieb, und dann fiel ihr etwas ein, das sie irgendwann einmal irgendwo gelesen hatte: Du glaubst, deine Katze liebt dich, weil sie mit dir kuschelt, sie süß ist und schnurrt, doch wenn sie könnte, würde sie dich töten und fressen.

„Gut“, sagte der Mann und lächelte. „Sie können jetzt wieder reingehen und Ihre Serie weiterschauen.“

Er öffnete die Tür.

„Danke und haben Sie einen schönen Abend“, sagte die Frau beim Rausgehen.

„Sie auch“, antwortete Ami reflexartig und sie waren verschwunden

40

Als Pat ins *Old Shenanigan's* ging, nickte ihm nur der Manager unauffällig aber respektvoll zu. So mochte er es. Auch wenn er den Laden kontrollierte, war er ausschließlich ein stiller Teilhaber und er mochte es, dass er kommen und gehen konnte, ohne bemerkt zu werden, anders als in anderen Etablissements wie dem privaten Social Club oder dem Diner, in dem er Treffen organisierte. Doch sollte hier jemand irgendetwas über den alten Kerl im Regenmantel und Cap sagen, der durch die Tür mit der Aufschrift *ZUTRITT NUR FÜR PERSONAL* ging, würde ihm gesagt, er solle nicht weiter drüber nachdenken. Er kontrollierte die Bauarbeiten oder machte Inventur oder irgendeine andere uninteressante, langweilige Sache. Auf diese Weise hatte er einen sicheren Ort für private Treffen, von dem er wusste, dass niemand, von dem er es nicht wollte, davon Wind bekam.

Dementsprechend traf es ihn vollkommen unvorbereitet, als er die rohen Toilettenräume betrat in der Erwartung, Liam für ein Gespräch unter zwei Augen zu treffen, das Licht anknipste, und Gio Caprisi mit gezogener Waffe vor ihm stand.

„Was zur Hölle?“, rief er. Die Wut darüber, dass Gio es wagte, ihm in seinem eigenen Laden aufzulauern, überkam den anfänglichen Schock. „Was machst du hier?“

Er ging einen Schritt auf ihn zu, doch Gio richtete die Waffe auf ihn.

„Keinen Schritt näher“, sagte er. Pat realisierte, dass sich noch eine weitere Person hinter der Tür versteckte. Nero, Gios Handlanger, kam hervor und filzte ihn. Er nahm ihm den Revolver in seinem Knöchelholster ab.

„Kein Kabel, Boss“, sagte Nero und ging zu Gio herüber, um ebenfalls seine Waffe auf Pat zu richten.

„Kabel? Fick dich, Gio. Für wen hältst du dich, in meinen Laden zu kommen und irgendwelche Andeutungen –“

„Lass gut sein, Pat“, sagte Gio. „Spar dir deine letzten Atemzüge lieber. Wir wissen, dass du mit der CIA über uns geredet hast.“

Pat sackte zusammen. Plötzlich fühlte er sich wie das, was er war, ein alter, müder, gebrochener Mann, der dem Ende nah war. Es war beinahe eine Erleichterung, dennoch zuckte jeder Nerv in seinem Körper und verlangte, dass er rannte oder kämpfte oder um sein Leben flehte. „Hör zu, Gio. Ich kann dich vermitteln. Diese Sache mit der CIA funktioniert hervorragend. Sie kann uns beschützen. Deine Feinde vernichten. Leg einfach nur die Waffe weg und lass uns reden.“

Gio lächelte. „Sicher, lass uns reden. In deinem netten, schalldichten Raum. Jammerschade, dass du zwischen diesen Toiletten hier sterben musst. Doch das passiert nun einmal mit lügenden, hinterhältigen Ratten. Wir spülen sie den Abfluss runter.“

Blitzartig schlug sein Selbstmitleid in den Zorn um, der Pat sein ganzes Leben lang angetrieben hatte und er ging mit gehobenen Fäusten auf Gio zu. „Fick dich, du verdammter Schwanz lutschender Itaker. Glaubst du wirklich, dass niemand weiß –“

Gio feuerte. Der erste Schuss ging durch seine Lunge und stoppte ihn. Der zweite durchbohrte sein Herz. Dann begann auch Nero, den Abzug zu drücken und in dem Moment, in dem er auf dem Boden aufschlug – ein unkenntlicher, lebloser Haufen mit einer Mütze auf –, hatte sein Körper ein Dutzend Einschlusslöcher. Liam kam aus der dunklen Ecke am Ende des Flurs hervor, in der er sich versteckt hatte und betrat den Raum. Er betrachtete die Leiche.

„Ich danke dir vielmals, Gio“, sagte er leise. „Es musste sein, aber ich war mir nicht sicher, ob ich es übers Herz gebracht hätte. Er hat mich früher immer auf dem Knie gewippt. Andererseits hat er mir auch beigebracht, Menschen zu erschießen.“

Gio nahm die Pistole in die Linke und streckte seine andere Hand aus. „Sieh es als ein Symbol unserer Freundschaft.“

Liam schüttelte seine Hand. „Freut mich, das zu hören, Gio. Und ich fühle mich geehrt. Ich spreche auch für meine Brüder.“

„Richte ihnen bitte meine Grüße und mein Beileid aus.“ Er drehte sich zu Nero. „Bleib hier und hilf ihm beim Saubermachen. Und entsorg die hier gleich mit.“ Er gab ihm die Pistole.

„Aber, Boss, wo gehst du hin?“, fragte Nero. „Soll ich nicht mitkommen?“

„Ich habe heute Abend noch ein anderes Meeting“, sagte Gio im Hinausgehen, „ein persönliches.“

Nero sah ihm hinterher, in jeder Hand eine Waffe, während Liam damit anfing, die Abdeckplane aus dem Flur zu holen. Er zuckte mit den Schultern und steckte die Waffen in seine Taschen, dann ging er zu Liam, um ihm zu helfen. Sie hatten heute Nacht noch eine Menge Arbeit vor sich.

41

Joe und Yelena fuhren nach Astoria.

Als sie Amis Gebäude verließen, nachdem sie die Treppen hinuntergeschlichen waren und vorsichtig einen Blick auf die jetzt leere Straße geworfen hatten, begannen sie umgehend, normal zu gehen, wie ein Touristenpärchen flanierten sie mit ihren Rucksäcken Hand in Hand den Block entlang. Es war still. Das Leben war wieder zur Normalität zurückgekehrt. Sie überquerten die Straße, bogen um eine Ecke und fanden den Toyota Corolla, wo Joe ihn abgestellt hatte. Sie hatten einen Strafzettel der Straßenreinigung, den Joe entfernte und zusammen mit dem Schlüssel für den Lexus in einem Müllcontainer entsorgte. Dann nahm er den Schlüssel des Corollas von unter dem Stoßdämpfer, wo er ihn versteckt hatte. Er öffnete die Tür für Yelena und warf den Rucksack mit dem Heroin auf die Rückbank, dann stieg er ein und sie fuhren los. Joe rollte sein Fenster herunter und Yelena zündete sich eine Zigarette an.

Sie fuhren in Stille, während Joe sie über den Brooklyn-Queens Expressway zurück nach Queens brachte. Schließlich sagte er: „Weißt du, du solltest für eine Weile aus der Stadt verschwinden. Heather Kaan wird jemandem von dir erzählen, sobald wir die Diamanten gestohlen haben, falls sie das nicht sowieso schon getan hat."

„Nur, wenn sie lebt“, stellte Yelena klar und warf ihre Zigarette aus dem Fenster. Die Glut sprühte Funken über die Straße hinter ihnen und erlosch. „Aber du hast recht, ich muss verschwinden. Es wäre nicht sonderlich schlau, mich in nächster Zeit hier oder in Russland aufzuhalten.“

„Wohin willst du gehen?“, fragte Joe.

„Erst mal mache ich Urlaub. Karibik, vielleicht? Oder eine griechische Insel, von der noch nie jemand gehört hat. Warum?“ Sie lächelte ihm zu. „Lust, mitzukommen, Joe?“

„Vielleicht.“ Er grinste sie an. „Schick mir eine Postkarte.“ Er richtete seinen Blick wieder auf die Straße. Der Wind und das leise Summen der Reifen erfüllten das Auto. Er nickte in Richtung des Rucksacks auf dem Boden bei ihren Füßen. „Du solltest die da mitnehmen“, sagte er. „Verkauf es. Du wirst das Geld gebrauchen können.“

Sie musterte ihn eingehend, dann öffnete sie den Rucksack und mit dem Messer, das Joe ihr gekauft hatte, das Paket, um ein Kilo luftdicht verpacktes Heroin herauszunehmen. Sie hielt das Päckchen hoch.

„Du sagst, dass das alles mir gehört, Joe? Dass ich damit machen kann, was ich will? Du schenkst mir all das hier?“

„Warum nicht?“, erwiderte Joe schulterzuckend. „Bei dir ist es in besseren Händen als bei mir, so viel ist sicher.“

„Also gut“, sagte Yelena, schlitzte das Päckchen auf und hielt es aus dem Fenster. Es verschwand sofort im Wind und sie ließ die leere Verpackung los. Sie sah Joe an, trotzig, als wenn sie auf einen Einwand von ihm wartete. Er sagte nichts.

„Ich mag dieses Zeug nicht, Joe", sagte sie schließlich, „nicht für meine Mutter und auch nicht für dich."

„Okay", sagte er leise und dann nichts mehr, während sie den Rest öffnete und aus dem Fenster entleerte, beide Rucksäcke, ein kleiner, Multi-Millionen-Dollar teurer Sandsturm auf dem Highway. Als sie fertig war und ihr Messer abgewischt und eingesteckt hatte, schaute Joe zu ihr herüber und lächelte. „Maria wird angepisst sein."

Yelena zuckte mit den Schultern. „Die Frau mag ich auch nicht."

Joe lachte. „Ja, sie ist definitiv nicht die erste auf meiner Wunschliste." Es herrschte einen Moment Stille. Dann fuhr er fort: „Schick mir deine ausländische Kontonummer. Ich überweise dir deinen Anteil des Geldes für die Diamanten."Sie winkte ab. „Ich schicke sie Juno." Sie schwieg kurz, dann änderte sich ihr Ton, als sie ihn fragte: „Bist du jemals im Gefängnis gewesen, Joe?"

„Klar. Aber nie wirklich lange."

„Ich schon und ich werde niemals dahin zurückgehen." Sie tätschelte die Pistole an ihrer Seite. „Ich gehe lieber so."

Joe nickte. „Die Straße ist dein Gericht."

„Wie meinst du das? Ich verstehe nicht", fragte sie.

„Das ist eine Redewendung unter Kriminellen, die schwören, niemals lebend gefasst zu werden. Sie führen ihren Prozess lieber auf der Straße, als jemals vor einen Richter zu treten."

„Ja." Sie nickte zustimmend. „Die Straße ist mein Gericht, aber ich bin die Richterin."

42

Joe und Yelena fuhren an der Adresse vorbei, die Juno ihnen geschickt hatte – *Club Layali*, irgendeine Art mittelöstliches Restaurant -, dann parkten sie vor einem Hydranten am Ende des Blocks und gingen zurück und durch die Eingangstür des Clubs. Der Manager begrüßte sie mit einem Lächeln.

„Guten Abend. Willkommen. Ich bin Mohammed. Ein Tisch für zwei? Vielleicht ein ruhiger Tisch im oberen Bereich?"

Joe schaute sich um. „Ich glaube, wir schauen uns erst mal die Bar an. Vielleicht setzen wir uns später an einen Tisch, um zu essen."

„Ich liebe Bauchtanz", sagte Yelena.

„Wie Sie wünschen", erwiderte der Manager lächelnd und lud sie mit einem Arm zum Eintreten ein. „Wenn Sie irgendetwas brauchen, fragen Sie bitte nach mir."

„Das werden wir. Danke", sagte Joe, als Yelena ihn an der Hand nahm, um ihn zur Bar zu führen, wo getrunken und getanzt wurde. Doch anstatt mitzufeiern, marschierten sie geradewegs in den hinteren Bereich und folgten dem Schild zum WC die Treppen hinunter.

„Juno hat gesagt, das Signal kam von irgendwo unter der Erde", sagte Joe. „Wir treffen uns wieder hier?", fuhr er fort.

Yelena nickte und ging auf die Damentoilette, während Joe die Herrentoilette probierte. Sie fanden nichts von Interesse. Zusammen gingen sie an einem Geräteraum und einer stillgelegten Telefonkabine vorbei und zu einer weiteren Tür. Er öffnete sie vorsichtig und trat dann langsam hindurch. Sie folgte ihm. Es war ein Lagerraum mit Kartons und Regalen, aber zu klein, um eine weitere Tür oder Stufen zu beinhalten.

„Was denkst du?“, fragte er sie. Sie zuckte mit den Schultern.

„Wen haben wir denn da?“, sagte eine Stimme. Es war Heather, die hinter einem Stapel Kisten hervorkam und eine Waffe auf sie richtete. Unmittelbar danach tauchte Vlad aus einer anderen Ecke auf und zielte ebenfalls mit seiner Pistole auf sie. Heather lächelte Joe zu. „Was für eine Überraschung. Ich hatte nicht erwartet, dich wiederzusehen.“ Sie behielt sie beide im Visier, während sie von Vlad gefilzt wurden und er ihnen die Waffen abnahm. „Was ist das?“, fragte sie, als er ihr Yelenas Messer aushändigte.

„Wie niedlich“, sagte sie und steckte es ein. „Also dann, Yelena, heb die Matte unter dir hoch und Joe, du öffnest die Falltür. Ihr kommt gerade rechtzeitig zu unserer Abschiedsparty in der privaten Lounge. Eure Freunde sind auch schon da.“

Mohammed sah zu, wie das weiße Pärchen das Restaurant durchquerte – der große, dünne, dunkelhaarige Amerikaner und die blonde Russin und runzelte die Stirn, als sie anstatt an die Bar die Treppen zu den WCs hinuntergingen. Und als sie nicht zurückkamen, wusste er, dass es nichts Gutes bedeuten konnte. Er wusste auch, dass die Leute, die am Nachmittag gekommen waren und die Kontrolle über den Club übernommen hatten, Probleme machen würden, als der verängstigte Betreiber ihn anwies, nichts zu sagen und sich von dem Lagerraum fernzuhalten. Er kannte ihre Namen nicht oder wusste, was sie vorhatten, doch er wusste, dass er damit nichts zu tun haben wollte. Nicht sein Problem. Dann kamen diese beiden hereinspaziert und er kannte das Gesicht des Mannes und seinen Namen.

Er war dieser Joe so und so. Sie nannten ihn Sheriff oder den Türsteher. Wer wusste, warum? Alles, was Mohammed wusste, war, was die Leute sagten: Er hatte Adrian Kaan und den Rest seiner Terrorzelle umgebracht. Er hatte einen Anschlag verhindert, einen großen, der biologische Waffen involvierte. Er hatte vielen Menschen das Leben gerettet: sowohl das von New Yorkern als auch Touristen. Er hatte auch Mohammed, seiner Familie und seinen Freunden viel Leid erspart. Denn wenn Terroristen angriffen und im Namen von Allah Amerikaner töteten, an wem rächten sich die Amerikaner dann als Erstes? An ihnen. An anständigen Leuten. Echten Moslems, die verstanden, dass der Islam eine Religion des Friedens war, dass es haram war, eine schwere Sünde, zu töten, dass es Allahs Wille war, dass sie in Frieden lebten, und die verstanden, dass jeder Mensch seinen Willen frei wählte und dass man durch Großzügigkeit und Mitgefühl dem höchsten Willen diente. Die Gewalt ablehnten, da sie selbst Opfer von ihr waren, und der Herrschaft des Schreckens in den Ländern, die von den ignoranten Fanatikern kontrolliert wurden, die barbarische Verbrechen im Namen des Islams begingen, größtenteils gegen Moslems. Die einfach nur wollten, was jeder Immigrant in New York wollte, was halb Queens wollte: in Frieden leben und seine Familie versorgen, ohne Angst haben zu müssen, dass sie hier die Geschichte einholte. New York war eine freie Stadt; hier herrschte Waffenstillstand.

Als dieser Mann, Joe, wer auch immer er war, mit seiner Freundin die Treppen hinunterging und nie zurückkehrte, tat Mohammed, was er tun musste. Er machte eine Pause, ging nach draußen, um sich eine Zigarette anzuzünden, und mit zitternden Fingern rief er jemanden an, von dem er wusste, dass er Leute kannte, ein älterer Mann, ein Ägypter, der hier seit Jahren gelebt hatte, der Restaurants und Clubs wie diesem unter die Arme griff, Lizenzen einholte, sich mit Zulieferern und der Müllabfuhr in Verbindung setzte, der Dinge mit den Inspektoren regelte und Diskrepanzen mit den Griechen beilegte, die die Gegend ebenfalls kontrollierten.

Als er den Anruf bekam, saß der Ägypter im oberen Bereich eines privaten Clubs, in dem Männer Tee tranken und Backgammon spielten, und rauchte Wasserpfeife. Er dankte Mohammed und sagte ihm, dass er richtig gehandelt hatte und dass er sich keine weiteren Gedanken darüber machen sollte. Dann rief er einen schwarzen Moslem aus Harlem an, den er kannte und von ihm bekam er die Nummer, die er brauchte. „Ich möchte eine Nachricht hinterlassen. Es ist sehr dringend“, sagte er der Stimme, die antwortete und die ihn dann höflich fragte: „Mit wem habe ich die Ehre zu sprechen?“

43

Gio parkte auf seinem persönlichen Parkplatz vor seinem Büro, obwohl der Parkplatz zu dieser späten Stunde bis auf Pauls Auto leer war. Er fuhr einen Porsche, mit dessen Dekadenz Gio ihn gerne mal aufzog. Dann nahm er die Pistole, die er unter seinem Sitz versteckt hatte und steckte sie in seinen Hosenbund.

Für Gio kam es nicht infrage, auch nur die Straße mit einer Waffe zu überqueren, mit der ein Verbrechen begangen wurde. Die Waffe, die er dabeihatte, war sauber und nicht zurückverfolgbar. Sollte die Polizei jetzt hinter den Pflanzentöpfen hervorgesprungen kommen und ihn verhaften, würde man ihn höchstens wegen des Besitzes einer nicht registrierten Waffe anklagen können, doch sobald seine Anwälte damit fertig sein würden, würde wenn überhaupt eine Geldstrafe dabei herauskommen. Wahrscheinlich würden sich die Cops noch bei ihm entschuldigen müssen.

Das war Gio. Das war seine Art, die Dinge anzugehen. Er war vorsichtig und er war clever und niemand legte sich mit ihm an. Außer Paul. Paul hatte ihn leichtsinnig und dumm werden lassen. Und jetzt hatte Paul, dem er vertraute und den er liebte, ihn hintergangen. Und dafür würde er sterben.

Gio schloss die Tür auf und nahm die Treppen nach oben, anstatt auf den Fahrstuhl zu warten, und als er bei seinem Büro ankam, war die Tür bereits aufgeschlossen und das Licht brannte. Paul wartete in seinem eigenen privaten Büro, um einige Unterlagen durchzugehen und, daran bestand kein Zweifel, er ging ebenfalls davon aus, im Anschluss beisammen zu sein, um zu tun, was sie miteinander taten, was sie teilten und von dem niemand sonst etwas wusste. Der Gedanke daran, dass die eine Person, der er diese Seite von ihm anvertraute, ihn betrogen hatte, sorgte bei ihm für Übelkeit und er musste Galle schlucken, als er die Tür zu seiner privaten Bürotür öffnete. Dann setzte er ein breites Lächeln auf und sagte Paul Hallo.

„Hi, Gio", erwiderte der, als er hereinkam. „Du bist spät dran. Ich habe versucht, so viel wie möglich zu erledigen."

„Ja, tut mir leid", sagte Gio. „Ich habe in dem letzten Meeting festgesteckt. Ehrlich gesagt, wollte ich die Arbeit heute ausfallen lassen. Ich hatte etwas anderes im Sinn."

Paul lächelte. „Willst du spielen? Ich auch. Ich musste den ganzen Tag über an dich denken, Gianna."

„Nein", sagte Gio, „heute Abend will ich etwas Neues ausprobieren. Ich will, dass du Paula bist. Ich will sehen, wie hübsch du in einem dieser Kleider aussiehst."

„Aber ..." Paul guckte verwirrt. Zum allerersten Mal überkam ein Schatten diese kristallklaren, blauen Augen. „Ich meine, nicht, dass ich das noch nie gemacht hätte, aber wir haben noch nie ... ich wusste nicht, dass das dein Ding ist."

„Ich möchte es nur mal ausprobieren", sagte Gio und setzte sich. „Ich möchte dir dabei zusehen, wie du dich ausziehst und wie ein Mädchen kleidest. Ich möchte nur sehen, wie wunderschön du bist.“

Paul lächelte und fühlte sich trotz allem geschmeichelt. „Okay“, sagte er und fing an, sich zu entkleiden. Gio hielt seine Hand auf, als Paul sein Hemd auszog und es ihm gab. Er glättete jedes Kleidungsstück vorsichtig und faltete es. Als er nackt war, ging Paul zum Kleiderschrank und nahm ein Kleid heraus, er entschied sich für das blaue mit den Pailletten. Er zog es an und spannte die Träger über seine Schultern. Gio musste zugeben, sogar ohne Make-up oder Perücke, sah er um Längen besser aus als er selbst, deutlich weiblicher. Er präsentierte sich Gio, drehte sich für ihn im Kreis.

„Gefalle ich dir?“

„Ja“, sagte Gio. „Ich liebe dich.“ Jetzt, wo er sicher war, dass Paul nicht verkabelt war, räusperte er sich und fragte ihn: „Habe ich bereits erwähnt, warum ich heute spät dran war?“

„Ja“, sagte Paul, der sich in dem Kleid etwas unwohl fühlte. Er setzte sich und schlug seine blonden Beine übereinander. „Ein Meeting, das etwas länger gedauert hat?“

„Richtig. Ganz genau. Obwohl es in Wirklichkeit überhaupt nicht lange gedauert hat. Ich habe es kurzgehalten. Ich habe mich mit Pat White getroffen. Du kennst ihn, nicht wahr?“

Paul schüttelte den Kopf. „Ich denke nicht, nein.“

„Nein?“, fragte Gio. „Ich war mir sicher, dass du ihn kennen würdest. Ich hatte Sorge, dass dich die Neuigkeiten über unser Meeting beunruhigen könnten.“

„Mich? Warum?“

„Weil er tot ist. Durchlöchert wie ein Sieb. Ich habe ihn umgebracht und während wir beide uns unterhalten, wird er eingesackt und wie Abfall entsorgt."

Paul starrte ihn an. Gio hatte diese Seite seines Geschäftes noch nie mit ihm besprochen. Paul war nur für die Zahlen zuständig, die Geldwäsche. Er wusste nichts darüber, wo das Geld herkam oder was Gio dafür tun musste. Er wollte es auch überhaupt nicht wissen. Und jetzt hatte Gio ihm gerade einen Mord gestanden.

„Gio, ich ..."

„Was ist mit einem Typen namens Powell, CIA-Agent, kennst du ihn?"

„Nein, ich ..."

„Nein? Das ist eigenartig, denn du hast gerade eine E-Mail von ihm beantwortet und es klang doch sehr danach, dass du ihn kennst. Und Pat auch." Er starrte Paul mit strengem Blick an und sprach in einem flachen, neutralen Ton, doch jetzt musste er für einen Moment wegsehen. Paul weinte.

„Gio, bitte, lass es mich erklären. Ich habe es für uns getan. Ich würde niemals etwas tun, das dir schadet."

„Für uns?"

„Es war Pat White. Er hat mir eine Falle gestellt. Du hast recht. Ich kenne ihn. Er war ein Kunde. Ich habe vor ein paar Jahren Geld für ihn verschoben und er hat mich an die Behörden ausgeliefert. Als Powell zu mir kam, hatte er mich bereits in der Hand. Aber er hat mir einen Deal angeboten."

„Also hast du mein Leben gegeben, um deines zu retten."

„Nein. Niemals.“ Er schrie jetzt. Er stand wütend und empört auf. „Ich bin den Deal für uns beide eingegangen. Wenn ich kooperierte, ihnen Informationen gab, wie Pat es tat, dann konnten sie uns beide verschwinden lassen.“

„Zeugenschutzprogramm?“

„Besser. Viel besser. Das ist die CIA. Die können uns neue Identitäten, neue Reisepässe und sogar neue Geburtsurkunden geben. Und er hat gesagt, dass wir sogar das Geld behalten könnten von den Konten im Ausland. Verstehst du denn nicht?“ Paul ging weinend auf die Knie und kroch zu Gio herüber, um seine Beine zu umklammern. „Das ist unsere Chance, hier rauszukommen. Frei zu sein. Zusammen zu leben. Keine Geheimnisse mehr. Wie ein richtiges Paar. Unser eigenes Leben zu führen, Baby“, sagte er und sah zu Gio herauf. „Das ist unsere Chance.“

Gio lächelte. Er konnte nicht anders. Er hatte Tränen in den Augen und streichelte Pauls Haar. Er war letztendlich erleichtert über die Realisation: Er hätte Paul niemals umbringen können, egal, was er getan hatte. Er liebte ihn. Er räusperte sich.

„Du musst gehen, Paul. Du musst heute Nacht noch verschwinden und du darfst nie wieder zurückkommen.“ Er stand auf und ging zu dem Schrank hinter seinem Schreibtisch, dann holte er ein Glas heraus, schenkte sich einen großen Schluck Scotch ein und kippte es herunter. Dann zog er die Pistole aus seinem Hosenbund, von der er wusste, dass er sie niemals benutzen würde, und legte sie auf den Schreibtisch. Paul lief auf und ab.

„Also gut. Wir verschwinden. Scheiß auf Powell. Was kann der schon? Wir besorgen uns unsere eigenen Dokumente, wir haben genug Geld."

„Nein, tut mir leid, Junge. Das wird nicht passieren."

„Was meinst du damit?" Er blieb stehen und sah Gio an.

„Ich kann hier nicht weg. Ich kann meine Familie nicht zurücklassen. Das weißt du. Und du weißt auch, dass es dein Ende bedeuten würde, wenn du hierbleiben würdest. Also musst du gehen. Nimm das Geld. Die Konten in der Schweiz, sie gehören dir. Mein Geschenk an dich."

„Nein, bitte, Gio", sagte Paul, seine Stimme zitterte. Gio durchquerte den Raum und hielt ihn, hob ihn hoch und küsste ihn. Dann ließ er ihn los.

„Du musst gehen, Paul. Jetzt. Und komm nicht zurück. Bitte. Niemals. Denn sonst muss ich dich wirklich umbringen."

Paul wollte etwas sagen, doch dann sah er Gio in die Augen und verstand, dass dies die Wahrheit war. Er schien zu kapitulieren. Schweigend zog er seine Freizeitkleidung wieder an. Gio sah ihm regungslos zu. Dann ging er zur Tür. Im letzten Moment drehte er sich noch ein letztes Mal zu Gio um und lächelte ihn an, die Tränen ließen seine Augen funkeln, als sein Lächeln plötzlich in pures Entsetzen umschlug. Gio drehte sich gerade noch rechtzeitig um, um zu sehen, wie Carol durch die Tür des Badezimmers kam. Sie ergriff die Waffe, die Gio auf dem Schreibtisch liegen gelassen hatte und schoss Paul durchs Herz.

Selbst als sie aufgehört hatte zu schießen und Paul definitiv tot war, zitterte Carol so stark, dass Gio Angst hatte, die Waffe könnte fehlzünden und sie oder ihn umbringen.

„Gib mir die Pistole", sagte er mit sanfter Stimme und, als ob sie bereits vergessen hätte, dass sie sie hatte, ließ sie ihn die Waffe aus ihrer Hand nehmen. Er sicherte sie und steckte sie zurück in seinen Hosenbund.

„Es tut mir leid", sagte sie, „es tut mir so leid."

„Nein", erwiderte Gio. „Es ist meine Schuld ... das ist alles meine Schuld ... Ich kann es erklären."

Sie schüttelte den Kopf. „Nein. Das musst du nicht. Ich habe es gehört. Ich weiß schon."

„Carol, ich kümmere mich um das hier; mach dir keine Sorgen. Ich werde hier sauber machen und dann reden wir und wenn du willst, verschwinde ich danach, ich ziehe aus. Ich kann es verstehen."

Sie legte ihre Finger auf seine Lippen und schüttelte noch immer den Kopf. „Nein", sagte sie, „du verstehst nicht. Ich habe es gehört. Ich habe von dem Mann gehört, den du heute Abend getötet hast. Ich konnte ihn nicht einfach gehen lassen. Verstehst du denn nicht? Ich musste es tun. Ich habe gesehen, dass du ihn geliebt hast. Ich wusste, dass du es niemals hättest tun können, als musste ich es tun. Ich musste unsere Familie beschützen." Sie küsste ihn zärtlich auf die Lippen und setzte sich auf die Couch. Dann begann sie zu schluchzen. Gio starrte sie an, als hätte er sie noch nie zuvor gesehen. Dann vibrierte sein Handy. Es war Nero.

„Ja?"

„Boss, ich bin's."

„Ich weiß. Mein Handy hat es mir verraten. Was ist los?“

„Ich habe gerade einen dringenden Anruf bekommen. Es geht um Joe.“

Gio hörte zu, dann legte er auf und während seine Frau weinte und die Leiche seines Liebhabers ausblutete, versuchte er nachzudenken. Einen Moment lang fühlte er sich wie gelähmt, schwach, als wäre das alles selbst für ihn zu viel geworden. Dann tat er das Einzige, was er seiner Meinung nach tun konnte. Er rief Special Agent Donna Zamora an.

44

Heather gefiel Yelenas neues Messer.

Sie befanden sich im Untergeschoss, einem alten Lagerraum, ein Überbleibsel aus dem frühen neunzehnten Jahrhundert, als das Gebäude noch als Warenlager für die Uferpromenade und später, während der Prohibition, als Schwarzbrennerei diente. Der Raum war tief in das Fundament eingelassen, die Wände bestanden aus rohem Beton, die Decken waren tief und die Luft feucht. Staubige Glühbirnen hinter Maschendraht beleuchteten den Raum. Es gab einen Arbeitstisch aus alten, dicken Brettern und einige anachronistische Klappstühle aus Metall. Außerdem befand sich ein Käfig in dem Raum, so groß wie ein zweiter Raum, der einst dazu verwendet wurde, den teuren Alkohol zu verstauen. Er war alt, aber robust, mit Eisenstangen und einem großen, altmodischen Schloss. Jetzt diente er dazu, Cash, Juno und Yelena gefangen zu halten. Felix stand mit einer Pistole in der Hand gegen die Gitterstäbe gelehnt. Joe wurde von Armond und Vlad festgehalten, obwohl ein einziger Arm von Vlad, der den Umfang eines Elefantenbeines hatte, vollkommen ausgereicht hätte. Armond half ihm im Grunde nur, Joe stillzuhalten, damit Heather sorgfältig arbeiten konnte.

Sobald Heather und Vlad sie nach unten gebracht hatten, schrien Juno und Cash lauthals, dass es ihnen leidtat. Doch Joe sah die Schnitte und Blutergüsse in ihren Gesichtern und ihre Handys und das iPad auf dem Tisch zusammen mit dem Samtsäckchen, das die Diamanten beinhaltete und dem rostigen Schlüssel für den Käfig.

„Schon okay", beruhigte er sie. Felix richtete seine Pistole auf Yelena, während Armond den Käfig aufschloss und Yelena hineinstieß. Sie starrte Joe stumm an. Dann, auf Heathers Zeichen hin, packten Vlad und Armand Joe unter den Armen und Heather trat ihm mit der Spitze ihres Stiefels in den Solarplexus und als er nach vorne taumelte, drehte sie sich und verpasste ihm einen Roundhouse-Kick ins Gesicht. Er flog zurück, doch die beiden Männer fingen ihn auf. Seine Lippe blutete.

„Wie hübsch", sagte Heather. „Ist es dieses Mal echtes Blut?"

„Probiere und finde es selbst heraus", sagte Joe zu ihr.

Sie beugte sich langsam zu ihm herüber, während die Männer Joe festhielten. Sie hielt sein Gesicht mit beiden Händen und sah ihm tief in die Augen. Dann küsste sie ihn, abrupt und wild, und biss in seine Lippe, quetschte sie zwischen ihren Zähnen. Sie ließ los und lächelte energisch.

„Süß", sagte sie. „Kein Wunder, dass die russische Bitch auf dich steht."

„Komm schon", sagte Felix. „Töten wir sie und dann lasst uns gehen. Das hier ist pure Zeitverschwendung."

„Es ist meine Zeit, Felix", sagte Heather zu ihm. „Du und dein Boss könnt die Diamanten haben. Ich brauche das Geld nicht. Das habe ich euch doch schon gesagt. Das hier ist alles, was ich will. Nur ein paar Minuten oder, wer weiß, vielleicht eine Stunde mit unserem Freund Joe." Sie nahm das Messer in die Hand. „Kannst du so lange durchhalten, Joe? Wie lange haben sie dir beigebracht, Folter auszuhalten, bevor du redest?"

Joe leckte das Blut von seinen Lippen. „Wir können uns gerne unterhalten. Was möchtest du wissen?"

„Ich will dich flehen hören. Ich will, dass du mich anflehst, dich leben zu lassen, obwohl du weißt, dass ich es nicht tun werde. Ich will, dass du mich anflehst, dich sterben zu lassen." Sie begann, die Knöpfe von seinem Hemd abzuschneiden.

„Hey, das Hemd ist ganz neu."

„Tut mir leid. Ich teste nur die Klinge. Sie ist wirklich scharf." Sie fuchtelte mit der Klinge vor seinem Gesicht herum. „Was soll ich als Nächstes abschneiden? Ein Ohr? Ein Ei? Vielleicht werde ich dir die Augen herausschneiden und Yelena zwingen, sie zu essen. Oder vielleicht schneide ich dir einfach die Augenlider ab und lasse dich dabei zusehen, wie Felix hier mit ihr macht, was er am liebsten mit Mädchen macht. Was denkst du, Joe? Was soll ich abschneiden?"

„Na ja, ich muss schon seit Wochen mal wieder zum Friseur."

Sie lachte. „Das ist witzig, Joe. Du bist ein witziger Kerl. Ich mag dich. Hey ..." Sie öffnete sein Hemd und der eingebrannte Stern auf seiner Brust kam zum Vorschein. „Da ist er ja. Ich habe davon gehört. Es stimmt also. Sie haben dich zu ihrem kleinen Sheriff ernannt."

„Das ist ein Muttermal."

„Weißt du, ich glaube, den werde ich als Erstes rausschneiden. Nein, noch besser." Sie kam näher, nahe genug, um ihn wieder zu küssen, und presste die Messerspitze langsam in seine Brust, sodass sich ein Tropfen Blut wie eine rote Beere an der Spitze formte. „Ich werde die Initialen meines Ehemannes in dein Fleisch ritzen, damit du weißt, wofür du leidest." Joe zuckte zusammen, als sie seine Haut in Form eines großen As aufschlitzte. Das Blut begann gerade zu fließen, als Donna die Treppen herunterkam.

„Keine Bewegung", rief sie. „FBI."

Donna hatte nicht wirklich erwartet, dass irgendjemand ihrem Befehl Folge leisten und sich nicht bewegen würde. Ganz im Gegenteil. Sie war sich nicht einmal sicher, ob ihre Anwesenheit hier zu ihrer offiziellen Funktion als FBI-Agentin gehörte. Worin sie sich jedoch sicher war, war die Tatsache, dass die Frau mit dem Messer, die sie als Heather Kaan identifizierte, die Witwe des Terroristen Adrian Kaan, die gerade Joe zerstückeln wollte, einen Schritt zur Seite gehen musste. Sie stand zu dicht neben Joe, um zu schießen. Also schrie Donna und die Frau drehte sich mit dem Gesicht zu ihr und entfernte sich dabei den entscheidenden halben Meter von ihm. Donna schoss und tötete sie sie, so wie man es ihr in der Ausbildung beigebracht hatte: mit einer Kugel durchs Herz.

Dann herrschte ein absolutes Durcheinander. In dem Moment, in dem Donna feuerte, ließen die beiden Männer von Joe ab und sprangen in Deckung. Felix, der neben dem Käfig stand, hatte seine eigene Waffe gehoben, um auf Donna zu schießen. Sie schwenkte zur Seite, um ihn als Nächstes auszuschalten, doch da hatte er seine Waffe bereits fallen gelassen. Yelena hatte sich an der oberen Kante des Käfigs hochgezogen und ihre Beine um seinen Hals geschwungen und klemmte mit ihren Schenkeln seine Halsschlagader ab. Seinen hervortretenden Augäpfeln und rudernden Armen nach zu urteilen, war es eindeutig, dass sie das Leben aus ihm herausquetschte. Donna drehte sich zurück zu den anderen Männern, doch es war zu spät. Vlad schoss mit überraschender Agilität für jemanden seiner Größe durch den Raum, wie ein Grizzly, der Wanderer anfiel oder Lachse aus Stromschnellen fischte, und packte Donna und schleuderte sie durch den Raum. Sie prallte gegen die Wand und fiel bewusstlos zu Boden.

In der Sekunde, in der er Donnas Stimme hörte, hatte Joe mit seiner Hacke auf Armonds Fußrücken getreten, was ihn zusammenzucken ließ, wodurch er von Joe abließ. Vlads Griff war zu fest, um sich von ihm loszureißen, doch als Donna feuerte und Vlad auf sie zurannte, warf er sich auf den Boden. Heather sackte zusammen und ließ das Messer fallen, sodass Joe es in seinen Besitz bringen konnte, während er aus der Schusslinie rollte. Es war, wie Heather bereits festgestellt hatte, extrem scharf und perfekt ausbalanciert. Ein gut verarbeitetes Werkzeug. Er hielt es locker in der Hand und legte seinen Zeigefinger auf den Messerrücken, um es zu führen, als er es in einer bogenförmigen Schwungbewegung zwischen Armonds Schulterblätter rammte, einige Zentimeter unter seinem Halsansatz. Armond sackte auf seine Knie und klappte gurgelnd nach vornüber. Joe nutzte seinen Schwung, um sich zu Vlad zu drehen, doch es war zu spät. Vlad kam bereits auf ihn zu, nachdem er Donna ausgeknockt hatte, und zog eine

Glock aus seinem Hosenbund, die in seiner Hand aussah wie eine Spielzeugpistole, als er sie hob, um zu feuern. Joe trat genau gegen die Waffe, was sie durch den Raum beförderte, doch das war alles, was er unternehmen konnte. Vlad schlang seine Arme um ihn und umarmte ihn wie ein Bär, um ihn langsam aber sicher zu zerquetschen. Seine Arme wickelten sich um seinen Hals und seine Brust wie zwei Boa constrictor.

Joe bekam keine Luft und er konnte nichts sehen, weil sein Gesicht in Vlads Schulter gepresst wurde, während sein Bizeps Joes Luftröhre wie eine Schraubzwinge abschnürte und der andere Arm sein Zwerchfell zusammendrückte. Vlad wiegte ihn in der Luft wie ein Bräutigam beim Walzer. Er versuchte zu treten, doch Vlad hatte die Beine weit gespreizt, um einen festen Stand zu gewährleisten, sodass Joe nicht viel mehr machen konnte, als mit den Beinen zu strampeln wie ein gelangweiltes Kind im Flugzeug, das die Person auf dem Platz vor sich nervte. Seine Arme waren mit angewinkelten Ellenbogen zwischen seinem und Vlads Körper eingeklemmt und untauglich gemacht. Er konnte lediglich seine Handgelenke bewegen wie kleine Flossen, die sinnlos vor sich hin zappelten, als wäre er ein Ertrinkender, der schwächlich versuchte, auf sich aufmerksam zu machen. Im Grunde genommen war er genau das. Er sank tiefer und tiefer in die Bewusstlosigkeit und danach den Tod, er ertrank in der Umarmung dieses Giganten.

Vom Käfig aus sahen Joes Freunde ihm beim Sterben zu und sie konnten nichts dagegen unternehmen. Cash und Juno lagen auf dem Boden und versuchten verzweifelt, an Felix' Waffe zu kommen, die außer Reichweite lag. Sie hatten keine Chance. Sie war zu weit weg, doch sie versuchten es weiter, als ob ihre Arme wie durch ein Wunder plötzlich wachsen würden. Auch Yelena musste mit ansehen, wie er langsam das Bewusstsein verlor und seine Beine in der Luft baumelten, doch sie war selbst damit beschäftigt, Felix zu erwürgen und würde sie ihn loslassen, würde er sich die Waffe nehmen. Sie konnte den alten, schweren Schlüssel für den Käfig auf dem Tisch neben den Diamanten sehen und dieser Anblick trieb sie zur Weißglut. Sie wusste, sie konnte das Schloss mit dem richtigen Werkzeug innerhalb weniger Minuten, vielleicht sogar Sekunden knacken. Doch sie hatte kein Werkzeug und auch keine Sekunden. Sie hatte nichts. Sie konnte nichts unternehmen, außer Joe beim Sterben zuzusehen.

Joe hatte das Gefühl, sich im Geiste ebenfalls beim Sterben zuzusehen. Eine Stimme in seinem Inneren schrie ihn an, etwas zu unternehmen, irgendetwas, um sich selbst zu retten, sich einen weiteren kostbaren Atemzug zu erkämpfen. Als er die Finger an seiner linken Hand bewegte, fühlte er Yelenas mechanischen Bleistift, den er an die Brusttasche seines Hemds gesteckt hatte und der jetzt ebenfalls zwischen seinem und Vlads Körper klemmte. Mit seinem Mittel- und Zeigefinger zog er ihn langsam heraus und umschloss ihn dann mit den restlichen Fingern. Er ging so vorsichtig vor, wie es ihm möglich war, damit ihm der Stift nicht entglitt. Dann, Millimeter für Millimeter, begann er mithilfe des winzigen Freiraumes, der ihm blieb, sein Handgelenk zu drehen und den Bleistift nach oben zu bewegen. Er verlagerte ebenfalls seine rechte Hand an die Seite von Vlads Kopf. Er konnte diesem riesigen Brocken damit zwar keinen Schaden zufügen, doch er packte das Fleisch an Vlads Nacken fest mit seinen Fingern und steckte seinen Daumen für einen besseren Halt in sein Ohr. Genervt schüttelte Vlad seinen Kopf wie ein Ochse, der eine Fliege verjagte, doch Joe ließ nicht los. Er war jetzt Angesicht zu Angesicht mit ihm. Er konnte Vlads Atem spüren. Dann, mit der linken Hand den Bleistift fest umklammert und den Daumen auf dem Radiergummi, bohrte er die Spitze in Vlads rechtes Auge. Vlad sah den Bleistift im letzten Moment kommen und zuckte instinktiv zurück, doch das gab Joe noch einen halben Zentimeter mehr Bewegungsfreiheit, als die Spitze durch die äußere Membran seines Augapfels stach und in die Augenhöhle eindrang. Es war ein ekelerregendes Gefühl, wie ein Zahnstocher, der eine Weintraube durchstach.

Sofort ließ Vlad von ihm ab und Joe atmete durch. Jetzt war er derjenige, der sich an den Giganten klammerte und dieser versuchte, Joe abzuschütteln. Joe klammerte fester und hatte jetzt seinen ganzen Arm um Vlads Hals gelegt wie ein Gorillababy, das seine Mutter umarmte. Vlad hämmerte ihm mit seinen Fäusten auf den Rücken und er stöhnte vor Schmerz, als würde er mit Holzhämmern geprügelt, doch er ließ nicht los und als er seinen Oberarm befreit hatte, holte er aus und rammte Vlad den Bleistift noch einmal mit aller Kraft ins Auge.

Vlad heulte auf – ein hohes, ohrenbetäubendes Kreischen – und begann, wild mit den Armen zu wedeln in einem verzweifelten Versuch, sich zu befreien. Joe ließ sich nach hinten fallen und blieb keuchend liegen, während er dem Riesen dabei zusah, wie er wild um sich drosch. Wie ein Fisch am Haken zappelte er durch den Raum, warf den Tisch um und plättete die Stühle, seine Gliedmaßen arbeiteten verbissen weiter, seine Nerven trieben ihn weiter an, trotz des Bleistiftes der aus seinem Hirn ragte.

Kaum in der Lage, sich zu bewegen, humpelte Joe auf die andere Seite des Raumes, wo die anderen stillschweigend zusahen. Nur der Gigant brüllte und stöhnte, gab schreckliche, schrille Geräusche von sich wie ein Baby oder ein Delfin. Er klang nicht mehr menschlich. Joe hob Felix' Pistole auf und beförderte eine Kugel in das andere Auge des Giganten. Er brach zusammen. Dann visierte er Felix an, doch sah sofort, dass das nicht länger notwendig war: Seine Augen waren geschwollen und die geplatzten Blutgefäße hatten sie rot gefärbt. Sein Gesicht war blau, seine Zunge guckte zwischen seinen purpurnen Lippen hervor. Er war tot. Yelena lockerte ihren Griff und ließ ihn fallen.

„Heilige Scheiße", murmelte Cash leise.

„Ihr beiden seid absolut Hardcore", beendete Juno seinen Gedanken.

Noch immer krampfend und unter Schmerzen, holte Joe den Schlüssel und öffnete den Käfig. „Ihr macht besser, dass ihr hier wegkommt", sagte er zu Cash und Juno. „Vergesst eure Telefone nicht. Wir reden später."

Sie standen da und starrten noch immer die leblosen Körper an: Vlad lag auf dem Rücken mit dem Bleistift in seinem Auge und Felix zusammengesackt neben dem Käfig. „Bewegt euch", sagte Joe jetzt lauter, während er zu Donna herübereilte. „Zeit, zu gehen."

„Richtig, sorry, Joe“, sagte Juno und an Cash gewandt: „Komm schon, Alter.“

Sie schnappten sich ihre Habseligkeiten und Cash sagte noch schnell „Danke, Joe“, und dann gingen sie. Joe hockte neben Donna und fühlte ihren Puls und Atem. Sie war in Ordnung, lediglich bewusstlos. Yelena nahm sich ihre Pistole zurück.

„Du kannst deinen Bleistift jetzt zurückhaben, wenn du willst“, sagte Joe zu ihr. „Ist ja schließlich dein Lieblingsstift.“

„Behalt ihn als Erinnerung an mich“, entgegnete sie. „Ich behalte das Messer, das du mir geschenkt hast.“ Sie entfernte es aus Armonds Rücken und wischte es vorsichtig mit seinem Shirt ab. Sie lächelte ihn an. „Ist echt ein ziemlich gutes Messer.“

„Freut mich, dass es dir gefällt“, sagte Joe. Sie ging zu den Treppen. „Yelena“, rief er. Sie blieb stehen und drehte sich um, doch er wusste nicht, was er sagen sollte.

„Ich werde dich wiedersehen, Joe“, sagte sie schließlich.

„Das weiß ich“, antwortete er.

Und dann ging sie. Er schaute ihr nach, als sie die Treppen hochlief und verschwand. Eine Sekunde lang spürte er den Drang, ihr nachzulaufen, doch das war selbstverständlich keine Option. Er hatte hier noch zu viel zu erledigen und dann begann Donna auch noch, in seinen Armen zu stöhnen und zu murmeln.

„Hey, Schlafmütze“, sagte er mit sanfter Stimme, das Gesicht über ihres gebeugt. „Zeit, aufzustehen.“

Als sie ihre Augen öffnete und sein Gesicht sah, musste sie lächeln. „Hi“, sagte sie und sah zu ihm auf.

„Hi“, antwortete er und fuhr ihr durchs Haar, sein Mund war nur einen Hauch von ihrem entfernt.

Dann rief sie: „Fuck!“ und setzte sich auf, als sie zu vollständigem Bewusstsein zurückkehrte und realisierte, wo sie war. „Fuck, fuck, fuck.“ Sie sah sich um. „Oh, Scheiße.“ Sie hielt ihren Kopf, der von der plötzlichen Bewegung schmerzte.

„Ganz ruhig. Es ist vorbei“, sagte er zu ihr.

„Für Sie vielleicht. Fuck“, sagte sie erneut und stand mit einer Hand an der Wand auf. „Wo zur Hölle ist meine Waffe?“

„Hier“, sagte Joe schnell und hob sie am Lauf vom Boden auf.

„Das ist übel“, sagte sie. Sie sah sich um und kniff die Augen zusammen, als sie Vlad und Felix am Boden liegen sah. Sie schüttelte den Kopf. „Ich frage lieber gar nicht erst.“

„Keine Sorge, Donna. Wir regeln das.“

„Joe, ich habe jemanden erschossen. Außerhalb des Dienstes. Ohne Grund. Zumindest kein Grund, den ich erklären könnte. Um Ihnen bei der Begehung eines ... wer weiß, was das hier ist, zu helfen. Wie sollen wir das regeln?“

„Das hatte ich nicht mit ‚wir‘ gemeint“, sagte Joe. Er beugte sich vor. „Sie sind gekommen und haben mir geholfen und dafür bin ich Ihnen dankbar. Jetzt müssen Sie mir vertrauen. Verschwinden Sie von hier, nehmen Sie ein paar Aspirin und warten Sie auf mein Zeichen. Eine Stunde, vielleicht weniger.“

Sie zögerte. Sie hatte Fragen, doch war sich nicht sicher, ob sie die Antworten hören wollte.

„Woher weiß ich, was das Zeichen ist?“

„Das werden Sie dann schon wissen. Jetzt verschwinden Sie, verdammt noch mal."

Und damit wandte er sich von ihr ab, fand sein Telefon in dem Chaos und tätigte einen Anruf. Da sie das Gefühl hatte, keine Wahl zu haben, ging Donna die Treppen zurück in den Club hinauf, der jetzt voller und lauter war als zuvor, sodass ihr niemand Beachtung schenkte, und setzte sich zurück in ihr Auto.

„Gio", sagte Joe, als sein Anruf beantwortet wurde. „Ich bin es. Ich könnte hier gerade wirklich deine Hilfe bei einem kleinen Problem gebrauchen."

„Geht mir genauso, Bruder", sagte Gio mit gesenkter Stimme. „Ich hatte da an einen kleinen Ausflug mit dem Boot gedacht."

„Klingt gut", sagte Joe und wunderte sich, warum Gios Stimme so merkwürdig klang. „Du müsstest außerdem ein paar Anrufe für mich machen."

45

Fünf Minuten später klingelte das Telefon in Rabbis Haus. Er schlief bereits, doch sie weckten ihn, als sie hörten, dass es Gio mit einem Notfall war. Rabbi hörte sich an, was Gio zu sagen hatte und zehn Minuten später, genug Zeit, um sich einen Tee zu machen, rief er Hyman Shatzenberg, den älteren der beiden Brüder, an. Er erzählte ihm, dass er über einen Mittelsmann von jemandem kontaktiert wurde, der wusste, wo sich die Diamanten befanden. Sie waren bereit, die Diamanten gegen einen Finderlohn von zehn Prozent an die Behörden zu übergeben, wenn Rabbi sie vermitteln würde. Shatzenberg willigte ohne zu zögern ein.

Eine halbe Stunde später klingelte Donnas Telefon. Sie saß in einem Diner und trank Kaffee. Erstaunlicherweise war sie am Verhungern gewesen und hatte gerade einen Cheeseburger und Pommes verdrückt. Der Anruf wurde von ihrem Arbeitstelefon umgeleitet.

„Hier spricht Special Agent Zamora, wie kann ich Ihnen helfen?“, sagte sie, während sie die vorbeilaufende Kellnerin anschaute. Ein Mann mit einem starken chassidischen Akzent – Brooklyn trifft auf Wladiwostok – erzählte, dass er einen Hinweis für sie hatte, doch er wollte anonym bleiben. Er hatte Informationen zu dem Diamantenraub. Dann gab er ihr die Adresse des Tatorts, den sie gerade verlassen hatte und sagte ihr, dass sie das Erdgeschoss untersuchen solle.

Sie dachte sich, dass Joe das gemeint haben musste, als er ihr versicherte, dass sie das Zeichen erkennen würde. Sie bezahlte schnell und fuhr zurück, dieses Mal in Uniform, und zeigte dem Manager, ein Kerl namens Mohammed, ihre Marke. Sie bat ihn, sie zu einem vermeintlichen Erdgeschoss zu führen. Er willigte mit Freuden ein und wartete ebenfalls mit Freuden oben, als sie allein nach unten ging.

Gewissermaßen war alles genau wie vorher. Der riesige Mann lag noch immer auf dem Rücken mit einer Stichverletzung in einem Auge und, wie die Forensik später feststellen würde, einer Kugel in dem anderen. Drogenschmuggler und mutmaßlich mehrfacher Mörder Felix Habibi lag zusammengesackt neben dem Käfig und eine Pistole in seiner Nähe. Joe war verschwunden, zusammen mit jeglichem Beweismaterial, das auf Donnas Anwesenheit zurückzuführen war.

Allerdings lag dort auch ein kleines Tütchen mit Heroin auf dem Boden neben Vlads Leiche. Und auf dem Tisch, der wieder aufrecht stand, befand sich ein Säckchen, das, wie sie herausfand, als sie es öffnete, die Diamanten enthielt.

Donna konnte nicht anders, als zu grinsen, als sie im Büro anrief.

Agent Mike Powell hatte nicht gerade die beste Nacht seines Lebens. Erstens war eine Operation, die er persönlich in die Wege geleitet und für die er Informationen bereitgestellt hatte, komplett nach hinten losgegangen und das NYPD entlud seine Schuldzuweisungen auf seinem Schoß. Sein Beharren darauf, dass die Informationen zuverlässig waren, dass die Übergabe in der Tat stattgefunden hatte, wie er es vorausgesagt hatte, schien niemanden zu interessieren. Es war außerdem seine Idee, das FBI aufgrund mutmaßlicher Korruption zu umgehen, doch auch das wurde ihm an den Kopf geworfen. Das FBI verlangte eine Entschuldigung und betonte darüber hinaus, dass der Grund für die missglückte Operation war, dass das FBI nicht von Anfang an die Führung übernommen hatte. Das war selbstverständlich Schwachsinn, doch was hätte er sagen sollen? Das war definitiv nicht der richtige Moment, um zu enthüllen, dass sein härtester Verdacht gewesen war, dass seine Ex-Frau einen der Diamantenräuber vögelte. Sein Stationsleiter hatte schon den ganzen Tag über Einläufe bekommen und er wusste, dass, sobald sich sein Arsch am nächsten Morgen erholt hatte, Powells Arsch dasselbe Schicksal ereilen würde.

Zweitens hatten sich seine Informanten plötzlich in Luft aufgelöst. Pat White war verschwunden. Sein Telefon war tot. Seine Familie behauptete, er sei zum Abendessen nicht nach Hause gekommen und auch an seinen üblichen Aufenthaltsorten hatte ihn niemand gesehen. Auf der Straße erzählte man sich, dass es bald einen Machtwechsel in seiner Crew geben würde und er durch die Madigan-Brüder, Tim, Sean und Liam, ersetzt werden würde. Die Leute in Powells Büro sagten, er sei geflohen, untergetaucht. Vielleicht hatte man ihn verschreckt, verunsichert, dass sein Verrat ans Licht kommen würde oder vielleicht war es auch einfach von Anfang an der Plan für seine Altersvorsorge gewesen, mit seinen Millionen, die er auf ausländischen Konten hatte, zu fliehen, außer Reichweite des Gesetzes und Mrs. White.

Und jetzt, wo er die Nummer seiner zweiten Quelle, Nightcrawler, wählte – sein Mann in der Caprisi-Familie –, antwortete sofort die Mailbox und seine Nachrichten blieben unbeantwortet. Es war natürlich möglich, dass sie jeden Moment auftauchen würden, doch Powell glaubte nicht daran. Er glaubte, dass sie tot waren. Als er an seinem Schreibtisch saß und sah, wie ihn sein Spiegelbild in dem großen, weiten Fenster neben ihm anstarrte, fühlte er sich plötzlich beobachtet, so, als wenn jemand da draußen jetzt ihm nachspionieren würde. Er schaltete das Licht aus. Nur um sich besser konzentrieren und einen Moment lang nachdenken zu können, redete er sich selbst ein, doch als er draußen auf die leere Straße und die stillen Gebäude blickte, fühlte er sich einfach nur allein.

Dann klingelte sein Telefon. Es war nicht das Telefon in seinem Büro oder die sichere Leitung. Es war sein privates Handy, doch die Nummer war unterdrückt.

„Hallo?"

„Hallo, Mike, schön, dass ich dich erreiche. Ich habe gehört, dass du eine harte Nacht hattest und einige deiner Informanten verloren hast. Das habe ich auch. Wertvolle."

„Wer spricht da?", fragte Powell und stand auf.

„Wir haben uns noch nicht kennengelernt, aber wir haben viele gemeinsame Freunde. Und auch einige Feinde. Ich könnte mir vorstellen, dass wir zusammen viel erreichen könnten."

„Ich warte immer noch auf einen Namen", sagte Powell und starrte nach draußen in die Nacht.

„Also gut, dann gebe ich ihnen einen", sagte die Stimme. „Zahir."

Dieses Mal übernahm das FBI die Führung und sie kamen vorbereitet und brachten das Major Case Team des NYPD mit, das von einem Detective Fusco geleitet wurde. Wie die anschließende Untersuchung ergeben würde, kam die Kugel in Vlads Kopf aus Felix' Pistole und außer diesem wurden keine weiteren Projektile oder Ähnliches gefunden. Felix' Todesursache war Strangulierung durch jemanden mit erstaunlicher Kraft, möglicherweise Vlad selbst. Die Tatsache, dass die Diamanten und eine kleine Menge reines Heroin gefunden wurden, deutete darauf hin, dass die Gruppen, die für beide Verbrechen verantwortlich waren, aufeinander losgegangen waren. Alle beteiligten Behörden waren froh, einen Sieg verzeichnen und den Fall schließen zu können, außer Powell. Doch da sein Informant Paul der einzige fehlende Akteur war und dadurch verdächtigt wurde, mit dem Heroin untergetaucht zu sein, konnte er nicht wirklich etwas sagen, selbst dann nicht, als Pat Whites zerstückelter Körper Wochen später in einem Sumpf in New Jersey gefunden wurde.

Der Finderlohn in Höhe von $400.000,00 wurde ordnungsgemäß gezahlt und durch sechs geteilt, was nach Abzug der Kosten $61.666,66 pro Person machte. Neben den Waffen, Fahrzeugen, Technik und Sonstigem schlossen die Ausgaben die $5.000,00 mit ein, die in einem Umschlag ohne Absender an eine gewisse Ami Hendricks gesendet wurden. Yelenas Anteil wurde über Juno an ihr Nummernkonto überwiesen. Wie üblich bekam Joes Großmutter eine Hälfte seines Anteils, den Rest gab er Gio zur Aufbewahrung in seinem Safe.

Joe sagte, dass er das Extrageld nicht brauchte, da er einen Job hatte. Außerdem war es sowieso eine zu große Versuchung. Gio hinterfragte nicht, warum er das Tütchen mit dem Heroin so lange behalten hatte.

46

Während Donna in dieser Nacht mit den anderen Agenten am Tatort war, fuhr Joe mit Gio aufs Meer hinaus. Es war eine lange Nacht für die beiden Männer gewesen und ein echter Kampf, die Leichen an Bord zu bringen. Jetzt saßen sie beide stillschweigend da und lauschten dem Summen des Motors, während Gio das Boot aufs offene Meer steuerte. Als er der Meinung war, dass sie weit genug draußen waren, schaltete er den Motor ab und sie redeten wieder.

„Na ja“, sagte er und ließ Joes knalliges, knopfloses Hawaiihemd einen Moment lang auf sich wirken. „Wenigstens trägt einer von uns beiden das richtige Outfit für eine Bootstour.“

Joe lachte. Er hatte den Erste-Hilfe-Koffer des Bootes benutzt, um seinen Schnitt zu versorgen und auch wenn er die nächsten Tage sicherlich einige blaue Flecken und Schmerzen haben würde, war er ansonsten unversehrt. Er fragte sich, ob Dr. Z wohl etwas gegen die wunden Stellen machen könnte, an denen Vlad versucht hatte, seine Eingeweide aus ihm herauszuquetschen wie bei einer Tube Zahnpasta.

Gio holte ein langes Sägemesser hervor, das er zum Ausweiden von Fischen benutzte, und sie gingen zusammen zum hinteren Ende des Bootes, wo die Leichen von Paul und Heather auf Plastikplanen ausgebreitet waren. Joe nahm eine Kette und versuchte, sie, so gut es ging, zusammenzubinden und die Kette durch einige Betonziegel zu führen, Material, das sie von einer von den Caprisis kontrollierten Baustelle auf dem Weg zum Boot entwendet hatten. Joe hatte außerdem den Corolla dort abgestellt. Einer von Gios Leuten würde ihn abholen und entsorgen.

Jetzt zerrten sie die Leichen an den Rand des Bootes, hoben sie hoch und ließen sie halbwegs über die Kante fallen. Als Nächstes zog Gio die Klinge durch Heathers Kehle und die Arterien an ihren Armen. Sie war bereits seit einer Weile tot und ihr Herz konnte kein Blut mehr aus den Wunden pumpen, doch, ähnlich wie bei Fischködern, würde der Geruch Raubtiere anlocken und sie hoffentlich davon überzeugen, dass diese Beweismittel essbar waren. Als Nächstes hob er Pauls Kopf hoch und zögerte einen Moment lang.

„Lass mich das machen", sagte Joe, doch Gio schüttelte den Kopf. Dann schlitzte er ihm die Gurgel auf und sägte in seine Arme und Beine. Zusammen hievten sie sie über Bord und mit einem lauten Platschen verschwanden die beschwerten Körper sofort unter der dunklen Oberfläche. Zuletzt warf Gio das Messer ins Wasser.

Jetzt, wo er sich endlich entspannen konnte, spürte Joe plötzlich, wie absolut erschöpft er war und ließ sich in einen der Angelstühle fallen. Gio ging zu einem Schrank und holte einen zweiten Stuhl heraus. Er gab Joe eine Flasche Mineralwasser und öffnete sich selbst eine Flasche Bourbon.

„Danke", sagte Joe und sie stießen an und tranken.

„Was dagegen, wenn wir hier eine Weile sitzen bleiben?", fragte Gio. „Ich habe das Gefühl, dass, sobald ich auch nur einen Fuß aufs Festland setze, das Leben weitergeht. Ich brauche einfach eine kleine Pause."

„Kein Problem", antwortete Joe. „Ist schon eine Weile her, seit wir das letzte Mal eine Runde gedreht haben."

So saßen die beiden Freunde in Stille, trieben auf der Oberfläche des Ozeans und sahen zu, wie sich das erste Sonnenlicht des Morgengrauens hinterm Horizont erhob wie Staubpartikel am anderen Ende der Welt, während sich um sie herum die Haie näherten.